二 見 文 庫

ときめきは心の奥に

ジェイン・アン・クレンツ／安藤由紀子＝訳

UNTOUCHABLE

by

Jayne Ann Krentz

愛をこめて
フランクに捧げる

ときめきは心の奥に

登　場　人　物　紹　介

ウィンター・メドウズ	瞑想インストラクター
ジャック・ランカスター	犯罪心理研究者
マーガレット・バーク	睡眠クリニック院長
クィントン・ゼイン	かつてのカルトの教祖
アリゾナ・スノー	ウィンターとジャックの大家
ケンドール・モーズリー	スパの会員
ジェシカ・ピット	自動車火災の犠牲者
デヴリン・ナイト	傭兵
ヴィクトリア・スローン	傭兵
ローリー・フォレスター	スパ経営者。ウィンターの元ボス
グレーソン・テイズウェル	テイズウェル・グローバル社社長
イーストン・テイズウェル	グレーソンの息子
レベッカ・テイズウェル	イーストンの妻
ルーカン・テイズウェル	グレーソンの行方知れずの息子
アリス	ウィンターの妹
ヘレン・ライディング	アリスのおば。人類学者
スーザン・ライディング	ヘレンのパートナー、人類学者
ブリタニー・ネトルトン	ソーシャルワーカー
ゲール・ブルーム	スパの受付嬢
ニーナ・ヴォイル	スパのサプリメント担当者
ラニー・ロング	エステティシャン
アンソン・サリナス	ジャックらの養父。元警察署長
マックス・カトラー	私立探偵、ジャックの兄弟
カボット・サター	私立探偵、ジャックの兄弟
ゼイヴィア・ケニントン	カボットの従弟。 探偵事務所のインターン

十五年前……

1

少女は十四歳、二段ベッドの上段に寝ていた。マリゴールド・レーンに面したその小さな家は、通りから見たところ住み心地がよさそうで、千客万来といった印象だった——不動産の仲介人なら〝魅力的な外観〟とでも表現するはずだ——が、その子は、ここに長くはいたくない、と思っていた。

数週間にわたるストリートでの暮らしに疲れるたび、里親制度を繰り返し頼り、熱いシャワーを存分に浴び、新品のテニスシューズや新品のジーンズや新品のバックパックを手に入れるまで里親の家にとどまった。ストリートで生き延びるためにはバックパックが必需品だということは早い時期に学んだ。前の月に手に入れたバックパックは、それを盗もうとしたジャンキーが、手にしたナイフで派手な裂け目を入れてくれた。ジャンキーはすでに大した問題ではなくなっていたが、穴のあいたバックパックはなんとしても代わりが必要だった。

同じ里親の家に数日以上とどまることはめったになかった。遅かれ早かれ、何かしら問題点が見えてくるのだ。今度の家の問題はその家のおやじ。名はタイラー。少女は内心ひそかに〝変態タイラー〟とあだ名をつけた。

二日前、ストリートで生きていくための全財産——何枚かの服、ヘアブラシに歯ブラシ、くたびれた『クマのプーさん』と『プー横丁にたった家』——をすべて詰めこんだ、裂け目の入ったバックパックを背負って到着した少女を見たそいつの目つきに気づいたからだ。

はじめのうちは不安は感じなかった。ただ煩わしいと思っただけだ。変態タイラーになんとか対処できたからだが、だからといって夜眠ることはできなかった。タイラーのような変態野郎はゴキブリと同じで、家の中が真っ暗になるのを待って姿を現わす。

しかし、事態が一気に複雑になったのはその日の午後である。ソーシャルワーカーがまたひとり里子を連れてその家にやってきたのだ。その子の名前はアリス。キャスター付きの小さなスーツケースが彼女の全財産だった。歳は十一歳。父親が操縦する自家用飛行機が離陸直後に墜落し、孤児になったという。母親も同乗しており、両親はともに死亡した。事故当時、アリスは学校にいたそうだ。

精神的ショックで茫然自失の状態にあったアリスは名前以外にはほとんどしゃべらなかったが、おばさんたちが迎えにきてくれる、とだけ言った。

その後、アリスとウィンターが寝室に二人だけになると、アリスは同じ話を何度も何度も繰り返した。

「ママとパパは、もし自分たちに何かあったら、おばさんたちに連絡しなさいって言っていたの。おばさんたちがあたしを引き取って面倒を見てくれるからって」

それまでの一年間にいくつもの里親の家に短期間の滞在を繰り返してきたウィンターは、ほかの里子が同じようなことを言っているのを何度か耳にしていた。そうした話のほとんどは子どもたちを思う親たちが、どんなときもあなたたちの力になってくれる親類がいる、天涯孤独の身になったりはしない、守ってくれる親類がいるから大丈夫、と安心させるために口にしたきらきら光る小さな嘘なのだ。

だがウィンターは、里親制度を適当に利用しながら数カ月を過ごしてきた経験からすでに現実を知っていた。おばさんなどいない、たとえいたとしても、どこからともなく魔法のように現われてアリスを救い出してくれることなどあるはずがない、と。

そりゃあ、遠い親類は何人かいるかもしれないが、自分の家に子どもを引き取ることができない理由は千もある。**もう歳だから。そちら側の親類のことはほとんど知らなくて。わが家のライフスタイルを考えるとこの子を引き取るわけにはいかない。旅行ばかりしているもので。この子を引き取るだけの経済的余裕がない。ほかの子どもたちの動揺を考えると無理。この子が抱える深刻な精神的問題に対処するだけの覚悟がなくて……。**

ウィンターは二段ベッドの上の段のへりに腰かけて脚をぶらぶらさせていた。新しいバックパックはベッドの上、彼女のすぐ横に置かれていた。その日に買ってもらったジーンズとフード付きのトレーナーを着ている。寝るときはいつも服を着たまま寝る。そのほうがいざというときに効率よく家をあとにすることができる。片手にペンライトを持ち、片手に『クマのプーさん』をぎゅっと持っていた。アリスに何章かを読んでやったのだ。アリスは『クマのプーさん』はもっと小さい子のための本だと言っていたが、心やさしい物語に気持ちが静まったようだ。いつのまにか疲れのせいで深い眠りに落ちていた。

数時間前、この家の母親が電話で呼び出されて出かけていった。高齢の親の身辺で何か一大事が発生したらしい。変態タイラーはリビングルームで酒を飲みながらテレビを観ている。

ウィンターは用心のためにベッドルームのドアに鍵をかけておいたが、そんなことをしたところでなんの役にも立たないことは承知していた。変態タイラーは鍵を持っている。

それから三十分ほどたったころ、ドアの取っ手がカタカタいう音が聞こえた。鍵がかかっていることに気づくと、変態タイラーは去っていった。一瞬、もしかしたらもう引き返してこないかもしれないとの虚しい期待を抱いたが、もちろん、変態男は戻ってきた。

鍵が回る音がしてドアが開いた。廊下の明かりを背に変態男のシルエットが浮かびあがった。下着のシャツにズボンをはいた、禿げかかって腹の出たおやじ。

部屋に入ってくるなり、上の段に腰かけたウィンターには目もくれず、下の段に向かって進む。

背を丸めて寝入っているアリスの痩せた体をおおう上掛けに手を伸ばした。

「出ていって、ミスター・タイラー」ウィンターはそう言いながらペンライトのスイッチを入れ、複雑な模様を描くように明かりを揺らした。「あんたはここにいちゃいけない。あんたはここにいたくない」

ウィンターの声はどこまでも静かだった。なだめるようでいながら断固たる口調。

ぎくりとしたタイラーは動きを止め、細い光線から反射的に目をそらせた。

「いったいどうした？」タイラーはひと息おいてからおためごかしめいた声で言った。酔っ払いのつぶやきといったところか。「どうかしたのかい、ハニー？　眠れないのか？　新しい家や家族に慣れるのは簡単じゃなかろうが、きみたちはいい家に引き取られたよ。心配することは何もない。私がきみとアリスの面倒を見る」

「さあ、出ていって、ミスター・タイラー」ウィンターはもう一度言った。ペンライトを動かす速度がだんだん速まる。

タイラーが光線のせいで混乱しはじめた。光線を凝視したかと思うと、いったん目をそらし、再びじっと見つめる。

「かわいそうなアリスは私のベッドルームに連れていこう。ひとりぼっちじゃ怖いだろう」

「アリスはひとりぼっちじゃないわ」ウィンターは言った。「あたしがいっしょにいるもの。だから出ていって。あんたはこの部屋にいたくはないのよ。ここに入ると息が苦しくなるでしょう。呼吸ができなくなるの。心臓がどきどきしてきて、心臓発作が起きるかもしれない」

タイラーは反応しない。ただひたすら光線の動きに目を凝らしていたが、まもなくぜいぜい喘ぎだした。

「あんたがこの部屋にいるとき、あたしが〝クマのプーさん〟って言ったら、あんたは完全に息ができなくなるわ。さあ、出ていって。胸がものすごく苦しいでしょう。楽になるたったひとつの方法はここから出ていくこと。もしいつまでもこの部屋にいたら、そのときは心臓発作が起きるわ。わかった？」

「ああ」タイラーの声が半睡状態にある男のそれになった。感情がいっさいこもっていない。

ぜいぜいした呼吸音がどんどん大きくなる。

「クマのプーさん」ウィンターがやんわりとした命令口調で言った。

タイラーは半睡状態からわれに返り、喘ぎながら夢中で空気を吸いこもうとした。

「息ができない」タイラーの声はパニックのせいでしゃがれている。くるりと向きなおり、よろよろと廊下に出ていく。「心臓が。息ができない」

ふらつく足で廊下を進み、つまずきながらキッチンをめざす。ウィンターは二段ベッドの上の段から床に跳びおりた。

「ウィンター？」下の段の暗がりからアリスが小声で言った。

「大丈夫。なんでもないわ」ウィンターは言った。「でも、起きて服を着て。いますぐこの家を出るわ」

キッチンでどすんと重たい音がし、そのあとは不自然なまでにしんと静まり返った。

「どうかしたの?」アリスが訊いた。

「ここにいて」ウィンターは言った。「ちょっと見てくるから」

ドアまで行き、ペンライトを手に用心深く廊下を進んだ。ベッドを下りたアリスは、ベッドルームで待ってはいなかった。ウィンターについてきた。

タイラーはキッチンの床に大の字になって倒れていた。動かない。彼の手のすぐそばの床に携帯電話があった。ウィンターの全身をパニックが駆け抜けた。もしかしたら変態タイラーを殺してしまったのかもしれない。

アリスがすぐ横に来てウィンターの手をぎゅっと握り、体をくっつけてきた。身じろぎひとつしないタイラーを見ている。

「死んじゃったの?」アリスが訊いた。

「さあ、わからないけど」ウィンターは答えた。「調べてみるね」

ウィンターはアリスの手を放し、キッチンの中へと歩を進めた。タイラーの少し手前で足を止め、つぎに何をしたらいいのか考えた。映画やテレビでは、意識を失った人の喉もとに指を当てて脈拍があるかどうかをたしかめる。

そこでウィンターは恐る恐る手を伸ばし、タイラーの頸部に二本の指を当てた。かすかな脈が感じられたような気がしたが、定かではなかった。まだ死んでいないかもしれないが、死にかけている可能性はある。あるいはまた、ただ意識を失っているだけで、いつなんどき回復しないともかぎらない。結果がどちらであれ、アリスや自分にとっていい結果とは言いがたい。

「服を着て」ウィンターは言った。「持ってきたものを全部、スーツケースに戻して。そう時間があるとは思えないわ」

アリスは怯えて目をまん丸く見開き、ウィンターをじっと見た。「わかった」

そしてくるりと踵を返し、廊下を引き返した。ウィンターもあとについた。アリスが数少ない所持品をまとめるのに時間はかからなかった。小さなスーツケースの中身はまだ全部出してはいなかった。

途中、ウィンターはキッチンのドアの前で立ち止まった。変態タイラーはまだ床に倒れたままで、まったく動かない。

「ちょっと待ってて」ウィンターはアリスに言った。「タクシーを呼ぶから」

キッチン・カウンターの上の電話を使った。電話が終わるころ、タイラーがもぞもぞ動いた。そして目を開けるや、まさかといった表情でウィンターを見たが、つぎの瞬間、その目に怒りとパニックがこみあげた。

「なんてことをする」ぜいぜいした声で言った。「おれを殺そうってのか」

「クマのプーさん」ウィンターは言った。

タイラーがはっと息をのみ、胸部をかきむしりながら再び倒れこんだ。意識がない。

ウィンターはタイラーのポケットに手を差し入れて財布を引き抜くと、中に入っていた七十五ドルを失敬した。何枚かのクレジットカードはどうすべきか少し考え、残しておくことにした。クレジットカードは足がつく。

財布を電話の横の床に捨て、アリスを見た。

「行くわよ」

アリスが機敏にうなずいた。

数分後、二人はタクシーの後部座席に乗りこんだ。運転手はこんな夜中に子どもを二人乗せたことが見るからに不安そうだったが、行き先の確認以外には何も訊かなかった。

「バス乗り場までだね？」

「ええ、お願いします」ウィンターが言った。

ウィンターはあれこれ計画を練ろうとした。逃げることには慣れていたが、これまでバックパックを背負って深夜の闇へと姿を消すときはいつもひとりだった。今夜はアリスのことも考えなくてはならない。

頭の中で逃走の手順を思い浮かべた。バスの切符を買うときは、現金を使うとしてもたぶん身分証明が必要になるだろう。ストリート生活者を探して、お金を払ってロサンゼルスまでの切符を二枚買ってもらうのはそうむずかしくないはずだ。

七十五ドルではそう長くはもたない。そのうちのいくらかはアリスのバックパックを買うのに充てなければ。いくらキャスター付きでもスーツケースは障害になる。ストリートはつねに両手を自由にしておかなければならない世界なのだ。

現金が尽きたときはいつも、超能力による夢占いをしてお金を稼ぐことができた。自分が見た夢の意味を誰かに教えてもらいたくて、二十ドルや三十ドルを払おうって人間がたくさんいるのには驚くほかない。

頭の中でいくつもの計画をぐるぐるめぐらせながら、タクシーのシートの背もたれに深く寄りかかった。隣にすわるアリスは背を丸めてぴたりと体を寄せ、かすかに聞きとれる小声でつぶやいている。

「心配いらないわ。あたしのおばさんがきっと探し出してくれるから。あたしたちを引き取ってくれるから」

「うん」ウィンターは言った。

何も今夜、この子に現実を突きつける必要はない。アリスはもうすぐ、誰も自分たちを助けにこないことにいやでも気がつくはずだ。自分たちは二人きりなのだと。

「もしも誰かに訊かれたら、あたしの妹だと言うのよ」ウィンターが言った。「いいわね？」

「わかった」アリスはまたそう答え、ウィンターの手をぎゅっと握りしめた。「あなた、魔法使いなの？」

ウィンターはマリゴールド・レーンに面した家の明かりが夜の中へと消えていくのを眺めながら、変態タイラーは死んだかもしれないと思った。

「さあ、どうかしら」

四カ月前……

2

夢の中で足跡を追い、炎に包まれた果てしなくつづく通路を進んでいく。獲物はそこにいる、炎の陰に隠れているとわかっていた。ときおりクィントン・ゼインのかすかな痕跡に出くわす。そのかすかな手がかりはこれが幻覚ではないと確信させてくれる。

警戒を怠ったことはいまだかつてない。たとえどんなにかすかなものでも、ゼインのしるし、ゼインの痕跡はひとつ残らず追ってきた。

迷路に迷いこんだのは今夜がはじめてではない。ここへはしばしば来たことがあり、その目的はゼイン追跡だけではなかった。同じ迷路でべつの殺人犯を追ったことが何度もあった。そうしたとき、追跡はほとんど全部成功していた。なんといおうが、彼はこの仕事にかけてはきわめて有能なのだ。ただ、ゼイン以外の殺人犯の捜索に成功した直後に感じる心穏やかな時間はけっして長くはつづかない。

クィントン・ゼインを見つけるまで安らかな時間は訪れることがないのだ。炎の迷路で冒す危険に気づかないわけではない。追跡をあきらめきれないせいで高い代償を払っていることは重々承知している。しかし、悪夢にうなされるたび、炎の通路に迷いこむ危険性が高まっていくことがわかってはいても、ゼイン追跡を放棄することはできなかった。

もう時間がないと感じているからこそ駆り立てられた。いまやめるわけにはいかない。たとえある夜、夢に没入しすぎた結果、どんな恐ろしい事態がもたらされるやもしれないと薄々感づいてはいても……

夢がとぎれたとたん、悲鳴が上がった。

彼の人生にかなり似ている。少なくとも女性との関係にかけては、とジャックは思った。だが今度はどうやら終わり方が違いそうだ。しかし、それをいうなら先回だって違う終わり方を望んでいた。精神錯乱の定義は、違う結果を望みながら同じことを何度となく繰り返すことだという。

「ランカスター博士。ジャック、目を覚まして。ほら、目を覚まして。いますぐ目を覚まさないと、警備室に連絡を入れなければならなくなりますよ。お願い、目を覚まして」

ジャックは意志の力を極限まで振りしぼって夢の中から抜け出た。最近では炎の迷路に取って返したい衝動が明らかに強くなってきている。そのせいで目を覚ますのがどんどんむずかしくなっていた。

だが、彼を見つめるドクター・マーガレット・バークの表情は、ほかの女性たち同様、ショックのあまり恐怖をうまく隠しきれないそれだ。今回がいつもと違うのは、マーガレットとベッドをともにしているわけではない点である。マーガレットは睡眠クリニックの院長で、ジャックが今夜横たわっていたベッドはそのクリニックのベッドだった。

だが、もうベッドに横たわってはおらず、ビーとかジーとか音を立てるモニターにつながれてもいないことに気づくと、思わずうめいた。小部屋の中、彼はベッドとは反対側に立っていた。

多少もたつきながらテーブルの前に行って眼鏡ケースを手に取った。しごく丁寧にそれを開け、メタルフレームの眼鏡を両手を使ってかける。

深く安定した呼吸ができるようになるのを待ち、思いきって壁にかかった鏡にちらっと目をやった。

一瞥だけでじゅうぶんだった。恐れていたものがそこに映っていた。なんとも恐ろしい姿が。

髪はめちゃくちゃな角度でつんつん逆立ち、ベッドに入るときに着た不恰好な患者着ははだけて肌が大きく露出している。ずらりと並んだ機械やモニターと彼をつないでいたコードが、体のあちこちに粘着テープで貼りつけたままの位置からだらりと何本も垂れさがっている。

たとえ目つきは無視しても、フランケンシュタインの怪物の現代版さながらだと認めるほかない。**まるでゾンビじゃないか。**

夢から覚めた彼を見た人間が何にいちばん恐怖を覚えるのかはよくわからない――夢中歩行なのか、あるいは目覚めた彼の不気味な目つきなのか。ベッドをともにした女性がひとりならず、炎の迷路の夢から覚めたときの彼はとうてい正気だとは思えないと教えてくれた。幻覚を見ている男といった印象を与えたことは明らかだ。

現代社会にあって、幻覚を起こす人間はなかなか受け入れてはもらえない。ましてや必要に応じて幻覚を起こすことができる人間は。

優に一分かけて、マーガレットが正常だと受け止めるはずの表情を取りもどした。その際、眼鏡の効果はかなり大きい。だからこそ患者着の乱れを直すより前に、おもむろに眼鏡をかけたのだ。

マーガレットはドアの前に立って片手で取っ手を握り、すぐにでも安全な場所へ逃げ出せる体勢を取っていた。小型パソコンをそれが防弾チョッキででもあるかのようにしっかりと抱えている。

徹底的に調査したのち、マーガレット・バークのクリニックを選んだ理由は主として、彼女が発表した睡眠障害に関する研究論文がよかったからであり、明晰夢（夢見ていることを自覚しながら見る夢）という現象の研究に関心があると書いていたからだった。

「失礼」ジャックは片手を上げて額の汗を拭い、二本のコードをはがした。自分自身とこのさんざんな状況に腹を立てながら、はがしたコードを投げ捨ててマーガレットを見た。「炎の迷路の夢を見たら、夢も夢中歩行も自分ではコントロールできなくなるかもしれないと言ったでしょう。それに対してあなたは、なんとかできるから大丈夫だと言った」

マーガレットは堂々と構え、プロの冷静さを取りもどそうとしたものの、あいかわらず満身の力をこめてドアの取っ手を握りしめている。

「あなたの特異な問題に対処できるんじゃないかと思ったからです」

「つまり、ぼくを使って実験をしてみるのもおもしろそうだと思った。その結果がこういうことだった？」ジャックは腕を大きく回して睡眠クリニックを示した。「あなたにとってぼくはたんなる実験用のモルモットにすぎなかった。おそらくは、ぼくの症例について書いた論文を学会誌か何かに載せるつもりだったんでしょう」

「違います。あなたの夢は独特です、ランカスター博士。あなたのような形で明晰夢を体験する人にはこれまで会ったことがありません。ですが、いまあなたが見た悪夢は――」

「だから言ったでしょう。これは正常な悪夢じゃなく――そんなものがあると仮定すればの話だが――ぼくがゼロから構築した明晰夢なんだ。ぼくはこれを利用して仕事をしている。しかし、その迷路がどんどん巨大化しどんどん複雑化して、ぼくの手に負えなくなってきている。中心を見つけないことには」

「自分の言っていることがどれほど常軌を逸しているか、気づいてらして？」マーガレットの声が甲高くなっていく。「あなたは学者でしょう、ジャック？ 大学の授業で犯罪者心理について教えていた。本も二冊上梓している。そんなあなたなら、自分の言っていることが薄気味悪い妄想だってことは理解しているはずだわ。火に対する妄想、それだけのこと。わたしが心配しているのは、それがさらに悪化すること。もしそんなことになったら、おそらく――」

マーガレットが唐突に口をつぐんだ。

「おそらくどうなる？」ジャックが穏やかに質問を投げた。「危ないやつになる？　誇大妄想に陥る？　情緒不安定になる？　言いたかったのはそういうことかな？」

「いいこと、わたしはあなたを助けられるものなら助けたいと本気で思っているけれど、あなたにはべつの種類の医者が必要だわ。これはわたしの専門外だから。夢に関する科学的研究は、じつのところ、まだあまり進んでいないの。まだまだわからないことが山ほどあってね。そこで提案があるの。これは精神科医に診てもらうのがいいんじゃないかしら。あなたに効くかもしれない薬物療法にもっと詳しいと思われる精神科医」

「もう行きましたよ」

ジャックはもう一度、いちかばちかで鏡に目をやった。目つきが正常に戻ったような気がした。正常に見えることを願った。だが、これはぼくの目だ、と考えなおした。当然のことながら、自分としては正常に見える。問題は、マーガレット・バークにどう見えるかである。

マーガレットが顔をしかめた。「もう薬物療法は試してみたということ？　診察のときにそうは言っていなかったけど」

「効果がなかったからです」ジャックはさらに二本、垂れさがっているコードを引きはがし、服をしまった小さなクロゼットの前に行った。「お互い、時間を無駄にしたようだ。もう帰らせてもらいます」

「ランカスター博士。ジャック。ごめんなさいね。あなたの睡眠障害を分析して診断を下し、克服の手助けができればと心から思っていたのに」

ジャックはクロゼットを開いて、その夜ここに来たときに掛けた白いボタンダウン・シャツを取り出した。一ダース持っている白いボタンダウン・シャツの一枚だ。彼は白いシャツしか買わない。そうすることで、着るシャツを選ぶ時間の無駄が省ける。白いシャツは二着持っている紺のビジネススーツのどちらにも合い、それ以外の服である六枚のカーキのズボンのどれとも合う。ネクタイは四本持っている。

彼は自分の人生がそうでなくとも複雑だと気づいていたから、簡略化が可能なところはすべて簡単にしようとしていた。

「だから言ったでしょう、診断など求めてはいないと」ジャックは言った。「ぼくはただ、忌々しい夢をもっとコントロールする方法を探しているだけなんです。このところ、いままでのように機能してほしい形で機能させることができなくなっているんで」

「明晰夢の状態に入ったとき、あなたが夢だと自覚していることには気づきました」マーガレットが言った。「それともうひとつ。その夢のある面をあなたが操作しているような気分になっていることも」

「夢の要素を操作している**気分**なんかじゃなく、操作しているんですよ」

「ときどきそういう感覚を体験する人は多いんです」マーガレットが言った。「それが明晰夢の定義ですもの。そんな感覚を体験するのはふつう、その人が目覚めかけたときですね。自分がまだ夢の中にいると気づく、ごく短い時間があるんですよ。でも、あなたの話――その炎の迷路――はどう考えても無理が……うーん――」

マーガレットが言葉に詰まり、顔が赤らんだ。沈んだ赤。

「幻覚という範疇を越えている?」ジャックが代わって締めくくった。「あるいは幻影?　そのことならわかってます、ドクター・バーク。それじゃ、着替えをするんで。そこに立って見ていたいなら、それでもかまわないが」

マーガレットは何か言いかけたが、言いたかったことがなんであれ、もっと大事なことを思いついたようだ。無言のままドアをぐいと引き開け、せわしく廊下に出た。

ジャックはドアが閉まるまで待った。

「くそっ」

胸部に一本だけ残っていたコードを乱暴にはがし、患者着を投げ捨てた。

彼がいたベッドルームから逃げ出した女性はマーガレット・バークがひとり目ではなかった。長年にわたる習慣をこれからもまたつづけなければ。つねにひとりで寝ること。

クロゼットの棚には白い下着のシャツがきちんとたたんで置かれていた。それを手に取り、頭からかぶって着た。下着のシャツもすべて白で統一している。十二枚の白いボタンダウン・シャツとの相性を考えるとそれしかなかった。

数週間前……

3

かつてクィントン・ゼインだった男はたっぷり距離をおいたところから燃えあがる炎を眺めていた。車はすでに完全に火に包まれ、赤々と燃える松明となって砂漠の夜を照らしている。炎は男の目を釘付けにした。彼の世界を満たし、遠くできらきら輝くラスベガスの明かりを消し去った。

あたりに人けはない。この時刻、まっすぐに延びる道路を走る車も一台もない。となれば全身を駆けめぐる強烈な興奮は、抑えこむ必要も隠す必要もなかった。あぜんとしたふりをする必要もない。この素晴らしいショーを目のあたりにしている者は彼のほかにいない。神々しいまでの破壊行為を心ゆくまで楽しむことができるのだ。

火は彼のあらゆる感覚を掻き立てた。圧倒的な多幸感を高ぶらせ、体の隅々にまで激しい衝撃波が伝わった。火は彼が知る中で最強の麻薬である。セックスやコカインよりはるかに大きな満足が得られる。

これに近いものを挙げるなら唯一、たんまり儲かる詐欺だろう。プロジェクトをたたみ、カネを手に姿を消すときに覚えるのは、間違いなく勝利の快感だ。破産で人生をぶち壊されたカモたちの呆然とした表情を見ると笑いが止まらない。とはいえ、たとえ十億ドルの詐欺であっても、それがもたらす興奮は火がもたらすそれには遠くおよばない。

もし彼がふつうの人間――群衆の中にいる弱い人間――ならば、おそらくこの奇癖のことで悩むはずだ。だが、彼はふつうではなかった。弱い人間ではない。大多数の中のひとりではない。大多数が恐れる略奪者《プレデター》なのだが、みな手遅れになるまでそのことに気づかない。

火はすでに衰えはじめていた。そろそろ立ち去るほうがよさそうだ。誰かが火事に気づき、調べてみようと決断を下す可能性は、ごくわずかではあっても必ず存在する。現場から走り去るレンタカーを目撃されたくない。

それでも、いささか躊躇した。道路脇にこのままたたずみ、視線の先にあるのが真っ黒な鉄塊と身元判別不能な焼死体だけになるまで見ていることもできる。火のすごいところは、すべてをみごとに一掃する機能だ。過去を含め、あらゆるものを帳消しにすることができる。

だが、こんなところまでわざわざ遠出してきたのはミスを犯すためではない。意を決してくるりと向きなおり、車に向かって歩きだした。頭の中では一大プロジェクトの詳細を反復し、すべて隠蔽したことを確認していた。警察が焼死体の身元捜査開始を発表するまでには、たぶんしばらく時間がかかるだろうが、そうなればまもなく、ジェシカ・ピット名義で登録された焼けたメルセデス・ベンツの運転席で発見された死体はジェシカ・ピット本人だと結論づけられるはずだ。まさにそのとおりなのだから。

ジェシカは目を瞠るほどの美人で、頭もよく野心的だった。三回離婚していたが、離婚のたびに前回の離婚時より裕福になった。だが、ほかの人間同様、ジェシカもあるものを必死で追い求めていたため、それを与えると約束した彼の言葉を信じたのだ。そしてそれと引き替えに、彼がプロジェクトの大事な第一歩を踏み出すために必要だったものを差し出した。

ジェシカの才能はベッドでのみならず、もっとはるかに重要な局面においてもなかなかなものだった。彼女とともに過ごした時間は楽しかったが、もはや用済みの人間になった。二人の関係の進展につれ、彼女にとって有用なことを知りすぎたからだ。

生かしておくわけにはいかない。すでに前進の準備はととのった。ジェシカ・ピットも、彼最大のプロジェクトの祭壇に炎にくるんで捧げた生け贄のひとりである。

レンタカーの運転席に乗りこみ、炎をあとに夜の闇に向かって車を走らせた。爆発がもたらした興奮には刺激的な爽快感があったが、火はもう消えはじめていた。そして完全に消えたとき、彼の胸に残ったのはいつもながらの怒り、いやというほど味わってきた何種類かの感情のひとつだ。彼はそれをしっかりと受け止めた。胸の奥底で燃えさかる炎が自分の強さの源であることをわかっていた。

計画のつぎの段階に神経を集中した。目的追求における最善の策は、効果が立証済みの分断攻略作戦だと最初から知っていた。大きく動くときが来たら、最初に排除すべきはジャック・ランカスターだということもずっと前からわかっていた。

ジャック・ランカスターはアンソン・サリナスの三人の養子の中でいちばん危険度が低いと誰もが考えている。ランカスターは学問の世界でキャリアを積んできた。近ごろは本を書いて生活している。軍隊の訓練を受けてもいなければ、警察官として働いたこともない。銃の引き金は引けるだろう――くそっ、誰だって引き金くらい引ける――が、あいつが拳銃を持っている気配はない。もっと強力な小火器は言うにおよばず。

同じく養子のカボット・サターのように武術の専門家でもない。もうひとりの養子、マックス・カトラーのようにプロファイリングの経験もなく、ＦＢＩやその他政府系情報機関とのつながりもない。

教職にいつまでもしがみつくつもりもないようだし、結婚もしていない。この何年間かを振り返れば、彼の名がヒットしたのはあちこちの精神科医や睡眠障害の専門家のオンライン上の記録だった。明確な診断や細かい病状についての記述はいっさい見当たらなかった。しかしながら、**妄想傾向**という言葉が何カ所かに記されていた。

彼の睡眠障害がどういったものであれ、彼の恋愛がすべて短命に終わっているとなれば、その深刻さは明らかだ。一年前、元カノのひとりがＳＮＳに彼のことを正気じゃないとまで書きこんでいるほどである。

だが、元クイントン・ゼインだった男はジャック・ランカスターの本性を知っていた。二十二年あまり前、彼はランカスターの目にその本性を見ていた。

当時、ランカスターは十二歳の子どもだったが、そのときですらもう目に見えていた。彼が長じたのちはたんに危険というだけでなく、なんとも恐ろしい存在になるということが。

現在……

4

ウィンター・メドウズは男の手に目を凝らした。ジャック・ランカスターが瞑想のような状態にあるときに彼の顔を見ると、ウィンターのようなプロでさえ、心が乱されるからだ。

自己導入の瞑想状態に入るとき、たいていの人は目をつむるが、ジャックは違った。目はつむらず、手にした小さな黒曜石をじっと見つめる。あたかもその石が彼だけに見える秘密や幻を映しているかのように凝視するのだ。

むろん、そういうことなのだろう。なぜならジャックは瞑想してはおらず、夢を見ているからだ。

専門的には明晰夢という。睡眠状態と目が覚めている状態のあいだにある未知の領域で見る夢のことだ。これまでにも明晰夢を見る人間に出会ったことがある――彼女自身もほんの何度かだが明晰夢を見たことがある。ときどき体験する人間はたくさんいるが、それに関するジャックの能力はまさに異常だ。見たいと思えば見ることができる。つまり、彼は意図してそれを見ているのだ。

セッションを開始するとき、ジャックはメタルフレームの眼鏡をはずしてケースにしまう。そのあとはそれまでより無防備に――あるいは近づきやすく――見えてもおかしくないのだが、実際は逆だ。印象を和らげるレンズをはずすと、彼の生き生きとしたグリーンの瞳は人の目を惹きつけて離さない――少なくともウィンターはその魅力に圧倒された。目をそらすことがなかなかできないし、そらしたくもなかった。外からは見えないものを見ている男の目。ほかの人間がよく考えてもみないことを奥深くまで見通す術を知っている男の目。使命を帯びた男の目。

ジャックの手もウィンターの興味をそそった。力強く男性的だが、黒曜石を握る手つきにはどこか繊細さが感じられた。石を持つ手を見ているだけで、ちょっとした高揚感が体じゅうを駆け抜けた。ダイヤモンドだと思う人もいるだろう。本当は朝の散歩の途中に拾ったきれいな石にすぎないのだが。

彼のほかの部分もその手や独特な目と絶妙に調和していた。流れるように優雅な身のこなしは生まれながらの狩人を思わせる。髪はきわめて短くカットされ、まったくしゃれっ気のないスタイル。すっきりした平面と鋭い角度が同居した顔。彼のどこもかしこもが苦行僧的な雰囲気になじんでいる。時代と場所が違えばテンプル騎士団の一員だったかもしれないと思えるが、彼には変化に富んだ職歴があった。いくつもの小規模な大学で犯罪行動を教えながら、ときにはFBIを含む法の執行機関で研究会をおこなったりもしていた。ところがどうやらそうしたキャリアに見切りをつけたらしい――もしかするとキャリアが彼に見切りをつけたのかもしれないが。いずれにしても彼はどこかの時点で学問の世界を離れて、犯罪心理に関する本を書いたり、ウィンターが彼の天職ではないかと感じている仕事――未解決事件の調査――を手がけたりしている。

その仕事のためなのか、あるいはむしろその余波のためなのか、彼は一カ月あまり前にウィンターが暮らす小さなコテージの玄関にやってきた。ウィンターがこのオレゴン州の海沿いの町エクリプス・ベイに引っ越してきて、瞑想インストラクターとしての仕事をはじめたばかりのころで、ジャックは最初の客のひとりだった。

ウィンターに最初の相談をたのむのが彼にとって簡単でなかったことは、ウィンターにも痛いほどわかった。極端に用心深かったし、見るからに懐疑的だった。ウィンターとその職業に対する彼の態度は**疑心暗鬼**といっても過言ではなかっただろう。

彼がここにやってきたのは万策尽きたからだということはひと目でわかった。

だが、二度のセッションを経たあとは**あの怪しげなこと**と呼ぶようになり、不安はだいぶ払拭できたようだ。とはいえ、彼が疑念を抑えこむ努力をしてまで彼女の技法を試してみようとした理由はほかにもあった、とウィンターは思っている。二人には重大な共通点があったからだ。ともに十代の早い時期に親を亡くし、里親の家で育った。それが二人にとって、めったには得られない本物の絆になったのだ。

「いま、どこにいるの？」ウィンターが訊いた。

「氷の庭園を出るところだ」ジャックは答え、黒曜石を持つ手に力をこめた。「中央の大通りを町のゲートに向かって歩いている」

ジャックの声に感情はいっさいこもらず、抑揚もなく、半睡状態に似ている。それでも、催眠術をかけられたり本当に夢を見ている人間とは異なり、周囲の状況をずっと把握している。

彼女の誘導に促されてその場でこしらえてきた夢の中の風景に、新しく大通りが加わった。

「本当にそこを出てもいいの？」

「殺人犯は突き止めた」ジャックがあいかわらず静かな声で言った。「これで狩りは終わった」

つぎの捜索開始まではね、とウィンターは思ったが、声に出しては言わなかった。明晰夢の状態にあるとき、ジャックは調査を狩りと呼ぶ。しかし、その状態から脱したあとは配慮をのぞかせ、請け負った陰鬱な仕事をケース・スタディーと呼ぶ。専門用語がどうあれ、彼が遅かれ早かれつぎの調査を請け負わざるをえなくなることは二人ともわかっていた。そうなれば、彼はまず調査開始時に、そして事件解決時に再び、新たな自己誘導の夢に入っていく。それが彼の仕事の手順なのだ。狩りの開始時、彼は明晰夢の能力を駆使して証拠を収集し、それを紡いで整合性のある仮説を立てながら犯人に近づいていく。そして事件が解決したとき、彼はまたべつの夢を使って感情的、心理的な後遺症に対処する。

後遺症は必ずある。というのは、ウィンターの知るかぎり、ジャックが請け負う事件はけっしてすっきりとは解決しないからだ。けりはついた、というところがせいぜいだろう。

ジャックは主として、放火絡みの古い未解決事件を調査したがっているようだ。彼の調査を一風変わった道楽と言う人がいることはウィンターも知っている。彼の仕事を病的な妄執だと決めつける人もいる。だが、ウィンターは彼がしていることはそういうこととはまったくべつの何かだと確信していた。ジャックが請け負う未解決事件は、彼女が見るところ、探求の旅なのだ。

ジャックと知りあってすぐ、ウィンターにはわかった。天賦の才をそなえたほかの人たち同様、ジャックもその能力を使わずにはいられないのだと。しかし、どんな天賦の才にもゆゆしい裏側がある。

ウィンターに最初の相談をもちかけたとき、ジャックは事件を一件解決するたびに受けてきた心理的、感情的余波への対処法を必死で探していた。それまでに受けた余波の蓄積が重くなりすぎて、どうにも背負いきれなくなっていたからだ。

最初のうち、ウィンターは彼に瞑想の方法を教えた。明晰夢の才のおかげで彼は難なく会得した。瞑想は彼に、事件の感情的、心理的な面から脱するための道具を与えたようだ。

瞑想になじんだあと、彼はおそるおそる明晰夢の話を切り出した。ウィンターは瞬間的に、彼が間違ったイメージを使っているのだと気づいた。

「炎は逆効果だと思うの」ウィンターは説明した。「邪魔だわ」

ジャックはまさかの表情で彼女を見た。「だったら、なんだろう？」

「氷ね」

「本当に？」ジャックが訊いた。

「わたしを信じて。こういうことはよくわかっているの」

「ひょっとして、ぼくが幻覚を起こしていると思ってやしない？」

「ううん、もちろん、思ってないわ。あなたのそれは明晰夢。かなり独特な形で明晰夢を見ている。ただそれだけ」

ジャックはウィンターをしばらくじっと見ていた。彼女はいったいどこの惑星から来たんだろう、とでもいった表情で。やがてなぜか彼のようすが変わった。緊張が解けたらしい。それまで両肩にのしかかっていた重いものがふっと消えたかに見えた。

「氷か」ジャックが繰り返した。それについてひとしきり考えをめぐらしたのち、一度だけ、やけにきっぱりとうなずいた。「氷の迷路は効果があるかもしれない」

「迷路にこだわるのはどうして？ もっと考えを広げたらどう？ 夢の中の風景にもっといろいろな選択肢をもたせてみたら？」

一週間と経たないうちに彼は明晰夢を見るための背景となる風景を驚くべき精密さで構築した。以来、彼はアイスタウンで殺人犯を追っている。

炎のイメージを捨てるよう彼を説得しなければならなかったが、われながら不思議だった。頭はつねに視覚に強い刺激を与えるものにこだわり、それが引き金となって強烈な記憶呼び覚ます。これはウィンターの勘だが、ジャックは過去のどこかで火に関連した恐怖を体験したのではないだろうか。たぶんそのうちいつかその話もしてくれると思うが、いまはまだ彼は秘密を明かしてくれてはいない。それについては理解できた。彼女もいくつかの秘密を抱えているからだ。

ジャックに対しては辛抱強くやっていこうと心に決めたものの、簡単ではなかった。彼はこれまで出会ったことのない、とびきり魅力的で、やたらと謎めいていて、なんとも興味をそそる男性だが、こういう場合は急ぐとろくなことがない。

「いまは何をしているところ？」ウィンターは訊いた。

「持っている鍵でゲートを開けようとしている」ジャックが答えた。

〝鍵〟とは、彼が明晰夢を終わらせたいときに自分に向かって言う言葉のことだ。彼には、まったく異なるイメージに加えて、彼には夢の状態から目覚めた状態への移行を容易にする独自の脱出《エスケープ》ワードが必要だと気づいたのはウィンターだった。だが、彼がどんな語を選んだのかはまったく知らない。どうでもいいことだった。重要なのは、それが彼に機能するかどうかなのだから。

エスケープ・ワードを選ぶように助言したときは、彼にとって個人的に深い意味を持つ言葉がいいと言った。それがもうひとつの解決策だった。にもかかわらず、ジャックは結果に驚いたようだ。

己がそなえたごく稀な能力をコントロールできるように力を貸してくれたことに彼が心から感謝していることはわかったが、感謝が二人の関係――というか、むしろそういうものが欠落した状態――にとって大問題なのではないかと思えた。彼には便利な瞑想インストラクター兼夢セラピストとして見てほしくなかった。ウィンターはすでに心に決めていた。彼には女としてのわたしを見てもらおう、できることなら彼が魅力を感じる女として見てもらおうと。

ジャックが一度瞬きをしてから大きく目を開けた。手にした黒曜石から顔を上げる。セッションも回を重ねたいま、夢から覚めた直後の彼がどんなふうかはよく知っていた。にもかかわらず、彼にじっと見つめられるたび、あいかわらずぞくぞくしてしまう。

ウィンターは微笑んだ。「目覚めの世界へお帰りなさい」

「どうも」ジャックはどこかしぶしぶといった仕種で黒曜石を脇に置き、眼鏡ケースを開いた。眼鏡をかけても彼の目のグリーンの炎は消えなかったが、いくらか冷たい色になった。「氷についてはきみの言ったとおりだ。コントロールがずっと簡単になった」

「あなたの場合はそうかもしれないけど、誰にでも当てはまるとはかぎらないわ。あなたが明晰夢を構築するときにしていることは、一種の自己催眠なの。半睡状態はどういう種類のものであってもふつう、気持ちを落ち着かせる雰囲気のイメージを使ったときにいちばん効果が上がるわ。火がいけないのは、コントロールをきかせたい部分を高ぶらせてしまうからなのよ」

それを聞いてジャックの目尻がわずかに引きつったが、ウィンターには彼がおもしろがっているのか怒っているのかはわからなかった。

「火がぼくを高ぶらせると思う?」ジャックが訊いた。

ウィンターは顔が赤くなるのが自分でもわかった。

「性的な意味じゃないわ」とっさに言った。「あなたの本質のうちの戦士の面を呼び覚ますって意味。その面が優勢になると、論理的で瞑想的な面が部分的に抑えこまれてしまうの」

「これまでいろんな呼び方をされてきたけど、戦士というのはなかったな」

「もう少しぴったりの言葉、今風な言葉で言うなら捜査官かしらね」

「いや、それはない」ジャックが言った。「実際、そうじゃないし。いっしょに養子になった二人は私立探偵で、養父は元警察官だが、ぼくだけは家族の中で退屈なやつなんだよ。未解決事件を調べたり、その調査に基づいて本を書いたり」

「わかったわ。あなたは銃を手に事件を解決してはいない」ウィンターは少々いらつきながら言った。「その代わり、特殊な能力を使って一見無関係な事実を集めては、それらを論理的なやり方でリンクさせていく」

「きみがいま言ったのは陰謀論者の定義そのものだって言う人もいそうだ」

ウィンターは彼が冗談を言っているわけではないと気づいた。

「ばかげてるわ。よりによってあなたがそんなこと言うなんて。本当の陰謀論者は自分が欲しい答えや結論からはじめるものよ。つぎに事実を操作して自分の仮説に当てはめる。もし希望どおりの結論にそぐわない事実があれば、そんなもの無視して捨てる」

ジャックはウィンターをしばらくじっと見ていた。彼の表情からは何も読みとることができない。やがて彼が身構えたかに見えた。さあ、悪いニュースを伝えるぞ、とばかりに。

「話しておくほうがよさそうなことがある。昔、正真正銘の陰謀論者だと非難されたことがあった」

ウィンターがにやりとした。「だとしたら、アルミ箔のヘッドギアはどこ？」

ウィンターに向けた彼の目がさらに真剣になった。新たな情報を整理しているかのような表情。そしてまもなく、彼の肩からすうっと力が抜けた。

「家に忘れてきたみたいだ」

「いいこと、あなたの状況に対するわたしの見解はこう」ウィンターは言った。「あなたは炎の迷路をコントロールしようとするだけで疲れ果てていた。火を消そうと必死になりながら、同時に火事の原因である放火の細かい証拠をいろいろ集めて分析しようとしている消防士みたいだった」

ジャックは身じろぎひとつしない。「どうしてそれがわかった？」

ウィンターは両手を広げた。「それがわたしの仕事よ、ジャック。わたしには明晰夢に関してあなたが抱えてる問題がわかるの。あなたが放火の現場で発見された手がかりをつなぎあわせて犯行パターンを突き止める方法を知っているのと同じ」

ジャックがめったに見せない笑顔をのぞかせてウィンターを驚かせた。「すごいっ」

ウィンターは椅子の背に寄りかかり、ジーンズの前ポケットに手を突っこんだ。

「たぶんあなたがわたしの仕事をまだ怪しんでいるんだろうなってこともよくわかっているわ。さんざん怪しんだ末に、やっと最初のセッションの予約を入れたことも知っているし」

「今夜さっそくインターネットで瞑想のための銅鑼やマントラを注文するつもりはないが、きみ式の瞑想指導と夢セラピーはいいね」

ウィンターが眉をわずかに吊りあげた。「いいねって程度？」

「いいねよりいい。ぼくに合ってる」

「熱意の低さにはがっかりだけど、わたしから学んだことがあなたに合ってると聞いてうれしいわ。だって、月末には請求書を送らせてもらうから」

「すぐに払うよ」

ウィンターが鼻に皺を寄せた。「いいこと聞いたわ。こんなこと言ってはなんだけど、このエクリプス・ベイの町で瞑想教室をやっていくって思ったよりきついのよ」

「生徒はぼくだけじゃないだろう。地元の人が何人かきみのコテージに来るのを見かけた」

「ここだけの話、たいていの人はほんの好奇心からセッションを予約しただけ。でも、そのうちの何人かが常連さんになってくれればと思っているの。大家さんによれば、商売は避暑の人たちが来れば繁盛するだろうって。そういう人たちって冗談じゃなくヨーグルトとヨガが大好きだから、瞑想体験に飛びつくと思うって」

「カリフォルニアのスパで働いていたときも、客はそういう連中だったの？」ジャックが訊いた。

ウィンターは凍りついた。「わたしがキャシディー・スプリングズ・ウェルネス・スパで働いていたことを知ってるなんて、これまでひとことも言わなかったわよね」

「ぼくが経歴調査もせずに瞑想インストラクターのセッションに予約を入れると本気で思う？」

それくらい予測できたでしょう、ウィンターは思った。なんといおうが、相手はジャック・ランカスター。根っから疑り深いタイプで、調査の方法も心得ている。

ウィンターは深く息を吸いこみ、ジャックのひとことに動揺しないよう自分に言い聞かせた。彼は悪くない。セッションを予約する前に経歴調べをすることくらい予測すべきだった。

「わたしの前の仕事のことなんか一度も訊かなかったから、興味がないんだと思っていたわ」さりげなく、関心もないふうを装って言った。「いまになって思えば、かなり世間知らずだわね」

「ちょっとね。きみがぼくの仕事について知っていることを考えれば」ジャックはそこで少し間をおいた。「何か問題でも？」

「ううん」ウィンターは即答した。早すぎたかもしれない。問題は、エクリプス・ベイに引っ越してきて一カ月、いつの間にか警戒心が緩んでいたことだ。ここは安全だと思いはじめていた。人差し指でテーブルをこつこつ打ちながら、どうしたものか考えた。「わたしの前の仕事を調べるのは簡単だった？」

ジャックは片手を申し訳なさそうに小さく動かした。「データがたくさんあったからね。きみの名前。職業。出身はカリフォルニア。車のナンバー」

思い返せば、彼には隠そうとしていなかった。もしケンドール・モーズリーが彼女を探し出そうとすれば――ありえないことだが――いやでもキャシディー・スプリングズ側から調べるほかない。真夜中にあの町をあとにしたとき、目的地に関する手がかりは何ひとつ残してこなかったことには自信があった。じつのところ、行き先については彼女自身も知らなかったのだから。ハンドルを握って走りだしてから、どっちへ行こうか考えた。

しかし、最近ではインターネットのおかげで誰だろうが探し出すことができるという。

「ひょっとしてキャシディー・スプリングズ・ウェルネス・スパに連絡して、わたしのことを訊いたりした？」

「いや」ジャックが答えた。

それを聞いてなんとかまた呼吸ができた。

ジャックはあいかわらず暗い表情でウィンターを見ていた。なんらかの説明を待っているのだろうが、明らかに自分から質問するつもりはないようだ。ウィンターも答えるつもりはない。ケンドール・モーズリーの一件に彼を引きこむわけにはいかない。彼にどうこうできる話ではないし、いずれにせよ、いざとなれば自分の身は自分で守れる。

「つまり、ボスと衝突したものだから、あのスパには何も言わずに辞めてきちゃったの。話せば長い話なんだけど、結論としてはあそこの経営者がわたしのことをよく言うはずはないってことね」

状況を考えれば、間違いなくそうだろう。

「わかるよ」ジャックが言った。

ウィンターは不安そうに彼を見た。「わかってくれる？」

「ぼく自身、仕事絡みでの衝突を何度か経験しているからね。誰もがぼくの仕事を認めてくれるわけじゃない」

「でも、あなたはすごい仕事をしているわ。昔の殺人事件を解決する。異議を唱える人なんかいるの？」

「それがいるんだ。ぼくが過去をつつきはじめると、うれしくない人間が必ずいる」

「ふうん」ウィンターはそれについてしばし考えた。「そういう角度から考えたことはなかったわ。たしかに、何十年も前の犯罪を調査することで、事件の関係者の生活が乱される可能性はありそう」

「地元警察も必ずしも歓迎はしてくれない」

「自分たちの沽券にかかわるから？」

「ときにはね」ジャックが言った。「ここまでしか話せないが、ぼくは仕事を請け負う前に必ず、どんな結果が出ても受け止める覚悟があるかどうか依頼人に訊くんだ。ぼくにとって仕事の中でいちばんむずかしい一面だ。間違えることもしばしばある」

「依頼人が結果に耐えられるかどうかの判断に関して？」

ジャックは両手の掌を上に向けた。「ぼくは答えを見つけることにかけてはとびきり有能だが、それは、きみの言うとおり、事実と事実をつなぐことができるからだ。とはいえ、古い犯罪は現在に波長の長い衝撃波を送りこむ傾向がある。何度となく依頼人の反応に驚かされて、彼らの思うところを読みとる力が足りないと思い知らされている。驚いたときはもう手遅れで」

「それはたぶん、あなたを雇ったとき、依頼人は自分が真実にどう反応するかなんて考えてもいないからなんじゃないかしら」

ジャックはそれについてしばし考えをめぐらした。「きみの言うとおりだ。愛する人を二十年前に殺したのが誰なのか突き止めたいことと、犯人が自分の身内だったり、事件後に結婚した相手だったり、通りをはさんだ隣人だったりなんてことが判明することとはまったく話がべつなんだよ」

ウィンターは身震いを覚えた。「なぜあなたの調査がひどい終わり方をするのか、理由がわかった気がするわ」

「きみが前に働いていたスパの客だが、みんなヨーグルトとヨガが大好きってタイプだった？」

「そういう表現に当てはまる人もたくさんいたけど、わたしが働いているあいだに法人客も受け入れることになったの。キャシディー・スプリングズはシリコンバレーに近いのよ。ＩＴ業界の二十四時間働かなきゃって労働観はものすごくストレスがたまるでしょう。それはつまり、ストレスを減らす専門家のところに通う客を生んでいるのよ」

ジャックがうなずいた。「たとえばきみみたいな」

「ええ、そう。残念だけど、エクリプス・ベイにはストレスがたまったＩＴ関係の労働者がそうたくさんはいないとわかったから、わたしも何かべつの種類のお客を探さないとね」

「ぼくみたいな客がもっと必要ってことか？」

ウィンターが笑みを浮かべた。「この町にあなたみたいな人がほかにもいるとは思えないけど」少し間があった。「そうだわ、もうひとりいるかもしれない」

ジャックが顔をしかめた。「ぼくたちの大家？」

「当たり」

ジャックの目がまた何を考えているのか読みとれなくなった。「ぼくもああいう変人だと思う？」

「ううん。あなたは才能があると思うわ。これから必要なのは、その才能の暗黒面に対処する術を身につけることね。だって、暗黒面は必ず存在するから」

「気づいてはいた」ジャックが黒曜石をちらっと見た。「この石がぼくに効果があるってことはどうしてわかったの？」

「それ、ある日散歩の途中で見つけた石なの。すごくいいなと思ったけど、特定の誰かが思い浮かんだわけじゃなかったわ――あなたが現われるまではね。あなたを見たとき、ただなんとなくぴったりだと感じた」

「凍った炎」ジャックがつぶやいた。

「えっ?」

「黒曜石のことさ。溶岩が急速に冷えたときにできたガラスの光沢を持った火山岩。これは凍った炎なんだ」

「そういうことなのね」ウィンターも黒曜石を見た。「その表現、ぴったりだわ」

ジャックが椅子から立ちあがり、軽く伸びをした。腕時計に目をやる。「それじゃ、これで」

ウィンターはなるべく見つめないようにしていたが、じつのところ、彼の身のこなしを眺めるのが好きだった。大男ではない——見あげるほどには——が、同じ部屋にいると、彼が室内の熱気とエネルギーの源みたいに思えた。

ジャックが黒い眉を片方わずかに吊りあげ、ウィンターを見た。「どうかした?」

「ううん、べつに」ウィンターは懸命に明るい営業用の笑顔をつくった。「では、今日はそろそろ時間みたいね。つぎの予約を入れましょうか?」

「いや、また必要なときに連絡するよ。今日は長い一日だったから。いま必要なのは一杯やりながらの夕食だな」ジャックはそこでしばし間をおいてから、ウィンターをじっと見た。「きみもいっしょにどう?」

ウィンターは自分の耳を疑った。「一杯やりながら夕食？　あなたと？」

「まずいかな？　きみの職業では客との個人的付き合いに関してのルールがどうなっているのか知らないんだ」

ウィンターはそれまでずっと、客との個人的付き合いに関するポリシーを厳しく守ってきた。ぜったいにデートはしない。

咳払いをする。「厳密にいえば、わたし、瞑想セラピストの資格を持っているわけじゃないの。自分では瞑想ガイドだと思っているわ。ということはつまり、客とかかわるのは名案じゃないと思うけど」

「なるほど」

「あなたはもちろん、わたしを自由にクビにできる立場にいるわ」ウィンターが穏やかに言った。

ジャックはその提案に興味を感じたようだ。「きみをクビにできる？」

「あなたにはもうわたしは必要ないみたい。あなたの夢の問題は解決したんですもの」

ジャックの顔にゆっくりと浮かんだ笑みは驚くほどいたずらっぽかった。ウィンターの全身をわくわくした期待が駆け抜ける。

「そうか。それじゃ、きみはクビだ」

ウィンターは深呼吸をしながら数秒間考えをめぐらした。**興奮してはだめ。**ジャックはいま、調査を一件片付けたばかりなのよ。彼の仕事にハッピーエンドなんてものはないのだから、これから過ごす長い夜に目を向けているところ。**考えてもごらんなさい。これは彼とわたしの個人的付き合いがどうのこうのということじゃないの。彼はただ食事の相手が欲しいと言っているだけ。わたしだってもちろんそう。**

「わかっているかもしれないけど、もしわたしたちがいっしょに一杯やりながら食事をしたら、地元の人たちはわたしたちが熱烈な恋愛関係にあると思うわ」ウィンターは言った。

ジャックが思案顔になった。「ぼくはこれまで熱烈な恋愛なんかしたことがないと思う。熱烈じゃないやつよりいいのかな？」

ウィンターはちょっと考えたのち、彼は冗談を言おうとしたのだと判断した。「さあ、どうなのかしら。わたしも熱烈なんて言えるのは経験したことないから。めったにないんじゃないかって気がするけど」

「たぶん、実際に経験するまでこれがそうだってわからないものなんだろうな」

「たぶんね」

彼を相手に恋愛――熱烈だろうがそうじゃなかろうが――とはほとんど無縁だなんて話をしてみたところではじまらない。彼が引き受ける未解決事件同様、いい終わり方をすることなどけっしてない。深刻な暗黒面を持つ能力をそなえた人間はジャックだけではないのだ。

「一杯やりながらの食事だが」ジャックが言った。

ウィンターが微笑みかけた。「ここで食事をするっていうのはどうかしら。特別おいしい料理ってわけにはいかないけど、カリフラワーをローストするわ。たっぷり二人分はあるし、あとサラダもつくれる。おいしいパンもあるし、地元の小さなワイナリーで買ったワインもあるのよ」

「夕食にカリフラワーとサラダ？」ジャックが、土地の奇妙な習慣について尋ねる観光客さながらの好奇心を穏やかにのぞかせた。

ウィンターが顔を紅潮させた。「わたし、ローストしたカリフラワーが大好きなの。まず小さく切って、それにオリーブオイルと塩をかけたあと、いい感じにパリパリになるまで焼くわけ。最後におろしたチーズをかけて出来上がり」

「おもしろそうだ」

これじゃうまくいくはずないわ、とウィンターは思った。

「そうね」ウィンターはさも乗り気といった口調で言った。「どこかへ食べにいきましょう。それがいいわ」

「いや」ジャックが言った。「ここで食べよう」なんだかうれしそうだ。「最高だよ、それ」

5

「今回の調査、かなりきつかったの？」ウィンターが訊いた。

ジャックは詰め物で膨らんだ古ぼけた椅子の背にもたれて両脚を伸ばし、ワインを飲んでいた。考えてみれば、今夜こうしてともに過ごした女性を心底恐れたとしても不思議ではないのに、やたらと気分がよかった。こんなことは久しくなかった、というか、生まれてはじめてかもしれない。

ウィンター・メドウズは魔女のような雰囲気をそなえており、人をじらしたり心を惑わせたりすると同時に取り違えようのない警告を発してくる。**手を出したら危険は自己責任よ。**

彼女の着るものがほとんど黒という事実もその印象を強めている。今夜の彼女は黒の長袖セーターに黒のジーンズ。知りあって数週間、ジャックはそれが彼女の制服なのだとの結論に達していた。彼の白いシャツにカーキのズボンと同じように。

彼女からは何か力強くて激しいものを感じるが、同時にめちゃくちゃ女っぽくもある。浜辺で砕ける波さながら、ぞくぞくする刺激が伝わってくる。肩先までの長さの赤褐色の髪で黒い炎が燃えている。金色がかった琥珀色の目が知性と謎を放ちながらきらきら輝いている。小柄でほっそりしてはいても、肝心なところはすべてほどよく丸みを帯びている。いまは暖炉に向かって置かれた大きな椅子で体を小さく丸め、曲線がなまめかしい太腿の下から細い足首がのぞいている。太腿のカーブを強調する彼女のスリムなジーンズが彼はすごく好きだ。どうしようもないほど。

料理もびっくりするくらいうまくて、こんなにうまいものはしばらく食べていなかったと思うほどだった。カリフラワーはさして好きな野菜というわけではなかったが、今夜、カリフラワーはローストすれば変身することを発見した。そのほかにも、缶詰のシチューもウィンター・メドウズといっしょに食べればけっこういけることもわかった。そしていま、二人は最後のワインを飲んでいた。

ジャックはウィンターの質問について真剣に考えた。養父、そして養子になったのを機に兄弟となった家族以外の人間と仕事について話すことはめったにないが、ウィンターはべつだ。彼女はジャックをごく正常な人間として受け止めてくれている。

「調査結果もきつかったが」ジャックは言った。「そのあとがもっときつかった。依頼人はぼくの分析に救われたようだ。結果を知って残念だったはずだが、ぼくに感謝してくれた」そこで少し間をおいた。「そこがぼくには理解できない」

「依頼人から感謝されたことが？　なぜそれが意外だったの？　たぶん長いこと夜も寝られなかった疑問に対する答えをあなたが出してくれた。となれば、依頼人が感謝しても不思議じゃないわ」

「いつもそういうわけにはいかない」ジャックが言った。「依頼人が腹を立てることもあってね。聞きたくなかった答えを出したぼくを非難する」

ウィンターは大きな椅子の背に頭をもたせかけ、暖炉の炎を見つめた。「腹を立てる依頼人にとって真の問題は、聞きたくなかった答えをあなたが出したとき、それで彼らの一縷の望みが絶たれたことなのよね」

ジャックは手にしたグラスを回し、ワインの表面で遊ぶ暖炉の炎を観察しながら、それについて考えた。たしかにそうだと思う。

「そういうことなんだろうね。ぼくが現われるまで、依頼人はつねに願うことができた。焼け焦げて判別不能になった死体は行方不明の愛する人ではないとか、殺人犯は信じている家族ではなく通りすがりの他人だとか」

「今回の調査の依頼人はなぜあなたに感謝したの？」ウィンターが訊いた。

「それがわからない。調査結果は彼女にとってけっしてハッピーエンドだったわけじゃない。十七年前の家の火事で死亡したのが彼女の母親であることは間違いなかった。依頼人はずっと殺人じゃないかと思ってきたが、警察は電気系統の不具合が原因だという結論を出した」

「あなたはなぜそれが放火殺人だと考えたの？」

「世界でいちばん古くからある方法にたよった」ジャックはワインを少し飲んでから、グラスを持つ手を下げた。「カネの動きを追ったんだ」

「なるほどね」ウィンターが感心したようにうなずいた。

「ファイルを調べて、被害者とつながりのあった人間の背景を細かく洗った。すると、依頼人の母親の死亡で利益を得る人間を発見した――母親の二番目の夫だ。そいつは死亡の一カ月くらい前に生命保険を掛けていた。誰もその保険のことを知らなかった。彼が秘密にしていたからだ」

「あなたはどうやって殺人だと証明したの？」

「基本的な調査を通してだよ。事実を掘り起こしていくと、二番目の夫は過去に二度結婚していたことがわかった。そしてそのどちらの妻も不審火で死亡。彼は二回とも保険金を受け取っていた。それだけじゃなく、そのカネを持って姿を消し、国内をあちこち動きまわって名前を変えたのちにまた結婚していた」

「その男、逮捕されたの？」ウィンターが訊いた。

「いや。数年前に心臓発作で死んでいた」

「それじゃ、依頼人はそいつが監獄行きになるのを見てすっきりすることはできなかったのね」

「ぼくは依頼人に答えを与えることはできたが、正義は与えられなかった」

「それでも依頼人はあなたに感謝した」

「ああ、彼女はぼくに感謝してくれた」

ジャックはまたワインを飲んだ。

ウィンターは大きな椅子の深みからジャックをじっと見た。「あなたが彼女の疑念を確認する以上のことをしたからだわ」

「そうかな？」

「彼女があなたに感謝した理由は、あなたが彼女の言うことを信じて事件を洗いなおしてくれたから。間違いないわ。誰かが自分の言うことに聞く価値があると思ってくれる、自分の意見にも一理あると思ってくれる、と知るだけでじゅうぶんってこともときにはあるの」

ジャックは暖炉の炎を見つめながら、それについて考えをめぐらした。「そんな言い方されると、まるでぼくがセラピストみたいじゃないか」

ウィンターは何も言わず、ただにこりとした。

ジャックが彼女を見た。「だろ?」

「わたしはただ、あなたも一種のセラピストだと思ったのよ。隠されていた事実を見つけたい依頼人に手を貸す」

ジャックが首を振った。「というより雇われた殺し屋みたいなものだよ――銃こそ持ってはいないが。みんな、万策尽きたときにインターネットでぼくを探し当てるのさ。必死なんだよ。たとえ依頼人が聞きたくなくても、ぼくは答えを教える。それは約束の一部だ。セラピーなんてものは含まれちゃいない。そういうことだ」

「わかったわ。あなたの仕事ですもの。あなたが好きなように定義すればいいことだけど、質問が二つあるの」

「どんな?」ジャックが用心深い口調で訊いた。

「どうして未解決事件の調査にかかわるようになったの? 犯罪心理の研究をしていたことは知っているし、しばらくのあいだそれを教えていたことも知っている。それに関する本を二冊出していることも。でも、いまあなたはエクリプス・ベイにいる。学問の世界に背を向けたことは明らかだわ。教職や研究から離れたのはなぜ？　未解決事件の調査で大儲けができるとは思えないけど」

これにはジャックももう少しで笑うところだった。「未解決事件の調査はほとんどカネにならない――少なくともぼくのやり方では。一件ごとに膨大な時間がかかる。経費がものすごい勢いでかさんでいく。そんな現金を持っている依頼人は稀にしかいない。ぼくがやっている仕事で生活ができる私立探偵はひとりもいない。ちなみにぼくは私立探偵の免許すら持っていない。ある種の犯罪に関心があるただの作家にすぎない」

「火を使った犯罪ね」

「それがぼくの専門だ」ジャックが言った。「ときには支払い能力のある依頼人もいるが、それは例外であって、必ずしもそうじゃない。ぼくがお金をもらわなくても仕事がやれるのは、最初の二冊の本が学術書の枠を越えて一般書として読まれるようになったからなんだ。おかげでつぎの本の契約もまとまった」

「それじゃ、オレゴン州のこの海沿いの町に来たのはなぜ？　ここはちっぽけな町で、ナイトライフはいっさいないし、人との付き合いだってかぎられてるわ」

「ぼくは人付き合いが得意じゃない」ジャックが言った。「ついでに言わせてもらえば、きみも同じ状況にいるような気がするんだが。このちっぽけな町で暮らしている。きみがここに来たのはなぜ？」

ウィンターは片方の肩を軽くすくめた。「ここ以外にないような気がするの。少なくともいまのところは。いつまでここにいるかはわからないけど。あなたは？」

「いまのところ、エクリプス・ベイに不満はない。いつまでいるかはぼくもわからないが」

「わおっ。いまこの瞬間を生きる術を知っている二人の会話みたい」

「それか、あるいは二人とも長期計画が大の苦手ってことか」

「わたしね、少し前は長期計画を立てようとしていたのよ。生まれてはじめて家具といえる家具まで買ったの。素敵な赤いソファー。でも、計画は頓挫。ソファーはいま倉庫にあるわ」

彼女の長期計画には男が絡んでいるんだろうな、とジャックは想像した。

「どういうなりゆきでこのエクリプス・ベイに来たのか聞かせてくれないか？」

「完全に行き当たりばったり」

「そりゃ、行き当たりばったりってこともあるかもしれないが、もしそんなことがあるとしても、めったにないだろう」

「ええ、あなたがカオス理論(不規則に見える現象の中から法則性を見いだす理論)に詳しいってことも知ってるわ」ウィンターが言った。「一匹の蝶がある大陸で羽ばたいて連続的に気流を起こすと、やがてそれがべつの大陸にハリケーンを発生させる」

「ま、そんなようなことだ」

「カリフォルニアでの仕事を辞める決心をしたとき、わたし、車で旅に出たの。海沿いのハイウェイを北に向かって走り、途中五、六カ所で停まったけど、またそのまま走りつづけてエクリプス・ベイに到着したわ。そしたら、この土地が発するエネルギーが気に入ったの」

「エネルギー？ ほんとに？ この町にとどまった理由がそれ？」

ウィンターが声を上げて笑った。その笑い声が部屋の中ではじけた。

「ええ、わたし、この町のエネルギーが大好き」ウィンターが言った。「嵐のときの波。息をのむような夕日。地元の人たちはわたしがどこかの惑星から来た難民じゃないかと思っているくせに、それでもなんだか歓迎されている気分にさせてくれる」

「そう言えば、ぼくもそんな気がしてるが、とりあえず友好的に接してもらってる」

「わたしたちに興味津々なはずなのにね」ウィンターが言った。「文句なしのよそ者ですもの」

「当然だろうな」そろそろ引きあげたほうがよさそうな時間だ。ジャックは重い腰を上げた。「もうこんな時間だ。帰ることにするよ。今夜はごちそうさま」

「大したものもなかったけど」ウィンターが丸めていた体を伸ばして椅子から立った。「あなたにとって長い一日だったのよね。というより、長い日が何日もつづいていたんでしょ。一週間近く留守にしていたところを見ると」

「今回はあちこち遠出しなければならなかったからね。事件が起きた町から引っ越した人たちに会って話を聞かなければならなくて」

「わかるわ」ウィンターは部屋の反対側の壁の前に行き、フックに掛けてあったジャックのウィンドブレーカーを取って彼に手わたした。彼がそれを着るあいだにウィンターがドアを開けた。

二人は身が引き締まるように寒い夜に目を向けた。九月の月が、海上をおおう嵐の前触れを思わせる厚い雲の陰に見る見る隠れていく。

「風が出てきたわ」ウィンターが言った。「どこかで蝶が羽ばたいて、それがここに波及してくるっていうことね」

「嵐はあと二時間もしたら上陸だな」ジャックが言った。「天気予報によれば、大型らしい」

「朝には海岸の波が壮観よ」

「危険でもあるけどね」ジャックが言った。「嵐のさなかや去ったあとに海岸を散歩しようとして、波にさらわれる人が毎年数人はいる」

「アドバイスをありがとう」ウィンターがいささか丁重すぎる口調で礼を言った。

「崖の上から眺めるから大丈夫よ」

ジャックが顔をしかめた。「ごめん。ときどきついよけいなことを言ってしまうことがある」

ウィンターが噴き出した。「わかってるわ。いいのよ、そんなこと。ほんとよ。ご心配はありがたいけど、海岸を散歩するときの昔からのルールはわかってるの。海に背を向けるな」

「なるほど。たしかにそうだ。それはいい」

ジャックは少しでも長くここにとどまる口実を探している自分に気づいた。いや、ただここでぐずぐずするための口実だけではない。本当に探しているのは——必死で探しているのは——彼女にキスする口実だ。だが、どうしても見つからない。

まだ早すぎるよ。この状況を台なしにしたくないだろう、ランカスター。

ジャックはポーチに出て階段を下りたが、まだ未練はあった。崖の上に沿った未舗装の道には街灯などひとつもない。彼の家は大して離れておらず、都会ならば長めの一ブロックといった距離だが、なぜか今夜はそれが果てしない道のりに感じられた。

「懐中電灯があるから貸してあげるわ」ウィンターが戸口から声をかけた。

ジャックは上着のポケットからペンライトを出した。「いや、持ってきている」

ウィンターが微笑んだ。「あなたなら当然だわね。ボーイスカウトだったの？」

「養父が町の警察署長だったんで、つねに準備は怠らなかった」

「ふうん」

ジャックはウィンターをじっくりと見た。今夜の夢のためのイメージをしっかり頭に焼きつけておきたくて。彼女の髪はポーチの明かりを受けて落ち着いた銅色の夕日に似た輝きを放っていた。そして謎を秘めた目で彼を見ていた。

「今夜は楽しかった」ジャックが言った。

「わたしも」ウィンターはその場に立ったまま、家の中に戻ってドアを閉めようとはしない。「もうひとつだけ、個人的な質問をしてもいい？」

「ああ、いいよ。答えられるかどうか保証はないが」

「あなたが調査を引き受ける未解決事件は放火殺人ばかりよね」

くそっ。ついに来たか。恐れていたのはこれだ。放火事件について疑問を抱くのは当然だ。彼と親しくなった人間はひとり残らず、遅かれ早かれ疑問を抱く――考えてみれば、たしかにふつうじゃない。

「ああ、そうだ」ジャックは言った。

ウィンターは腕組みをし、片方の肩をドア枠にもたせかけた。「どうして放火なの?」

「それはつまり……興味があるからさ。いや、そういうわけでもないな。火を使った殺人を犯す種類の人間に興味がある、と言ったほうが正確だ」

「それは個人的な体験のせい?」

「ぼくの母は火が大好きな男に殺された」

ショックのあまり、ウィンターは彼をじっと見るしかなかった。

「お気の毒だわ」長い沈黙ののちにようやく言えた。「だって……ひどすぎる」

「もう二十二年も前のことだけどね」

「あなたが放火絡みの犯罪に興味を持つ理由がわかりかけた気がするわ」

「放火事件に対するぼくの関心はすでに妄想の域に突入していると指摘する人間もいるが」ジャックは言った。「きみは怖くないか?」

「どうかしら。そういうものなの？」

「たぶん」ジャックは言った。「ぼく自身、ものすごく怖くなることがある」

そんなひどすぎる現実もあることに、ジャックは改めて気づかされた。これで彼がふつうではないことをウィンターも納得してくれるだろう。

よくやったぞ、ランカスター。二つの学位を肩書きにしているというのに、おまえは信じられないほど愚かなときがあるからな。「それじゃ、おやすみ」ジャックが小声で言った。

彼女にくるりと背を向け、小道の反対側の端にある暗いコテージめざして歩きはじめた。これ以上ぐずぐずしていたら、彼女に自分の過去を話さなければならなくなりそうだが、そこまでの心の準備はできていなかった。もし彼女が放火殺人にばかり目を向けるのを異常だと思うなら、カルト教団に所属していた過去もすんなりとは理解できないはずだ。

秘密を明かさずにいることは、彼にとってはずっと昔から習慣になっていた。ともにアンソン・サリナスの養子になった二人の兄弟と同じように。

6

ウィンターはドアを閉めたあと、不安をかきたてるジャックの言葉についてその場に立ったまましばらく静かに考えた。火事に見入られている自分が怖いと言っていたが、彼の目に見たのは恐怖ではなかった――あれは自分を包む闇の中でささやく幽霊を受け入れている男の表情だった。

恐怖のほうがまだよかった。ジャックのように意志強固な人間が恐怖と闘うのを助けるための瞑想なら知っている。だが、幽霊と仲良くやっている男を相手に何をしたらいいのかわからない。

背筋がぞっとしたため、考えるのはそこでやめた。ジャックなら大丈夫よ、と自分に言い聞かせて。立ち去っていく彼は冷静だった。それをいうなら、彼はつねに冷静だ。冷静すぎるのかもしれない。すべてを自分の胸におさめる術をどこかの時点で身につけたような気もする。

彼のことは心配しなくてもいい。ジャックなら大丈夫。

しかしウィンターは恐怖ゆえの寒気を振り払うことができなかった。この不安にはっきりした理由はないが、今夜時間をかけてゆっくりと募ってきたものであることはわかった。

窓際に行き、色褪せた花柄のカーテンを少しだけ引いた。ジャックのペンライトの細い明かりだけが見えた。崖の上の小道を一定の歩調で進んでいる。だが、二軒のコテージの中間地点に達したとき、動きが止まった。

不吉な予感が強まった。冷静でいられないのは近づく嵐のエネルギーのせいなのかもしれない。しかし、ウィンターはこれまで何度となく、直感の警告に従ったおかげで生き延びたことがあった。何か変だというこの感覚を無視はできない。

カーテンを閉め、上着と懐中電灯をつかみ取るや、せわしく玄関に向かった。これから何をしようとしているのかは自分でもよくわからなかったが、崖の上の小道にジャックをひとりで立たせておくわけにはいかなかった。こんな夜遅くはいけない。幽霊はいつだって夜中に最大の力を発揮する。

ウィンターはドアを開けてポーチに出た。全身をアドレナリンが駆けめぐっている。階段を下りかけたところで足を止めた。近づく嵐が髪を叩き、上着の裾を引っ張る。

ジャックが彼女に気づいたようだ。なぜなら彼の懐中電灯がまた動きだしたからだ。彼女のコテージに向かって歩いてくる。

ウィンターはポーチの階段の上で足を止め、ドアの上方の明かりがつくる丸い光の中にジャックが入ってくるのを待った。ジャックが三段ある階段の下で止まった。眼鏡のレンズごしの彼の目はいつにもまして何を考えているのかわからなかったが、そのまなざしはいやに熱っぽかった。

「どうかした？」ジャックが訊いた。

彼の声は冷たく鋭い。

「べつに」ウィンターがやたらと早口で答えた。

「ぼくが崖から飛び降りるかと思った？」

「ううん。まさか」その質問を聞いて怖くなった。「ごめんなさい。ただちょっと心配になっただけ」

「飛び降りたりしないさ」

「飛び降りるなんて思わなかったわ。ただ、ときどき感じるあの不気味な感覚が。それがどんな感じか、あなたならわかるでしょ」

一瞬、張りつめた沈黙があった。

「ぼくを心配してくれたんだね」ジャックが言った。

ウィンターは腕を組んだ。「あなたはむずかしい調査をひとつ片付けたばかり。心身を回復させる時間が必要だわ」

「さっきぼくが変なことを言ったから——放火事件にこだわる自分がときどきすごく怖くなるって——だから不安を感じたんじゃないか？」

「ええ、そうかもしれない。ちょっとだけ。でも、いまはもうわかった気がするわ」

「ふうん？　だとしたら、ぼくに説明してくれないか？　なんだかよくわからないんだ」

「いま気がついたの。あなたはたぶん、あなた流のぎこちない言い方で、あなたを恋愛対象として考えないほうがいいかもしれないって警告をわたしに向かって発したのよ」

「ぎこちない？」ジャックはその言葉を繰り返した。どうやら耳慣れないようだ。

「不器用な？　上手とは言えない？」

「メッセージは受け取ってもらえたのかな？」ジャックが訊いた。

「ええ、受け取ったわ」

ジャックはウィンターの返事を理解しかねているかのようにしばし立ち尽くしてい

た。その表情はまるでウィンターが幽霊になったかのように険しく、同時に観念もうかがえた。

「それで?」ジャックがやっと口を開いた。「〝メッセージは受け取った〟だけ?」

「警告を心に留めるとは言わなかったわ」

「心に留めるつもり?」ジャックが訊いた。

ウィンターが微笑んだ。「ううん」

回線がつながったような気がした。つぎの瞬間、ジャックの目に荒々しいエネルギーが宿ったかと思うと、彼が動いた。

懐中電灯をポケットにしまい、階段を三段のぼってポーチに上がると、両手でウィンターの肩をつかんで引き寄せた。ウィンターに息をつく間も与えず、唇を近づけてそのまま重ねた。

ウィンターは彼とのキスへの心の準備はできていたつもりだったが、とんでもない間違いだった。電流が感覚から感覚へと走り、つぎつぎと反応を呼び起こした。われながら気が動転した。

思いもよらぬ強烈な体験にただただ圧倒されていると、アドレナリンに後押しされた興奮が割って入った。いきなり身震いを覚えたが、それは海からの冷たい風のせいではなかった。

持っていた懐中電灯を放したことに気づいたのは、それが板張りのポーチに落ちて音を立てたときだ。だが、そんなことは無視したまま、ジャックの肩にしがみついて激しい抱擁に応えた。

ジャックの片方の手がウィンターのウエストまで下りていき、なおいっそう引き寄せた。彼のすでに高ぶった体に強く強く押しつけられる。彼のどこもかしこもが硬く引き締まっていた。わきあがってくる反応の激しさも近づく嵐と同じようにウィンターの心を浮き立たせた。ジャックの肩をつかんだ手にさらに力をこめる。

ジャックがうめきをもらしながら、キスを深めていく。

鼻を鳴らす音につづく愉快そうな忍び笑いで魔法が解けた。

「ほらほら、お二人さん、早く中に入りなさい。そういうことをするには外は寒すぎるんじゃない?」

ウィンターが甲高い悲鳴を上げ、唇をジャックから離した。ジャックは抱きしめていた手を緩めはしたが、彼女を離しはしなかった。二人そろって振り返る。

色褪せた迷彩服にブーツをはいた女性がポーチの明かりがつくる三日月の中にゆったりと入ってきた。暗視ゴーグル、軍用懐中電灯、カメラをさげている。カールした白髪まじりの頭には服と揃いのキャップが。

　アリゾナ・スノーは八十代のどこかだが、全身に活力と生命力が満ちあふれ、どこまでもタフだ。たぶんあらゆるエクサイズの賜物だろう、とウィンターは思っている。アリゾナはエクリプス・ベイの町の安全を守るための見回りを自分に課し、責任を持って遂行している。それもつねに活動中といった感じなのだ。ウィンターの知るかぎり、あまり寝ていないのではないだろうか。

「こんばんは、ミズ・スノー」ジャックが言った。

「ほら、また。いったい何度言ったらわかるの？　AZ《エーズイー》と呼んで」アリゾナが言った。「あたしをミズ・スノーと呼ぶのは観光客だけ」

　ウィンターが大家である彼女に笑いかけた。「ジャックもわたしも自分たちはまだよそ者に分類されると思っていたんです。二人ともここに来て日が浅いから」

「たとえご本人たちが気づかなくても、エクリプス・ベイの人間と言える人もいるのよ」アリゾナが言い、ウインクした。「お邪魔してごめんなさいね。これからいいところって場面の邪魔をするつもりはなかったんだけど」

「いや、かまいませんよ」ジャックが言い、ウィンターを見た。「もう帰らないと」

「ええ、もう遅いわ」ウィンターは顔が赤くなっているのを意識した。「疲れたでしょう」

「不思議なことに、今日の午後に町に戻ってきたときよりもずっと元気な気がする」

ジャックの目はあいかわらず熱っぽかった。ウィンターはまた体がぞくぞくしたが、たぶんジャックはもう帰ったほうがいいと考えた。ジャックもそう思っているはずだ。このキスは二人の関係の変わり目ではあったが、二人のあいだに起きていることは急いで進めるには重大かつ危険すぎる。恋愛関係は、とりわけウィンターの場合、きわめて複雑だ。台なしにはしたくない。

アリゾナが黒いスチール製の腕時計にちらっと目をやった。「あら、こんな時間。見回りをつづけなくちゃ」

言葉から伝わってきたかすかな切迫感がウィンターは気にかかった。

「何か変わったことでも？」ウィンターは訊いた。

「何もなさそうに見えるけれど」アリゾナが黒い手袋をした手で首の後ろをさすった。「じつは、まだあの不気味な感覚がつづいているのよ。昨日、あなたといっしょにお茶を飲んだときに話したあれ。あなたに言われて岩に向かって話したでしょう」

「岩じゃなくて琥珀ですよ」ウィンターが言った。「それに、あれに向かって話せと言ったんじゃなく、わたしに話すときにあれを持ったほうがいいと勧めただけで」

「なんでもいいけど」アリゾナが鼻を鳴らし、手を下げた。「あたしとあの岩のあいだには何かがあるような気がしたわ。その昔、諜報機関にいたころのことがよみがえったの。気にしないでね。ただ、いまもまだあの同じ感覚がつづいてるのよ。この町に大きな嵐が近づいているみたいな感覚だけど、何が変なのかはっきりとはわからないの。今夜これから襲ってくる嵐はあんまり大したことはなさそうだし」

「これからまたひと晩じゅう町を見回るつもりですか？」ジャックが訊いた。

「ほかにすることがあるわけじゃないし。どうせ夜はぜんぜん眠れないのよ」

「ぼくの家までいっしょに歩きましょう」ジャックが言い、振り返ってウィンターを見た。「それじゃ、おやすみ。さっきも言ったが」

ウィンターが微笑んだ。「おやすみなさい」

ウィンターはコテージの中に入り、ドアを閉めて鍵をかけると窓辺に行った。カーテンをちょっとつまみ、歩き去るジャックとアリゾナを見ていた。並んで歩く二人は、何十歳も離れているにもかかわらず、驚くほど違和感がない。腕組みあう同志といった言葉がウィンターの頭に浮かんだ。

たぶんそういう表現で間違ってはいないはず。二人はともに正常な生活を送るために苦闘しているが、世間は二人を正常とは思っていない。

アリゾナとジャックはそろって、一見なんのつながりも持たない小さな事実を精査し、豊かな想像力を駆使してそれらから得た細かなデータをつなぎあわせるというめったにない素晴らしい能力をそなえている。

その能力は天の恵みでもあり呪いでもある。ＡＺもジャックもつねに陰謀論者として無視されるリスクを背負っており、二人ともそれを承知している。そのおかげで、二人は周囲の人間と摩擦を起こさずにやっていくことができている。

ウィンターはカーテンを元に戻したあと、ドアと窓の戸締まりをいつもながらの手順でチェックした。暖炉のガスのスイッチを切り、明かりを消した。玄関ドアとキッチン・ドアの上方の明かりはいつも消さずにおく。最後にこぢんまりとしたリビングルームとキッチンを兼ねたエリア、さらに廊下の一部を照らす常夜灯のスイッチを入れた。

ひとしきり廊下に立ったまま、リビングルームをじっと眺めた。小さなスペースだが、あの素敵な赤いソファーも小ぶりだ。アパートメントやコンドミニアム用にデザインされたものだから、このコテージのリビングルームにはぴったりのはず。

だが、そのためにはまず、キャシディー・スプリングズの貸倉庫からあれをどうやって出し、エクリプス・ベイまで運んでくるかを考えなければならない。

服を脱いで着心地最高のパジャマに着替え、ベッドのへりに腰かけた。寝る前にはよく瞑想をするが、今夜はジャック・ランカスターについて知っていることを考えた。導いた結論はこうだ。彼は火に対するある種の病的な妄想を恐れているわけではない。彼が心底恐れているのは、そのうちいつか明晰夢をしょっちゅう見るようになり、悪夢の中で道に迷ってしまうこと。ウィンターにはかなり確信があった。

7

「何か問題でもあるんですか、AZ?」ジャックが訊いた。

「いまウィンターにも言ったけど、はっきり何とは言えないのよ」アリゾナが答えた。

ジャックが同僚ででもあるかのような感情をまじえない口調だ。ぼくを似た者同士だと思っているんだな、とジャックは推測した。現実に対する彼女の独特なスタンスを理解できる人間だと。彼の将来の精神的安定という視点から考えると、これは好ましい前兆ではないかもしれないが、現実は現実として受け止めるほかない。

「先を聞かせてくれませんか」

「ぼうっと暗いところに何かが見えるんだけど、それがなんなのかはっきりとはわからない。そういう感じ、わかるでしょう?」

「ええ」ジャックが言った。「わかります」

もうウィンターが腕の中にいないせいか、海から吹いてくる夜風の冷たさがいっそう身にしみた。嵐は大型らしい。おそらくウィンターはわくわくしながら待っているのだろうが。

「たいていの人はあたしはちょっと頭がおかしいと思っているわ」アリゾナが秘密を打ち明けた。

「そうなんですか？」

アリゾナがくすくす笑った。「いいのよ。町の人間はずっと前からあたしを知っているから、怖がってはいないわ。あたしをたとえるなら、エクリプス・ベイの人間全員が置いてやってもいいと思った猫みたいなものね。この意味、わかる？」

「まあ、だいたいは。ぼくも同じようなものですから」

「同じようなものって？」

「ぼくには養父と、いっしょに養子になった兄弟が二人いるんですよ」

「まあ、そうだったの」アリゾナが言った。「つまり、エクリプス・ベイがあたしの里親一家っていうわけね。毎年、住人の誰かがあたしの誕生パーティーを開いてくれて、町の人が全員集まってくれるのよ。ほんとにうれしいわ」

「あなたが誕生日を人に教えたとは驚きだな。ぼくはまた、できるかぎり居どころを突き止められずに生活していこうとする印象を持っていましたよ。誕生日みたいな個人情報を出すようなことはしないだろうと」

アリゾナが鼻で笑った。「もちろん、本当の誕生日を教えたりしないわよ。ずっと前から身分証明書は何種類も持っているの。昔仕事で使っていた道具のひとつで、諜報員にはキャンディーみたいにいくらでも支給されたものよ。この町の図書館の主任司書に誕生日を訊かれたとき、どういうことかを察して昔の身分証明のひとつを選んだの。そこに書かれていたのがあたしの誕生日」

アリゾナが本当に政府の諜報機関で働いていたのかどうかは知りようがない。エクリプス・ベイの人間の多くはその噂に疑問を抱いているはずだ。だが、それはどうでもいいことだ。AZはそこに記された情報をもとに首尾一貫した履歴と世界観をつくりあげ、それが受け入れられていたからだ。奇妙なことに、ジャックにもそれがいえた。大家の女性と知りあってから時間が経てば経つほど、諜報機関にいたという過去を信じたくなっていた。

もしかしたらAZ版現実の中にあまりにやすやすと踏みこめたことを心配すべきなのかもしれない。

「その司書があなたの誕生日をもとに調査を開始して、あなたの過去に疑問を持ったら、とは考えなかったんですか？」ジャックは尋ねた。

「あの身分証明書は鉄壁なの」アリゾナが保証した。「いちばん気に入ってるもののひとつよ。事実に近いから怪しまれないわ。質問なんかされたことがない」

「最高の嘘は必ずや事実をたっぷり含んでいますからね。本当らしく聞こえる」

「そのとおり」

「それはともかく、あなたが警報を聞いて夜間の見回りをいつもの二倍にしたのはなぜなんですか？」

「あなたならわかるでしょう」アリゾナが言った。「頭の中で鳴り響く警報が毎回なんのことだか確信が持てない。かといって無視することはできない」

ジャックはゆっくりと息を吐いた。「ええ、わかります。もどかしくてたまらない」

「ええ、もどかしくて腹が立つ」

「そのせいで眠れなかったり、夢の中にも出てきたり」

「そのとおり」

自分以外にも、アリゾナが言った警報めいた不気味な感覚を察知したときに同じ睡眠障害を体験する人間がいると知っただけで慰められた。胸騒ぎの原因を突き止めるまで片時たりとも心休まる瞬間がないのだ。

「もちろん、あとから振り返れば、いくつものことがきれいにつながって、なるほどと思えるんだけど」アリゾナが言った。

「それは情報がいろいろある場合でしょう」

「ええ、そうよ。だけど、最初のうちは必要なデータが出そろっていないのがふつう」アリゾナは先をつづけた。「ときには手遅れになるまでデータがひとつもない。それじゃパターンなんてつかみようがないわ」

「ぼくが古い未解決事件にこだわる理由はそれですよ」ジャックが言った。「被害が出たのは何年も前だ。時間と競争でつぎの被害者を救おうとしないでいい。こっちは二十年分の情報を使って有利に事件当時を振り返るだけでいい。たいていの場合、つながりを見いだすのは簡単だ」

「昔は体内警報が鳴りだせば、たいていはすぐに原因がなんだか突き止めることができたのにね。だから、つぎつぎにしなければならない仕事があった。どういうことかわかるでしょ？」

「コンパスの真北がわかるみたいなものじゃないかな。それさえわかれば、北以外の方向もわかって、自由自在に動ける」

「まさにそう」アリゾナが満足げに言った。

「もしかして、その不気味な感覚が嵐のせいってことは？」ジャックはいちおう訊いてみた。

「嵐なら数えきれないほどやり過ごしてきたけど、この感覚はべつもの。ジャック、あなたとこうしておしゃべりするのは楽しいわ。所属していた諜報機関が廃止になったのは何十年も前のことでね。あのときの同僚がいまどうしているのかもわからないまま。もちろん、利口な連中はみんな姿をくらまそうとした。あたしもそのひとり。でも、死んだ者も何人かいた。死亡証明書を信じるなら自死って者も数名」

ＡＺとの会話は多次元パズルに取り組むのに似ている、とジャックは思った。彼女と知りあったときからわかっていたことがある。彼女と心地よいやりとりをしたいなら、会話の流れにさからわず、彼女の現実を受け入れることだと。

「かつての同僚の死因に疑問を抱いているんですね？」ジャックは慎重に言葉を選んで質問した。

「当然よ」アリゾナの声に珍しく怒りがにじんだ。「やつらにとってあたしたちはみな潜在的脅威だったから、必死で居どころを突き止めて息の根を止めた」

「なぜですか？」

「あたしたちがその機関の活動や、付属の秘密研究所で何をしているかについて知りすぎていたから。でも、あたしたちを実験台にしていた薬や放射線をあたしはまだ受けていなかった。ひどい話。もしあたしたちの誰かが内情を公表したら、国のトップ何人かのキャリアが台なしになっていたかもしれないの。これは事実」

「どういうことですか？」

アリゾナがうめくように言った。「もしあなたが高いところをめざす政治家なら、その昔、政府がおこなった超常現象に関する秘密研究の資金調達責任者だったなんてことはメディアに絶対知られたくないはずよ。それだけじゃないわ。自分が採用した部下が闇に葬られた仕事に使われていたことだって絶対に知られたくないはず」

ジャックはボディーブローを食らったような気がして、数秒間、言葉を発することができなかった。人知れず秘密の心霊現象の領域に足を踏み入れるときの記憶に一瞬打ちのめされた。彼が何にもまして守りたい秘密である。というのは、この種の学問的関心は、公私の人間関係は言うまでもなく、確実にキャリアを抹殺するからだ。

ジャックは超常的な現象を利用しての調査のことは誰にも話していない。養父のアンソンやともに養子になったマックスとカボットにさえ。家族も以前から彼にはいささか不気味なところがあると考えている。不気味さならみんなとくに問題ないと思っているが、だからといって本当のことを話して悩ませるのはまずいとジャックは直感的にわかっていた。

学者として訓練を受けたプロである彼が超常現象について本気で探求し、噂をたどってインターネットの闇を彷徨った事実は、アンソン、マックス、カボットについに一線を越えたかと推断されかねない。正気を失ってしまったと思われるかもしれないのだ。

アリゾナが彼の無言の反応に気づいた気配はない。

「あたしがあなたと話をするのが好きな理由のひとつはこれなの」アリゾナが先をつづける。「もう長いこと、あたしみたいなものの見方をする人間に会うことはめったになかったから」

自分がアリゾナ・スノーみたいなものの見方をしている可能性は、ジャックを少なからず不安にさせたが、自分が正気かそうでないかに疑問を抱くことができるのだから、まだ正常と異常のあいだのぼんやりした境界のこちら側にいることはいるのだろうと思えた。

二人はジャックのコテージの玄関前まで来た。ジャックが足を止めてアリゾナを見た。

「不吉な警報の原因がわかったら、なんだったか教えてください。どうしても知りたいんで」ジャックが言った。

「了解。ほかの人はあたしの話なんか聞く耳を持たないみたいだから。ウィンターも例外のひとりね。彼女も真剣に話を聞いてはくれるけど、何かが起きそうなときの対処法を知っているとは思えない。そこへいくと、あたしたちはここでひそかにはじまっている深刻な状況を直視している気がするのよ」

大当たり。すでにジャックも不穏な空気を察知していた。

「確信があるんですね？」ジャックが訊いた。

「問題は、ウィンターが民間人ってことだわね」アリゾナが言った。「彼女は一大事が発生したときに立ち向かう手段を持たないわ。前向きな思考や瞑想もいいけど、いざ一大事が起きたらひとたまりもないでしょ」

「たしかに」ジャックが言った。

アリゾナが一度だけ決然とうなずいた。「となれば、この一帯に絶えず目を配るのはあなたとあたしの役目よ、ジャック」

「わかりました」ジャックは言った。

アリゾナは明らかにジャックを〝民間人〟ではないと考えている。当惑を覚えるものの、新たな位置付けに勇気づけられもした。

アリゾナが手袋をした手を上げた。「それじゃ、また明日」

「はい」ジャックが応じた。

階段を半ばまでのぼったところで足を止め、アリゾナとのやりとりを振り返った。彼女の論理についていくのは完全に無理ではないとしてもむずかしそうだ。だが、これだけは言える。彼女は話を一からでっちあげてなどいない。彼女の判断と結論にはつねに確固たる根拠があった。

「AZ、待ってください」ジャックは言った。

アリゾナが立ち止まり、振り向いた。「どうかした?」

「あなたがいやな予感について話したとき、ウィンターは真剣に聞いていたと言いましたね」

「ええ。彼女は頭がいいから」

「たしかに。ちなみに、彼女は一大事が発生したときに立ち向かう手段を持たないとも言いましたね」

「彼女ではどうにも太刀打ちできないと思うの」アリゾナが説明した。

ジャックはきわめて慎重につぎの言葉を選んだ。

「このエクリプス・ベイの危機に立ち向かう人間がなぜウィンターなんですか?」

「それはね、あたしが二日ほど前から察知している不気味な感覚がウィンターに関係があることはほぼ間違いないからなの」

アリゾナはブーツをはいた足の踵をくるりと回転させ、そのまま夜の闇の中へと歩き去った。

「くそっ」ジャックはあわてて階段を下りた。「AZ、待って。もっと話が聞きたい」

「すまないけど」アリゾナが振り返って言った。「いまのところ、わかっているのはそれだけ。でも、これから見回りをしながら考えてみるわ。いつもなら夜は思考がもっと明快なんだけど。あたしが言ってること、わかる？」

ジャックは階段の下で立ち尽くした。

「はい、わかります」

ジャックにとって夜は夢を意味した——謎、手がかり、影、幽霊がうごめく夢。夜は最高の仕事ができるときだ。明らかにアリゾナと同じなのだ。

「何かはっきりしたことが思い浮かんだら、またここに引き返してきて伝えるわ」アリゾナが約束した。

「そいつはありがたい。夜でも昼でもいつでもオーケーです」

「了解」アリゾナは言った。

そして夜の闇に消えていった。

ジャックはその場に突っ立ったまま、アリゾナが手にした懐中電灯の明かりがかすかにしか見えなくなるまで後ろ姿を見送っていたが、それが誰もいないサマー・コテージの陰に消えると、再び階段をのぼってポーチを横切り、玄関ドアの鍵を開けてコテージに入った。

8

じつは、エクリプス・ベイでドアに鍵をかける意味はあまりない。この小さな町も小さな町らしく安全だ。それでもジャックは習慣を捨てる気はなかった。**誇大妄想と呼んでくれ。**

ウィンターはこういう否定的な独り言を認めてはくれないだろうな、とふと思った。**だとしたら、誇大妄想じゃなく用心深いやつと呼んでくれ。**

用心深いなら多少は肯定的だ。

敷居をまたいで通り過ぎ、壁のスイッチを入れて明かりをつけた。しばらくはそこに立ったまま、寝室が一つだけの質素なコテージの内部にじっと目を凝らす。問題がなくはない空間だが、何が気に障るのか見当もつかない。

コテージはウィンターが借りているものとほとんど同じだ。色褪せた花柄のカーテンから使いこまれた家具に至るまで。だが今夜、彼女のコテージはいつもと違う感じがした。居心地がよくてくつろげて、まるで本当の家庭みたいだった。

それにひきかえ彼のコテージときたら、またかといった感じだ。幼いころまでさかのぼってもいつも似たような、これといった特徴のない貸し家住まいだったが、ここもその延長線上にあった。

十代のころに一度だけ例外があった。養父の指導の下、ともに養子になった兄弟と束の間の成長期を過ごしたあの家。アンソン・サリナスの家はけっして広くはなかったが、少なくともしばらくのあいだは家庭といえた。

ジャックは上着を脱いで壁のフックに掛け、部屋を横切って窓辺に行った。カーテンを開ける。崖の反対側の端に建つウィンターのコテージのポーチの明かりはついているが、ほかの明かりはほとんどが消えていた。そろそろベッドに入るところなのだろう。

彼女は彼に貴重な贈り物をしてくれたわけだが、そのことに気づいているだろうか。

彼女に教えてもらった新たな技法のおかげで混沌の中に静謐な中心を見いだすことができた。

事件調査の開始時は毎回アドレナリンが一気に噴出するが、一件落着後は決まってしばらく奈落の底に突き落とされる。この仕事をはじめたときからそんなふうであったとはいえ、最近はその反動がどんどんひどくなっていた。しかも落ちこんでいる時間がどんどん長くなってきてもいた。

だが、ウィンターに出会った。彼女は彼にとって蝶々だ。彼女のおかげで彼の内なる嵐の流れが変わったのだから。

ウィンターはたぶん、彼が奈落の底に突き落とされるのは事件がどれもハッピーエンドでは終わらないからだと考えているのだろう。たしかにそうなのだが、それだけではなかった。調査をうまく終わらせたあとも、気がつけば崖っぷちに立って深淵を見おろしている理由はそれではない。

じつは、未解決事件を最終的に解決するたび、ジャックは激しい敗北感に襲われるのだ。またしてもクィントン・ゼインを捕らえそこねた。

調査終了後に暗い深淵に引きこまれる理由をウィンターに打ち明けるのはまだ早すぎる。あるいは臆病すぎて打ち明けられないのかもしれないが。

彼女の家のポーチでのさっきの燃えるようなキスをじっくりと振り返り、もしかしたら彼女は、彼が彼女への想いを募らせたのは感謝しているからだという結論にたどり着いたのではないかと考えた。いずれにせよ、彼女は文字どおり彼の生活を変えていた。

彼女に感謝する客はおそらくたくさんいるはずだ。とはいえ、彼女の前向きなエネルギーに魅了された客や彼女に感謝している客のリストに加えられる可能性を思うと、なんだかうんざりする。

彼がエスケープ・ワードに選んだ言葉——ウ、イ、ン、タ、ー——を聞いたら、彼女はなんと言うだろう。

暗くてやりきれない明晰夢から現実に戻るのを、これまでよりずっとたやすくしてくれたのが彼女の名前だった。

窓の下枠をつかんだ手に力をこめた。何かべつのことに意識を振り向けなければ、頭がおかしくなりそうだ。ウィスキーが入っている食器棚に一瞥を投げたが、ナイトキャップはやめておくことにした。今夜はもうアルコールはじゅうぶん飲んできた。しかし、アリゾナの謎めいた警告のせいですぐに寝つけるはずがない。ならば時間を有効に使うために何かしよう。たとえばつぎの調査用のメモの整理とか。

テーブルを前に腰を下ろし、ノートパソコンを開いて仕事に取りかかった。そしてひとたび事件発生の鍵となる要因を突き止めるや、調査は意外なほど簡単だとわかった。だがそれをいうなら、アリゾナが指摘したように、どんな事件もひとたび鍵を突き止めれば単純に見えるものなのだ。

一時間後、ジャックはメモをまとめ、それを未解決ファイルに入れた。そろそろ切りあげて少し眠っておこうとしたが、ノートパソコンを閉じる前にもうひとつしておかなければならないことがあった。最近の不審火と名前がつけられたフォルダーを開く。

数カ月前、アンソンとカボットがナイトウォッチ社の事件を解決して以来、放火絡みの死亡事件すべての詳細を記録してはいなかった。あまりに膨大な作業になってしまいそうだからだ。最新の政府統計によれば、アメリカ合衆国国内だけで毎年、火事に関連した死亡者は平均三千名もいる。

最近の不審火フォルダーは注意深く管理している。その中におさめてあるのは、クィントン・ゼインのサインが読みとれたナイトウォッチ事件以降に起きた事件だけである。

公式発表によれば、ゼインは二十二年前、みずからが創設したカルト教団施設に火を放った直後に死亡した。教団施設の大火では信者数名が死んでいる。ジャックの母親もあの夜命を落とした。カボットの母親とマックスの母親もである。

　ゼインは盗んだヨットで国外逃亡を図った際、船の火事で死んだことになっているが、死体は回収されていない。

　ジャックはゼインが死んだとは思っていない。アンソン、カボット、マックスもだ。放火犯はそれぞれのスタイルを持っているとジャックは考える。だから長年にわたって、ゼインのサインがわずかでもうかがえる火事関連の死亡事件の報告書を収集し分析してきたのだ。インターネットの検索エンジンが効率や精度を上げるにつれ、ジャックの調査もだんだん綿密なものになった。その結果、さもなければ最近の不審火フォルダーに入れられていたであろう膨大な数の事件を、いまや除外することができるようになった。だが、それでもなんらかの理由で排除できないひとつかみの事件はそこに入っていた。

　もしゼインがまだ生きているとしたら、彼はあいかわらずの放火魔で、あいかわらず火に取り憑かれているはずだ。そういう男はけっして変わらない。しかし、これだけ長いあいだ発見されずにいる事実は、彼が火に対する妄執をある程度抑えこんでいることを物語っている。

もし彼がまだ生きているなら――もしインターネット上やアイスタウンに残るかすかな足跡がゼインのものなら――クィントン・ゼインのパターンは長い年月を経てもほとんど変わってはいない。彼の手口はあいかわらず同じだ。金融関連の巧妙な計画を立て、多くの人をだましたり操ったりしてまんまと支配下におき、莫大なカネを手に入れ、多くの人の人生を破滅に追いやった挙句、プロジェクト全体を焼き尽くし、目撃者を殺す。

数週間前に検索エンジンが拾い出した短い記事に目を留め、しばし考えこんだ。はじめて読んだときには休止フォルダーに移動してもよさそうだと思ったのだが、なぜか躊躇した。

> ラスベガス発。昨深夜、人けのない砂漠地帯の道路で火災を起こした車の中から遺体が発見された。車はほぼ全焼、運転者も焼死していたが、当局は被害者の身元をカリフォルニア州バーニング・コーヴ在住のジェシカ・ピットさんではないかと暫定的に公表した。ピットさんは運転席で煙草を吸い、そのまま眠ってしまったのではないかと思われる。
>
> ピットさんは三度の結婚と離婚を経て死亡時は独身だった。子どもはおらず

……

自動車事故に火事が絡むこともあるにはあるが、テレビドラマや映画で起きるほど頻度は高くない。それでも車の火事がめったにないとはいえない。

「車一台走っていない砂漠の道路でひとり、あんたいったい何をしていたんだ、ジェシカ・ピット?」ジャックは小声で問いかけた。「そのうえ、なぜこの事件を休止フォルダーに移動させてくれない?」

答えは返ってこなかった。

そろそろ眠らなければ、とジャックは思った。

パソコンを閉じて腰を上げ、廊下の突き当たりに位置する寂しいベッドに向かった。

十二時少し前に嵐が上陸したときもまだ、ジャックは眠れずにいた。ベッドから起き出し、窓際に行った。ウィンターのコテージの玄関の明かりが消えていた。ジャックはなんだか心配になった。ベッドサイドのランプの鎖を引いてみた。明かりはつかない。強風のせいで停電が起きたらしい。

この嵐でウィンターが不安を感じてはいないかと気になったが、たぶん大丈夫だろう。嵐のエネルギーが好きだと言っていたくらいだ。だが、窓がこれだけガタガタ音を立てれば眠ってはいないはずだ。もし目を覚ましているなら、さっきの濃厚なキスのことを考えてはいないだろうか？

しばしののち、ウィンターのことを考えるのはやめた。アリゾナ・スノーはこの嵐で見回りをやめたのだろうか、とふと思った。そのほうがいい。エクリプス・ベイの住人のために彼女がひとり自然の脅威と闘いながら外を歩いているとは思いたくなかった。

アリゾナがたったひとりで外にいるかもしれないことを考えれば考えるほど、心配が募ってきた。いくらタフでオレゴン沿岸の暴風雨に慣れているとはいえ、八十代の女性である。

ジャックは窓に背を向け、服を着た。

9

ウィンターは追われる夢から息も絶え絶えに目を覚ました。びっくりするほど胸がどきどきしている。

心をかき乱す悪夢はさまざまな形を取るが、どんな夢にも共通点が二つある――つねに彼女は逃げていて、遅かれ早かれ怪物に居場所を突き止められることがわかっているのだ。ある夜は鬱蒼とした森の中を逃げまどいながら、身を隠すことができる洞穴を探している。またあるときは安全地帯めざしてゼリー状の海を無我夢中で泳いでいる。

今夜の夢はしかし、これまでとは異質な不穏な情景を突きつけてきた。炎の迷路の中、必死に出口を探しながら全速力で走っているのに、一方ではどんどん出口から遠ざかっていることがわかっている。

かんべんしてよ。客が構築した夢の情景が彼女の夢になっていた。こんなことははじめてだ。いつだって自分の悪夢だった。ジャックが使い古した夢の世界を借りる必要などないのに。

瞑想ガイドでしょう、自分のことに集中して。

外では雷鳴が鳴り響き、数秒間、閃光が夜を照らした。風がうたう歌は異次元の音楽に聞こえる。

嵐が上陸したのだ。たぶんそのせいで目が覚めたのだろう。

だが、どういうわけかそのせいではない気がした。

キルトを脇へはぎ、足を大きく回してベッドのへりにすわった。室内はひんやりしていた。せめてもの慰めになるはずのポーチの明かりとコンセントに差した常夜灯がついていない。そうか、嵐のせいで停電ってことなんだわ。

キッチンの戸棚にキャンプ用の電池式ランプがある。アリゾナが使い方も教えてくれた。キッチンの抽斗には強力な懐中電灯もある。

だが、キッチンに行くためにはベッドルームの真っ暗闇から廊下に出なければならない。もどかしい手つきで携帯電話を探した。寝る前に置いたところ――エンド・テーブルの上――にあった。それを手に取り、懐中電灯のアプリを押した。明るく細い光線がコテージの玄関側に向かう道筋を照らした。

素足にスリッパをはいて立ちあがった。まだ息苦しさと胸のどきどきを懸命に鎮めようとしている自分に気づき、驚くと同時にいささか戸惑った。**ただの嵐よ。嵐は楽しいんじゃなかった？　嵐のエネルギーにわくわくするんでしょ？**　ウィンターは神経を集中して呼吸をととのえながら、しかるべき理由もないのにまだパニック状態がつづいているなんて変だわ、と思った。

もし体が頭と闘っているとすれば、理由はある。理由はつねにある。しかるべき理由じゃなくても理由は理由。自分の感覚に耳を貸すのよ。

呼吸法に集中するのをやめ、五感のひとつひとつに相談した。それまでは眠っていたから何も見ることはできなかった。もしかしたら小さな異常音を聞いたのかもしれない。じっと耳をすましたが、あいかわらず嵐が荒れ狂っている。雨が窓を激しく叩き、風の悲鳴や咆哮が凄まじい。それらにかぶって崖下で繰り返し砕ける波の音も耳に届く。

ウィンターは廊下を進んだ。

リビングルームのエリアを横切り、こぢんまりとしたキッチンに向かったとき、ギシギシ、バキッと金属と木が引き裂けるくぐもった音がした。全身に衝撃が走る。

素早く振り返ったとき、玄関ドアが勢いよく開いた。

冷たく湿った風がコテージに音を立てて吹きこんだ。戸口には稲妻の光を背に男の影がぼうっと浮かんでいる。懐中電灯の光線が真っ暗な狭いコテージ内をぐるりと切る。ウィンターは人影がもう一方の手に何か長いものを持っているのを見てとった。ついで響いた大きな音は、男が侵入口を確保するのに用いたバールが床に落ちた音だ。

ウィンターは反射的に目をそらした。瞬間的にであれ、眩しさに目がくらむのを避けるために。携帯電話を持ちなおそうとした手がへまをした。滑り落ちた電話が板張りの床で音を立てた。細い光線がむなしく床を照らした。

ベッドルームに引き返して鍵をかける余裕はない。チャンスがあるとしたら唯一、キッチンのドアまで走ることだ。だが、夜の闇に逃げこめる見込みはないとすぐに気づいた。リビングルームとキッチンを区切るダイニング・カウンターが行く手を阻んでいる。まるで煉瓦の壁のようだ。

外ではまた稲妻が光った。その光が照らし出したのは、侵入者が鞘から抜いた長いナイフ。激しいショックが再びウィンターを襲う。

「おれから逃げるなと言っただろう、ウィンター」ケンドール・モーズリーが言った。「さあ、罰を受けてもらわないとな」

10

「こんな嵐の中でいったい何をしてるの？」アリゾナが訊いた。

「あなたの無事をたしかめたかったんです」ジャックが答えた。「家にいるかもしれないと思って、まず家に行った。ドアをノックしても応答がなかったから、たぶんまだ見回りをつづけているのだろうと」

アリゾナは空き家になっているコテージの玄関ドアの施錠を確認していた。彼女を見つけたジャックが声をかけ、二人はいま小さな家のポーチの屋根がつくる雨風をよけられる場所に立っていた。アリゾナは嵐にそなえた完全武装――かさばる軍隊式のポンチョ、庇のついた帽子、頑丈な防水長靴――に身を固めている。

ジャックはいちばんがっちり防水の効いたジャケットを着こみ、顔が一部隠れるくらいまでフードを深くかぶっていた。眼鏡は安全のため、ポケットにしまってある。かけたところで意味がなかった。雨がレンズに叩きつけ、みごとに何も見えなかったからだ。

「ちょっとの雨や風で見回りをやめるあたしじゃないわ」アリゾナは言った。「でも、毎晩ルートは変えているのよ。どうしていまここにいるってわかったの？」

「誰でもパターンを進化させるものなんです」ジャックが言った。「ここに来てまだ間もないぼくでも、あなたのパターンをある程度はつかんでいる」

アリゾナが感心したようにうなずいた。「あなたはかなりの切れ者だわね」

「たまたまですよ」

「たまたまでじゅうぶん。いつもうまくやってのける人なんていないわ。それはともかく、あたしを心配してくれたのはありがたいけど、見てのとおり、あたしは無事よ。これくらいの嵐はしょっちゅうだもの。もう慣れてるわ」

「それでも、外はきつい。家に帰ったらどうです？」

「さっき言ったでしょう、どうせ眠れないのよ。少なくとも夜は。あなたはもう帰りなさい。あたしのことは心配いらないわ。大丈夫」

彼女とやりあっていてもはじまらない、とジャックは思った。アリゾナはタフなうえに頑固だ。それに自分のことは自分で決める権利を持つ大人でもある。

「わかりました。大丈夫そうですね」ジャックは言った。

「ええ、大丈夫」アリゾナが言った。

ジャックはポーチの階段を下りていったん足を止め、彼女のほうを振り返った。

「たしか、いつもは深夜に記憶力がいちばん冴えると言いましたね、AZ。ウィンターが面倒に巻きこまれるかもしれないと思ったのはなぜか、思い当たることはありましたか？」

「今夜はずっとそれを考えていたの。もしかしたら、ある車が関係あるような気がするわ」

ジャックはその場に立ったまま動かない。「車？」

「この町の人の車じゃないわ。二日前、あなたが未解決事件の調査で町を離れていたときに、町を通り抜けていった」

「町を通り抜ける車はたくさんいますよ」ジャックが言った。「その車はどこがどう違ったんですか？　州外のナンバープレートだったとか？」

「ううん、オレゴン州のプレートだった。写真に撮って調べたわ。レンタカー」

ジャックは気づけばアリゾナの話に引きこまれていた。「この町を通過しただけの旅行者の車のナンバープレートの写真を撮った？」

「あの車のは撮った」

「なぜだろうな？　最も論理的な仮説は、運転者はこの町に立ち寄って興味を持ち、エクリプス・ベイをあとにする際に目抜き通りを通った」

「ええ、よくある話だわね」アリゾナが言った。「でもね、このエクリプス・ベイに来る旅行者はふつう海岸をめざすのよ。これという景観は唯一海岸だもの」

「この時季でも？」

「秋はそれはきれいな夕日が見られるわ。そのほかにも、蛤を掘りにくる人やただ海岸を散歩しにくる人もいる。少しでも分別がある人なら、ここでサーフィンをしようなどとは一年を通して思わないはずよ。少し沖になんとも意地の悪い離岸流があるそうだから」

「知ってます」

「海岸にあきた旅行者はふつう、コーヒーショップかガソリンスタンドかみやげ物屋に行くものなの。だけど、その男はそのどれにも見向きもしなかった。そもそも海岸へも行かなかったし、コーヒーショップにもガソリンスタンドにも行かなかった」

「それじゃ、何をしたんですか？」

「不動産屋に寄ったの」

「ということは、なんだろう」ジャックが言った。「そいつは不動産に興味があった。

貸し家を探していたのかな」

「通年で家を借りたいなんて人はここにはそうはいないわ」

「ウィンターやぼくは？」

「あなたたちはべつ。地元民だもの」

彼もウィンターも地元民ではないが、ここでアリゾナにそれをわかってもらったところで意味はない。いまはそんなことどうでもいい。しかし、ジャックはアリゾナの話になんらかの論理づけをしなければならない気分になった。なぜなら、何が彼女に警報を発したのかを突き止めたかったからだ。

それに、そう、事実の断片をいくつかつなぎあわせることで、さもなければなんとも奇妙なこのやりとりも無駄ではなかったと思えそうだった。議論を論理づけることができるかぎり、自分はまだ正常の域にいると信じられるからだ。

「あの不動産仲介人？」

「ええ」

「彼女から何か興味深いことを聞いてませんか？」

「彼女によれば、あの車を運転していた男は貸し物件の一覧が欲しいと言ったそうよ」

「ええ。マージが一覧表を渡したら、男は車に戻って町を出ていったって」

「それだけですか？」

それだけでは話はどこへも行きつかない。

「その車の男がウィンターに関係があると思ったのはなぜですか？」

「だって、マージに空き家をどこか見せてくれとは言わなかったから」アリゾナが言った。「サマーハウスに関心がある人はたいてい、二、三件くらい見たがるものでしょう。それなのに、その男はすぐに町をあとにした」

「それが気にかかった？」

「ええ。マージが渡した一覧をどう思う？」

「どういうことですか？」

「マージが言ってたけど、男は現在借りられている物件はどれかを知りたがったそうよ。この時季、借り手がいるコテージは数えるほどしかないわ」

「くそっ」ジャックがつぶやくように言った。「もしこういう小さな町で誰かを探すとしたら、現在借り手がついている貸し家にしるしがついている一覧表を手に入れれば、探している人間がどこに住んでいるのか突き止められるような気がする」

「それなら地元の食料品店やガソリンスタンドでいろいろ聞いてまわるリスクを冒さ

ずにすむわね」アリゾナが言った。

「ウィンターもぼくも最近エクリプス・ベイにやってきて、二人ともあなたからコテージを借りている」

「それはそうだけど、あなたはそろそろ三カ月になるわ」アリゾナが指摘した。「そこへいくとウィンターはまだ一カ月」

「つまり、あなたは何者かが彼女を探しにきたと思った？」

「ここへ引っ越してくる人にはそれなりに理由がある。何かを探すためか――」

「それとも誰かから身を隠すためか」ジャックが締めくくった。

「ご明察だと思うわ」アリゾナが言った。

11

「クマのプーさん」ウィンターが言った。

冷ややかで冷静で権威を感じさせる声。

ケンドール・モーズリーが凍りついた。

あいかわらず戸口に立ち、片手にナイフ、片手に懐中電灯を持っている。雨と風が部屋の中まで吹きこんでくるが、モーズリーはいっこうに気にかけていない。

ウィンターは手を床に伸ばして携帯電話をつかんだ。すっと背筋を伸ばし、深く息を吸いこんで乱れた呼吸をなんとかととのえようとした。アドレナリンと恐怖のせいで震えてはいたが、とりあえず安全を確保した。数週間前に彼女がモーズリーにかけた催眠術の命令が功を奏し、モーズリーは銃弾が命中したかのようにぴたりと動きを止めるや、たちまち半睡状態に陥った。

問題は、銃弾とは異なり、この命令が永久的な解決策ではないことだ。

「あなたはここに来てはいけないの」ウィンターが言った。「わたしにつきまとうのは危険な間違いでしょう。わかっているわね？」

「はい、あんたにつきまとうのは危険な間違いだ」

応答が単調な口調で発せられた。

「そのナイフ、すごく重いわね」ウィンターが言った。「もう持ってはいられない。捨てましょう」

モーズリーがナイフを握っていた手を開いた。あいかわらずモーズリーの懐中電灯の光が眩しくてよくは見えないが、ナイフが床に落ちる音は聞こえた。

「懐中電灯もすごく重いわ」ウィンターは言った。「重すぎてもう持っていられない。それも捨てないと」

懐中電灯が床に落ちたあと、しばらくころころと転がった。そして止まったとき、光は小さなリビングルームの方向に向かい、どっしりとしたコーヒー・テーブルの脚の一本を照らし出した。

つぎにウィンターは携帯電話の明かりをまっすぐモーズリーの目に向けた。

「この明かりから目をそらすことはできないわ」

モーズリーを携帯電話の光でその場に釘付けにする一方、二人の距離をおそるおそる縮めていく。ナイフを拾わなければ。モーズリーが半睡状態から覚める危険を冒すわけにはいかない。万が一そうなれば、彼は足もとに落としたナイフをすぐまた手に取るはずだ。

片方の足のスリッパの爪先でナイフをはじいて床を滑らせたあと、すぐさま彼から手の届かないところまで後退し、手を伸ばして重いナイフを拾いあげた。死をもたらす感触とともに彼女の手にあってはなんとも不自然な感触を伝えてくるそれは、まるで金属に凶暴な敵意が吹きこまれたような凶器だ。ウィンターはそれを力いっぱい握りしめた。

ケンドール・モーズリーはウィンターよりはるかに大きく強い。もしも何かが催眠術による半睡状態を妨げたときには、そのナイフは彼女が身を守るための唯一の武器となる。この先はもう催眠術による暗示の力にたよることができないのは明らかだ。なぜ数週間前にモーズリーにかけた暗示がとぎれたのかを突き止める必要がある。

「どうやってわたしを見つけたの?」ウィンターは冷静かつ断固とした口調を必死で保った。

「チャットルームの友だちがあんたがどこに隠れているかを教えてくれた」モーズリーが抑揚なく答えた。

ウィンターは驚きのあまり口がきけなかった。思いもよらない返事が返ってきたからだ。モーズリーがインターネットを使って追跡してきたのだろうと予想はしたが、彼女を探すのに協力してくれた人間がいたとは。

催眠術による半睡状態にあるときに質問をするのは一般人が考えるよりむずかしい。半睡状態にある人間はおよそそっけない答えしか返してこないからだ。ウィンターは何か有効な情報につながりそうな質問を慎重に探した。

「友だちって誰かしら？」

モーズリーの背後の闇を稲妻が突然切り裂いた。その瞬間、モーズリーが激しく動揺した。

「なんて女だ」モーズリーはうなった。「おれの頭を本当にいじくりまわせると思ってたのか？　おまえはもう死んだ。わかるか？　おまえを殺して、そのあとはおまえがファックしている男も殺してやる」

モーズリーが大きな手をぐいと伸ばして、ウィンターに向かって突進してきた。稲妻が催眠術の暗示を破ったのだ。

ウィンターは電話を捨ててあとずさった。本能的に両手でナイフの柄をぎゅっと握った。彼を近づかせてはならないと思い、体の正面で刃を上向きにして構えた。意識しての護身の動きではない。

携帯電話とモーズリーの懐中電灯にはさまれたわずかな空間は、彼女が両手で握ったナイフの刃を照らし出す程度には明るかった。モーズリーは怒りをあらわにしたが、自殺行為にはおよばなかった。

ウィンターの少し手前であわてて立ち止まる。

「おまえは人を操るビッチだ」モーズリーがまたわめいた。上着の内側に手を差し入れて、銃を引き出した。「どのみち、おまえには今夜死んでもらう」

玄関ポーチの階段から大きな足音が聞こえてきた。

「ウ、ウ、ウィンター」ジャックが叫んだ。

戸口から飛びこんできたジャックの勢いは、嵐が巻き起こす自然の猛威さながらだった。

モーズリーが新たな脅威を振り返ろうとしたとき、早くもジャックが体当たりした。二人がダイニング・カウンターに激突する。その衝撃で海岸から拾ってきた石を入れた鉢が床に落ちた。暗闇のどこかでガラスが割れる。ウィンターは銃が落ちる音も聞いたような気がした。

かがみこんで携帯電話の明かりをでたらめに回して銃を探した。そのときまた稲妻が光り、ウィンターは眩い光の中にモノクロで映し出された死闘を繰り広げる二人の男の姿を見てとった。拳が生身の人間の肉を叩く音は胸が悪くなる重苦しい音で、超現実的な感じがした。

携帯電話の明かりがついに金属の光沢をとらえた。ウィンターはナイフを床に置き、拳銃を手に取った。体を起こしたとき、ちょうど必死で立ちあがろうとするモーズリーが見えた。目をかっと見開き、ただひたすら逃げようとしている。

ジャックは床に倒れたまま、モーズリーの足首を片方つかんで力いっぱい引っ張る。モーズリーが叫びを上げながらひっくり返った。それでもまたふらふらと数フィートほど進んだのち、ばったりと倒れた。

その拍子にがっしりしたコーヒー・テーブルのへりで頭を打ち、ガツンと強烈な音が響いた。

モーズリーがラグの上に倒れ、動かなくなった。

一瞬、不自然な静けさが室内を包んだ。そのシュールな静けさを破ったのはジャックのざらついた息づかいだった。二人とも出血——それもおそらく多量の出血——をしているはずだとウィンターは思った。

気持ちを落ち着け、静かに懐中電灯を向けた。たしかに血が。それはケンドール・

モーズリーの頭部から出た血で、古いラグにぐっしょりと染みこんでいた。

ジャックが立ちあがり、ウィンターのかたわらに来た。ウィンターはぼんやりとした意識の中で、ジャックが彼女の手から銃を抜き取るのを感じた。彼を見ると、眼鏡をかけていなかった。激しい素手対素手の格闘の最中におそらくはずれたのだろう。

「大丈夫か？」格闘の熱気を発散しながらジャックが訊いた。

「ええ」ウィンターの声は細く弱々しかった。水晶のような透明感。ウィンターは深呼吸をして神経を集中させた。暴力に対処するのはしばらくぶりだったが、忘れずにいたスキルもあった。「ええ」もう一度いくらか力強い声で答えた。「あなたは？」

「ぼくは平気だ」ジャックがウィンターの手から懐中電灯を取った。その明かりをまっすぐモーズリーの意識不明の顔に向ける。「この男は知り合い？」

「ええ。名前はケンドール・モーズリー。前の勤め先の客で、いつの間にかストーカーになったの。でも、彼がここに来るはずはないのに」

「くそっ」ジャックが言った。

「いったい何がどうなったのか理解できないの。わたしはてっきり……」ウィンターはそこで言葉を切り、もう一度神経集中のための深呼吸をした。「てっきり彼のことは片付いたと思っていたから」

「どうやらそうではなかったようだ」ジャックが言った。

かがみこんで二本の指でモーズリーの脈をたしかめる。

「どう、彼――？」ウィンターが小声で訊いた。

「死んではいない」ジャックがまっすぐに立った。「とりあえず、まだ生きている。だが、頭部の傷からかなり出血している」

「包帯代わりにタオルを取ってくるわ」

ジャックは携帯電話を取り出した。「ぼくは警察に知らせる。モーズリーには救急車もたのまないと」

ウィンターはリネンの棚から洗濯済みのバスタオルを取り、リビングルームに引き返した。モーズリーの横にしゃがみこみ、厚いタオルを出血部分に押し当てる。彼は身じろぎひとつしない。まぶたもまったく動かない。

ジャックの緊急通報電話のやりとりに耳をすました。モーズリーの頭に当てたタオルの位置を直したとき、玄関ポーチから誰かの足音が聞こえた。数秒後、強烈な懐中電灯の光がリビングルームを照らした。

つづいて暗がりからアリゾナの声が。

「やっぱり。いやな夜になりそうな気がしてたのよ」

12

「もっと早く気づくべきだったわ」アリゾナが言った。「昔ならもっとずっと早く情報を関連づけられたのにねえ。あなた無事だったのね、ウィンター？」

「ええ」ウィンターが言った。「ちょっとどきどきしたけど、大丈夫。さんざん殴られたのはジャック」

ジャックは緊急通報電話を終え、電話をベルトに留めた。ウィンドブレーカーのポケットから眼鏡ケースを取り出して開く。

「ぼくなら心配いらない」そう言うと眼鏡をすっとかけ、ケースをまたポケットに戻した。「警官と救急車がこっちへ向かっている」

ジャックとアリゾナはモーズリーに近づき、見おろす位置に立った。

「こいつがストーカーと化してからどれくらい経つ？」ジャックがウィンターに訊いた。

「わたしがまだスパで働いていたときで、数カ月前かしら」ウィンターが言った。「モーズリーがわたしのコースに予約を入れるようになってすぐ、この人はちょっとって気づいたわ。それで最初の瞑想セッションのあと、あれこれ口実をつけてもう予約を受けられないと伝えた。そしたらボスに文句を言って、ボスはわたしにかんかん。モーズリーは大事なお客だったのよ。お金をたくさん払って、マッサージやそのほかいろいろなコースの予約を取っていたから。その後、モーズリーはわたしが行くとわかっている場所に姿を見せはじめたの」

「そういう連中はしつこいのよ」アリゾナが権威を感じさせる声で憂鬱そうに言った。

「対処法はひとつしかないわ」

「AZの言うとおりだ」ジャックが言った。「妄想的なストーカーはけっしてやめない。エスカレートする一方だ」

「接近禁止命令を出してもらおうと思ったけど」ウィンターが先をつづけた。「モーズリーはすごく慎重で、これという証拠が何ひとつなかった。警察にも判事にも提出できるものがなんにもなかったの」

「いずれにしても禁止命令にはたよれないよ」ジャックが言った。

「ただの紙切れだもの」アリゾナが言った。

「最終的には、わたしが姿を消すほかないと気づいたの」ウィンターが言った。「モーズリーはわたしを探そうとするかもしれないけど、その問題への対処法も思いついた。でも、明らかにわたしが間違っていたわ。こんなひどい状況に二人を巻きこんでしまってごめんなさい。こんなことになるなんて考えてもみなかったものだから」

ジャックがウィンターを見た。「もっとわかるように話してくれないか。きみと出会った日からぼくにも関係がないわけじゃない」

「あたしもよ」アリゾナが言った。「あなたは隣人であり借家人。となれば、あたしも関係がないわけじゃない」

ウィンターは二人を交互に見た。二人とも断固とした厳しい表情をし、二人を包む空気をものすごく力強い何かが小刻みに震わせていた。

この人たちはわたしの友だちだわ、とウィンターは思った。**これからはひとりで立ち向かわなくてもいいんだわ**。

「ありがとう」

もっと何か言いたかったが、いい言葉が見つからない。

叩きつける風と不安を掻き立てる波の音にかぶさって、遠くからサイレンの音が大きくなったり小さくなったりしながら聞こえてきた。

ジャックが視線をウィンターからアリゾナに向けた。「AZ、あなたが不動産屋から出てくるのを見た男はこいつですか？　現在空き家になっている物件の一覧を欲しいと言った男は？」

「ううん、この男じゃないわ」アリゾナが言った。いかにも確信がありそうだ。「あの男はもう少し歳が上ね。三十代半ばってとこかしら。いい動きをしていたわ。鍛えている男よ。でも、いやにだらしなかった。茶色の髪はすごく長くて襟にかかっていた。頭頂部は完全に禿げてて。鼈甲縁の眼鏡。着古したグレーのパーカーにぶかぶかのジーンズ。だけどブーツは新しいみたいだったわ。しかも高級品」

ウィンターが彼女を見た。「不動産屋から出てきた男について、そんな細かいことまで全部憶えているの？」

「昔の仕事では、詳細にわたる記憶力は職業上の必須条件とでもいうべきものだったのよ」アリゾナが言った。「その男に注目したのは、風体が気に入らなかったからだわね。一例を挙げれば、ブーツがそれ以外の服装から浮いていた」

「はあ」ウィンターが当惑気味に言った。

ジャックの顎がこわばった。「まずいことになった」

「この状況にまずくないことなんかひとつもないけど」ウィンターが言った。「厳密にはなんのこと？」

「二日前に不動産屋から出てくるところをAZが見た男とこいつが同一人物じゃないってことだ」

「そのとおり」アリゾナが言った。「なんとも複雑なことになってきたわ」

アリゾナとジャックが暗い表情で目を合わせた。

「わおっ」ウィンターが思わず言った。「ちょっと待って。二人ともいったい何が言いたいの？」

「それはあとだ」ジャックが言った。「警察が到着する前に、急いで内輪の話をしておく必要がある」

「つまり、三人の話を筋が通るものに仕立てておきたいってことね」ウィンターが言った。

「まあそういうことだ」ジャックが言った。

「でも、どうしてそんなことする必要があるの？」ウィンターが訊いた。「わたしには全部筋が通っているように思えるんだけれど。ストーカーがエクリプス・ベイまでわたしを追ってきて襲いかかった。そこへ崖の上に住む隣人がやってきて、戦ってくれた。モーズリーが怪我を負った」

「ぼくにはそれほど単純だとは思えないんだ」ジャックが言った。「どうしてきみはモーズリーがエクリプス・ベイまで追ってくるはずがないと確信していたのか、その部分が抜け落ちている」

張りつめた短い沈黙があった。

「説明がしにくいの」ウィンターがやっと口を開いた。

「聞かせてくれ」ジャックが言った。「急いで。ここで自分が何をしているのかを知る必要がある」

「彼の言うとおりよ」アリゾナが言った。「あたしたちには本当のことを話したほうがいいわ」

ウィンターは約一秒半考えた。どうとでもなれ。ジャックとアリゾナに秘密にしておくのに疲れたからか。それとも、暴力を目のあたりにした不安のせいで明快な思考ができなくなっているからか。

「たぶん信じてはもらえないと思うけど」ウィンターは切り出した。「じつはわたし、催眠術師なの。それもすごく腕のいい。スパの仕事を辞めてキャシディー・スプリングズを出てくる前に、ケンドール・モーズリーの瞑想セッションを一度だけ引き受けたのよ。そのセッションの途中で彼を半睡状態にして、強度の後催眠暗示にかけたってわけ」

ジャックがウィンターをじっと見た。「きみを追ってはいけないと言ったのか?」

「わたしを追いたくなどないと暗示をかけたんだけど」ウィンターが言った。「その種の暗示は時間の経過とともに薄らいでいくから、かなりの頻度で補強する必要がある。でも、わたしは彼に会って補強することはできない。そこでバックアップとして後催眠命令を植えつけた——三語の。つまり、わたしがその命令語を彼に言うと、彼はたちまち半睡状態に陥るの。万が一彼が襲ってきたら、そのときはその命令でしばらくは時間稼ぎができるんじゃないかと考えてのことよ」

アリゾナが小さく口笛を吹いた。「どうやら暗示と命令に不具合が生じたようね」

「後催眠暗示は明らかに弱まっていたわ」ウィンターが動かないモーズリーを見おろして言った。「正直なところ、びっくり。もっと長くつづくはずだったのに。わたし、本当に腕のいい催眠術師なの。非常事態でのバックアップは効いたけど、なんとかナイフを捨てさせるくらいの時間しか稼げなかった。どうやってわたしを見つけたかが知りたくて質問もしたけど、答えが二、三返ってきたところで雷が鳴って、彼が半睡状態から覚めてしまった。つぎに気がついたときは、ジャックがドアから入ってきて、そして、こういうことになった」

ジャックが思案顔をウィンターに向けた。「本当に催眠術師なのか?」

ウィンターは無言でうなずいた。彼が信じてくれているのかどうかはわからなかった。

「こいつは複雑なことになるな」ジャックが言った。「わかった。いまここで細かいことまで話している時間はない。よく聞け。もうすぐ警察がやってくる。何があっても、きみがモーズリーに催眠術をかけたことは話すな。いいね?」

「了解」ウィンターは言った。

つづいて安堵のため息をついた。特殊な能力について説明しようとしたことは無駄ではなかった。

アリゾナがジャックを見た。「不動産屋に寄って空き家の一覧をもらった男はおそらくこの男の仲間だと考えているんじゃない?」

「ええ」ジャックが言った。「その可能性について考えてます。それでいくつかのことに説明がつく」

ウィンターはアリゾナをちらっと見たあと、ジャックに視線を移した。「二人ともわたしにわかるように話して」

「あとで説明する」ジャックが言った。「その前に、警察が来たらどうするかを説明する。ウィンター、きみはありのままを話せばいいが、ケンドール・モーズリーに催眠術をかけたことや後催眠の命令をしたことには触れずにおく」

「わかったわ」ウィンターが言った。「でも、なぜわたしの催眠術の能力を秘密にしておくようにそれほど心配してくれるの？　誤解しないで。ありがたいと思ってるわ。でも、わたしが腕のいい催眠術師だなんて話を警察が信じるとは思えないのよ。今回の場合、そのとおりなんだし」

　意外なことに答えたのはアリゾナだった。

「警察はたぶんあなたの話を信じないでしょうね。問題は、報告書にそんなことを書かれたら、もしまた何か起きたときはそれがあなたに返ってくるかもしれないわ」

「どういうこと？」ウィンターが訊いた。

「モーズリーは法廷で裁判を受ける」ジャックが言った。「となれば陪審だ。能力不足の弁護士がきみは腕のいい催眠術師だという供述を採りあげて、きみに突きつけて不利な立場に追いやるかもしれない」

「失敗したのに？」ウィンターが指摘した。

「そんなことは関係ないわ」アリゾナが言った。

「ＡＺの言うとおりだ」ジャックが付け加えた。「モーズリーの弁護士が、モーズリーを催眠術で操ったのはきみだから、彼に責任はないと言って陪審を納得させるかもしれない」

「そうよ」アリゾナが言った。「間違いなくそういう流れになるわ」

アリゾナもジャックもいささか誇大妄想的ではあるが、たぶん彼らの言うとおりなのだろうとウィンターは思った。それだけでなく、警察相手に秘密をべらべらしゃべりたくはなかった。さらには、みっともなく失敗したことを考えれば、自分が経験豊富な催眠術師であると主張することになんの意味もない。

「そんなのいやだわ」ウィンターは言った。

「それじゃ、いいね」ジャックが満足げに言った。「三人で歩調を合わせていこう。催眠術だの後催眠命令だのって言葉は警察にはいっさい言わない」

「了解」アリゾナが言った。

ジャックがウィンターを見た。

「きみの家族はどうなの？」ジャックが訊いた。「きみの能力について秘密を守ってくれると信じてもいいのかな？」

「大丈夫。わたしの催眠術の才能についてけっして口外したりしないから。ずっと前から、そのことについては誰にも言ってはいけないってわたしに言い聞かせてきたくらいよ。それにいま国内にはいないの。人類学者で、ここから数千マイル離れたどこかのジャングルにいるはずだわ」

ジャックが安心したようにうなずいた。「だったら心配ない」

最初の車がライトを明滅させサイレンを鳴らしながら到着した。ポーチの前で急停止する。

ジャックがドアに行き、警察を迎え入れた。

ウィンターはモーズリーの頭部に押し当てた血染めのタオルに目をやった。

「スパのボスにこの男はちょっと問題だって言ったのに、はなから信じてくれなかったのよ」ウィンターがため息まじりに言った。

アリゾナもモーズリーを見おろした。「彼を半睡状態に陥らせるときに使う後催眠命令の言葉がなんだったか訊いてもいい？　職業上の好奇心だわね」

「命令語は〝クマのプーさん〟」ウィンターが答えた。

アリゾナがうれしそうにうなずいた。「昔からあの物語が大好きだったわ」

13

ケンドール・モーズリーは耳障りな機械音と激しい頭痛に目を覚ました。もぞもぞ動きながら、やっとのことで目を開けると室内は暗かった。暗闇の中でライトがちかちかしている。腕に針が刺さっている。針はベッド脇に置かれた鉄製のポールに掛けられた点滴の袋につながっている。

清掃係の制服を着た女がベッドのかたわらに立った。点滴の管をせわしげにいじっている。白髪まじりの髪は半ばキャップにおおわれている。顔の下半分はしっかりと耳にループを回した使い捨てマスクに隠れている。病院で働く人間が感染予防のためにかけているタイプのマスクだ。

清掃係をよく見たとき、モーズリーはその目が白髪まじりの髪やでっぷりした体形とは不釣り合いなことに気づいた。もっとずっと若い女の目なのだ。

「どうも」かろうじて声になった。

清掃係は動きを止めてモーズリーをちらっと見おろした。

「なんてへまをしてくれたのよ」

女の声は低くかすれていた。セクシーだ。彼女の言ったことを聞きとるためには神経を集中しなければならなかった。意味をなしていないからだ。

「はあ？」モーズリーは言った。

「あんたはもう傷物だってボスに報告したけど」清掃係が先をつづける。点滴の管をいじる手は止めない。「ボスはいわゆる六次の隔たり（すべての人や物事は6ステップ以内でつながっているという仮説）っていうのにこだわっててね。もっともらしい否定じゃ気がすまないの。自分がこの一件にかかわっているかもしれないと疑う人間が誰ひとりいなくなるよう、手段を講じてこいと言うのよ。あたしと相棒はこの計画は複雑すぎたと説明したんだけど、お偉いさんがどんなものか知ってるでしょ。そのＣＥＯときたら、きみの意見を聞きたいとかいつも言ってるくせに、いざこっちが意見を言うと耳を貸さない」

モーズリーは必死で頭をはっきりさせようとするが、頭痛がひどくてものが考えられない。

「はあ？」もう一度同じことを言ったのは、それ以外に何も思いつかないからだ。

「それでもボスに花を持たせるしかないんだわ」清掃係はさらにつづける。「もしあんたがうまくやってくれてれば、サリナスもあと二人の息子もランカスターがどうして死んだのか、いくら調べたって犯人に結びつけられるはずがなかったけど、あんたの失敗のおかげでまた一から新しい作戦を練らなきゃならなくなった」

モーズリーは女の手をじっと見た。医療用の薄い手袋をはめている。

「いったい何をしてる？」モーズリーはそう言ったつもりだったが、はっきりとは言葉にならなかった。

「あんた、どこまで憶えてるの？」清掃係が訊いた。

モーズリーは考えようとした。ぼやっとした記憶がよみがえってきた。飛行機でオレゴン州ポートランドに飛んだ。車が彼を待っていた。目的地はＧＰＳにインプットされていた。座席の上にはメモも置かれており、トランクを見るようにと記されていた。するとトランクにはナイフと拳銃が入っていた。ＧＰＳにしたがって車を走らせると、海沿いの小さな町に着いた。

「あの女を見つけた」モーズリーはそこまで思い出せたことにほっとしながら言った。「人の頭をいじくるとんでもない女だ」そこでしばし間をおいた。「だが、何かが起きた」

「あんたにはひとつ仕事があったのよ」清掃係が言った。「その仕事をするために必要なものはすべてそろっていた。地図を持っていた。必要な道具も持っていた。たとえばナイフや拳銃。メドウズはひとりで家にいた。なのに、なんでこんなとんでもないへまをしでかしたのよ？　ボスに訊かれることはわかってるわ」

「ボスって？　あんたが何を言ってるんだかちっともわからないよ。ここはどこなんだ？」

「ここは現場から二十マイル離れた町の病院。エクリプス・ベイはちっぽけな町だから病院もないのよ。診療所がひとつあるだけ。だから救急車はここに搬送した。でも、あたしたちにとっては結果オーライだったわ。あたしが清掃係の恰好をしてても誰も質問ひとつしなかった。清掃係をしげしげと見る人なんかいないのよ」

「本当は清掃係じゃないのか？」

「違うわよ」

モーズリーはコールボタンを押そうと手探りしたが、見つからない。

「ここにはあんたとあたしだけよ、モーズリー」清掃係が言った。「そりゃあ、地元警察が警官一名にあんたを見張るように命じたけど、そいつはいまナース・ステーションで誰かとおしゃべりしながらコーヒー飲むのに忙しいわ。でも、あたしたちには時間は少ししかない。何がいけなかったの？」

モーズリーは怒りがこみあげてきた。清掃係の命令口調が長年鬱積させてきた怒りを刺激した。物心ついてからというもの、女は彼を操り、支配しようとしてきた。いちばん恐ろしいのは、彼の頭の中を見透かして弱みをつかむクソ女だ。そんな女には罰を与えたかった。破滅に追いやりたかった。

「あの女を見つけはしたが」モーズリーは言った。「おれにおかしなことをしやがった。そこにあの男が現われやがった」

「ランカスターね？」

「名前なんか知らないよ。やつがポーチの階段をのぼってきたのを憶えている。思い出せるのはそこまでだ。で、ここは病院だろ？」

「そうよ」

「なぜなんだ？　何が起きたんだ？」

「廊下で盗み聞きしたやりとりから考えると、あんたとランカスターは取っ組み合いになったみたい。彼の勝ち。あんたの負け。あんたは倒れたときに頭を打った。そして家宅侵入罪とウィンター・メドウズに対する暴行罪で逮捕された」

怒りがモーズリーの思考を曇らせた。「あの女がおれの頭をいじくって何かしやがったんだ」

「メドウズはあんたに何をしたの？」

「あいつはおれの脳みそに何かしやがった。おれを操ろうとしたんだ。だからあいつを殺さなきゃならなかった。おれの友だちはそれを理解してくれた。その友だちがいろいろ教えてくれた」

「メドウズはなぜあんたを操りたかったの？」

「おれが弱いと思ってるんだ」モーズリーが言った。「女はいつだってそういう間違いを犯す。おれが思い知らせてやらないと」

「そのつもりで二人をさんざん殴ったんだろうけど、ERに運びこまれたのはあんただった」

「おれに敬意を払えと教えてやらなきゃいけないな」

「あんたが今夜するべきことは、ウィンター・メドウズを殴り倒すだけじゃなかったはずよ。殺さなきゃいけなかった」

「ああ、そうさ」モーズリーが言った。「あいつのはらわたを魚みたいに引き抜いてやるつもりだった。ここから出たらすぐにそうするよ。あいつは危険な女だ。チャットルームの友だちがあいつのことをいろいろ教えてくれた」

清掃係が点滴の管に何かを注入していた注射器をはずした。モーズリーを見おろす。

「チャットルームのあんたの友だちからメールをもらったわ」

病院で目が覚めてからはじめて、モーズリーはちょっとした安堵感を覚えた。

「あんた、おれの友だちを知ってるのか？」

「あたしの雇い主」

「何がなんだかわからないな」

「驚くことじゃないわ」清掃係はそう言いながら、腕時計にちらっと目をやった。

「あたしはこれから逃げなきゃならないのよ。長いドライヴになるわ。あんたのへまを全部説明してる暇はないの」

「おれにそんな物言いをするな。おれはばかじゃない」

「それには大いに疑問があるわ」

この清掃係も彼がこれまで出会ったほかの女たちと同じで、おれの頭をいじくるクソ女だ。モーズリーは話を元に戻そうとした。

「おれの友だちはあんたになんて言った？」

清掃係はベッドに背を向けかけたが、いったん止まった。

「チャットルームのあんたの友だちは、今夜を最後にあんたはもう必要ないって」

そのとき、身も凍るような恐怖がモーズリーの全身を襲った。体を起こそうとしたが、動けないことに気づいた。ベッドに拘束されていた。

「誰なんだ、あんたは？」声がざらついていた。

清掃係がベッドの上でかがんだ。モーズリーはこのときはじめて、女の目に異様なまでの興奮を見てとった。

「どう言ったらいいのかしら。とにかくあんたとの雇用関係を終わらせにきたのよ」

モーズリーは抵抗しようとしたが、すでに頭の中に黒い靄がかかりはじめていた。助けを求めて叫ぼうとするが、そんな力はもはやなかった。

「おれをどうにかできると思うなよ」モーズリーはかすれた声でつぶやいた。「友だちがおれを守ってくれる」

「ううん、あんたの友だちはあんたを守ってなんかくれやしないわ。だって、あんたはへまをしたんだもの。友だちはあんたみたいな役立たずのために時間を無駄にしたりしない」

最期の一瞬、モーズリーの頭がはっきりした。おれは友だちに裏切られ、もうすぐ死ぬ――もとはと言えば、何もかもおれの頭をいじくったあのクソ女のせいだ。

14

退屈していた警官はナース・ステーションの戸口にゆったりともたれ、パソコンを前にすわる魅力的な黒髪の女性に話しかけていた。廊下の先にちらっと目をやったとき、モーズリーの部屋から出てきた清掃係が見えたが、関心はたちまち失せた。そしてすぐまた意識は楽しいおしゃべりと飲みかけのコーヒーに戻った。

清掃係はカートの横に行き、いかにも疲れたふうにそれを押しはじめた。角を曲がると、そこにもまた白い壁の廊下がつづいていた。モーズリーの体につないだモニターがいまにもナース・ステーションで警報を発するはずだ。

死亡の直前にモーズリーの病室を掃除した清掃係を警官や看護師が記憶しているとは思えないし、たとえ記憶していたとしても、彼らの記憶にある風体が別人を示すことは間違いない。白髪まじりのかつら、手術用のマスク、清掃係用のぶかぶかの作業服の下に厚いパッドを何重にも当てて隠した体形。その変身ぶりはわれながら驚くほどだった。

清掃係はえっちらおっちらとカートを押して廊下を進んだ。そしてつぎの区画に入ったとき、こっそり女性用トイレに入り、作業服を脱いだ。カートに隠してあった小型のデイパックにそれを押しこんだが、病院用のマスクはかけたままにした。病院内では怪しむ者などいない。

病院に入ってきたときと同じ、ズボンに古ぼけたチェックのシャツ、野球帽にスニーカーというでたちで正面玄関を通って病院をあとにした。受付デスクの事務員はパソコンから顔も上げなかった。

がらがらの駐車場を突っ切って人けのない通りに出た。ほど近くに停めた黒のSUVでデヴリンが待っていた。女が暗がりから現われたのに気づき、エンジンをかける。女は助手席のドアを開けて、さっと乗りこんだ。

デヴリンがギアを入れ、歩道から離れた。

彼はこれまでさまざまな名前で仕事をしてきたが、最近はデヴリン・ナイトで通している。勇ましい響きがあると思っていた。顎が角張った開放的な雰囲気は、かつて高校のフットボール・チームのキャプテンだったという感じのハンサムではあるが、記憶に刻まれるというほどのハンサムではない。三十五歳のいまも申し分のない体形を維持しており、好みのイタリアのデザイナーの洗練された服も颯爽と着こなせる。デヴリンのそうした肉体的な資質は今夜は鳴りをひそめていた。禿げかかったように見えるかつらをつけ、レンズの厚い眼鏡をかけ、軍の余剰品を売る店で買ったシャツを着ている。彼はその恰好を北西部太平洋側のプレッパー（大災害や戦争など非常事態にそなえて準備する人びと）・ルックと呼んでいた。

　女も過去にはいくつかの名前を使ってきたが、現在のきわめて本物らしく見える身分証明書はどれにもヴィクトリア・スローンの名が記されている。上流階級的な響きがある。デヴリンとは異なり、彼女の美貌は記憶に刻まれるレベルのもので、それを維持するために手を尽くしている。なぜなら、美貌は彼女の装備のひとつだからだ。実際、これまで何度となく、優雅な目鼻立ち、金色の髪、青い目、均整の取れたしなやかな体にたよるほかない場面に遭遇してきた。
とはいえ三十代に入ってからは、その顔と体を維持するのが年々きつくなっていた。今回の仕事がきわめて重要な理由のひとつがそれだ。この仕事が新たな人生への切符だからだ。

　ヴィクトリアとデヴリンはこの数年、フリーランスの傭兵チームとして仕事をしてきた。出会いはそれ以前、政府の情報機関で働いていたときにさかのぼる。同僚としてスタートしたが、はじめていっしょに割り振られた仕事のあと、恋人同士になった。最初からそれとなく惹かれあってはいたが、危険と殺しの高揚感を共有したときのアドレナリンがそれに火をつけた。

二人はともにどこかの時点で、組織に属さないほうがうまくやれると気づいていた。するとあるとき、とある小さな開発途上国で起きたテロリストによる爆破事件が、二人に死亡を偽装するチャンスを与えてくれた。それ以後は金持ちの顧客相手に警備専門家として仕事を請け負う新しい生活をはじめた。顧客たちの収入源は、銃砲や火薬の密輸入、麻薬売買、小規模な戦争の処理といった危険な活動を含んでいることが多かった。

セックスにはじめのころの激しさはもはやなくなったが、年月の経過とともにそれ以外の連帯感ができてきた。ヴィクトリアとデヴリンは相手の言葉を最後まで聞かずともその先が言えた。着るものに関しては、そろってイタリアのデザイナーズ・ブランドを好んだ。料理とワインの好みも似ていた。

意見が分かれるものもあった――デヴリンはどういうわけかばかばかしいロマンチック・コメディー映画が好きなのに対し、ヴィクトリアはヒットとは縁遠い深刻なアート作品、それも小品のほうが好きだ――が、大方のことについては二人は大多数の夫婦よりも馬が合った。

振り返れば、はじめのうちは二人ともすぐにその気になる、盛りがついた新婚さんみたいだった。しかしいま、二人は長年連れ添った夫婦のようで、気楽で意外性に欠けるものの、居心地のよい関係に落ち着いている。もし仕事で親密に結びついていなかったなら、おそらくどこかで退屈が忍びこんでいたはずだ。いっしょに人を殺すカップルはずっといっしょにいるのだろう――少なくとも片方が片方の息の根を止めるまでは。

今回の客は二人をダークネットで見つけた。殺人のスキルを持つ専門家とそういうスキルを持つ人間を雇いたい客を引きあわせてはたんまり稼いでいる匿名の仲介人を介して出会った。

だがこれまでの客と違い、ルーカン・テイズウェルはほかの雇い主とは比べものにならない申し出を二人に持ちかけてきた。目がくらむほどの明るい未来を鼻先にぶら下げたのだ。

このプロジェクトは大仕事だ――移動するたくさんのピースに対処しなければならない――が、莫大な報酬が約束されている。もしすべてがうまくいけば、ヴィクトリアとデヴリンは近い将来、これまでの客の何人かに負けないくらいの富と権力を手に入れることになる。しかも合法的に。そうなれば、もうダークネットに身をひそめていなくてもよくなる。著名人やIT業界の大立て者と親しくなる。政治家を支配するようになる。

むろん、難関もいくつかはあるが、対処できないものはひとつもない。この仕事をうまくやってのければ。ヴィクトリアとデヴリンはもう雇われの殺し屋ではなくなる。ルーカン・テイズウェルが二人を十億ドル規模のヘッジファンドのパートナーにしてくれるのだから。

ルーカンはこれまでの客とは違った。二人に敬意を示した。二人の才能に感心し、高く評価してくれた。しかし、彼が提示する基準も高かった。命令のひとつひとつを精確に遂行することを期待された。失敗に対する彼の寛容度は間違いなく高くないはずだ。

デヴリンは、ほかには車が一台も走っていないにもかかわらず、停止信号で速度を落とした。犯行現場をあとにするときはけっして急いではならない。いちばん避けるべきことは周囲の目を引くことなのだから。

「モーズリーの件は片付いたってことだな」デヴリンが言った。

「ええ。だけど、今夜うまくいったのはこれだけ」ヴィクトリアがマスクをはずしながら言った。「テイズウェルはきっとおかんむりだわ」

三人はまだまだ対等な関係にはない。ルーカン・テイズウェルはまだ雇い主であり、命令を下す立場にいる。

「こいつはおれたちじゃなく彼の計画だった」デヴリンが言った。「テイズウェルは自分がこのプロジェクトを最初から最後まで細かく管理すると言い張っただろう。ケンドール・モーズリーのような不安定な人間を使うのは危険だとおれたちが警告したのに」

「テイズウェルがそういうふうに納得してくれればいいけど」ヴィクトリアが言った。

いざ今夜うまくいかなかったことを考える余裕ができると、気が気でなくなった。ルーカン・テイズウェルを失望させることだけはなんとしてでも避けたかった。

「もし彼が自分で思っているほど頭がよければ、つぎはおれたちの話に耳を貸すさ」デヴリンが言った。

「どうかしらね」

ヴィクトリアは何重にも暗号化された電話を握りしめ、悪いニュースを伝える覚悟を決めた。ルーカンはこの種の報告には音声電話を使うように命じた。携帯電話のメールやEメールを信用していない。どちらも痕跡が残りすぎるからだ。

ルーカンはすぐに出た。

「きみたちのせいじゃない」ルーカンが言った。「モーズリーがリスクだったことは承知している」

ぞくぞくするほどの安堵がヴィクトリアの全身を駆け抜け、ついで賞賛と深い尊敬の念がこみあげてきた。これまでは失敗があったとき、たとえそれがみずからの失敗であっても許さない人間の下で仕事をしてきた。自分の間違いの責任を取る胆力をそなえた雇い主はめったにいないのが現状だ。

ルーカンはほかの雇い主とは違った。強くて切れ者で、ことがうまく運ばなかった責任をみずからが負う、ある種の自信を持った人物だ。

ヴィクトリアは呼吸が少し楽になった。

「もうニュースをご存じなんですか？」ヴィクトリアは訊いた。

「エクリプス・ベイ近辺のエマージェンシー・チャンネルをずっとチェックしていたからね。どうやらうまくいかなかったらしいとチャットから想像できた。身元不詳の女を襲った男が未遂に終わったというようなチャットが偶然の一致とは思えないだろう？」

ルーカンはすごくいい声をしている、とヴィクトリアは思った。たとえ電話でもいつまでも耳をかたむけていたい声。朗々としてよく通る。この声なら政界に入ることもできただろうし、救済を説くこともできただろうし、オペラを歌うこともできただろう。

「ええ、偶然の一致じゃありません」ヴィクトリアは言い、できるかぎり簡潔に報告を入れた。なんといおうが、プロである。「もう心配いりません。われわれやあなたにつながるものは何ひとつありません。ですが、ランカスターとあの女はまだ生きています」

「ケンドール・モーズリーは？　傷を負って近くの町の病院に搬送されたそうだな。まあ、あの男が問題になるとは思わないが」

ヴィクトリアの肩からやや力が抜けた。いいニュースを伝えられることができるのがうれしかった。さもなければこの作戦は失敗に終わるところだ。

「残念ながら、ケンドール・モーズリーはメドウズのコテージでランカスターと格闘になったときに頭部に負った傷が原因で死亡しました」

「病院への搬送中に死亡したのか？」

「いいえ。死亡したのは病院でですが、ご心配なく。何かを話すチャンスは彼にはありませんでした。少なくともわたしが近づくまでは」

「警察に何か話したってことはない？」

「それは絶対にありません」ヴィクトリアは言った。「病院の記録にも警察の報告書にも、モーズリーはエクリプス・ベイの現場で意識不明に陥っており、そのまま病院に到着するまで意識は戻らなかったと記されています。結局、意識が戻ったときにそばにいたのはわたしひとりでした。そこは幸運と言うほかありません。彼に質問してみましたが、なんだかしどろもどろで」

「彼が何を言ったのか、逐一知りたい」

「ほとんどはウィンター・メドウズについてのあれこれです。妄想的でした。メドウズが頭をいじくりまわしたとかなんとか言いつづけていましたからね。彼女が頭の中に入りこんできて自分を支配しようとしたと思っているようでした」

「彼は取り憑かれていた。いわば妄想的ってことだな。モーズリーの空想を武器として利用できると考えたんだが、明らかに間違っていた」

「それから、チャットルームの友だちのことも言っていましたが、これは心配ありません。友だちのこともそのほかのこともう警察に話すことはありませんから」

「なるほど。で、きみたちの状況は？」

「いまは車でポートランドに向かっています。車は乗り捨てて、早朝の便でサンフランシスコに飛びます。お昼前にはソノマのお宅に行けます」そこでしばし間をおいた。

「もしこのオレゴンでもっと直接的に手を下す仕事がなければ、ということですが」

「いや。標的にそれ以上よけいな動きは見せるな。こっちで真剣に考える必要がある。またしても失敗のリスクは冒せない」

ヴィクトリアの電話を握る手にわずかに力がこもった。ルーカンは今夜の失敗の責任をデヴリンとヴィクトリアに負わせるつもりはないようだが、相手は客だ、失敗に対する反応を心底信じるわけにはいかない。

「警察の捜査については心配はいっさいありません」ヴィクトリアはいかにもプロといった口調で伝えた。「ご存じのようにエクリプス・ベイは本当に小さな町で、警官の数もかぎられていますし、深く掘りさげる捜査に充てる予算もありません。そもそもそんなことは考えもしないはずです。彼らの視点に立てば、ごく月並みな事件ですから」

「女性に対する暴行の前歴があるストーカーが、直近の妄想の対象である瞑想インストラクターを追って小さな町へやってきて、深夜に襲った」ルーカンが言った。「隣人がそこへ割って入り、格闘になった。ストーカーは病院に運ばれ、頭部に負った傷が原因で死亡」

「そういうことです」ヴィクトリアが言った。「問題は何ひとつありません」

「インターネットにもそれらしき痕跡はない。ケンドール・モーズリーのチャットルームの友だちは影も形もない」

「はい」

「それからもうひとつ」

ヴィクトリアの神経を不安が震わせた。今回の仕事はいつもとは違う。この仕事は将来を約束してくれる。多くのことがこれにかかっていた。

「なんでしょうか?」ヴィクトリアは言った。

「今度、きみとデヴリンが私の計画が複雑すぎると言いたくなったときには、話をよく聞くように言ってくれ」

賞賛と約束の言葉にヴィクトリアの気持ちがなごんだ。

「わかりました。ありがとうございます」

だが、ルーカンは早々と電話を切っていた。

デヴリンがヴィクトリアをちらっと見た。「ボスはおれたちの責任じゃないと言ったようだな?」

「ええ」ヴィクトリアがにこりとした。「今度、あたしたちが助言をしたらもっとよく聞くとまで言ってた」

「ほう」車が幹線道路に出たところで、デヴリンはポートランド方向へハンドルを切った。「テイズウェルがなぜそこまでしてランカスターを消したがっているのか、考えたことはあるか？」

「ランカスターをすごく目障りな存在だと思っていることは明らかね」

「おれの知るかぎり、ジャック・ランカスターはただの大学講師だった男だ。それも長続きはしなかった。本を二冊書いている。未解決事件の研究が専門だ。だからなんなんだ？　ＦＢＩでもＣＩＡでもないんだぜ。犯人を逮捕する立場にもいない。これという財産があるわけでもない」

「テイズウェルがランカスターを危険だと思っているなら、あたしたちもそう思わなくちゃ」

「おれにはランカスターがそれほど問題だとは思えないんだが」

「この状況をべつの角度から見てみるのよ」ヴィクトリアが言った。「今夜はことがうまく運ばなかった。そして結果はどうなった？」

　デヴリンがうなるように言った。「ランカスターとあの女は生き延び、死んだのはモーズリーだった」

「そうよね。ということは、たぶんジャック・ランカスターはあんたが思っているよりもうちょっと大きな問題なのよ」

デヴリンはゆっくりと息を吐き、しばし運転に集中した。

「今回の仕事、なんか引っかかるんだが、なんだろうな?」やがてデヴリンが言った。

「これまでにもそんなこと何度もあったじゃない」

「おれが不安を感じるのは、最終的におれたちが確定利益を手にするってことだけじゃない。テイズウェルとランカスターには明らかに昔からの因縁があるって事実だ。どういうことであれ、たんなる仕事上の問題じゃない。私的な問題だ」

「あたしたちにとっても、これは間違いなく私的な問題よ」ヴィクトリアが言った。

「この仕事はあたしたちの人生を変えてくれるの。将来、あたしたちはダークネットで用心棒を雇う顧客になるんだわ。それだけじゃなく、そういう決断をヨットのデッキで下したり、アマルフィ海岸に面した陽の当たるテラスで上等なワインを飲みながら下したり」

「それはわかってる。だが、おれが言いたいのは、テイズウェルとランカスターのあいだにある私的な因縁がおれの不安の原因だってことだ。こういう感じがする仕事はたいてい予測不能なことになる」

15

「彼が死んだなんて信じられない」ウィンターが言った。「モーズリーが頭を強く打ったことは知ってるけど、救急車に乗せられたときは生きていたのよ」

「頭部の怪我は予測しにくい」ジャックが言った。「どうやら彼は目が覚めなかったようだ。となると、血栓か内出血があったのかもしれない」

二人はジャックのコテージの小さなコーヒー・テーブルを前にコーヒーを飲んでいた。お互い一睡もしていない。すでに空はうっすらと白んできていた。

モーズリー死亡の知らせはエクリプス・ベイの警察署長から少し前にもたらされた。署長からは同時に、ケンドール・モーズリーには過去三年間に二人の女性に対する接近禁止命令が出ていたという情報も伝えられた。

ジャックが見るかぎり、ウィンターは暴力行為の余波に驚くべき冷静さで対処していた。おそらく前向き思考と瞑想の実践のなせる業だろう。あるいはまだショック状態にあるのかもしれないが。

ジャックにはっきりわかっていることはひとつ——彼は前向きに考えてはいないということ。いま考えているのは、答えが必要だということ。情報。データ。

救急車が出発したあと、彼とウィンターとアリゾナは警察に調書を取られた。三人とも事前の申し合わせをしっかり守り、ウィンターがモーズリーに催眠術をかけようとしたことには触れなかった。警官にはそのことはいっさい話していない。

ジャックはウィンターを血だらけのコテージにひとり残してくるわけにはいかず、かといってこの時季、彼女が泊まれるところはそうはない。いちばん近いモーテルも町から数マイル離れている。どのみち、彼女はひとりになりたくないはずだ。そこで、とりあえず朝まで彼の家に来たらどうかと申し出たところ、ウィンターはそれを受けた。しかも、その目には安堵と感謝が見てとれた。かなり確信がある。

アリゾナは手を振って二人を送り出し、警察が現場の写真を撮ったり証拠を集めたりするあいだ、ここに残ってしっかり見張っていると言ってくれた。

ジャックはウィンターが両手でコーヒー・マグを持つ仕種を見ていた。彼女がマグのへりごしに暗い目でジャックを見た。

「つぎは何が起こると思う？」ウィンターが訊いた。

ジャックはそれについてしばし考えた。「警察は手早く捜査を打ち切ると思う。見かけはわかりやすい事件だ。妄想に駆られたストーカーが明らかにきみに危害を加える意図を持ってエクリプス・ベイまで追ってきた。ぼくがそこへ割って入った。そして格闘になり、モーズリーはそのさなかに頭を打ち、その傷が原因でまもなく死んだ。モーズリーの遺族が訴訟でも起こさないかぎり——まあ、この状況を考えればありえないが——事件は今夜で幕引きだ。少なくとも警察に関するかぎりは」

ウィンターが表情をこわばらせ、目を大きく見開いた。「訴訟？　いったい何を根拠に？」

「きみも知ってのとおり、人はおよそ何に関してでも訴訟を起こすことができる——が、今回その可能性を心配する必要はないと思う。とはいえ、きみがケンドール・モーズリーに催眠術をかけたことを誰にも口外してはならないもうひとつの理由がそれだ」

ウィンターは何も言わずにコーヒーを飲んだ。

「わたし、いまでも驚いてるの」しばらくしてウィンターが言った。

「彼が死んだこと？」

「それもあるけど、それ以上にわたしの催眠術の暗示が長持ちしなかったことに」

ジャックは椅子の背にもたれてウィンターをまじまじと見た。「きみはそこまですごいのか？」ついに思いきった質問を投げかけた。

「まあね」

自慢げではないな、とジャックは思った。ただ事実を認めただけだ。

「正直なところ、ぼくは催眠術についてあまり知らないんだが」ジャックは慎重に言葉を選んだ。「なんというか……議論の余地があるってことは知っている」

ウィンターが皮肉な笑みを浮かべた。「そうよね」

「催眠術の力を擁護する主張は多いが、正当な科学的検証に堪えられるものはごくわずかしかない」

ウィンターがうなずいた。「言い換えれば、あなたはわたしがケンドール・モーズリーに本当に催眠術をかけることができたとは思ってないわけね」

「そうは言ってないだろう」

ウィンターが片手を振って無視した。「信じてよ。多くの人が胡散臭いと思っていることはよく知ってるわ。それも理解できる。あなたの言うとおり、催眠術の有用性を立証するために二重盲検法で臨床テストをおこなうのはむずかしいのよ。問題がもうひとつあるし」

「どういう?」

「ある研究が出した、全人口に対して一定の割合――二十から二十五パーセント――で催眠術を受けつけない、あるいはほとんど受けつけない人がいるという結果」

「どんなに腕のいい催眠術師でも?」

「そうらしいわ。だけど、とうてい本当だとは思えない。あなたも指摘したように、この分野の手堅い研究というのはあまりないの」ウィンターは目をやや細めながら、そこでいったん間をおいた。「それでも、わたしの経験によれば、ほとんどの人は催眠術にかかるわ。少なくともある程度は。その中のかなり大きなパーセンテージの人は簡単に半睡状態に陥る。モーズリーも間違いなくそういう中のひとりだったのよ」

「きみはたしか、催眠術の暗示は時間とともに弱まると言ったね。もしかすると、今回のことはそれに当てはまるのかもしれない」

「かもしれないけど、わたしがモーズリーの視界から消えた瞬間、彼の頭の中からも消えると確信していたの」ウィンターが言った。「暗示が弱まるころにはもう、ほかの何かを追いかけているものと思ったのよ」

「ほかの何か?　誰かじゃなく?」

ウィンターが顔をしかめた。「彼にかけたのは、わたしを追いかけないって暗示だけじゃなかったの。彼の本当の望みは、機会を見つけるたびにエクササイズ、とりわけランニングをしたいことだとも言い聞かせた」

「ランニングが彼のつぎの妄想の対象になればいいと思ったのか？」

「ほかに比較的人畜無害なことを思いつかなかったから」ウィンターが言った。「妄想性パーソナリティーはどこまで行っても妄想性パーソナリティー。遅かれ早かれ、何かしらそれしか目に入らないものを見つけるのよ。だから、運悪くモーズリーの注目を一身に集めるつぎの女性を守れればと思ったの」

「それが効いたかどうかはなんとも。妄想はとくに複雑なものでもないが、なかなかしぶとくてすごく危険だ。ぼくは仕事でたくさん目にしてきた」

「でしょうね」ウィンターはコーヒーをひと口飲んでマグを置いた。「ありがたいことに後催眠命令はまだ効き目があったみたいで、彼、たちまち半睡状態に陥ったの。少なくとも稲妻に撃たれるまではね」

ジャックはコーヒーポットに手を伸ばし、自分のマグカップに注ぎ足した。「多少個人的な質問なんだが、訊いてもいいかな？」

「ええ、どうぞ。今夜のわたしたち、殺されていたかもしれないし重傷を負っていたかもしれないのよ。全部わたしのせいで。あなたは答えを聞く権利があるわ」

「それはだめだ」ジャックが厳しい口調で言った。

ウィンターは口に運ぼうとしていたマグを途中で止めた。

「だめって何が？」

「今夜起きたことを自分のせいだと責めてはだめだ。これはきみのせいなんかじゃない」

ウィンターの顎のあたりがこわばった。「モーズリーがここに来たのはわたしのせいよ」

「彼がここに来たのは頭がおかしい人間だからだ。いいか、思い出してごらん、ウィンター。今夜ぼくたちは殺されていたかもしれないが、生き延びた。しかも、生き延びたのはぼくたちの手柄があってのことだ。きみがモーズリーの動きをぼくが行くまで止めておいたから、ぼくにあいつを仕留めるチャンスがめぐってきた。協力の賜物さ」

ウィンターは深く息を吸いこみ、静かに吐いた。「ま、いいわ、それでも。すべてがいい方向に回転したわけね。おめでとう」

「必死で考えたんだ」

それを聞いたウィンターがやっと笑顔を見せた。「訊きたかった個人的な質問って何かしら？」

「変なふうに取らないでもらいたいんだが、もしきみがそれほど腕のいい催眠術師なら、なぜその能力を使って生計を立てないんだ？　なぜ瞑想を教えたりしている？」

「瞑想は自己催眠のひとつの形だと思っているの」

ウィンターの歯切れが悪い、とジャックは思った。

「ぼくはそんなふうに思わないが」

ウィンターの口もとがわずかに歪んだ。「ついでに訊くけど、あなたの明晰夢はどう説明したらいいと思う？」

「うーん」ジャックは考えをめぐらした。「自己催眠？」

「もし自己催眠のひとつの形でないとしても、すごくよく似た体験だと思うの。催眠術による半睡状態と夢を見ている状態の境界線は曖昧なの。はっきりした境界はないかもしれないと考える研究者もいるわ。半睡状態は本質的には一種の夢だそうよ」

「だが、きみは催眠術師であることを人には言わない。減量や禁煙や昇進に力を貸せるとは言わない。苦痛や不安を取り除くことができると約束はしない」

ウィンターはマグカップを置き、コーヒー・テーブルの上で腕組みをしてジャックをしばらくじっと見ていた。

「短く答えると、催眠術師で生計を立てるのはめちゃくちゃ厳しいから。これは本当の話。代々の催眠術師が失敗して、ほかに生活手段を探すのを見てきたのよ」

「催眠術師が失敗？」

「技術的な失敗じゃないの。ほとんどが事業って意味での失敗」

「それはまたどうして？」

「それはね、多くの人が催眠術師を占い師や超能力者や手品師や読心術師と同等に扱うからなの」ウィンターが言った。「催眠術というものがあると心底信じている人もいて、その人たちは気が動転してしまう。そういうものが本当に存在して、どんな悩みも癒してくれると切に信じたい人もいる。一方には、催眠術になどかかるはずがないことを証明したい人もいる。そして最後に、催眠術がたんなる手品だと確信していて、そうじゃないってことを証明してみろと言い張る人たちがいる。あとの二種類のタイプはとくに迷惑なのよ」

「つまり、しかるべき理由で催眠術師を利用したいと考えている客を見つけるのは一種の博打ってことか」

「まあ、そうね。それもあるし、病気治療が目的だったのに治らなかった客が憤懣やるかたなくてインターネットで愚痴ったりすると、催眠術を看板にしたビジネス・モデルは深刻な問題を抱えることになるわ」

「なるほど」

「最後になったけど、もうひとつ、これもばかにはできない問題があるの。催眠術師を相手取って訴訟を起こそうとする人がいるの。催眠術師が半睡状態にある客につけこんで何かしたとかって」

「生計を立てるのはきついかもしれないってことがだんだんわかってきたよ」

「でしょ」ウィンターがコーヒーポットに手を伸ばした。「だからもっと現実的な仕事を見つけようとしたの。それが瞑想インストラクター」

ジャックはウィンターがマグカップにコーヒーを注ぎ足すのをじっと見ていた。

「代々の催眠術師が失敗したと言ったね？」

「母方の女性にその能力が遺伝したみたいね」ウィンターがポットを置いた。「曾祖母は舞台で催眠術を実演していたの。観客は大いに気に入ってくれたけど、曾祖母がさまざまな神経症や不安を抱えている人に術を施すようになると、面倒なことになった」

「どんなこと？」

「客のひとりが、催眠術を利用して老後の蓄えをだまし取ったと言い張ったのよ。もちろん、そんなことはなかったわ」

「だろうね」

それを聞いて明らかに安心したらしく、ウィンターは先をつづけた。「問題は、曾祖母には無実を証明する手段がなかったってことね。しばらくすると地元の新聞が曾祖母が昔、カーニバルで働いていたことを突き止めて、新聞の一面に詐欺師だのインチキ商売だのって書き立てた」

「それがどんな気分かぼくにはわかるよ」ジャックが言った。

ウィンターが眉を吊りあげた。「ほんとに？」

「メディアや警察は未解決事件を調査するぼくたちにもいつもやさしいってわけじゃない。この仕事をはじめた当初は、古傷の傷口を開いて人の生活や評判を台なしにすると責められたものだ。自分の本の宣伝だろうと言う人もいた。詐欺師や食わせものやペテン師なんて言葉をさんざん浴びせられた。まもなく、昔の悲劇をエンターテインメントにしたいと考えるテレビのリアリティー番組の担当者がやってきた。そのあとは、調査に協力したいって偽超能力者に追いかけまわされて困った」

「そうだったのね」ウィンターが言った。「あなたが事件の調査をするとき、わざわざ目立たないようにしている理由がそれでわかったわ」

「ひいおばあさん以外にきみの家族で催眠術師として生計を立てようとした人は誰?」

「祖母は催眠術で慢性の痛みに苦しんでいる人たちを助けようとしたの」

「で、どうだった?」

「うまくはいかなかったわ」ウィンターが言った。「問題は、後催眠の暗示の効果が時間の経過とともに弱まってしまう点ね」

ジャックが顔をしかめた。「それはどんな治療にも言えることだろう。誰にでも効く薬や治療法はないよ。とりわけ無期限になんてありえない」

「祖母の場合、ある程度は成功だったんでしょうけど、競争相手と面倒なことになってしまったの」

「競争相手って誰だったの?」

「同じ町で開業して評判のよかった医者」ウィンターが言った。「はじめのうち、その医者は祖母の技術を利用しようとしていた。祖母に彼の診療所で仕事をしたらいいと言ったのよ。祖母は断ったわ。自分ひとりのほうがうまくやれると考えたから。たしかにそのとおりだった――少なくとも彼が仕返しのために祖母を中傷するまではね。彼には市議会に友人がたくさんいたの。その結果、ある日警察署長が家にやってきて、もし店をたたまないなら無免許で医療行為をおこなった罪で逮捕すると警告したのよ」

「そいつはひどい」

「祖母はそれでもめげなかった。結婚して娘を産んだ——わたしの母ね。祖父は祖母と離婚して姿を消した。祖母と母はロサンゼルスに引っ越して、ライフスタイル・コンサルタントって仕事をはじめたわ。そしたらそれがかなりうまくいったのよ」

ジャックが苦笑した。「販売戦略を変えての成功例か」

「ええ、そう、少なくともしばらくのあいだは。祖母は大したものよね。祖母と母は成功した。やがて母は結婚して、わたしを産んだ」

「きみのご両親に何があったのかは話してもらってないな」

「父はわたしがまだ赤ん坊のときに死んだの」ウィンターが言った。「だから父のことはなんにも知らない。祖母と母はわたしの十四歳の誕生日の数日前に自動車事故で死んだわ。二人とも」

「それで里親システムの世話になったんだな」ジャックが言った。

「ええ」

「それで思い出した。里親と妹に連絡して、今夜起きたことを知らせたほうがいいんじゃないかな？」

「もう言ったように、家族はすごく重要なプロジェクトのための野外調査中なの。彼女たちが所属している財団の本部に伝言をたのむこともできるけど、伝わるまでに何週間かかるかわからないわ。いずれにしても家族にできることはないでしょ。ただ心配するだけ」

「おそらくそうだろうが、それでも――」

「でも、もう終わったことよ」ウィンターがきっぱりと言った。

「終わった？」

ウィンターが姿勢を正した。「モーズリーはもう問題じゃなくなったわ。これからわたし、仕事がつづけられるように集中しなくちゃ」

「仕事のことが心配なんだね？」

ウィンターの顎が引きつった。「今夜のことがあったあとだもの、瞑想インストラクターとしてのキャリアを築く道ははるかに厳しくなるわ」

「それはなぜ？」

「まともな神経の持ち主なら、以前の客の死亡事件に巻きこまれたインストラクターに瞑想を習いたいとは思わないでしょう？　前向きな空気とは程遠くはなくって？」

ジャックがマグカップを音を立ててテーブルに置いた。「きみは以前の客の死亡事件に巻きこまれたわけじゃない。以前の客に襲われて、なんとか生き延びたんだ。とはいえエクリプス・ベイは小さな町だ。ケンドール・モーズリーの死亡事件のニュースがそう遠くへ一気には広がることはないだろう」

「その言葉を信じることができればねえ。でも、もしこれがインターネットで広がれば――たぶんそうなるわよね――仕事が軌道に乗る前につぶされるかもしれない。たとえインターネットですぐに炎上なんてことはなくても、将来いつまたわたしの身に降りかかってくるかもしれないわ。名前を変えることも考えなくちゃいけないかもしれない」

ジャックはしばらく無言でウィンターをじっと見ながら、彼女の状況について前向きな解釈が何かないかと真剣に考えた。彼女を励ましたかったが、実際のところ、彼女の言うことが正しいのかもしれない。

「くそっ」しかたなく悪態をつく。

「わたしの心境もまさにそれ」ウィンターはかすかな笑みを浮かべてジャックを驚かせた。「ありがとう」

「何が?」

「事実を砂糖でくるもうとはしなかったこと。陽気なことや楽天的なことやとんでもない嘘を言わないでくれたこと」

「そうか。まあ、いまのところこれがどう展開していくのかはわからないから、あまり否定的にはならないでいようと思う」

「わおっ。それがあなたの前向き思考？　『あまり否定的にはならないでいようと思う』？　それがあなたの限界？」

「目標を少し下げてもらわないとだめだ。まだ前向き思考の初心者なんだから」

「前向き思考がときに現実と衝突することは認めるわ」ウィンターはまたコーヒーポットを取り、残りを全部自分のマグカップに注いだ。「モーズリーにもういくつか質問するチャンスがあったらよかったのに残念だわ。わたしが彼にかけた催眠術の暗示がなんに負けたのかをどうしても知りたいのよ」

「催眠術の暗示が弱まったにちがいないとさっききみは言ったじゃないか」

「ええ。でも、こんなに早く完全にだめになってしまったのは、誰かがモーズリーにわたしに対するかつての妄執を思い出すように何かしらのはずみをつけたんじゃないかと思うの」

その瞬間、ジャックはウィンターから目が離せなくなった。頭の中では最高緊急度以上の緊急警報が鳴り響いている。身を乗り出したジャックの動きがあまりに素早く、あまりに威圧的だったため、ウィンターはきゃっと驚きの声を上げ、もう少しでマグカップを落とすところだった。

「それはいったいどういう？」ジャックは声をぐっと抑え、やんわりと訊いた。

「心配なのはわたしの催眠術の暗示が弱まった可能性じゃないの」ウィンターが真剣に言った。「その種の失敗なら受け入れられるわ。本当に恐ろしいのは、誰かがモーズリーを刺激して、わたしに対する妄執を思い出すように促した可能性」

「怖いことを言うなあ。ちくしょう、なんでそれをいままで話してくれなかったんだ？」

「モーズリーの空想の産物といえそうなものを分析する時間が必要だったの。彼は妄想人間。となれば、何が本当なのかがわからない。それだけじゃなく、そうは思いたくはないけれど、わたしの前のボスはストーカーをけしかけて復讐しようとするくらい落ちこんでいたかもしれないのよね。でも、それについて考えれば考えるほど、もしかしたらこの一件はそのせいかもしれないと思えてきて」

ジャックは氷の海に飛びこんだような気がした。

「なぜ何者かがモーズリーに何かをしてきみの暗示を消し去ろうとしたと思う？」

ジャックは穏やかに訊いた。

「稲妻が台なしにする前、モーズリーはしばらく半睡状態にあったのよ。そのあいだに、どうやってわたしを見つけたのか質問したら、チャットルームの友だちが協力してくれたって答えたから」

「AZがエクリプス・ベイの空き家のコテージの一覧をもらっていくのを見かけた男かな。それだと話が合う」

「ちょっと待って。まだ結論に飛びつくのは早いわ」ウィンターがあわてて言った。「いったいどうしてケンドール・モーズリーと貸別荘の一覧を欲しがった旅行者が関係あるかもしれないと考えるわけ？」

「さあ、どうしてなのかはわからないが、考える必要はある」

ウィンターが咳払いをした。「最近はどんな人でも探し出せるとみんな言ってるわ」

「そういうわけでもないさ」ジャックが言った。「ぼくと兄弟は二十年間もある人間を探しつづけているが、インターネットで見つけたのは幽霊の足跡ばかりだ。それはともかく、ケンドール・モーズリーの話に戻ろう。彼はインターネットの操作が得意だったんだろうか？」

「ITにすごく強くはなかったと思うけど、大したスキルがなくてもチャットルームに入るくらいはできるわ」

「たしかに」ジャックが言った。「それに、もしモーズリーが定期的にチャットルームで時間をつぶしていたとしたら、何者かが彼を見つけてかつての妄想に引きもどすのはそうむずかしくはなさそうだ。きみの元ボスのことを聞かせちゃくれないか」

ウィンターは身震いを覚えた。「ローリー・フォレスター。わたしのセッションにモーズリーの予約を入れるのをやめてくれないのなら、わたしがスパを辞めると言ったとき、それはそれはかんかんに怒っていたの」

「きみが仕事を辞めたからというだけで、そのローリー・フォレスターが復讐を計画したと本当に思っているのか？　少々やりすぎの感があるが」

「状況がじつはもっと込み入っていて」ウィンターが言った。「フォレスターはスパを商売敵に売る計画だったのよ。その条件の中にわたしも含まれていた。でも、そのときわたしはそのことを知らなかった」

「どういう意味？」

「もう話したと思うけど、わたしがキャシディー・スプリングズ・ウェルネス・スパにいるあいだに、ボスは新たな法人会員をたくさん集めたのよ」ウィンターが言った。

「思い出した。新たな法人会員はきみが目当てだったったってこと？」

「社員の人たちは瞑想セミナーを気に入ってくれて、六カ月先まで予約がぎっしり――大盛況だったの。経営は一気に活気づいたわ。そうしたらフォレスターのいちばんの商売敵が買収をもちかけてきたの。でもその申し出は、競業避止義務条項（競合他社での仕事を禁止している条項）を含む三年契約にわたしがサインすることが条件だった。フォレスターはわたしが辞めるって言った日までそのことについていっさい話してくれていなかったの」

「買収はどうなった？」

「わたしが辞めたあと、失敗に終わったわ。それはさておき、フォレスターからは一カ月分の給料をまだ払ってもらってないの」

「それじゃ、そのローリー・フォレスターは復讐に強い動機を持っていてもおかしくないな？」

「そうね、動機はあるわ」ウィンターが言った。「でも、モーズリーにわたしのあとを追わせるほど強いかどうかはわからない。それでも大金が絡んでいたことはたしかね。そのこと、警察に話したほうがいいと思う？」

ジャックはしばし考えた。「おそらく警察に話しても無駄だろう。たんなる憶測にすぎず、証拠があるわけじゃない。そう指摘されたとしても、フォレスターはすべて否定するはずだ」

「わたしの仮説をあなたが信じてくれてはいないと感じるのはなぜかしら?」

「ケンドール・モーズリーを操ってきみを狙わせたチャットルームの友だちというのはきみの元ボスだったかもしれない。それも論理的には通る仮説だが、じつはいま、ぼくはきわめて私的な陰謀論のウサギの穴をのぞきこんでいるんだ」

ウィンターはマグカップを脇に置き、テーブルで頬杖をついた。

「先をつづけて」ウィンターが言った。

「兄弟と養父とぼくが二十年あまりのあいだ検討をつづけてきた陰謀論のことだ。これについて家族以外の人間と話すことがあまりないのは、聞いた人がぼくたちを……どうかしていると思ったりするからなんだが」

驚いて当然なのだが、ウィンターにさほど驚いているふうはない。前々から薄々感づいていたことをジャックが言葉にしているかのようでもあり、彼が過去の重荷を彼女に包み隠さず話してくれるのを待っていたかのようでもある。

「つづけて」

「きみにこれを話さずにすむことを願っていた。少なくともお互いをもっとよく知るまでは。きみを震えあがらせたくなかったんだ」

「昨日の夜の出来事よりももっと怖いことってあるのかしら?」

「じつは、昨日の夜、きみがあやうく殺されかけたのはぼくに責任があるんじゃないかと思いはじめている」

ウィンターがぴたりと動きを止めた。「なるほどね。だとしたら、ちょっと怖いと認めざるをえないわ」

「信じてくれ。もしぼくの言うことが間違っていなければ、事態はもっとはるかに怖いことになる」

ウィンターは謎めいたまなざしでジャックを見つめた。ひょっとしたら彼の精神状態を疑っているのかもしれない。抱いて当然の危惧といえよう。

「そのウサギの穴の向こう側には誰がいる、あるいは何があると思ってるの?」

「クィントン・ゼインだ」

16

男には火が必要だった。

かつてクィントン・ゼインだった男は、部屋の中央の台座に飾られた高さ二フィートの不死鳥のガラス像をにらみつける。近くの壁に投げつけたい衝動がこみあげ、それを抑えこむにはとんでもない自制心を要した。

だが、無意味な破壊行為は理性的とはいえない。なんの役にも立たないばかりか、洗練とは程遠い。ただの自制心が欠落した人間に見えるだけかもしれない。男が押し出すべきイメージにまったくそぐわない。なんといおうが、彼はいま、テイズウェル・グローバル社の王座の、長らく行方不明だった後継者であり、家業を救うべく駆けつけた男なのだ。

いまのところは念入りにつくりあげた物語の主役を演じている。ヒーロー役である。

彼はいまや倒産寸前のところでふらついている金融帝国の創設者、グレーソン・

フィッツジェラルド・テイズウェルの長子だ。会社のこの危なっかしい状況は度重なる投資の失敗とひどく胡散臭い――そして危険な――連中数人からの相当な額の借金の結果である。会社を死のスパイラルから救い出すための窮地の策、資金洗浄も事態を改善できなかった。

グレーソン・テイズウェルは認知しなかった息子――もぐりの養子縁組の闇にでも消えてくれたのだろうと都合よく思いこんでいた息子――から財政救済の申し出があったとき、頼みの綱とばかりにそれにすがった。状況を考えれば、多少の用心はしたかもしれない。いや、そうともいえない。大きなリスクを抱えながらテイズウェル・グローバルを築きあげた男のことだ。

いずれにせよ、申し出が書類受けに届いたときにはもう、事態は絶望的、彼は自暴自棄になっていた。

ルーカンは椅子から重い腰を上げ、父親の書斎の窓辺に立った。この状況の要素である事実を見直そうとするが、血管の中で煮えたぎるとげとげしい怒りと苛立ちのせいで論理的な思考が思うに任せない。

ナイトとスローンは失敗しやがった。あれほど綿密な調査はなんだったんだ。ケンドール・モーズリーを操るためにチャットルームで費やした時間とエネルギーはなんだったんだ。神経を集中して入念に練った戦略はなんだったんだ。計画はすべて破綻した。

これから新たに計画を練らなければならない。しかも大至急。

だが、少し火が必要だ。最近では頭をすっきりさせてくれる唯一のものが火なのだ。

カリフォルニア州北部のワイン生産地帯に広がる葡萄畑の眺めに目を凝らす。緩やかに起伏する丘に整然と列をなして植えられた葡萄が早朝の朝日を浴びている。本来ならば心なごむはずの静かな風景だ。

このソノマの邸宅はグレーソン・テイズウェルが現在所有している五邸のうちのひとつである。五邸すべてに共通点がひとつある。グレーソンがいつでも帝国の操縦桿を握ることができる書斎の存在で、どの書斎も壁に飾られた写真に至るまでまったく同じしつらえだ。グレーソンがさまざまな政治家や著名人やとびきりの美女と並んで写った写真が多い。はじめてのヨットやはじめてのランボルギーニの写真もある。

中央に位置するのは、グレーソンが長年かかって手に入れた最初の豪邸の写真である。ひと財産築いたのを祝って買った家だった。

部屋の隅にはガラス製のケースが置かれ、超高級な度数六〇のブランデーが六本おさめられている。これはグレーソンが勝利や成功の祝杯を挙げるときのために確保していることをルーカンは知っていた。

最近は一本も手をつけていないようだ。

どこの書斎にも高さ二フィートのガラスの彫像、灰の中からよみがえった不死鳥がある。すべて同じ彫刻家の手になる作品だ。よく考えられた照明が像を炎を思わせる強烈な赤と金色に輝かせていた。

グレーソンもキャリアの出発点では挫折していた。はじめて運営した非公開のヘッジファンドはみごとなまでの失敗に終わった。なんとも杜撰に組み立てられたマルチ商法プロジェクトだったから無理もないが、FBIに追われたグレーソンは共同運営者が逮捕されるように仕組み、なんとか自分だけは免れた。

さんざんな目にあったあと、グレーソンは失敗から学び、一から出直した。

いい、おれと同じじゃないか、とルーカンは思った。この父にしてこの子あり、か。

グレーソンは豪邸の売買を繰り返したが、べつに家が必要だったからではなく、それが富と権力の証だったからだ。ときには最新の妻を披露する会場として一軒買うこともあった。これまでの四人のミセス・グレーソン・テイズウェルは、取り替えるたびに美しく若くなっていった。四人目を捨ててからはまだ一年足らずで、すでに五人目探しに取りかかっていたが、そんなとき彼は切迫する財政破綻に気づいた。

この北カリフォルニアのワイン生産地帯に建つ地中海風の城もどきのほかには、ハンプトンズにあるだだっ広い海辺の邸宅、ハワイ州ラナイ島の屋敷、セントラルパークを一望の下におさめるニューヨーク・シティーのペントハウス、そして最後に手に入れたのが、ベバリーヒルズに建つ今は亡き映画スターが所有していた二十世紀半ばのモダン・クラシック建築である。

グレーソンはヨットも好きだが、数々の邸宅とは異なり、豪華ヨットをつねに一艘だけしか持たない。しかし、これについては妻同様、定期的にグレードを上げる一方で、前のより大きく新しいヨットの船名はどれも一艘目に敬意を表してか、不死鳥《フェニックス》だった。テイズウェルの最新のヨットはフェニックスⅣ。帝国が崩壊寸前だとは知らされないまま、フェニックスⅤのデザインを検討していたとき、不意打ちを食らった。

ルーカンはしばらく葡萄畑をじっと見ながら、大成功をおさめた未来を想像して怒りを鎮めようとした。何もかもがはっきりと見えた。プロジェクトが成功すれば、父親が築いてきた何もかもが彼のものになる。本来ならば生得権は彼にあるべき何もかもが。

片手で拳を握り、窓の下枠をつかんだ。数カ月をかけて入念に計画を練ってきたプロジェクトだというのに、いまや危機に瀕している。しゃれた服を着こんだあの傭兵の男女がしくじったせいだ。

ダークネットでデヴリン・ナイトとヴィクトリア・スローンを見つけたとき、彼らこそ目的にぴったりの人材に思えた――訓練を積んだ経験豊富な殺し屋、しかも自分たちを雇う人間が持っているような富と権力を夢見ている。二人をその気にさせるのはたやすかった。何よりも欲しがっているものを約束するだけでよかった。

ヴィクトリアが男としての彼に対して関心を抱きはじめていることにも重々気づいていた。予期せぬことではなかった。女たちはほぼ例外なく彼の魅力に惹かれる。ちなみに、男たちもである。高い頬骨、上品な顎、輝く青い目は、いずれも彼が遺伝という宝くじを引き当てた結果である。四十代半ばを過ぎたいまでもまだ、出会った人びとが男女を問わず二度見するくらいだ。だが、彼がそなえた本当のスーパーパワーは外見ではなかった。自分ならば相手の夢をかなえさせることができるという彼の説得力である。それこそが人びとを惹きつけ、そうした人びとを彼が利用できるようにした。彼はつねに部屋の中でいちばん頭のいい人間だった。

ヴィクトリア・スローンとそういうことになる時が来たら、用心深く進む必要がある、と彼は肝に銘じた。デヴリン・ナイトがもし、昔からの恋人であり仕事の相棒でもあるヴィクトリアを客に奪われそうだと感づけば、一気に信用ならない存在となるはずだ。

いくつものチェーンソーを巧みに扱わなければ計画は台なしになる。とはいえ、本当に火が必要になっている。この怒りと苛立ちを抑えこむためには、ほんの小さな火でもかまわないと思うほどだ。

もうこれ以上我慢ができなかった。

デスクに戻り、抽斗を開けて白紙のプリント用紙を一枚取り出した。それをくしゃくしゃっと丸めると、ガラス戸を開けて葡萄畑を見おろす石造りのバルコニーへと出た。

この広い屋敷に自分ひとりではないことはきちんと意識していた。この非常事態の深刻さを悟ったグレーソンが、戦争を前に家族会議を招集したのだ。そのため、もうひとりの息子――嫡出子――も呼び出されていた。生まれてからずっと跡継ぎと見なされてきた息子だ。

イーストン・テイズウェルは忠実な息子らしく三日前に到着していた。妻のレベッカを伴ってである。夫婦はシアトルからやってきた。

テイズウェル・グローバル社の現在の状況をメディアに対してなんとしてでも秘密にしておきたいと考えるグレーソンは、妄想と欲望が狂おしいまでに高じた結果、ソノマ・ハウスの使用人をほとんど解雇した。まだ残っているのは家政婦がたったひとりだけで、それも週に二回やってきて早い時間に帰っていく。

ばっさりと切ったのは邸宅の使用人だけではない。ルーカンはグレーソンを説得し、サンフランシスコの本社で長年働いてきた数人のアシスタントや金融アナリストももはや信用できないからと全員クビにさせた。残った社員にも一カ月の休暇を与えた。

ルーカンは焚火台に丸めた紙を放りこみ、ガスのスイッチを入れた。炎が上がり、紙のボールを燃えあがらせた。

小さな大火を見つめるうちに期待がこみあげ、思わずほくそ笑んだ。これほど長い歳月を経たあとも、はじめて火の力を使って過去を葬り、未来に向かう新たな道を照らしたときに体験した超越的な多幸感はいまだに変わっていなかった。当時の彼は十六歳だった。いまもまだ火に包まれた家の中からの悲鳴が耳の中でこだまする。

その後、ちょっとしたカネを手に町をあとにした。主として養親が麻薬の売買で得たカネだ。実の両親を突き止めるのは簡単だろうと踏んでいたが、間違っていた。実際、真相を知るまでに数十年がかかったほどだ。

丸めたプリント用紙はすぐに灰になったが、とりあえず気がすんだ。もう動揺も苛立ちも感じなくなっていた。冷静さを取りもどし、頭も冴えてきた。これで集中してものが考えられる。

ガスのスイッチを切った。仕事に取りかからなければ。

ジャック・ランカスターを向こうに回すには新たな作戦が必要だが、時間の余裕はもはやなかった。数多くのピースがすでに動きはじめていた。そのどれひとつを止めても、プロジェクト全体が危うくなる。

家族を破滅に追いやって帝国の支配権を奪う作戦はいったん開始したら最後、立ち止まったり速度を落としたりするわけにはいかない。ただひたすら突き進むほかないのだ。

ジャック・ランカスターも、もっとうまくいきそうなチャンスが来るまで脇によけておくわけにはいかない。いやでもただちに新たな、もっと直接的な戦略を練らなければならない。リスクもあるとはいえ、アンソン・サリナス、そしてジャックとともに生き延びて養子になった兄弟二人が、クィントン・ゼインが本当に生き返ったと作戦完了前に結論づける可能性はそれ以上に高い。まあ、それならそれでしかたがない。

くるりと向きなおり、書斎に戻ろうとしたが、南の翼の窓にわずかな動きを見てとって足を止めた。振り向いてよく見ると、レベッカ・テイズウェルがこっちを見ていた。ブロンドの髪は起き抜けで乱れ、バスローブをはおっている。彼女よりも高い位置にあるバルコニーに立つルーカンの目にも、彼女が抱く重苦しい疑念が見てとれた。

たいていの女たちとは異なり、レベッカは彼の魅力や外見にいっさい反応を示さなかったが、ルーカンはそれはどうでもいいと思っていた。グレーソン・テイズウェルは義理の娘をよく思っていないから、彼女がどんな疑念を抱こうが気にはならなかった。レベッカが最終結果をどう想像しているのか、どう想像していようが彼女には手も足も出ないことを考えると愉快ですらあった。彼女は現代のカッサンドラ(トロイの滅亡を予言したが、無視された)だ。未来を予言する能力があったが、誰も彼女の言うことを信じてくれなかった。

イーストン・テイズウェルもある程度の疑念を抱いていたが、グレーソンが彼の言うことに耳を貸すかどうかは疑わしい。二人は以前から緊張関係にあり、イーストンがテイズウェル・グローバルの後継者になりたくないと明言したときにその緊張は限界点に近づいていた。

イーストンはシアトルに移り住み、レベッカと結婚し、ベンチャービジネスへの投資会社を立ちあげて、経営は順風満帆だ。しかし、息子の立派な業績にもかかわらず、あるいはだからこそなのかもしれないが、父親はテイズウェル・グローバルに背を向けた息子を許してはいなかった。とはいえ、これほどの大難に直面したとき、グレーソンがまず最初にしたことはイーストンを家に呼び出すことだった。そしてイーストンは呼び出しに応じた。

恐るべし、家族の絆の力。

というわけでいま、彼らはワイン地帯に建つ屋敷で一堂に会した。吊り上げ橋を上げた濠を鰐でいっぱいにし、金融メディアをシャットアウトしている。グレーソンは電話を取る気もなければ、人に会う気もない。友人を招いて酒を飲むこともしない。ゴルフもしない。信用できると思う人間だけをそばに集め、ソノマ・ハウスという要塞にこもっているのだ。

ここで肝心なのは、グレーソンに敵はすでに門の中にいることを気づかせないよう細心の注意を払うことだ。

17

「クィントン・ゼインって誰なの？　このエクリプス・ベイで起きたことがどうしてその人と関係があるの？」ウィンターが訊いた。

質問を投げたあと、どんな唐突な話を聞いても動じないようにと身構える。ジャックが予想外の思考回路を持った人間だということはもうわかっていたからだ。にもかかわらず、すでに動揺していた。警告を発しているのは彼の目の異様なまでの暗さだ。彼と出会って以来はじめて、もしかしたら彼は本物の妄想に取り憑かれているのではと感じはじめていた。もしかしたら陰謀論がつくる奇想天外な世界に本当に迷いこんでしまったのかもしれない。

そんなはずがない。相手はジャックよ。説明のチャンスを与えてあげて。

「待って」ウィンターは言った。「ちょっと寒いわ。暖炉の前にすわりましょうよ。それから話を聞かせて」

ジャックが一度だけうなずき、立ちあがった。二人は暖炉の前に置かれた古ぼけたソファーに移動した。ウィンターは擦り切れたクッションに腰を下ろし、ジャックは彼女に触れない距離を取って隣にすわった。両脚を少し開き気味にして前かがみの姿勢を取ると、前腕を太腿にのせて両手の指を組みあわせた。

しばらくのあいだ、無言のままじっと炎を見つめていた。ウィンターは待った。

まもなく彼が口を開いた。

「ぼくが十二歳のとき、母がクィントン・ゼインという男がやっているカルト教団にだまされたんだ」

ウィンターは仰天した。「カルト教団？　ほんとに？」

「ゼインはその組織を〝未来コミュニティー〟と呼んでいた。宗教的な要素はまったくなかった。ただカネと力だけ。基本的にはオンラインでマルチ商法を運営するコミュニティーだ。ゼインは参加した者――献身的な信者――は最終的にひとり残らず大金持ちになると約束した。秘密厳守が命じられ、信者は家族や友人と完全に連絡を断ち、厳しく管理された教団施設の中で暮らした」

ウィンターは身震いを覚えた。「でしょうね。カルトのルールその一よね――信者を外部から孤立させ、影響を遮断する。お母さまは本当にゼインを信じていたの？」

「当初、ゼインは母とぼくがマフィアのボスに狙われていて命の危険があるなんて話をでっちあげて言いくるめた。自分は政府機関の捜査官で、おとり捜査のためにカルトのリーダー役を演じながらマフィアのボスの身辺を捜査しているとかなんとか。だが、母が本当のことに気づいたときにはもう手遅れだった。母とぼくは教団施設の中に囚われの身となり、ほかの信者といっしょにそこで生活しながら働いていた。最終的には、ゼインはその施設に火を放ち、その夜たくさんの死者が出た」

「お母さまも？」

「ああ。だが、母の遺体はコミュニティーのほかの女性たちといっしょには発見されなかった。母はゼインの私的な居住棟で殺されたんだ。焼死じゃなかった。ゼインに射殺された。理由は誰も知らない。ぼくたちが知っているのは、ゼインはそのあと施設に火を放って焼き尽くしたってことだけだ」

「まあ、ジャック――」

ジャックはウィンターのそんな反応は無視した。話しはじめたからには最後までつづけなければ気がすまないのだろうとウィンターも気づいた。

「ぼくといっしょに養子になった兄弟、カボットとマックスもだが、コミュニティーの子どもたちはみなその夜、もう少しで死ぬところだった。というのは、ぼくたちは敷地内の納屋に閉じこめられていたからね。あとから考えれば、ぼくたちは人質のようなものだったんだ。親たちを支配するため、ゼインは親と子どもたちを離しておいた」

ウィンターは恐ろしさのあまり、はっと息をのんだ。「あなたたち、どうやって生き延びたの？」

ジャックは暖炉の火をじっと見ていた。「地元警察の署長だったアンソン・サリナスは、通報を受けて真っ先に現場に到着したうちのひとりだった。彼は納屋の施錠された扉に車をぶつけて突入した。中にはぼくたち八人の子どもがいた。アンソンは八人全部をなんとか車に乗せるや、すごい勢いでバックした。すると直後に納屋が焼け落ちた。アンソンはぼくたちを救出してくれたが、あの夜、全員を救出することはできなかった。カボットとマックスも母親を亡くした」

ジャックはそこで話を切り、しばし黙りこんだ。ウィンターはじっと待った。彼には話したいように話させなければならない。

やがてジャックがまた口を開いた。

「翌日から家族や親類が子どもたちを引き取りにきたが、ぼくとマックスとカボットを迎えにくる人間はいなかった。ぼくたちは孤児と認定されたわけだが、アンソンは関係当局がぼくたちをどうするかを決めるまで自分の家に置くと申し出てくれた。しばらくして、ぼくたちは里親制度の世話になることが決まった。つまり、三人ばらばらに赤の他人の家に送りこまれることになる。するとアンソンはぼくたちをすわらせ、断ることができない申し出を提示した」

「自分があなたたちの養父になると申し出たのね」ウィンターが穏やかに言った。

ジャックは暖炉から目を離し、ウィンターを見た。「アンソンはぼくたち三人を救ってくれた――あの夜の教団施設の火事からだけでなく、ぼくたちが十代を通り抜けるあいだ、ありとあらゆる面で支えてくれた」

「わかるわ」

「ゼインの組織はオンラインでの金儲けを狙って考案されたものだった。彼は人を操って支配することに快感を覚える人間だが、同時に金融帝国を構築しようとしてもいた。彼が必要とした信者は特定のビジネス・スキルを持った人びとだ。カネを動かす方法、投資の方法、ペーパー・カンパニーのつくり方、莫大な金額を国外口座に預ける方法――そういったたぐいのことを知っている人びと。運営に関しては安全確保が必須だった。だから教団施設の周囲はつねに武装した警備員が固めていた」

「信者が出ていくのを防ぐために？」

「ああ、そうだ。そのほかには営業マンも必要だった」

「いったい何を売っていたの？」

「啓発と大金持ちへの道に導くという段階式プログラムだ。昔からよくある神秘的な心理学用語の羅列と前向き思考のクソッタレを混ぜあわせたものを、今風な響きを持つ金持ちになるための公式みたいな形にしただけさ。**金持ちの自分を思い描けば金持ちになれる**」

ウィンターが咳払いをした。「前向き思考のクソッタレ？」

ジャックが顔をしかめた。「失礼。昔からの癖でつい」

ウィンターが笑いをこらえた。「ちっちゃな一歩から夢や目標に近づこうってことね」

「まさにそれだ」

「少なくともそれでわかったわ。あなたがわたしのセッションに最初の予約を取ったとき、どうして前向き思考に対してあれほど懐疑的だったのかが」

「信じてくれ。きみの前向き思考はゼインが奨励していたものとはぜんぜんべつものだ」ジャックが言った。感情をこめて。

「とりあえず、ありがとう」

ジャックがうめくように言った。「それじゃ、つづけるよ——ゼインのプログラムは昔ながらのピラミッド型のマルチ商法で、販売はインターネットでおこなわれた。客はプログラムをつぎからつぎと段階を上げて買いつづけなければならず、段階アップの条件のひとつに新規の客を引き入れるというのがあった」

「ゼインは大儲けしたの？」

「ああ。うまく構築されたマルチ商法では、たいていの場合、ピラミッドのトップにいる人間には少なくともしばらくのあいだ大金が入ってくる。しかし、最後にはその重さに耐えかねて全体が崩壊する」

ウィンターは少し考えた。「ゼインは特定のスキルを持つ信者を必要とした、そう言ったわよね。お母さまは何か特定の才能を持ってらしたの？」

ジャックがまたウィンターを見た。その目は暖炉の炎よりも熱かった。「そうとも言える。ギャンブラーだったんだ」

「よくわからないわ。ゼインはなぜカルト内にギャンブラーが必要だったの？　なんだか……反直感的な感じがするけど。ギャンブラーってふつうは負けつづけでしょう」

「母はすごく、すごくよく当てるギャンブラーだった」ジャックが声をひそめて言った。「あまりにしょっちゅう勝つものだから、定期的に通っていたラスベガスの大手カジノから出入り禁止を食らうほどだった」

「ふうん」ウィンターはやんわりとした表現を探したが、思い浮かばなかったので、単刀直入に訊くことにした。

「お母さま、なんというか、つまり、いかさまをしていたとか？」批判的な口調にならないように腐心した。

ジャックはざらついた声で短く笑い、ウィンターをぎくりとさせた。

「いや。母はいかさま師ではないんだが、あまりにしょっちゅう勝つものだから、カジノのボスたちにいかさま師なんだろうと思われていた。ラスベガスとリノから出入り禁止を食らったあと、母は西海岸沿いのあちこちにある小規模なカジノに行くようになった。小額しか勝たないように用心はしていたが、ああいう世界の人間はいつも勝つプレーヤーには気づくものなんだ。おかげでぼくたちはつねに移動していた」

「お母さまがカジノを巡っているあいだ、あなたもずっといっしょにいたの？」

「ああ、そうだよ。ほかにいるところもないだろう」

「お父さまといっしょにいるとか？」

「父はぼくが生まれる前に死んだ。だから父を知らないし、父方の親類もひとりも知らない。父方の家族は母をよく思っていなかった。まあ、正直なところ、プロのギャンブラーが家族になるのを歓迎する家はあまりないだろうからね」

「催眠術師を家族に迎え入れるのと似ているわね、きっと」

「そうだな。母にはおばがいて、ぼくが小さいときはその人が面倒を見てくれたんだが、おばが死んだあと、母は旅に出るときもぼくを連れていった」

「学校は？」

ジャックの口もとがかすかに歪んだ。「ホームスクールと言っていいと思う。母は本を読むのが好きだったから、ぼくも読むことを学んだ。数学の基礎訓練もじつに高度なレベルで身につけた。確率論も」

「まさにプロ中のプロのギャンブラーから」ウィンターが小さく口笛を吹いた。「お母さまってあなたに似てらしたのね。直感的にカオス理論を把握していた。頭の中で確率が計算できたのね」

「べつの人生を送っていたら、学問の世界に身を置いていたと思うよ。なのに母はインターネット・ギャンブルに行き着いた。そのときは名案だと思えたんだ。だって、ついに一カ所に落ち着くことができたわけだから。必要なのはパソコン一台だけ。ぼくは本当の学校に通えるのを楽しみに待っていたんだが、そのときゼインが母を探しにやってきた」

「どうやって見つけたの?」

「インターネットさ」ジャックが答えた。「ゼインは可能性のある収入源としてオンライン・ゲームを調査していた。そう時間はかからずに、勝ちつづける人間と負けつづける人間の見分けがつくようになった。そんなとき、たまたま母を発見し、ただ幸運だけで勝ちつづけているわけじゃないと見抜いた。最初のうちはやつも、母は複雑なアルゴリズムか何かの手法を使ったんだろうとか、オンライン・ゲームのつくり方がわかったんだろうとか思ったらしい。いずれにしても、ゼインは組織の運営に母を加えたいと考えた。そして母の居どころを突き止め、だましにかかった」

「あなたたちの身が危険だって言ったのね?」

「オンライン・ゲームを牛耳っているボスが、母はいかさまをしているという話を聞かされてそれを信じたと言ったんだ。母はそれを真に受けた。ゼインはさらに、そのボスはいかさまをしようとしているほかのギャンブラーたちへの見せしめのために母とぼくを殺すつもりだとも言った」

「彼はお母さまの身が危険なだけじゃなく、息子であるあなたにも危険が迫っていると言ったのね。だとしたら、お母さまがパニックを起こしてゼインのカルトに加わることを承諾したのも無理からぬ話だわ」

「気がつけば、ぼくたちはカリフォルニアの教団施設で暮らし、母はさまざまなインターネット賭博サイトでがんがん稼ぎまくっていた。インターネット・カジノに目をつけられないよう、サイトごとに別人として登録する方法はゼインに教えられた。そういうときもやつは母に、こういうことはすべてＦＢＩが巧妙に進行中のおとり捜査の一環なんだと言いくるめていた。思い返せば、ゼインがいちばん好む生け贄のプロファイルのひとつに母がぴったり当てはまったことは一目瞭然なんだ」

「プロファイルってどういう？」

「近親者がいない独身女性、やつが必要とする特殊なスキルを身につけた女性だ。やつは男性も引き入れたが、彼らにはべつのプロファイルが要求された——リーダーのカリスマ性や地位と権力の保証に屈服した、昔ながらのカルトの兵隊タイプだ」

ウィンターが体を震わせた。「そんな組織が長続きするはずないわ。遅かれ早かれ、お母さまもほかの大人たちもだまされていることに気づいたでしょうに」

「どれほど多くの人が狡猾な詐欺師を信じこみ、その信頼を長年にわたって崩さないかは仰天に値するほどだ。しかし、そうなんだ、何人かの女性があそこで何がおこなわれているのかに感づいて、あそこから出たいと考えた。問題は人質をどうやって救い出すかだった」

「子どもたちのことね」

「ぼくと兄弟は最近、そのひと握りの女性たちがゼインの儲けたカネを国外口座に隠す計画を思いついたことを知った。子どもたちを返してもらう際の身代金にするつもりだった。だが、その計画が遂行される前にゼインは施設に火を放つ決断を下した」

「それはなぜ？」

「何がきっかけでやつがあの夜決断を下したのかはわからない」ジャックは言った。「はっきりわかっているのはただひとつ、女性たちが国外口座に隠したカネにゼインは手をつけなかったということだけだ」

「それはどうしてわかったの？」

ジャックの口もとに氷のように冷たい満足の笑みが浮かんだ。「そのカネが最近発見されて、ゼインが自分が築いたものすべてを破壊したあの夜、納屋に閉じこめられていた子ども八人に分配されたからだ」

「ゼインはその後どうなったの？」

「公式発表では、海上で起きたヨットの火事で死亡したことになっている」

「でも、あなたと家族は信じていない」ウィンターが言った。

「もちろん。ぼくたちは以来ずっとやつを追跡してきた——あいつがいまも生きていて、世界のあちこちで動いていることを示唆するものは見つけた——が、いまのところまだ確たる手がかりはつかめずにいる」

「今夜起きたことで手がかりが増えると本当に思っているの？」

「今夜の一件はぼくが標的だった確率が高いと考えている。もしぼくが間違っていなければ、きみは捨て駒にすぎなかった。付随的損害《コラテラル・ダメージ》。こういうのはゼインの昔からの手口だ」

「ここではあえて反対意見を言う必要を感じるから言わせてもらうと」ウィンターが言った。「もしあなたが標的だったとしたら、ゼインはなぜわざわざケンドール・モーズリーを煽り立てて逆上させ、わたしを追わせるなんてことをしたの？」

「やつの計画の詳細にまで確信があるわけじゃないが、たぶんぼくも死ぬはずだったんだろう。思い浮かぶのは二件の殺人、そして自殺のシナリオだ。モーズリーはきみを殺したら、つぎはぼくを探しにいく」

ウィンターが動きを止めた。「モーズリーはわたしとわたしと寝ている男を殺すとかなんとか言っていたわ。寝ているって言葉は使わなかったと思うけど。妄想に駆られているな、とそのとき思ったの」

ジャックが情報を吸収しながらうなずいた。「とすると、計画はこんなふうだったんじゃないかな。モーズリーがきみとぼくを殺したあと、ゼイン、あるいは彼の手下か誰かがモーズリーの銃を使って彼を殺す。それできれいに片付く。昔ながらの三角関係。妄想癖のある男が妄想の対象と彼女と恋愛関係にあると勝手に思いこんだ男を殺したあとに自殺する。ぼくの兄弟がつけいる隙もない。疑念は抱くだろうが、手がかりは何も得られない。警察は当然、関心を示しもしない」

ウィンターは、ジャックが乗る暴走ジェットコースターに引きずりこまれた気分になった。はっと息をのむ。

「じつはありもしないつながりを突き止めようとしている可能性もなくはないってことは？」

「そりゃあ、ぼくが間違っている可能性もあるが、それならそれでそれを証明する必要がある。ぼくの視点から考えてみてくれ。正体不明の人間がチャットルームを利用して頭のおかしい男を突っつき、たまたま隣に引っ越してきたばかりの女性を殺させようとする確率はどれくらいだと思う？」

「わたしがあなたのお隣さんになったのは偶然だけど、あなたはそこに目に見える以上のことがあると思うのね？」

「それもある、たしかに。しかし、モーズリーが今夜武器を二つ——ナイフと拳銃を——所持していたことも事実だ。本当らしく思えないか？　なぜ武器はひとつじゃなかったのか？　まるで何者かが計画を立てて、彼をそれにしたがわせようとしたみたいじゃないか」

ウィンターが咳払いをした。「ちょっと無理があるわ、ジャック」

「ぼくが間違ってはいないと思える理由がもうひとつある」

「どんな？」

「今夜きみを殺そうとした男が警官にひとことも話さずに死んだ事実だ。それも驚くべき偶然だと？」

ウィンターは呼吸を落ち着かせようと、ゆっくり息を吸いこんだ。「そういうことなら、わたしもアルミ箔のヘッドギアを買ったほうがいいかもしれないわね」

「ゼイン陰謀論クラブへようこそ。きみが知らないことがまだまだいっぱいあるんだ。数カ月前、シアトルでいくつかの事件があり、ぼくは確信を持った。もしクィントン・ゼインが生きているとしたら、どんな穴かは知らないが、外国のどこかのこれまで暮らしていた穴から出て、アメリカに戻ってくる準備がととのったのだろうと。だが、ぼくと兄弟を抹殺しないかぎり、ここがけっして安全ではないことはわかっているはずだ」

「みんながゼインはヨットの火事で死んだと思っているけど、あなたと家族は彼が生きていると信じているからね。あなたたちは永久に彼を探しつづけるから」

「それに、家族の中でもぼくがいちばん先にやつの帰還に気づく可能性が高いとわかっているはずだ」

「あなたの思考回路をわかっているのね」

ジャックはソファーから腰を上げ、狭いリビングルームをうろうろしはじめた。

「やつの身になってみれば、家族の中からまずぼくを消したいと思う。それも、アンソン、マックス、カボットにこれという手がかりを残さない方法で実行したい。彼らや警察にいる友人に正しい方向を示すような痕跡がいっさい残らないようにする。そのためには偽装が必要になる。疑いの目をまったくべつの方向に向ける戦略を練る必要がある」

「それと知られたストーカー」ウィンターが言った。「ケンドール・モーズリー」

「そうだ」

「ふうっ。あなたのためにひとつだけ言っておくと、陰謀論を唱えるときは、もっと堂々と話すことね」

ジャックは足を止めてウィンターをじっと見た。黙ったままだ。ウィンターは思った。彼が言うことをいちいちはねつけた結果、彼は心を鬼にしようとしているのだ。

「せっかくこうして議論したんだもの」ウィンターはつづけた。「最悪の場合、あなたが正しい場合にそなえましょうよ。これからどうするの？」

「生きているケンドール・モーズリーを最後に見た人間から話を聞く必要がある」

「病院にいた誰かだわね」

「モーズリーの病室の前に警官を一名配置したと署長が言っていた。誰が病室に出入りしたかを突き止めることはできるだろう」

「生きているモーズリーを最後に見た人間が彼を殺したと思っているのね」

「ああ、そうだ。それじゃ、すぐ行動に移そう。あくまで慎重にいかないと。もしゼインの仕業だとしたら、もしぼくがやつという人間を正確に理解しているとしたら、この計画が頓挫をきたしたことでひどくまいってるはずだ。やつは失敗に慣れていない。失敗で冷静さを失っているはずだ」

「それがいいことみたいに聞こえるけど」

ジャックがウィンターをちらっと見た。「やつは事態を収拾するために素早く動きはじめる。それはつまり、多少の危険を冒すこともいたしかたないと思っているから、ミスを犯す確率も高くなる」

「どうしてそんなことまでわかるの、ジャック？」

「やつを長年研究してきたからさ」

「言い換えれば、明晰夢の能力を使ってさまざまなシナリオを試してきた」

このときもまた、ジャックはいったん足を止めてウィンターと目を合わせた。「正気じゃないと思う？」

「ううん」ウィンターが言った。「正気じゃないっていうのは、妄想の対象を殺そうとする人間よ。ケンドール・モーズリーは正気じゃない部類ね」

ジャックはほっとしたようだ。窓際に行き、海に射しはじめた早朝の光をじっと見つめる。

「ゼインについてははっきりとわかっていることがひとつある。やつの勝負の終わりがどんな形を取るにしろ、必ず火が絡んでくる」

そう言うと。携帯電話を手に取った。

「誰に電話するの？」ウィンターが訊いた。

「援軍が必要だ」ジャックが答えた。「このへんでそろそろ家に連絡を入れておく」

18

「あの人、信用できないわ、イーストン」レベッカがカーテンから手を離し、窓辺を離れた。「なんだか不安にさせられるのよ。いまバルコニーで何をしていたかわかる?」

イーストンは上掛けをはいで上体を起こし、ベッドの上にすわった。「ずっと行方知れずだった兄さんのこと?」

レベッカは化粧テーブルの鏡の前に立つと、交差させた両腕を腹部にそっと当てた。守るように。妊娠はまだはた目にはわからないが、ホルモンは間違いなく変化しはじめていた。

「ルーカンは丸めた紙を焚火台で燃やしたの。朝のこんな時間になぜそんなことをするのかしら?」

「さあね」イーストンが言った。「理由がいくつもあるかもしれないじゃないか。誰にも見られたくない情報とか」

イーサンがベッドの上を這う姿をレベッカは鏡の中に見ていた。イーサンは顔をしかめている。専制君主さながらの父親とひとつ屋根の下にいることが不快なのはわかっていた。

グレーソン・テイズウェルはレベッカを脅威と見ていること、なるべく早い時期の離婚を望んでいることを隠しはしなかった。レベッカとイーストンが妊娠のことをまだ父親に話していないのはそのせいだ。グレーソンが激怒するのは見えていた。結婚前はイーストンをテイズウェル・グローバルに引きもどすことができると思いこんでいたが、結婚を機にイーストンはそれまで以上にしっかりとシアトルに根を下ろし、将来の展望の中に父の会社は入っていなかった。

テイズウェル・グローバルが困った状況に陥ったとのニュースはショックではあったが、これまで行方知れずだった、会ったこともない腹違いの兄の出現によってもたらされた衝撃に比べれば、どうというほどのことではなかった。

イーストンがベッドを下り、レベッカの後ろに立った。両手を彼女の肩におき、鏡の中で目を合わせた。何か言葉をかけて安心させたいのだが、どう言うべきか言葉を選びあぐねていることがレベッカにもわかった。

「ルーカンにはぼくも不安を感じているよ」イーサンは言った。「だが、おやじは腹違いのあの兄を、会社や会社に付随する何もかもを救ってくれる、ぴかぴかの鎧に身を固めた騎士だと思っている」

「わたし、会社のことはどうでもいいと思っているの。あなたもそうよね」

「それはそうなんだが、おやじは会社のことが頭から離れないんだ。一生のほとんどを会社を築くために費やしてきた人間だから」

「わたしたち、ここへ何しにきたの？　お父さまがルーカンが会社を救ってくれると思ってらっしゃるなら、二人に任せたらいいような気がするわ。わたしたちは必要ないでしょ」

「ここに来たのは、ぼくがルーカン・テイズウェルを信じちゃいないからだ。きみ以上に怪しんでいる」

「長らく行方不明だった息子さんが、本当のところはテイズウェル・グローバルに大して関心を持ってはいないってことをお父さまにわかってもらえればいいんだけれど。昨日の夕食のときのお父さまを見たでしょ。ルーカンの口から出る宝石のようなひとことひとことにすがっているのよ」

「ルーカンはまさにおやじが聞きたかった言葉を口にする。考えてみれば、ルーカンはおやじがつねに望んでいた息子像なんだよ。それに、公平な目で見れば、ルーカンが本当に会社のためを思っているってこともありえると思うんだ」

「それ、ほんと？」レベッカが振り返った。「ルーカンがどこからともなく現われたのは、テイズウェル・グローバルを救うためだけだと本当に思っているの？」

「ああ、その可能性はかなり高いと思う」

「自分のことを完全に忘れていた父親に対して忠誠心とか、愛情とか……家族の連帯感とかを本当に感じていると思うわけ？」

「ルーカンがそういう感情に突き動かされて会社を救いにきたかどうかは疑わしいが、彼の目的が沈みかけた船をなんとか元どおりにすることだという可能性は間違いなくある」

「どうして？　あの人は明らかに自分ひとりで立派にやっているのよ。倒産寸前の会社を必要とする理由がないわ」

「彼がテイズウェル・グローバルの救済を申し出る理由はひとつだけ考えられる」

「それは？」

「復讐だよ」

「それは変でしょう。会社の救済がどうして復讐になるの？」

イーストンは両手をレベッカの左右の頰にやさしく当てた。「考えてもごらん――すべてが終わったとき、もしルーカンがテイズウェル・グローバルの社長兼CEOにおさまっていたら、すごい報復じゃないか」

レベッカがはっと息をのんだ。「つまり、あの人が会社の支配権を握るためにここに来たと思うのね？　お父さまにはさぞかしショックでしょうね。命を奪われるようなものかもしれないわ。お父さまの頭にはテイズウェル・グローバルしかないんですもの」

「ああ、そうだ。おやじにとっては会社がすべてだ。だから、会社をおやじから奪い、おやじを会社から放り出す以上の復讐はないと思うんだ」

「わたしたちがここに来た本当の理由はそれなのね？　あなた、お父さまに警告したいのね」

「ぼくにできることはそれだけさ」イーストンはレベッカから手を離した。「でも、たぶん効果はないだろうな。おやじはルーカンのおいしい約束に目がくらんでいる。おやじはルーカンが売りつけてくるものを買いたくてしかたがないのさ」

「あなたの腹違いの兄って人、とびきり有能なセールスマンだわね」レベッカはそこでしばし間をおいた。「もし彼が詐欺師だとしたら？　もしお父さまの息子じゃないとしたら？」

イーストンが皮肉めいた一瞥を彼女に投げた。「DNAは嘘をつかない。そんなこと、おやじは最初に検査している」

「あなたはルーカンがお父さまの帝国の支配権が欲しくてここにいるのかもしれないと思っているのよね？　だとしたら……すごすぎない？」

「なんだか陰謀論者夫婦みたいだな、ぼくたち」イーストンが言った。

「ほんと。わたし、ここでこれから何が起きるのかわからないけど、助けてほしいと思っていない人をあなたが助けることはできないってことはわかるわ。お父さまがルーカンが助けてくれると断固として信じるなら、あなたにできることは何もない」

「きみの言うとおりだ。しかし、もう一回だけ挑戦してみるよ」イーストンは隣りあうバスルームに向かった。「まずシャワーを浴びてから、パソコンでもう少し調べることにする」

「何を？」

「テイズウェル・グローバルが過去一年間に投資した会社だよ。いきなりカネを搾り取っていそうな会社」

「何を探すつもり？」

「さあ、それはわからない。でも、なんかしっくりこないんだよ。何もかもが」

レベッカが柔らかな泣き声をもらし、前に一歩進み出てイーサンに両腕を回した。彼の胸に顔を押し当てる。

「ありがとう」レベッカが言った。「わたし、ルーカンを誤解しているのかもしれないわ。もしかしたらわたしの妄想ってこともある。でも、どうしようもないの。あの人が怖くて」

イーサンはレベッカを抱き寄せた。「ぼくがインターネットで何を発見しようと、おやじとの話し合いがどういう結果になろうと、今日の午後にはシアトルに帰ろう」

レベッカが顔を上げた。「あなたのお兄さんをわたしが怖がっているから？」

「ああ、そうだよ」イーサンはレベッカの目にかかった髪をそっと撫でてどかした。

「それに、きみがさっき言ったことがぼくも心配になりだしたから」

「なんのこと？」

「ルーカンはとびきり有能なセールスマンだって言ったろう」

「ええ、あの人の商才を考えれば、驚くほどのことではないわ。お父さまも優秀なセールスマンよね。そうでなければ思惑買いに何百万ドルも出す投資家を集められるはずがないわ」

「ふと思ったんだが、ルーカンはただの有能なセールスマン以上の人間なのかもしれない」

「それ、いったいどういうこと？」

「もしこの一件がすべて罠だとしたら？　もしおやじがその道の達人にだまされているとしたら？」

「それもまたすごすぎる発想ね」レベッカが言った。

「どんな状況であろうと、この件についてはひとことも口にするな、この家では。ぼくはこれから調べごとをして、わかったことをおやじに詳しく説明する。それがすんだら、ここを出よう」

「突然帰るとなれば、お父さまにどんな口実を？」

イーストンが苦笑した。「本当のことを言うよ。きみは妊娠していて、ストレスを避けなければならない状態なのに、いまのこの家の状況ときたらストレスだらけだってね」

19

「エクリプス・ベイはその後どうなってる？」アンソンがわめいた。

ジャックは顔をしかめ、崖上の小道でぴたりと足を止めた。電話を耳から離す。アンソン・サリナスはふだん話し声の大きい人ではないが、一生のほとんどを警察官として過ごしてきた。ということは、オペラ・スターや戦闘訓練の教官と同じく、大きな声も出る――酒場の喧嘩や非常事態の現場に急行した際、そしてときには養子にした三人のティーンエージャーの息子を相手にしたときに使わざるをえなかった声である。

アンソンはもはや警察官ではない。家族で立ちあげたシアトルの私立探偵事務所〈カトラー・サター&サリナス〉のオフィスを仕切っている。経営が大半の部分でうまく回りはじめているのは、アンソンがCEOとしての才覚を生来そなえていることに加え、人当たりのよさもあるからだ。

アンソンの司令塔は事務所の受付デスクだ。依頼人になるかもしれない人がドアを入って、まず最初に見るのはアンソンの顔なのだ。ほとんどの人は彼が持つ職業的な有能さと同時にものわかりのよさにほっとし、この人になら信頼して秘密を打ち明けようと思うようだ。

依頼に訪れた人もおそらく、二十二年前のあの夜、燃えさかる納屋に車で突っこみ、閉じこめられていた子どもたちを救ってくれたときに、ジャックとマックスとカボットが本能的に感じたものを察知するのだろう。もしアンソンがひとことと約束したなら、必ず守ってくれるはずだと。

「よく晴れた朝だよ、アンソン」ジャックは言った。「すごくいい天気だ」

「おまえは何者だ？　いつものジャック・ランカスターは何をしてる？」

「前向きな空気を放つ方法を身につけようとしているところだよ」

アンソンがいつもどおりの声の大きさで先をつづけた。「よほどいいニュースでもないかぎり、新しい瞑想インストラクターといやに長い時間を過ごしていたと思うほかないな」

ジャックは小道のはるか先にあるコテージに目をやった。少し前にウィンターとアリゾナがバケツとモップと掃除用ブラシと強力な消毒薬を手に入っていったばかりだ。

エクリプス・ベイのような小さな町では犯罪現場の清掃を引き受ける民間サービス会社はない。

「これからはもっとウィンターと過ごすことになりそうだ」ジャックが言った。

「それはまたどうして?」

「地元の警察署長からいま連絡があったが、生きているケンドール・モーズリーを最後に見た人間が誰かを確認するのに手間どっているらしい。清掃係だったのはたしかなんだが、それが誰なのかつかめていない」

アンソンがうなった。「そいつはいかんな」

「うん、そうなんだ。つまり、こっちに新しい情報は何もない。となると、何がどうなっているのか突き止めるまでは、ウィンターをひとりにしておくのはまずいと思っている」

「彼女がいまもまだ狙われていると思っているのか?」アンソンの口調から考えをめぐらしているようすが伝わってきた。

「彼女が唯一の手がかりであることは間違いないから、引きつづき危険な状態にあるかもしれない。状況しだいだ」

「状況とは?」アンソンが訊いた。

「モーズリーは本当のところ、昨夜殺されたのかどうかだ。病院は意見を曲げていない。モーズリーの死因は頭部の外傷が原因の合併症だと言い張っている」

「だが、きみはそうは思わないんだな」アンソンの口調は質問ではなかった。

「おそらく解剖には回さないだろう」ジャックが言った。「モーズリーが死んだ病院がある小さな町では無理だ。少なくともぼくがいまある以上の手がかりを並べないかぎり。解剖は高くつくから」

「どっちみち、ふつうの解剖では検出できない薬物もいろいろあるしな」アンソンが考えこんだ。

「ゼイヴィアがケンドール・モーズリーについて何かつかんでないかな？」

「そうそう、電話したのはそれだよ。あの子はいまこの事務所にいる。今朝早く私からの電話を受けたときからずっと、パソコンと向かいあってる。何かしらきみに伝えたい情報があるようだ」

その子の名前はゼイヴィア・ケニントン。カボットの甥っ子で、厳密には子どもではない。十八歳になったばかりで、シアトルの大学に入学したての一年生だ。〈カトラー・サター＆サリナス〉では表向きは見習いだが、実際にはIT部門はほとんどが彼に任されている。ジャック、アンソン、マックス、カボットもみなインターネットを使っての調査にかけては有能だが、インターネットの暗黒領域となると、スマートフォンやパソコンに囲まれて育ち、直感的なスキルをもって踏みこんでいく十八歳にはかなわない。

「彼に代わってくれないか」ジャックが言った。

「待ってくれ。いまスピーカーに切り換える」

「ぼくだよ」ゼイヴィアが言った。

待ってましたとばかりに聞こえてきた声にこもる熱意に、ジャックは一気に歳を取った気分になった。ゼイヴィアはまだ若く、この仕事をはじめて間もないため、調査にわくわくしているのだ。

「何を見つけてくれた？」ジャックが訊いた。

「そっちの警察署長があなたに教えてくれたことが確認できた。ケンドール・モーズリーは女性に対する暴力で逮捕の前歴がある。恋人だった女性二人と元妻がERに搬送されている。接近禁止命令は少なくとも二件出ていた。一年前は判事にアンガー・マネージメント講座への出席を命じられている」

「だが、明らかにその効果はなかった」ジャックが言った。

「そうだね」ゼイヴィアが言った。「重要なのは、彼に関する情報がネットで難なくたくさん得られたってことさ。何も隠そうとしていなかった」

「言い換えれば、ウィンターに対する武器として利用する駒を探していたやつは、彼女の客のリストを調べるだけですんだということだな」

「手間暇かけてそいつが女性を殺しにいきたいと思うまで煽り立てたんだろう」アンソンが指摘した。

「問題の男が後催眠暗示にかけられて、対象となる女性を追ってはいけないと思いこんでいたんだから、一筋縄ではいかなかったはずだ」

「ミズ・メドウズには悪いが、もし私がきみだったら催眠術の力を信用したりしないと思うが」アンソンが言った。

「父さんが懐疑的になるのはわかるよ」ジャックが言った。

「私だけじゃないさ。だってそうだろう、もし催眠術が本当に効果があるものならば、痩せようとしている人間はいまごろはもうみんなほっそりしているはずだ」

「誰もが簡単に催眠術にかかるわけじゃない」ジャックはここで学術的アプローチを試みた。「研究によれば——」

「研究なんかどうでもいいが」アンソンが言った。「これだけはわかっている——ストーカーというのは頭のネジがあちこち緩んでいる連中だ。だからこの一点については確信を持ってもらっていい。ケンドール・モーズリーみたいな男は、誰かが後催眠暗示をかけたからといって、妄想の対象を忘れたりはしない。いずれにしても、長期にわたっては」

「人を操ることにかけてはゼインは天下一品だってこともわれわれはわかっている」ジャックが言った。「はじめは催眠術の暗示のせいで多少の抵抗はあったかもしれないが、最後にはモーズリーはおそらく操り人形のようだったんだと思う」

「ゼインはそれを操る人形使いだったんだろうな」アンソンが結論づけ、少し間をおいた。「昨夜の主たる標的はきみだったと本当に思っているのか?」

「もしゼインが絡んでいるとしたら、そうだ。もし関係なければ、まあ、これは一件落着だ」

「私はゼイン陰謀論クラブの創設メンバーのひとりだが」アンソンが言った。「きみとカボットとマックスとここにいるゼイヴィアが、影法師を狙って撃つのを止めるのも自分の仕事だと感じているんだ」

「わかってる」ジャックが言った。「父さんは常識の責任者だからね。だから、大きな窓がある角部屋のオフィスにいるんだよ。ゼイヴィア、先をつづけてくれ。ほかにどんな情報が見つかった?」

「モーズリーはものすごく病的なチャットルームで長い時間を過ごしてた」

「それに関しては意外でもなんでもないが」ジャックが言った。「ぼくが探しているのは彼が言っていたチャットルームの友だちなんだ。そいつを見つけてほしいんだが？」

「まだ見つからないけど、もっと探してみるよ」ゼイヴィアが言った。「手がかりは二つあるんだ。モーズリーはあるチャットルームの友だちにわくわくしていたらしくて、べつのチャットルームに行ったときにそのことをしゃべってるんだ」

ジャックはにわかに期待を抱いた。「その友だちを見つけられるかもしれない？」

「たぶんね」ゼイヴィアが答えた。「保証はできないけど。ケンドール・モーズリーと違って、その友だちは隠れ方を知ってるんだよ」

「ゼインがつねにインターネットをうまく利用していたことはわかっているが、いまはもう四十代後半だ。ということは、いくら昔は切れ者だったとしても、いまはそうはいかないはずだ。ぼくはきみに賭けるよ、ゼイヴィア」

「どうも」ゼイヴィアが言った。「でもさ、たとえゼインが昔みたいじゃなくなってても、最先端の知識をそなえたすごいやつを雇っている可能性も考えないと」

「それはどうかな」ジャックが言った。「ゼインはインターネット上にIDを持つ人間を信用しないはずだ。そこからさかのぼって自分を特定されるかもしれない。そういう危険は冒さないやつだ。正体を見せるとしたら、それはたとえば脅迫が必要なときだろう。いや、もしやつだとしたら、IT部門も自分で受け持つ。間違いない。とはいえ、やつがひとりで動いているってわけじゃない。誰かの陰に隠れている。それもゼインの特徴のひとつだ」

「それを聞いて興味深い疑問が浮かんだ」アンソンが言った。「あいつはこのアメリカで、われわれに気づかれずにどうやって新たなチームをつくったんだろう？　ずっとあいつを見張ってきたっていうのに。どこだかは知らないが、潜伏場所からチームを率いて出てきたと思うか？」

「そうかもしれないが」ジャックが言った。「だとしたら簡単じゃない。彼にはここを拠点にしている人間が必要だ。この土地に溶けこんでいる人間だ。ほかにも何か？」

アンソンがまた口を開いた。「それじゃ、ゼイヴィアと私が最後まで取っておいたいちばんいいニュースを聞かせてやろう。ゼイヴィアがゼインのあの古い写真をもとにいろいろ調べてくれた結果、幸運が舞い降りた」

「憶えているよ」ジャックが言った。「しばらく前にあの画家の死亡事件を調べたカボットが発見した写真だろ」

「裏側に名前があったでしょう」ゼイヴィアが言った。「ジェイソン・ガトリー。昔の電話帳にそういう名前は見つからなかったけど、あなたたちはゼインはたぶんワシントン州で育ったと考えているとアンソンが教えてくれた」

「ああ、われわれの仮説ではそうだ」ジャックが言った。「というのは、やつは最初の大規模詐欺——カルト——をシアトルからすぐのところで始動させたからだ。まだ二十代前半のころのことだ。やつがまずは自分の縄張り、というか土地勘のあるところで動きはじめたと考えるのが妥当だろう」

「そこで、ワシントン州の高校の卒業アルバムを片っ端から当たってみた」ゼイヴィアが言った。「いいニュースは、卒業アルバムをデジタル化した学校がたくさんあったこと」

「先祖を調べたければ、これほどありがたいことはない」アンソンが言った。

「アンソンとぼくは手分けして、ワシントン州の高校という高校の、ゼインが生徒だっただろうと推定される時期の卒業アルバムをしらみつぶしに当たった」ゼイヴィアがつづける。「結果、一致する名前は見つからなかった。もしかしたらゼインが育ったのはワシントン州じゃなかったのかと思いはじめたとき、アンソンがすげえクールな考えを口にした。生徒の記録を火事で焼失したことがある高校がないか調べてみようって提案だ。昔の卒業アルバムをデジタル化できなかった高校だよ」

「そいつは名案だ、アンソン」ジャックが言った。

「もっと早く思いつけばよかったんだが」とアンソン。「そうしたら、火事の被害にあった学校は数えるほどしかなかった。そしてついに大当たりだ。話してやれ、ゼイヴィア」

「ガトリーはワシントン州東部の田舎町の小規模な高校に在籍していた」ゼイヴィアが言った。「ずいぶん前に閉校になっていたけど、幸運なことにぼくが元教師だった人の居どころを突き止めることができたんで、アンソンが電話で彼女と話した」

「彼女はガトリーを憶えていた」アンソンが言った。「どこかおかしなところのある少年だったことは間違いないが、何がどうと言葉にはできないと言った。ただ、この子はきっと、最後は大金持ちになるか監獄送りか、どちらかだろうと思っていたそうだ」

「問題は」ゼイヴィアが先をつづけた。「小さな町での追跡ルートはそこでとぎれてしまったってことなんだ。アンソンもぼくもなんの手がかりもつかめなかった。ガトリーあるいはゼインは高校の最終学年の途中でぷっつり姿を消してしまったらしい」

「消え方を知ってさえいれば、人間は現在でも姿を消すことができる」ジャックが言った。

「ついでに自分の過去を書きなおす方法を知っていれば」アンソンが付け加えた。

「どうやらジェイソン・ガトリー、またの名をクィントン・ゼインはそれを実行したようだ。彼が運転免許を取得した記録もない。大学に在籍した記録もない。財産税の記録もいっさいない」

「それでも何か見つけたんだろう？」ジャックが訊いた。

「どうしてわかったの？」ゼイヴィアが訊く。

「超能力者だからさ。たぶん最近はまっている瞑想のおかげだよ」

「ま、なんでもいいけどさ。聞いてよ」ゼイヴィアはアンソンのようにクールでプロっぽい口調でしゃべろうとがんばったが、その声は興奮ではじけていた。「ジェイソン・ガトリーは生まれてすぐ、民間業者を介しての、記録には残らない形で養子に出されたらしいんだ」

ジャックの頭の中のインターネットが反応した。

「じつに興味深い。その情報はどうやってつかんだ？」

アンソンがくっくと笑った。「記録がないってことは記憶がないことを意味しないし、人が話してくれないことも意味しない。ガトリーの育った町の警察署長と話したんだ。いまはもう引退して、アリゾナで暮らしている。だが、その男をつかまえてみたら、うれしそうにいろいろ話してくれたよ。彼の話によれば、ガトリーって名の夫婦には子どもがいなかったが、ある日、男の赤ん坊を連れていた。夫婦はこの子は甥で、母親が死んだんで引き取ったと言っていたが、闇市で買ってきたというのがもっぱらの噂だったそうだ」

ジャックの電話を握る手に力がこもった。「家族の線から何かわかったことは?」

「だめだった」ゼイヴィアが答えた。「赤ん坊がどこから来たのかはまったくわからなかった」

ここでアンソンが話を引き継いだ。「わたしが話した警官も高校教師とほとんど同じようなことを言っていた——つまり、あの子は長じるにつれ、問題を起こしそうだと。署長はあの子は死ぬかムショ送りかだろうと思っていたが、ガトリーがすごく頭がいいと知って、それまでの評価を修正したそうだ。あの子は殺人者になると。だから町の人びとは安堵のため息をついた」

「町を出たガトリーが姿を消したとき、ガトリーがどこへ向かったか、署長に思い当たることはなかったんだろうか?」ジャックが訊いた。

「それはなかった」ゼイヴィアはアドレナリンの高まりを抑えきれないといった口調だ。「でも、聞いてよ。ガトリーが姿を消したのは、彼を養子にした夫婦が家の火事で死んだ直後だった」

ジャックの頭の中のインターネットが再び反応した。確信が冷たい風になって吹きこんできた。

「人間のパーソナリティー傾向は変わらないな」小声でつぶやく。

「警察署長は、ガトリーの養親が死亡した火事はガトリーの仕業ではないかとずっと疑っていたと言っていた」アンソンが締めくくった。「しかし、証拠は何ひとつなかった」

「その養子縁組についてもっと知る必要があるな」ジャックが言った。

「引きつづき調べてはいるが」アンソンが言った。「いまのところ手がかりはつかめていないし、見つけられるかどうか自信もない」

「ガトリー夫婦について何かわかっていることは？」ジャックが言った。

「それがなんにもなくって」ゼイヴィアが言った。「納税記録すら見つからない。もしこれがゼインの仕業なら、すごいよ、そいつ」

アンソンが小さく鼻を鳴らした。「子ども時代のゼインを記憶している人をもう二、三探してみようと思うが、われわれのプロファイルに付け加えるようなことは聞き出せないと思う」

「だろうな」ジャックが言った。「二人とも目立たないようにしてくれよ。ゼインがこっちをじっと見ていると思わないと」

「この電話回線はまあ安全だと思うよ」ゼイヴィアが言った。「どれも最新の形式で暗号化した」

「カボットとマックスはいま仕事を抱えているのか?」ジャックが訊いた。

「ああ」アンソンが答えた。「ナイトウォッチ事件以来、法人相手の仕事が盛況でな。カボットは大金持ちの事業家の依頼で失踪人を探している。家族からメディアに知られないようにたのむと言われている仕事だ」

「マックスは何人もの高齢者から老後の蓄えをだまし取った二人組の詐欺師を追っている」ゼイヴィアが言った。「被害にあった高齢者たちは親族にそのことを知られたくないんだよ。わかるだろう」

「親族の前で恥をかきたくないんだよな」ジャックが言った。「無能力って宣告を受けるのが怖いんだ」

「そういうことだ」アンソンが言った。「しかし、いざとなればマックスとカボットもそうした件はいったん脇へよけて、エクリプス・ベイに駆けつけるさ」

「二人にも状況はつねに伝えておいてもらいたいが、いますぐ動く必要はないからね」ジャックが言った。「もしゼインがこっちのようすを見ていて、ウィンター襲撃の裏にやつがいると疑っていると感づいたら、四十パーセントか五十パーセントの確率でアメリカを離れるはずだ。そんなことになれば、またやつを見失うことになってしまう」

「たったの四十パーセントか五十パーセント？」ゼイヴィアが訊いた。「どうして逃げる確率が九十パーセントとか百パーセントじゃないの？」

「やつはすでにこの計画にのめりこんでいると思うからさ」ジャックが言った。「引き返すのは簡単じゃない」

「こっちの作戦は？」アンソンが訊いた。

「いま練っているところだ」ジャックが言った。「いい作戦を思いついたらまた連絡する」

しばしの沈黙があった。

「なるべく早くしてくれよ」アンソンが言い、電話を切った。

20

ジャックは携帯電話をベルトに留め、眼下の叩きつける波を見おろした。荒れ狂って打ち寄せる波は、今日は嵐のあととあって、いつにもまして混沌としている。しかし現実には、これは世界じゅうの海洋が持つ底知れぬ力が起こす複雑きわまりない潮流の連係の最終結果にほかならない。

とんでもなく獰猛な力が働いているとはいえ、そこにはリズムとパターンが存在する。もしデータがじゅうぶんにあれば、海が秘めた深い深い謎を解明することができるはずだ。理論的には、データがじゅうぶんにあれば、荒波は予見できるはずだ。

ジャックはときどき、キャリアに関して自分は間違った道を進んできたのではないかと思うことがあった。流体力学の研究に専念することもできたかもしれなかったのに、深くて暗い犯罪者心理の流れに没頭してきた。

考えてみれば、彼にとってほかの選択肢はなかったのかもしれない。ウィンターが言っていた。最高に満足のいく仕事をするためには、特定の種類の犯罪を探るようにけしかけてくる内なる声に心を留めなければいけないと。となれば、彼はこのまま未解決事件の調査をつづけるほかない。夜も眠れない人々がいる事件。

　ウィンターが彼の〝使命〟だとレッテルを貼ったものの暗い誘惑は理解できるが、数多くの悪人を研究するうち、そこには看過できない危険がひそんでいることを知った。彼の使命がじつは、衝動強迫（意志や願望に反したことをおこなおうとする強い衝動）という言葉で表わすものに忌々しいほど近いことにウィンターが気づいているかどうかが疑問だ。ちなみに衝動強迫はきわめて深く、きわめて暗い流れに押し流されるものなのだ。

　ジャックは、いつでも水面に浮かびあがることができると自分に言い聞かせている。しかし、離岸流につかまって方向感覚を失ったらどうなる？　潜水中に窒素酔いを起こしたダイバーのようじゃないか。あれは詩的な表現では深海の狂喜という。全身に戦慄が走るほど恐ろしいらしい。命を落とすこともある。

「ジャック？」

　暗い物思いから現実に引きもどしてくれたのはウィンターの声だった。水面に浮かびあがった。

　安堵を覚えながら、砕け散る波から目をそらせ、近づいてくるウィンターをじっと見た。炎を思わせる髪は清掃作業から守るため、スカーフの下できっちりと結わえてある。アリゾナが用意してくれた昔風のエプロンが首から膝までをおおっている。それでもかろうじて全身黒ずくめではなかった。はきこんだ色褪せたジーンズとチェックのフランネルのシャツ。両手をおおっているのは大きすぎる掃除用手袋だ。きれいだ、とジャックは思った。

彼女を見ていると、ジャックの内なるダークネットのへりをうろついていた不吉な心の闇が薄らいでいく。冷たい風が吹き荒れる日が少しだけ明るくなった。そしてにわかに、彼の調査の流れがよりはっきりと見えてきた。

「掃除の進捗状況は？」ジャックは訊いた。

「思っていたほどひどくはないわ」ウィンターが彼の正面でぴたりと足を止めた。

「血はほとんどコーヒー・テーブルの下のラグが吸い取っていたの。だから、AZが持ってきてくれたビニールでくるんだわ。わたしはもう、これまでみたいにあのコーヒー・テーブルを見ることはできなそうだけど、AZはわかってくれたわ。入れ替えるって約束してくれたの。そこを除けば、あとは掃いたり倒れたものを起こしたり」

「それはよかった」ジャックはコテージに一瞥を投げてから、また彼女を見た。「休憩しに出てきたの？」

「ううん」ウィンターはジャックの表情を探った。「ここに出てきたのは、あなたとお父さまのやりとりがどんなふうになっているか知りたくて」

それだけでなく、崖上の小道に立ち、波を見おろしている彼をずっと見ていたからかもしれない、とジャックは思った。彼がやや不安定なのではないかと彼女が疑っている可能性を考えると、ジャックは苛立ちを覚えた。

だが、いまは優先すべきことがあると思い出した。

「わかったことがある。ぼくがゼインについて知っていることに基づいてってことだ」ジャックは言った。「もしやつが舞いもどってきて、昨日の事件のような大きな動きをはじめたとすれば、それはやつが安全だと感じているからだ。主導権を握っていると思っている。うまく隠れていると思ってもいる」

「でもあなたは、昨日の夜の失敗に動揺した彼がたぶん危険を冒すと思っている」

「ああ、そうだ」

「わたしは、そもそも彼はなぜ戻ってこようとしているのかをずっと考えてるの。あなたが言っていたけど、彼は詐欺やピラミッド型のマルチ商法の達人よね。だとすると、大金が危ういとは思わない？」

「いや――というか、少なくともたんにカネの問題じゃない」

「ずいぶん確信があるみたいね」ウィンターが言った。「でも、詐欺師はすべてお金のためなんじゃなくって？」

「いや、それは二次的な目的だ。詐欺の達人に本物の快感をもたらすのは、標的を操るスリルだ。信じてくれ。もしもうひと財産築くのがゼインの目的なら、外国での仕事をつづけているほうが簡単だし、はるかに安全だ。やつもそれはわかっている」

「べつの理由で戻ったとしたら、それはなあに？」ウィンターが訊いた。

「もしゼインが戻ってきているなら、それはやつが喉から手が出るほど欲しいものがあるからだ。べつの大陸にいたんでは得られないものだ。それが何かは遅かれ早かれわかるだろう。それまでは、昨夜失敗したからといって、計画を打ち切って去っていくとは思わない。ほかに道がないと判断を下すまでは」

「あなたの兄弟もいっしょに調査に取りかかるの？」

「マックスとカボットにも状況は逐一知らせておいてくれとアンソンに言ったが、まだ二人をこの件に引きずりこみたくない。モーズリーがきみを襲った裏に本当にゼインがいたことを立証してからだ」

ウィンターが、わかったわ、といった表情で笑いかけた。「今度はゼインが標的ってわけね。彼を隠れ場所から外に引きずり出してみせる。そうでしょ？」

「これまでのところ、それ以上のアイディアが誰からも出てこない」

「わたしはこういうことに関する専門家じゃないけど、どうやらケンドール・モーズリーが唯一の手がかりみたいね」

「うん」

「これからカリフォルニアへ行って、彼の身辺を洗うつもりでしょう」

「ああ」ジャックが言った。「きみはシアトルに行って、数日間アンソンといっしょにいてもらいたい」

「いやよ」ウィンターが言った。

「ウィンター――」

「あなた、わたしが必要になるわよ。わたしが働いていたスパの人たちから話を聞くつもりでしょう。もちろん、その中にはローリー・フォレスターも含まれているわ。彼は協力的じゃないと、いまここで断言できるけど、わたしがいれば彼を脅すこともできる」

「きみが元ボスを脅す？」

「ええ」

「どうやって脅すつもりか、詳しく聞かせてくれないか？」

「ちょっと込み入っているけど」ウィンターがよどみなく言った。「わたしの論法はこう。もしわたしがいっしょに行けば、たまたまわたしたちを見ている人――たとえばゼイン――のほとんどは、わたしたちが昨夜の襲撃は本当にわたしを狙ったものだと判断したと考えるわ。でも、もしあなたがわたしをシアトルに送り出してから、ひとりでカリフォルニアに行けば、クィントン・ゼインは当然のことながら、あなたが自分を探しているんじゃないかと考えるはず」

「きみの論法は少しばかり希望的な感じがするが」

「黙って聞いて。もしわたしの言うとおりにすれば、ゼインはわたしたちが自分を探しているんじゃないと思いこむことができる。とりあえず当面は」

「なぜそこまで確信を持ってる？」

「それは、あなたと違ってわたしにはカリフォルニアに戻る理由がいろいろあるから」

「どんな？」

「もうモーズリーから身を隠さなくてもよくなったから、フォレスターから最後の給料支払い小切手を受け取りにいったり、貸倉庫に残してこなければならなかった荷物を取りにいったりが自由にできるようになったのよ。わたし、赤いソファーが欲しいの。わたしのコテージに置いたら、すごく素敵だと思うの」

「ぼくがきみといっしょに行ったとしたら、ゼインはいったいどういうことかを考えるとは思わないか？」ジャックが訊いた。

「考えるかもしれないけど、エクリプス・ベイの人たちみんなが信じていることを信じる可能性もある」

「えっ？」

「あなたとわたしが熱烈な恋をしている」

「真実を隠すための作り話《カバーストーリー》としてはなんとも弱いな」

「はぐらかさないで、ジャック。ゼインにこっちの状況を知らさずにおく唯一の現実的な方法がこれなのよ。もしわたしがシアトルに送りこまれたら、彼はあなたが疑っていると確信するわ。わたしがあなたの家族のところへ行く理由ってほかにないでしょう――わたしを襲った男が死んだいまとなっては」

「くそっ」

「もっといい考えはないの？」

「うーん、思いつかない」

ウィンターがにこりとした。「心配いらないわ。わたし、自分の身は自分で守れるから。わたしたち、いいチームになれるわよ。大丈夫」

「うーん」

「よかった。それじゃ、これで決まり。出発はいつ？」

「お互い、睡眠を取らなきゃな。昨日の夜は一睡もしていないんだから。今日の午後、車でポートランドに行こう。空港のホテルで一泊する。そして明日の朝一番の便でサンフランシスコに飛ぶ。到着したら車を借りて――」

「バンね」

ジャックが間をおいた。「バン？　どうしてまたバンが必要なんだ？」

「貸倉庫に残してきた荷物を取りにいくって言ったでしょう。忘れた？　カバーストーリーの一部なのに」

「バンに積むほどの荷物があるのか？」

「ソファーを積むからバンじゃないと」

「つまり、そのバンでエクリプス・ベイまで戻ってこなきゃならないのか」

「あなたが飛行機で帰りたいなら、それでもいいわ。わたしがバンを運転してくるから」

ジャックがうめいた。「ま、それはいい。なんとかしよう。いまいちばん心配なのは、明日の何時にせよ、キャシディー・スプリングズ・ウェルネス・スパの入り口に立ったときのことだ」

ウィンターの目が熱意をおびてきらりと光った。「ローリー・フォレスターはそこにいて、わたしたちが来るなんて思ってもいない。不意をつくことはできるわ。それじゃ、そういうことでいいわね。そろそろ戻ってAZを手伝わなくちゃ。ついでに言っておくと、清掃作業を手際よく進める彼女、プロみたいよ」

「プロ？」

「ここだけの話、犯罪現場の清掃作業、彼女はこれがはじめてじゃないと思うわ。飛び散った血の始末の方法なんかも熟知してるの」

ジャックはウィンターのその向こうに目をやった。アリゾナが黒いビニールのゴミ袋を玄関ポーチに引っ張り出していた。

「間違いなく隠れた才能をたくさん持っている女性だな」

アリゾナはジャックに気づき。手袋をはめた手を上げて挨拶すると、すぐまたコテージの中に姿を消した。

ウィンターも彼の視線を追った。「内情をよく知らなければ、彼女、楽しそうねって思うところだわ」

21

ポートランドの空港のホテルに入ったとき、ウィンターは固唾をのんだ。ジャックと二人、海辺の町エクリプス・ベイからポートランドまで二時間近いドライヴのあいだ、いろいろおしゃべりをしてきたが、ホテルの部屋がひとつかどうかは話題にならなかった。ジャックが彼女を目の届かないところに置きたがらないことはもうわかっていたとはいえ、それが同室を使うという意味だとは考えもおよばなかった。

彼が微妙な状況にどう対処するのか、真剣に考えて時間を無駄にするんじゃなかった。フロントデスクの前に行ったジャックが告げたのは、一室でも二室でもなかった。彼が希望したのは——そして確保できたのは——続き部屋だった。

い、い、い、い、い、い、あなたはときどき考えすぎるのよ、とウィンターは自分に言った。

だが、ドアを隔ててつながっている部屋にジャックが寝ていると思ったら、おそらく朝までの半分の時間は眠れないはずだ。

彼女の見るところ、彼女のコテージの玄関ポーチでのたった一度のキスが事態を大きく変えた。しかしながら、あやうく殺されそうになったり、クィントン・ゼイン捜索チームをジャックと組んだりしたことはウィンターの世界をひっくり返した。なんというあわただしさ。

寝る前に瞑想をしたほうがよさそうだ。

ホテルのレストランでいっしょに早めの夕食をすませ、部屋に戻った。ジャックは何も言わずに二つの部屋の境のドアの鍵を開けたあと、足を止めた。眼鏡をはずし、ポケットからハンカチを取り出してレンズを丁寧に拭く。

「今夜は明晰夢を見るつもりはないが、ときどき、ちょっと眠れなかったりすると、たとえば――」

「今夜みたいに？」

ジャックの顎のあたりが引きつった。「今夜みたいに。ちょっと眠れなかったり、事件にどっぷりはまったりしたときは――」

「いまがそれに当てはまるのね」

「ああ」ジャックはゆっくりと息を吐き、繊細な仕種で眼鏡をすっとかけると、断固としたまなざしでウィンターを見た。「そういうときはときどき夢中歩行する。これまでそういうことをしたときは、いつも決まって炎の迷路の中にいた」

「興味深いわ」

「じつのところ、こいつが悩みの種なんだ。運悪くぼくがそんなことをするのを見てしまった人は必ずショックを受ける。たぶん見るだに恐ろしい光景なんだろうな」

「わかるわ」ウィンターが言った。「もし夢中歩行がはじまったら、起こしてあげる」

「だめだ」ジャックはぎくりとしたようだ。

「もしあなたが部屋から廊下に出たらどうするの？　ホテルの警備員にいったい何ごとかと思われたくないでしょ」

「それはありえない」

「なぜ？」

「夢中歩行のときに閉じたドアを開けることは一度もなかった。そんなことをしないように、周囲のようすはきちんとわかっているみたいなんだ。だが、開いているドアは通るから、きみはこのドアを閉めたままにしておいてくれ。ぼくがこっちの部屋で動いている気配がしても、不快でなければ、ずっと鍵をかけたままでいい」

夢中歩行中の姿を見られたくないというジャックの気持ちはよくわかった。恥ずかしいのだろう。

「べつに鍵をかける必要なんかないわ」ウィンターがやさしく言った。「おやすみなさい、ジャック」

ジャックがひどくぶっきらぼうに一度だけうなずき、自分の部屋に戻ると、後ろ向きでドアを閉めようとした。

「おやすみ」

「そうだわ。ジャック？」

ジャックがぴたりと止まった。「えっ？」

「エスケープ・ワードを忘れちゃだめよ。眠る寸前に繰り返すといいわ。それについてよう考えるの。あなたの明晰夢の能力をもってすれば、必要なときには呼び出すことができるわ」

ジャックは顔をしかめた。「エスケープ・ワードはアイスタウンの夢を意図して見るときのためだ。問題は以前の炎の迷路の夢を見たときで」

「あなたの特別な言葉はそのときも機能するわ。もし夢の中の迷路で迷子になったら、その言葉を探して。必ず見つかるから」

「ほう」ジャックが言った。

「えっ？」

ジャックがかすかに笑みを浮かべた。「ひょっとしてぼくのエスケープ・ワードを強化する催眠術をかけようとしたとか?」

ウィンターはショックを受けた。「ううん。そんなことするはずないでしょう、あなたの許可も得ないで」

「ま、なんでもいいさ。だが、これだけはわかってくれ。ぼくはエスケープ・ワードを一度決めたら忘れない。絶対に」

ジャックがドアを閉めた。

ウィンターは服を脱ぎ、就寝前の決まりごとに取りかかった。顔を丹念に洗い、歯を磨き、ナイトガウンを着てバスルームから出てきたときにはもう、隣の部屋はしんとしていた。ジャックはたぶんもうベッドに入って、きっと寝ているのだろう。

ウィンターは部屋の明かりを消し、カーテンを開けてベッドの端にすわった。

彼女にとって、瞑想は頭を空っぽにするためのものではない。そんなことは不可能なだけでなく意味もないと、ずっと前に気づいた。脳はけっして動きを止めたりしないのだ。死ぬとき以外は。目覚めていようが、眠っていようが、瞑想をしていようが、脳は週七日二十四時間ざわざわと働きつづける。知覚が察知したものを処理して分析する。論理的な関連付けや直感的な飛躍を経て、情報が組織化される。生命に直接関係する身体機能は引きつづき維持される。中でも最も重要な仕事がある――現実を理路整然と見つづける。しかもどういうわけか、夢の中であろうと目覚めていようと。二つの現実は体験の形こそまったく異なるが、驚くべきことにどちらも機能する。たいていは。

呼吸に神経を集中させ、自己導入の軽い半睡状態へと滑りこんでいく。長いあいだの習慣と実践と生まれ持った才能のおかげで無理なく。

記憶が浮かびあがってくる。自然に浮かびあがるのを待つ……

……二人の女性はまるでジャングルから歩いて出てきたかのようだ。長距離輸送機を一度乗り継いで目的地に到着すると、空港のタクシーでまっすぐに向かったのは福祉事務所だ。二人はジャングル探検の装備――ファスナー付きのポケットが何カ所にもついた作業用のズボンとシャツ、すり減ったブーツに広いつばがくったりした帽子――に身を包んでいる。ともにキャンバス地のダッフルバッグの持ち手を握りしめていた。

二人とも三十代半ば。ひとりは背が高く、明るい茶色の髪にすっきりした顔立ちの女性。もうひとりは小柄ながら引き締まったしなやかな体形をしている。

髪と目は黒に近い。

天井の照明器具からの明かりを反射して、二人が指にはめた揃いの金の結婚指輪がきらりと光った。

「ヘレンおばさん」アリスがはじかれたように椅子から立ちあがった。「スーおばさん。あたし、この人たちにおばさんが迎えにきてくれるってずっと言ってたの。信じてもらえなかったけど」

「ハイ、スウィーティー」背が高いほうの女性が両腕を大きく開いた。「ここへ来るまでにずいぶん時間がかかってしまって、ごめんなさいね」

アリスは駆け足で部屋を横切り、まず背が高いほうの女性の腕の中に飛びこみ、つぎに小柄な女性に抱きついた。

背の高いほうの女性がソーシャルワーカーを見た。「わたしがヘレン・ライディング、こちらが妻のスーザンです。飛行機墜落当時は川上の村で仕事をしていたもので、事故のことを知ったのは、食料などを買いにカヌーで川を下って町へ行ったときでした。財団からの伝言が届いていたんです。姉とその夫が事故で死亡して、アリスが里親に引き取られたと知りました。でも、財団のスタッフに連絡を入れたら、誰もアリスがどこにいるかを知らなかったようで」

「それはですね、アリスとその友だちのウィンターが里親の家から消えてしまったからなんです」ソーシャルワーカーが言った。「それもおそらく故意、かと思われます」彼女は立ちあがって握手をした。「ブリタニー・ネトルトン、お嬢さんたちを担当するケースワーカーです。お目にかかれてどれほどうれしいことか」

ウィンターは、ヘレンとスーザン・ライディングを見て、どちら――ブリタニーかわたしか――がより驚いたかわからなかった。アリスのおばの存在を、ソーシャルワーカーもウィンターと同じように疑っていたことは間違いない。ウィンターとアリスがブリタニーの事務所にいた理由はたったひとつ、シェルターのボランティアがアリスの言うことは信じてもいいかもしれないと言ったからだった。

アリスは福祉事務所に何度となく立ち寄って問いあわせつづけるつもりでいた。それしかおばさんに見つけてもらうチャンスはないと信じていたからだが、アリスは正しかった。

「アリスはあなたが必ず来てくれると言っていました」ブリタニーが言った。

「もちろんです」スーザンがアリスの小さな肩にやさしく手をおいた。「事故のことを知っていれば、もっとずっと早くここに来られたんでしょうけど」

「これは少々複雑な状況なんですが」ブリタニーがそわそわしながらウィンターに一瞥を投げ、再びスーザンとヘレンと向きあった。「おばさまたちだけにお話ししたいことがあるの。アリス、ウィンター、廊下の先のランチルームに行って、ソーダを飲んできたらどう？」

「はい、そうします」ウィンターは言った。

ウィンターは何が話しあわれるのかわかっていた。彼女とアリスがここに戻ってくるまでには、おばさんたちに事情が説明されているはずだ。ブリタニーはウィンターを自分の脇に引き寄せ、アリスだけがヘレンとスーザン・ライディングに引き取られることになったと説明する。ウィンターはまたべつの家庭に行くことになると。

こんなことがなければ、ウィンターは新しい里親の家に行くつもりはなかった。ストリート暮らしでも自分の身は自分で守れる。実際、大人たちがソーダを飲みにいったと思っているあいだにここを出ることもできる。そうすれば、アリスにさよならを告げずにすむ。アリスが泣くのを見ずにすむ。ウィンター自身も泣かずにすむ。

「あたし、ソーダは欲しくない」アリスが甲高い声で言った。「あたし、ヘレンおばさんとスーおばさんのところにいますぐいっしょに行きたいの。ウィンターもあたしといっしょに来るのよね、ウィンター？」

ウィンターは肩をすくめた。「こういうところの制度ではそういうわけにはいかないのよ。あたしのことは心配しないで。自分のことは自分でなんとかできるから。知ってるでしょ？」

アリスはウィンターを無視し、ヘレンとスーザンをまっすぐに見た。

「ウィンターはあたしのお姉さんなの」

ブリタニーがため息をついた。「アリス、わかっているでしょ？　ウィンターはあなたのお姉さんじゃないの」

「里親のところのお姉さん」アリスがとっさに切り返した。

「もう違うのよ」ウィンターは言い、事務所のドアの前に行って取っ手に手をかけた。「あなたはもう里親制度からはずれたの。家に帰るんだから」

ヘレンとスーザンが顔を見あわせた。

ブリタニーが咳払いをした。「わたしに申しあげられることはただ、二人は二カ月近くいっしょにいたということだけです」

「里親の家にですか？」スーザンが訊いた。

「じつはそうではありません」ブリタニーが言った。「二人は逃げまわっていたんです。ほぼずっとストリートで暮らしていたものと思われます。二人がここにいるのは、わたしがアリスのためにあなたがたをきっと見つけると約束したからです」

ヘレンとスーザンがあっけにとられた表情を見せた。

ヘレンがアリスのほうを向いた。

「あなた、ずっとストリートで暮らしていたの？」

「そんなにいやじゃなかったわ」アリスがちょっぴりプライドをのぞかせた。「ウィンターと二人で助けあっていたの。言ったでしょ、あたしたちはきょうだいだから」

ブリタニーがヘレンとスーザンを見た。「彼女たちくらいの年齢の少女が二人で二カ月のストリート生活となると、本当に長い時間です。アリスがお二人に引き取られた場合、分離不安という問題が起きる可能性は否めません。ウィンターにはこちらがカウンセリングの場を用意します」

ヘレンとスーザンが再び顔を見あわせた。無言のうちにメッセージが送られ、受け取られた。スーザンがブリタニーに笑顔を向けた。

「アリスとウィンターが廊下の先でソーダを飲んでくる必要はありません。ウィンターもいっしょにわたしたちのところへ来てもらいます――もちろん、彼女が望むなら、ですが」

アリスは勝ち誇ったような笑顔を浮かべてウィンターを見た。「言ったとおりでしょ。おばさんたちは二人いっしょに連れて帰ってくれるって」

ウィンターはちょうどドアを開けようとしたところだったが、あまりに非現実的な状況のせいで意識が混乱し、その場に凍りついた。そんなに簡単な話じゃない。そんなに簡単だなんてありえない――孤児になってから身を置いてきた世界では。

ブリタニーが真剣に考えをめぐらせながらヘレンとスーザンをじっと見た。

「ご自分たちが何をなさろうとしているか、ちゃんとわかってらっしゃいますね？」

ヘレンとスーザンがウィンターを見た。

「ええ、もちろん」ヘレンが言った。

スーザンがまたブリタニーを見た。「あなたが言っていた書類のことだけど

――」

ブリタニーが生真面目な、意を決したような表情で自分のデスクに戻った。眼鏡をかけ、パソコンを立ちあげてキーを打ちはじめた。

「本日付でアリスのファイルは閉じます」ブリタニーは言った。「こちらはじつに簡単です。ご親族の保護下に置かれるということですから」

「ウィンターは？」アリスが訊いた。

ブリタニーが無言のまま、眼鏡の縁の上から四人をひとりひとり見た。「この状況では、こちらははるかに複雑です。しかしながら、ウィンターは過去一年間に数回姿を消していたことが判明しています。本来なら彼女については新しいファイルを作成しなければならないのですが、時間がなくてまだ実行できていません。この事務所、未処理の仕事が山積みでしてね。彼女の場合、また姿を消さないともかぎりませんけれど、もしまた里親制度にたよりたくなったら、わたしの居場所は知っているわけですから心配ないでしょう」

アリスが顔をぱっと輝かせ、ウィンターを見た。「聞いた？ あなたもいっしょに来るのよ」

ヘレンがウィンターに微笑みかけた。「あなたしだいだけど、わたしたちにチャンスをくれない？　これからホテルを探すわ。スーザンもわたしもお風呂に入ったり着替えたりしたいの。そのあと食事をしながら、これからどうするかについて話しあいましょう。もしわたしたちの話を聞いて受け入れられないことがあれば、いつでもストリートに戻ってかまわないわ」

ウィンターは身構えた。「わたしについても知っておいてもらわないと困ることがあります」

「わかったわ」スーザンが言った。「食事のときに聞かせてちょうだい」

それから少しして、エクストラ・ラージのファミリー・ピザが半分ほどの大きさになったとき、ウィンターはヘレンとスーザンに催眠術の能力について話した。これで〝わたしたち、新しい家族になるのよ〟の一件はそこまでになるものと思いこんでいた。心理的に深刻な問題を抱えているか、あるいはとんでもない虚言癖のある子かだと思われるはずだと。少なくともこの話し合いのおかげでピザが食べられたと思えばいい。

「あたしたち、ウィンターは本物の魔法使いかもしれないと思ってるの」アリスが誇らしげに言った。

「魔法使いじゃないわ」ヘレンが言い、思慮深い表情でウィンターを見た。

「誰もが才能を持っているけれど、その才能がほかの人たちの才能より複雑な人もいるの。あなたのそのスキルをどうするかについてはこれから考えるわ、ウィンター。でも、そんなに強力な能力だったら、その使用についてルールをつくる必要がありそうね」

「ルール？」ウィンターが言った。

スーザンがにこりとした。「掟。あなたの才能をいつ、どんなふうに使うかを決めるための掟」

「誰にでもよりどころとして生きる掟が必要だわ」ヘレンが言った。

「わたしの掟はどうやってつくるんですか？」ウィンターが訊いた。

「心配いらないわ」スーザンが言った。「つくってみて。家族になるってことはそういうことなの。さあ、それではよく聞いて、レイディーズ。あなたたちの教育はホームスクール形式にします。とはいっても家で勉強するわけではありません。少なくとも長い時間を家では過ごしません。わたしたちといっしょに野外へ出ます」

アリスの目が興奮できらきら輝いた。「あたしたちも調査の場所に連れて行ってくれるのね」

「あなたたち二人のパスポートが必要だわね」ヘレンが言った。「トレッキング の装備も。予防注射も何種類かすることになるわ。そうだわ、ウィンター?」

「はい?」

「あなたの才能をどうするか、掟をどうするかがはっきりするまで、家族以外の人には催眠術のことは話さないほうがたぶんいいと思うの」

「わかりました」ウィンターは言った。

22

ジャックは明かりを消してベッドに入ると、隣室の静けさに耳をすましたり、クィントン・ゼインとのゲームの終盤戦のシナリオを考えたりしていた。ぼくの疑念が正しかったとしてのことだが。いま追っているのがゼインなのか、あるいはまた亡霊なのかを判別するに足る情報は現時点でまだない。

ウィンター襲撃の裏にゼインがいると結論づけるにはもっとデータを入手しなければ、と頭の中で繰り返すのにうんざりしてきたとき、頭を切り換えてウィンターのことを考えた。

やがて眠りに落ちた。

すると炎の迷路に突入した……

……どろどろの溶岩が流れる果てしない通路を、燃える足跡をたどりながら進んでいく。この道を進めばいいことは足跡が教えてくれている。ときおり炎の暗い影にひそむ人影がちらりと見え隠れするが、追おうとするたび、亡霊さながらなシルエットはべつの炎の通路へと姿を消してしまう。

二つの通路が交差する地点で足を止めて耳をすます。かすかな笑い声が迷路のどこかしら奥のほうからこだまする。ゼインだ。

足を速めて声のするほうをめざす。獲物に近づいていると思う一方で、頭のどこかでは罠に向かって突進していることをわかってもいる。それでもなお迷路の奥へ奥へと進むのは、近づいているからだ……もうちょっとだ……

角を曲がり、そこが煮えたぎり炎を上げる迷路の中心だと気づく。ゼインはそこで待っていた。勝利の笑いを浮かべながら。

「おれの世界へようこそ」ゼインが言った。「ここは何もかもおれが支配している。それじゃあ、迎え撃つとするか。おれが仕掛けた罠に自分からやってくるとはな」

「ここはぼくの居場所じゃない」

「だが、いまとなってはもう出られないんじゃないかな」ゼインが言った。

「ここはホテル・カリフォルニアみたいなところでね。チェックインはできてもチェックアウトはできない」

迷路の入り口へとつづく通路を探して、きょろきょろとあたりを見回した。しかし、目を向けるどの通路も焼けつく炎の壁が行く手を阻んでいる。パニックを起こしている場合じゃない。出口はある。いましなければならないのはエスケープ・ワードを探すことだ。

ある炎の通路の先に人影が見えた。手招きしている。それが誰だか一瞬でわかった。


「ウィンター」ジャックは言った。

その瞬間、夢から抜け出た。大きな安堵が彼を包んだ。深く息を吸いこみ、呼吸をととのえた。

「どうかした？」ウィンターが訊いた。

見回すと、二つのベッドルームを隔てるドアが開いたところにウィンターが立っていた。視点がおかしい、とジャックは思った。彼はベッドにいる。さっきとは違う角度からウィンターが見えるはずなのに。

彼はベッドにはいなかった。窓際に立っていた。ウィンターは心配そうに彼を見ている。思わず目を落とした。少なくとも患者着は着ていないし、コードがあちこちに貼られてもいない。身に着けているのは白いブリーフと白いアンダーシャツだけだ。

「くそっ」ジャックは言った。

ウィンターは少なくとも悲鳴を上げてはいないが、それをいうなら、ウィンターはこんなことくらいで悲鳴を上げはしない気がする。

「夢を見てたのね」ウィンターが言った。

「ああ」ジャックはうめくように言った。「起こしちゃってごめん。ここには入ってこないように言ったと思うが」

ウィンターは長いナイトガウンを着ていた。髪は肩にゆったりとかかっており、足を見ると裸足だった。すごく柔らかそうで蠱惑的だ。

ローブをはおれたらと思うが、そこにはなかった。

「わたしの名前を呼んだのが聞こえたの」ウィンターが言った。「助けが必要なのかもしれないと思って」

「ひどい炎の迷路の夢を見た。見ようと思って見たわけじゃない。眠りに落ちたら、夢がそこで待っていたんだ」

「静かに去ってはくれないだろうと思っていたの」ウィンターが言った。「あの夢は繰り返し何度も見ているでしょう。あなたは時間とエネルギーを費やして迷路を構築した。となると、そのイメージがまだまだすごく鮮明なのよ。でも、新しい夢の景色にもっとなじんでいくにつれて薄らいでくるはず」

「それを聞いて安心したよ」ジャックは少し間をおいた。「今夜の夢はいつもと違ったんだ」

「どんなふうに？」

「はじめて迷路の中心にたどり着いた。そうするとゼインがそこでぼくを待っていた。ぼくを見て大笑いさ。仕掛けた罠にまんまと掛かったと言われた。今度という今度は迷路から出られないぞ、とも」

「それでも、こうして出てきたわ」

ジャックはゆっくりとうなずき、彼女から目が離せなくなった。「エスケープ・ワードを使ったんだ」

「効いたのね。よかった」ウィンターは敷居のところでためらった。「それじゃ、もしなんの問題もないなら、これでベッドに戻るわ」

「ウィンター」

自分の部屋に戻りかけた彼女が足を止めた。

「なあに？」

「エスケープ・ワードなんだ。ウィ、ィ、ンタ、ー、。これを使って夢を終わらせた。だから名前を呼ばれるのを聞いたんだよ」

「わたしの名前……」ウィンターが小声で言った。

もしかしたら気を悪くしたかな、とジャックは思った。「かまわないだろう？」

ウィンターは返事をする前にじっくり考えなければならなかったようだ。

「ええ」だいぶ経って答えが返ってきた。「わたしの名前を使ってもかまわないわ。つまり、効けばいいことだから」

「効いたよ」

「よかった。だったら問題ないわ」

ウィンターはそう言うと、自分の部屋に戻ろうとした。

「本当のところを教えてほしいんだ」ジャックが言った。「こういう夢を見るのは情緒不安定の境界線だと思ってるんじゃ？」

ウィンターが振り返った。「前にも言ったでしょう。あなたのそれは間違いなく瞑想か自己催眠のひとつの形だって」

「信じていいんだね？　というのは、ときどき考えてしまうことがあるからだ。自分の陰謀論の流れの底深く沈みこんでいるせいで、本当のパターンが見えなくなっているんじゃないかと」

ウィンターがジャックの部屋につかつかと入ってきて、彼の手前わずか数インチのところで立ち止まった。

「わたしにわかっているのは、あなたはいまあなたがしていることをするために生まれてきたということ」

「陰謀論を組み立てること？」

「ううん。わたしの養母のひとりがこう言ったことがあるの。誰もが才能を持っているって。あなたの才能は悪人を狩ること」

「この特別な悪党に関してはそうせざるをえないんだ」

「ゼインのことね。あなたが子どもだったころからの悪魔で、あなたの現在のライフワークに対する情熱に火をつけた悪党。でも、悪人狩りの才能は最初からそなわっていたにちがいないわ。遅かれ早かれいずれは顕現していたはず。時間の問題だったのよ。あなたは自分の使命を見つけただけじゃなく、掟もつくって、その掟にしたがって生きている。あなたは慎み深くて、名誉を重んじる人よ、ジャック・ランカスター。それがいまどきどれほど珍しいかわかる？」

ジャックが笑みを浮かべた。それが、迷路の夢から覚めた彼を見たウィンターが悲鳴を上げなかったことに大いにほっとしたからなのか、彼女に正気じゃないと思われてはいないとわかって大いにほっとしたからなのか、どちらなのかは自分でもわからなかった。たぶん両方の組み合わせなのだろう。いずれにしても気分がよかった。よかった、などという表現では足りないくらいに。

ジャックは両手でウィンターの顔をそっとはさんだ。

「きみなら罵詈雑言を浴びせられたとしても喜んで聞くよ」

今度はウィンターが笑みを浮かべる番だった。

「だったらもっとそうしなくちゃ」

「ウィンター」

ウィンターは両腕を彼に回し、顔を上向けた。

「どうぞ」ウィンターが言った。「遠慮なく」

ジャックはウィンターの唇を唇でふさいだ。

23

身を焦がすほど熱いキスは魂の奥にまで火をつけ、ウィンターを圧倒した。嵐さながらのエネルギーがすべての感覚を酔わせていく。

人に知られてはならない秘密ゆえに恋人を信用するのが恐ろしくて、大人になってからもずっとみずからを半睡状態に導入して過ごしてきた。だが、ジャックのキスは、彼女が心を守るために立ててきた目には見えないバリアを粉砕した。過去と未来が魔法のように消えたわけではないが、いまこのときだけは脇へどけておくことができた。ジャックは催眠術の能力を知っていて、理解してくれている。気味が悪いとか妄想傾向があるとか思ってはいない。彼女を信じているだけでなく、彼女を恐れてもいなかった。

だからなんの縛りも感じることなく、心浮き立たせる欲望の奔流へと真っ逆さまに身を投げ出した。にわかに危険を冒してもいいと決めた女の、積極的な熱いエネルギーをこめてキスを返した。こういうキスがどうしてもしたかった。わたしにはその資格がある。こんなに長く待ったあとでやっと、情熱が放つむきだしのエネルギーに身を任せることがどういうことかを知ったのだから。

ジャックがうめきとともに唇を離した。眼鏡はまだナイトテーブルの上で、彼の目の熱っぽさを隠すものは何ひとつない。

「虎よ、虎よ、煌々と」ウィンターが小さな声でつぶやいた。

「それ何？」

「何じゃなくて誰。ウィリアム・ブレイクよ」

「詩のことを考えているの？」ジャックがまさかという口調で言った。

「忘れて」ウィンターはジャックの脚に沿って太腿を上へと滑らせた。タンゴ・ダンサー風に。長いナイトガウンが膝のはるか上までまくれた。「キスして」

「うん」

ジャックが再び唇を重ねた。強く、深く。ウィンターは彼に回した腕に力をこめた。すでにじゅうぶん高ぶった彼の体にわくわくしていた。彼のこの反応を呼び覚ましたのはわたし。彼がわたしを欲している。自制心の強い男性からこれほどの情熱を引き出す力が自分にあると知って、くらくらするほどの多幸感に包まれた。そして自分が同じような熱っぽさで応じることができるとわかったことは、なおいっそうの興奮をもたらした。

ジャックが見るからに抑制をきかせながら一歩さがり、ウィンターの顎を親指と人差し指でとらえた。

「すごく……積極的だね」ジャックが言った。

期待していた言葉とは程遠かった。彼はこれまでも美しい、魅力的だ、きれいだというような言葉を口にしたことがない。それがジャック。他人の行動に予測可能なパターンを見いだそうと躍起になっている人なのに、彼自身は意外にも予測不可能なのだ。だが、彼の言うとおりだった――ウィンターはいま、どうにもならないほど積極的だった。淫らで、情熱的で、燃えていた。

彼のこわばった顎の線を指先でなぞった。彼は瞬きひとつしない――引きつづき容赦のないまなざしで彼女を見据えている――が、彼の全身の筋肉がひとつ残らず欲望で張りつめているのを感じていた。

「積極的なのはだめ？」ウィンターは訊いた。

ジャックが片手で彼女の髪をつかんだ。

「積極的なほうがうまくいく」ジャックが言った。「きみの名前がエスケープ・ワードとしてうまくいったみたいに。ウ、ィ、ン、タ、ー」

わたしの名前を呼ぶ彼の声の響き――欲望のせいで低くざらついている――にウィンターは全身がぞくぞくした。

ジャックがウィンターの後頭部に掌を当て、ぐいと抱き寄せてからもう一度キスをした。

やがて彼が唇を離したとき、ウィンターはもう呼吸ができないほどだった。

「きみはどう?」ジャックが訊いた。「積極的なのはだめかな?」

「ううん、そんなことないと思うわ」

「思う?」

「まだ体験したことがないから」ウィンターは認めた。「その近くをうろうろしたことが二、三度あるくらいかしら」

驚いたジャックの口からもれたかすれた声は、勝ち誇った笑いとセクシーなうめきが半々といったところか。

彼はウィンターの手首をとらえ、ベッドの横まで引き寄せると、ナイトガウンを頭から脱がせた。彼の手が少し震えている、とウィンターは思った。ナイトガウンは彼女の足もとに落ちた。

ジャックがウエストをつかんだ。掌の端がヒップの上にのっている。そしてしばらくはただウィンターを見つめていた。

「きみはきっと完璧だろうなと思っていた。そうしたらやっぱり。完璧だ。ぼくはずっときみを探していたんだよ、ウィンター。生まれてからずっと」

「わたしはここよ」ウィンターが言った。

彼の判断がおそらく欲望のせいで曇っていることはわかっていたが、この瞬間、そんなことはどうでもよかった。こちらの判断だって曇っているかもしれない。少なくとも今夜はそれでウィンウィンのような気がする。あれこれ考えるのは明日にしよう。

ウィンターは彼の白いTシャツを脱がせ、部屋の反対側に放り投げた。彼の肩はすべすべして力強かった。肌は生命の根源が放つ熱で輝き、ウィンターはすぐさま彼を抱きしめたくなった。

ジャックが両手を肋骨のあたりまで這いあがらせ、左右の親指がウィンターの乳房のすぐ下に来た。ジャックはつぎに、もどかしいほどゆっくりと耳たぶをやさしく嚙みながら、積極的なことにかけては自分も負けてはいないというメッセージを送ってきた。ウィンターの全身を興奮が駆け抜ける。

彼がつぎに何をするのか気づく間もなく、ジャックは彼女をさっと両腕で抱きあげて、白いシーツがくしゃくしゃになっているベッドに横たわらせた。そしてウィンターから一瞬たりとも目を離さずにブリーフを脱いで隣に身を横たえた。

ウィンターは彼のそそり立ったものの大きさにぎくりとしたが、つぎの瞬間にはそれに魅了された。そっと手に取って撫でる。

ジャックがうめき声をもらし、両肘をついてウィンターの上におおいかぶさった。余すところなく全身にキスをしはじめる。そうしながら片手がウィンターの太腿のあいだの熱く湿った部分に伸びたとき、ウィンターが小刻みに震えた。体の奥深くで起きた小さな興奮の渦が離岸流に変わって、すべてを強く強く引っ張り、やがてその張りつめた状態に耐えられなくなった。

ウィンターは彼の下で体の向きを少しずらし、汗でつるつるになった彼の背中の引き締まった筋肉に指先を食いこませた。ジャックがウィンターの太腿のあいだに脚を割りこませて開かせ、それまでにもまして親密な感触で触れてきた。ウィンターは片方の膝を立て、迎え入れたい気持ちを無言のうちに伝えた。

「きみが先だ」ジャックがささやいた。

命令でもあり、約束でもあった。でも、わたしが達するのを待っていたら、いつまでもこのままかもしれないわ、と彼に警告しようかと思った。しかし、ウィンターがそれを言葉にする間を与えず、ジャックの指先が驚嘆に値する動きをはじめた。

ウィンターはわれを忘れた。

のぼりつめる準備などできていなかった。ところがそれはどこからともなくやってきて、全身を突き抜け、感覚という感覚を氾濫させ、呼吸まで停止させた。

官能のほとばしりがまだつづいていたとき、ジャックが中に押し入ってきた。深く。彼が入ってきた衝撃が引き金になって二度目の絶頂を迎えたのか、あるいはそれまでの絶頂がそのままつづいているのか、ウィンターにはわからなかった。どっちにしても彼女にできるのは彼にしっかりしがみついていることだけ。

ジャックは全身を波打たせながら繰り返し彼女の中に入ったあと、ついに奥深くまで入って彼女を満たした。つぎの瞬間、ジャックの体は硬く張りつめ、稲妻とチャネリングしていたとしても不思議ではなかった。

ウィンターは目を開けて、不思議な感動とともに彼を見つめた。言葉にはできない渇望のせいで彼の表情は研ぎ澄まされていた。

嵐が過ぎ去ったとき、ジャックはウィンターの上で脱力し、ごろんと横向きになってから彼女を見た。彼の目ではまだ炎が燃えていた。

「積極的なほうがうまくいくって言っただろ」

24

ウィンターは両腕を頭の上に上げ、ぐっと伸びをして爪先までを一直線にした。

「なんていうのかしら……すごかったわ」ウィンターは言った。

ジャックが微笑んだ。見るからに満足げだ。「そうだね。さっき言ったことだけど、いままでセックスには積極的じゃなかったってこと？」

「うん。あなたは？」

「ぼくのセックス絡みの語彙の中に積極的って言葉は今夜までなかった。その言葉、ぼくたちのことを言っていると思う？」

ウィンターは上体を起こすとジャックを押して仰向けにさせ、彼にもたれながら腕をジャックの胸に回した。

「あなたのことを言っているかどうかはわからないけど」ウィンターが言った。「わたしのことを言っていることは間違いないわ」

「つづけて」

「わたしね、今夜までずっと、自分について本当のことを打ち明けられるほど男性を信頼できるかどうか、不安を抱えて過ごしてきたの」

「催眠術のこと？　催眠術が恋愛の邪魔をしてきたのか？」

「冗談はよして」ウィンターが言った。「毎度のことよ」

「信じがたいな」

「わたしがすごく腕のいい催眠術師だってことは前にも言ったけど、わたしにはまだあなたも知らないことがあるのよ」

「そうだったのか？」ジャックはウィンターの髪に指を絡めた。「ぼくがまだ知らないことって？」

「十四歳のとき、もう少しで人を殺すところだったの」

「催眠術で？」ジャックは興味をそそられたようだが、恐れてはいなそうだった。

「どうやって？」

「被術者――こういう呼び方がいいかしらね――は里親のひとり。わたしがしばらく泊まらせてもらった家の主人ね。そいつがわたしと同じ部屋で寝ていたもうひとりの女の子を襲おうとしたのよ。それでわたしが彼を脅したんだけど、あとから考えると、おそらくそれが原因で彼はパニック発作を起こしたの。彼に心臓が停まると思いこませたのよね。そしたら彼は意識を失って、わたしは死んだのかもしれないと思った。ほんとは死んではいなかったんだけど、生きているって知ったのは数日後。なぜなら、その夜、アリスを連れて家を出たから」

「すごい話だな。アリスって誰？」

「里親の家で妹だった子」ウィンターはそれだけ言って待った。彼がもう何も言わないとわかると、もう少し強く押さずにはいられなくなった。

「感想はそれだけ？」ウィンターは言った。

「ほかに言うべきことってなんだろう？」

「わたしの能力に対して不安を感じない？」

「不安を感じなきゃいけないのかな？」

「ううん。でも、これまでに二度、わたしの能力でどんなことができるかを話したことがあるんだけれど、どっちも失敗だったわ。正直にならなきゃいけないと感じてしたことだったのに」

「必ずしもそれが賢明なやり方ってわけじゃない」

「そうなのよね」ウィンターが言った。「最初は、わたしがはじめて真剣に付き合ったボーイフレンド。大学生のときで、卒業したら結婚しようって話していたの。家族からはこの能力を秘密にするようにと忠告されていたけど、結婚まで考えた男性にそういう秘密を告げずにいたくはなかったの」

「つまり、彼は前向きな反応を示しはしなかった?」

「最初はわたしが冗談を言っているんだと思ったみたい。そんなこと言うんだったら証明してみせてくれって言ったのよ」

ジャックがうめくような声で言った。「自分に催眠術をかけてみろと言ったんだろう」

「ええ、そう」

「彼としては、きみが嘘つきだってことと、自分は催眠術になんかかからないってことを立証したかった」

「そのとおりよ」

「ばかなやつだ」

「彼を深い半睡状態に導入するわけにもいかないから」ウィンターが早口で言った。「ほんのちょっとだけ……不安な状態にしたのよ。でも、そのことに気づいた彼はとたんにパニック発作を起こしたわ。手がつけられないほどひどいのをね。どうしたらいいのかわからなかった。なんとか落ち着かせはしたけど、もとの状態に戻ったところで捨てられたの」

ジャックは枕に頭をゆったりとのせなおし、片腕をウィンターの後頭部に伸ばした。

「彼がしたことはそれだけ？」

「そうねえ、じつはこうも言ったの。きみは精神科の病院に隔離しておくべき人間だって。彼の専攻が心理学ってことはもう言ったかしら？」

ジャックが欠伸をした。「冒険心のない人間もいるんだよ」

「あとはエドワード・クレスウェルって医者もいたわ。この人は催眠術を研究していて、自分の研究所を持っているの。わたし、この人なら力になってくれるかもしれないと思ったわ。そうすれば、この能力を医学的環境で使う方法を見いだすことができるんじゃないかと。彼はデモを見せてほしがったけど、自分は観察側に回りたがった。そこで研究助手のひとりが実験台になってもいいと志願してくれて、いよいよデモってことになったの」

「どうだった？」

「かなりうまくいったわ。言ったでしょ、わたしは大したものなのよ。クレスウェルはわたしとわたしの能力にすごく乗り気になって、わたしを研究所で雇ってくれた。

わたし、わくわくしたわ。催眠術研究の最先端に身を置けると思ったから。人助けができると思ったの。ついに天職を見つけたと思えたのよ」

「ところが、わくわくの時間は長続きしなかったのか」ジャックが言った。

「少ししてわかったのは、わたしがチームに加わるまで、クレスウェルは研究をでっちあげていたってこと。彼はずっと個人や民間の財団からの寄付を受けていて、おかげで相当な収入を得ていたんだけれど、それが全部インチキだったのよ。少なくともわたしが行くまでは。そのころ、彼の研究成果のいくつかに疑問を抱きはじめていた人たちがいたの」

ジャックが眉を吊りあげた。「実験が再現できないから？」

「まさにそれ。クレスウェルはわたしに窮地を救ってほしかったのね。わたしの仕事は、寄付をしてくれる人たちに彼の研究は正しいと納得させることだったの。デモを見せて、彼のインチキ研究成果が正しいことを立証する役目。だからわたしは、インチキの継続に協力はできないって拒んだわけ。そしたらクレスウェルはかんかんになったわ。そして同僚にわたしが詐欺師だって言い触らして納得させた。わたしの名誉を傷つけたの。そのあとね、わたしはたぶんもう催眠術研究の分野での仕事は二度と得られないって気づいたの」

「またひとつ、キャリアの道が閉ざされたってことか」ジャックが言った。

「そうね」

「瞑想インストラクターになろうと決めたのはそのとき?」

「残された道の中で、唯一おもしろそうだと思えたのがそれだったの。いまはそれも行き詰まった感がなきにしもあらず」

ジャックが小さく口笛を吹いた。「そういえばきみは、その能力で生計を立てるのはきついと言っていたな」

ウィンターは彼の声ににじむ何かに引っかかった。彼をじろりとにらむ。

「あなた、クレスウェルの研究所での顚末について知っていたでしょう」

「最近はインターネットでおよそ誰でも見つけることができるらしいからね」

「それでもあなたはわたしのセッションに予約を入れた」

「結論は自分で出す主義なんだ」ジャックが言った。

「それじゃあ、わたしが自分で事業を立ちあげて運営していかなきゃと思った理由は理解してもらえるわね。自分の能力のいい利用法を見つけたいだけじゃなくて、誰かの下で働きたくなかったの。自分が自分のボスになりたかった」

「だろうね」ジャックが何かしら考えをめぐらしながらウィンターを見た。「個人的な質問をしてもいいかな？」

ウィンターはややためらった。「ええ、いいけど」

「きみはいつもセックスのあと、そんなふうにおしゃべりなの？」

「ううん」ウィンターは答えた。「さっさと起きて家に帰るわ」

「ぼくもだ。朝までいっしょとなると、これまでのパターンに変化が起きるな」

「たんなるデートとは違う気分だわ」ウィンターが言った。「ひとつの恋愛のはじまりとでもいった感じ。でも、あなたはこれが恋愛のはじまりになるなんて思ってもいないでしょうから、なんだかばつが悪いわ」

「わおっ」ジャックが掌を外に向けて片手を上げた。「前向き思考のきみがどうしちゃったんだよ？」

「認めたくはないけど、デートに関してはいつもそういうわけにはいかないのよ」

「とはいっても、今夜ひとつだけたしかなことがある」

「なあに？」

「二人ともさっさと起きて家には帰らない」ジャックが言った。「朝までずっといっしょにいる」

「考えてみれば、あなたにほかの選択肢があるわけじゃないわね」ウィンターはいささか切なくなった。「酌量すべき情状やら何やらで」

「そういう言い方もあるね。そろそろ寝てもいいかな?」

ウィンターはジャックがちょっといらついているのがわかった。何か気に障ることを言ってしまったのかもしれない。

「ええ、そうして」ウィンターは答えた。「わたしも眠れそうな気がするわ」

25

キャシディー・スプリングズ・ウェルネス・スパのぴかぴかのフロント・デスクの向こう側にすわる受付嬢は、ロビーの装飾――ファッショナブルかつミニマリズム的視点からはおしゃれで流行の最先端を行っている――を補うのにぴったりの女性だ。ブロンドの髪を優雅なシニョンに結い、流れるようなグレーのパンツの上にはキモノに似た上着を着、ベルト代わりの白い帯をウエストできゅっと結んでいる。

パソコンから顔を上げた彼女は、丁重かつ洗練された笑顔でジャックの目を見た。真っ白な歯があまりに明るく輝いているので、その光で新聞が読めそうだと思った。

「いらっしゃいませ」受付嬢はそう言ってからウィンターに気づいた。とっさに目をまん丸くして立ちあがり、小さく歓声をもらした。

「ウィンター。戻ってきたのね。そろそろかと思っていたところよ。会えてうれしいわ。どうして電話もメールもくれなかったの？　地球上から姿を消しちゃったかと思ってどんなに心配したか」

「ハイ、ゲール」ウィンターが言った。「ここに来たのは最後の給料小切手を受け取るためよ」

ゲールは白い石材のカウンターの端を回って出てきてウィンターをハグした。「会いたかったわ」

「わたしもよ」ウィンターが言った。

ゲールが鼻に皺をくしゃくしゃっと寄せた。「でも、ここでの仕事に未練はなさそうね」

「それはないわね」

ジャックの見るところ、ウィンターは心底懐かしそうにハグを返した。ジャックは静かに待った。

ゲールはようやくウインターを離すと、一歩後ろへさがってそれとない好奇心をのぞかせながらジャックを見た。やや警戒しているようだ。

「こちらは？」ゲールが訊いた。

「ジャック・ランカスターよ」ウィンターが言った。「わたしの友だち。ジャック、こちらはゲール・ブルーム」

ゲールは笑顔を見せたが、ジャックは作り笑いという印象を受けた。

「お友だち?」

「すごく親しい友だちだ」ジャックが言った。

「ふうん」ゲールはまたウィンターのほうを向いた。「あなたがいなくなってから今日まで、はるか山のてっぺんでずっと瞑想してたわけじゃないとわかってほっとしたわ」

「海辺だったの、山のてっぺんじゃなくて」ウィンターが言った。

ゲールが入り口から廊下のほうにちらりと目をやり、声を抑えて共謀者めいた口調でささやいた。「ここへ戻ってくるつもり? なぜこんなこと訊くかっていうと、もしそのつもりなら、わたしは絶対反対よ。あなたとわたしと、あなたの仲良しのミスター・ランカスターだけの秘密だけど、わたし、自分の履歴書を抜き出しておいたわ」

「どうして?」ウィンターが訊いた。

「フォレスターはあいかわらずこのスパを売ろうとしているのよ。つまり、ここにお金を注ぎこむつもりはない。経営は坂道を転げ落ちるような状況。あなたの代わりは見つからないのよ。鍼療法士が数週間前に辞めたあとは、エステティシャンたちもほとんどがつぎの職場を探しているところ」

廊下のほうから女性が近づいてきた。ゲールとは違い、その女性はウィンターに駆け寄ってハグすることはなかった。その目で一瞬、何か厳しいものが光った。

「ウィンター」その女が言った。「あなた、ここで何をしているの?」

「話せば長いのよ、ニーナ」ウィンターが言った。「ジャック。こちらはニーナ・ヴォイル。彼女はここで栄養サプリメントとお茶の管理をしているの。ニーナ、こちらはジャック・ランカスター」

ニーナはスパのグレーの制服を着ていた。四十代前半だが、ボトックス、ヒアルロン酸、もしかするとそれ以外のもっと外科的な処置にも給料のかなりの部分を注ぎこんできた女性らしく、滑らかな肌とととのった顔立ちをしている。

ジャックに向かって会釈をした。「はじめまして」

「どうぞよろしく」ジャックが言った。

ニーナはまたウィンターのほうを向いた。「ここへ戻ってくるなんて時間の無駄よ。フォレスターはまだあなたにご立腹だわ。それに、たとえあなたがまたここに戻ってくると申し出たところで、ここを救えるとも思えないし。とにかく衰退の一途をたどっているんですもの」

「ここに来たのはまた仕事をしたいからじゃなく」ウィンターが言った。「ゲールにも言ったように、ただ最後の給料小切手を受け取るためなの。それがすんだら、どこかでお昼を食べるつもりよ。ジャックとわたし、しなくちゃならないことが二、三あるの。わたしが留守のあいだ、アパートメントの管理人が郵便物をちゃんと取っておいてくれていればいいけど。そのあとはキャシディー・スプリングズ貸倉庫へ行って荷物を取って、そしたらもう、この町とは永久にお別れするわ」

ゲールが目を大きく見開いた。「べつのスパでの仕事を見つけたの？」

「ううん。自分ひとりで起業することにしたの」ウィンターが言った。

「冗談はなしよ」ニーナは懐疑的だ。「そんなことがうまくいくと思って？」

ウィンターが答える間もなく、廊下から男がひとり現われた。ライトブラウンの髪は散髪にいかにも金をかけているといったふうだ。ズボンも同様。黒のクルーネックシャツは体にぴたりとフィットしている。短い袖は上腕の筋肉を強調するためか。腕時計はゴールドで、左手には大きな指輪を着けている。結婚指輪にしては派手すぎる。

「ウィンター」男は最初言葉に詰まったようだ。だが、つぎの瞬間、その目には安堵の色がうかがえた。「戻ってきたのか」

「いいえ、まだ受け取っていなかった給料小切手をいただきに立ち寄っただけです」

ウィンターは言った。「あっ、そうだわ。ついでに二つほど訊きたいことが。でもまずその前に、友だちを紹介します。こちらはジャック・ランカスター。ジャック、こちらはわたしの元雇い主のローリー・フォレスター」

紹介を受けたローリーは無愛想に、苛立ちを隠さずに会釈をし、すぐまたウィンターを見た。

「で、どういうことなんだ？」ローリーが訊いた。

「最近、わたしの人生はとんでもなく刺激的な様相を呈しているんですが、それについて知りたいんじゃないかと思いまして」ウィンターが言った。「ニュースはいずれ聞くことになるはずですけど、あなたにはいちばん先に知っておいていただきたいんです」

「何を？」ローリーがおそるおそる訊いた。

「おとといの夜、ケンドール・モーズリーがわたしを殺そうとしたの」

ローリーがウィンターをじっと見た。ゲールはショックのあまり、口をあんぐりと開けている。

「なんですって？」ニーナはなんとかそれだけ言った。

「いいニュースはわたしがこうして生きているってこと」ウィンターは両手をジャ

ジャーンと大きく広げてみせた。

「ケンドール・モーズリーは警察につかまったの？」ゲールがまん丸い目をして尋ねた。

「ええ」ウィンターは答えた。「幸運なことに、隣に住んでいるジャックが何か変だと気づいて駆けつけてくれたの。二人は格闘になってね。モーズリーは怪我をして病院に搬送されたんだけど、死んだわ」

「それじゃ、あなたはもうちょっとで殺されるところだったのね？」ゲールが小声で言った。「モーズリーに？　やだ、信じられない」

ローリーが鼻を鳴らした。「いや、本当に信じがたいな」

ウィンターは彼に冷ややかな笑顔を向けた。「あなたもその場にいるべきでしたよね」

「おい」ローリーが一歩あとずさった。「それはどういう意味だ？　その夜、モーズリーが何をしたにせよ、私に責任はない」

「彼は危険だって、わたし言いましたよね」ウィンターが言った。

「ああ、たしかに」ローリーが言った。「あいつが頭がおかしかったことは明らかだな。しかし、止めようとしたところで私にできることは何もなかった」

「つまり、何回もの彼の瞑想セッションの予約はすべてわたしが受けたと言うんですね」ウィンターが言った。「個人セッションですよ」

「大事な客だったんだ。そんなとんでもないやつだなんて、私には知りようがなかっただろう」

「そんなとんでもないやつだってことを、わたしはあなたに言ったんですよ」

「きみは経験豊富な精神科医でもなんでもない」

「あなたにニュースがあるわ、ローリー。頭がおかしいって診断は精神科医じゃなくても下せるの。あなたもお金以外のことにも目を向けようとしなくちゃいけなかったのよ」

「いま私に何をしろと言うんだ？　モーズリーは死んだと言ったな」

「あなたはわたしに借りがあるわ」ウィンターが言った。「あなたとわたしと友人のジャックと三人だけで話しましょうか」

「もし私を訴えるという話なら――」

「あなたのオフィスで」ウィンターが言った。

サイレンを思わせる甲高い声には厳しさがにじんでいたが、ローリーに催眠術をかけようとしているわけではないな、とジャックは判断した。本当に怒っていることをついにあらわにしただけだ。

「いいだろう」ローリーが不満げにうめいた。「それじゃ、こっちへ。だが、きみの友だちもという理由はない」

「理由ならあるわ」ウィンターが言った。「ジャックはわたしが置かれたこの状況を調べてくれているの」

「調べるって何を？」ローリーがジャックを胡散臭そうに見た。「何があったにせよ、もう終わったんだろう？　モーズリーは死んだと言ったじゃないか」

「ぼくがここに来たのは細かいことをいくつか片付けるためでして」ジャックが言った。

ローリーが訝しそうに目を細めた。「きみは警官か？」

「いいえ」ジャックが答えた。「コンサルタントです」

ローリーがじろりとにらみつける。「コンサルタントってどういう？」

「少々複雑なんですが」

ジャックはそう言いながら上着のポケットに手を差しこみ、つねに持っている汎用名刺を三枚取り出した。彼にはわけがわからないが、名刺を差し出せば相手は必ずまともに話を聞いてくれるような気がしていた。名刺にはただ**ジャック・ランカスター**、

コンサルタントと電話番号だけが記されていた。一枚をローリーに手わたしたあと、残る二枚をニーナとゲールに差し出した。ニーナはちらっと見ただけで受け取らなかったが、ゲールは顔をしかめながら一枚をすっと彼の手から抜き取った。

ローリーは受け取った名刺を渋い表情で見た。三人だけでの話し合いを避けたがっているのは一目瞭然だが、同時に魅せられたように話の進展を見つめているニーナとゲールの前での対峙をつづけたくないことも明らかだ。

「わかったわかった」ローリーがうなった。「話しあおう。しかし、もし示談金が欲しいと考えているなら、頭がおかしいのはきみのほうだぞ」

ローリーはくるりと向きなおって廊下の奥へと歩きはじめた。ジャックとウィンターは彼のあとについて高級なしつらえのオフィスへと入っていく。ローリーはスチールとガラスでできたデスクを前にしてどっかりと腰を落ち着け、ウィンターを不快な表情で見据えた。

「いったい何が欲しい？」

「二つあるの」ウィンターが言った。「最後の給料支払い小切手とケンドール・モーズリーのロッカーの鍵」

ローリーは最初の要求は聞かなかったふりをし、二番目について考えこんだ。

「モーズリーのロッカーの鍵を渡すわけにはいかないな」正義感ぶった口調で告げた。

「ロッカーは個人のものだ。知ってるだろう。会員が個人で使用するためにある」

ジャックはそろそろ、**はじめまして。ジャックです。彼女といっしょにうかがいました**以上に意味のあることを言ってもいいころだと考えた。

「問題の会員は死亡したんです」そう言った。

ローリーはばかにするようにジャックをにらんだ。「それについてはきみたちから聞いただけだからね」

「グーグル検索してください」ジャックは言った。

「あの男が死んだかどうかはこの際関係ないわ」ウィンターがローリーに言った。

「このスパのオーナーとして、あなたには会員のロッカーをいつでも開ける権利があるの。ここの会員になる人たちがサインする契約書の、小さい活字で印刷された注意事項にそういう項目があるでしょう」

ローリーの顎のあたりが歪んだ。「モーズリーのロッカーに何が入っていると思っているんだね？」

「さあ、それはわからないけれど」ウィンターが言った。「ケンドール・モーズリーが妄想に駆られた本物のストーカーだって証拠が何かあるかもしれないわ」

「彼がスパのロッカーにそんな証拠を隠していると思うのか?」

「彼は正気ではなかった。妄想に駆られたストーカーです」ジャックが言った。

「ロッカーに何をしまっているかは想像できません」

ローリーは苦々しい顔でウィンターをにらみつけた。「モーズリーのロッカーは男性用更衣室の中だ。きみが入るわけにはいかないだろう。今朝はたくさんの会員が来ている。あの中に男性会員がいるんだよ」

「それなら問題ありません」ウィンターが言った。「ジャックがあなたといっしょに行きますから」

ローリーがジャックと目を合わせた。

「きみはスパの会員じゃない」

「その心配は無用です」ジャックが言った。「ごまかせると思います」

「ロッカールームは会員以外立入禁止だ」

「会員になりたい客を案内しているふりをしてください」ジャックが言った。

ローリーもここで降参だった。

「それじゃ、ついてきて」

およそ二分後、ジャックはローリーとともに男性用更衣室の中に立っていた。ローリーが開けたばかりの細長い金属製キャビネットの中をいっしょに調べている。

「くそっ」ローリーの声が本当に震えていた。「ウィンターの言ったとおりだ。モーズリーは本当に頭がおかしかったんだ」

男性が利用するロッカーから連想される一般的な身の回り品――デオドラント、シェーバー、シャワー用のゴムぞうり――のほかに写真があった。何十枚もの写真。ほとんどはウィンターを写したものだ。どれも明らかに、遠くから彼女の知らない間に撮られている。

住んでいるアパートメント・ビルに入っていく彼女を写した写真は引き伸ばされていた。車に乗りこむ彼女。食料品店から出てくる彼女。スパの駐車場にいる彼女。エクリプス・ベイの海岸をひとり歩いているウィンターの写真も一枚だけあった。ジャックを写した写真も一枚。ある日の午後、ウィンターのコテージから出てくるところだ。

「これはいったい?」ローリーが言った。「見たところ、どの写真も小さな切れ目が入っているようだが」

「ええ、そうですね」ジャックが言った。

ウィンターを写したどの写真にも鋭い刃による小さな切れ目が正確に――彼女の喉

もとを横切って――入っていた。

ジャックはビニールの手袋をはめてロッカーに手を入れ、エクリプス・ベイで撮影された二枚の写真を手に取った。二枚とも、キャシディー・スプリングズでウィンターを撮った写真とは違うカメラで撮られている。エクリプス・ベイの画像は高感度の望遠レンズを使って撮影されたものだ。

ローリーははた目にもパニックに陥っていることがわかった。「頭のおかしい人殺しがうちのスパの会員だったなんて噂が広まったら、うちにとっては最後の一撃になってしまう。私はもう終わりだ」

「まあ、たしかに宣伝材料としては悪夢かもしれません」ジャックが言った。

ほかの写真もぱらぱらと目を通したが、それ以外に興味を引くものはなかった。裏側に走り書きしたメモもない。名前もない。謎の友だちにつながる手がかりも。

望遠レンズで撮られた二枚を上着の内ポケットに入れ、ジャックはくるりと方向転換して更衣室を出ようとした。

「おい、きみは自分が何をしているのかわかってるのか?」ローリーが後ろから声をかけた。

「証拠をいくつか救い出したんです。ぼくを超能力者と呼んでもらってもかまいませんが、今日ウィンターとぼくがこの建物をあとにするや否や、あんたはこのロッカーをきれいに掃除し、中の証拠物件はひとつ残らず消えてなくなるような気がするんでね」

ローリーはあわててジャックのあとを追った。「このロッカーを空にする権利はこの私にある」

「ええ、たしかに」ジャックが言った。「うまく隠し通せることを祈ってます」

26

ウィンターとジャックがロビー入り口を出て、正面に駐車してあったバンに乗りこむまで待ってから、ゲール・ブルームはニーナを見た。

「ウィンターがローリーから給料小切手を受け取ったなんて驚きだわ」

「わたしもびっくりよ」ニーナが言った。「ランカスターって援軍を連れてきたのが、たぶん功を奏したのね」

「そうね。ランカスターってすごく役に立つみたい。さて、わたしちょっとコーヒーを買いにいってくるわね。すぐ戻るわ」

「急がなくていいわよ」ニーナが言った。「戻ってくるまでフロント・デスクは見ていてあげる。お客が押し寄せてくるわけじゃなし」

「よろしく」

ゲールはあたたかなカリフォルニアの太陽の下に出たが、隣にあるカフェに入ってはいかなかった。前を素通りして角まで歩いていき、陰になった脇道へと曲がった。誰にも盗み聞きされないことをたしかめたあと、電話を取り出しておとり捜査中のハンサムな刑事に指示された番号を呼び出した。彼はすぐに出た。

「はい、ナイト。何か?」

「あなたが言ったとおり、ウィンターが今日ここに現われたの」ゲールは言った。「彼女ひとりじゃなく、ジャック・ランカスターって男といっしょに。ボスにモーズリーのロッカーを開けさせて、写真かなんかを見つけたみたいで」

「ランカスターと女はこれからどこへ行くとか言ってませんでしたか?」

「ウィンターは、ランチを食べてからいくつか用事をすませて、そのあとキャシディー・スプリングズ貸倉庫へ行くって言っていたわ。そこに荷物を預けたままらしくて」

「どんな車に乗ってました?」

「レンタカーのバン。ウィンターの荷物を積むのに必要だったんだと思うわ。ねえ、彼女、本当に面倒なことに巻きこまれてるの?」

「ええ」ナイトが言った。「あなたの友だちはすごく危険な状況にいます。だが、われわれがなんとかするから心配はいりません。こういうことはお手のものですから」

27

一時間半後、ウィンターはケンドール・モーズリーのアパートメントの中央に立ち、ジャックが室内を調べるのを見ていた。ジャックは彼一流のスタイルで——几帳面に、細部まで神経を配りながら——部屋をひとつひとつ調べていく。

いいニュースはといえば、ジャックが百ドルの新札を管理人にさっと握らせると、管理人は部屋を見たいという二人を止めはしなかったことだ。その朝、すでに地元警察が来たから、たぶん大したものは発見できないだろうと警告までしてくれた。警察が持ち帰った証拠袋は一個だけのようだったと教えてもくれた。

ジャックがキッチンから出てきた。

「何もなかった」

「ここにもし何か気になるものがあれば、今朝来た警官がたぶん持っていったでしょうからね」ウィンターが言った。

「いや、そうじゃない。彼らも何も発見しなかったはずだ。その前に片付けにきた何者かが彼らに発見させたかったもの以外には。おそらくもっと写真があっただろうし、モーズリーがそれを撮るのに使ったカメラもあっただろうな」

ウィンターのうなじの産毛がぞくぞくっと逆立った。

「昨夜のうちに何者かがここに来て、チャットルームの友だちにつながる証拠が発見されないようにしていったってこと？」

「いや。この部屋はモーズリーがエクリプス・ベイに向かうため、町を出たあとすぐに片付けられた可能性が高いと思う。誰であれ、彼をそう仕向けた何者かは彼がここに生きて戻ってはこないことを知っていた」

「だとしたら、これからどうすればいいの？」

「モーズリーのチャットルームの友だちにつながる手がかりをゼイヴィアがインターネットで見つけてくれることを祈るほかないだろうな」ジャックが言った。「それじゃ、これから何か食べて、きみの郵便物を受け取ったら、倉庫に荷物を取りにいこう」

「エクリプス・ベイに戻るの？」

「それはどうかな。だが、もしゼインがこっちを見ているとしたら、ぼくたちの意識はモーズリーときみのソファーだけに向けられていると引きつづき思わせておきたいんだ」

ウィンターが咳払いをした。「もうわかっていると思うけど、わたしの意識はほんとにソファーに向いていてよ」

28

「本当に助かったわ」ウィンターが言った。「荷物を残してここを離れるなんて、悔しくてしかたがなかったのよ。全部車に積めるはずはないから、貸倉庫にいろいろ押しこむほかなかったの」

ジャックはバンの薄暗い後部に一瞥を投げた。空間は小さい。

「倉庫の中のものが全部この車に積めると本当に思っているのか？」

「ええ」ウィンターはそう言いながらシートベルトをはずした。「わたしみたいに引っ越しばかりしていれば、荷物はそう増えないものなの」

ジャックは引っ越しを繰り返してきた自分の場合を振り返ってみた。最近は自分のSUVに積めるものだけで移動している。

「きみの言いたいこと、よくわかるよ」ジャックは言った。

「わたし、ここで降りてゲートを開けてくるわ」ウィンターが上着のポケットから紙片を取り出した。「これが暗証番号」

ウィンターは助手席のドアを開けて地面に飛び降りるや、足早に大きなゲート脇のセキュリティー・ボックスに向かった。

ジャックは片手をハンドルの上に休めて待ちながら、安心、安全、空調完備の倉庫の看板を眺めていた。敷地を囲む、上部に渦巻き状の有刺鉄線が走るチェーンリンクフェンスの見た目こそなかなかだが、それ以外の警備状況には疑問点が多々ある。だが、彼は警察官に育てられたうえ、家族は警備関連の仕事をしている。こういうことにかけては、ついつい口うるさくなる傾向がある。

貸倉庫は町はずれの、広々とした田園地帯に建っていた。駐車場には停まっている車はほかに二台しかない。どちらも小さな事務所からすぐの位置に停められていた。

ウィンターがゲートを開けた。急いで引き返してきてバンに乗りこむ。

「刑務所みたいでしょ？」

「いや。刑務所はもっと警備が厳しいよ」ジャックは答えた。

それを聞いたウィンターが目を白黒させたような気がしたが、確信はない。彼女の意識はすべて大切なソファーに向けられているようだった。

ゲートを通過して構内に入るとき、小さな事務所にちらっと目をやった。窓と反対側に置かれた古びた机を前にして女がひとりすわっていた。正面ゲートに背を向けているから顔は見えないが、姿勢から見るにおそらく三十代前半、均整の取れたアスリート体形をしている。

グレーのフード付きパーカーを着て、黒い髪はしっかりとポニーテールに結っている。スマートフォンの画面に没頭しているらしい。机の横の壁際に置かれた防犯カメラのモニター二台をチェックする気配もない。

「事務所に寄らなくていいの？」ジャックが訊いた。

「いいのよ」ウィンターが答えた。「ここを借りたときに暗証番号をもらったの。それさえあれば出入りは自由なの。ここは二十四時間営業だけど、事務所に人がいるのは昼間だけ」

ジャックはバンを一旦停止して、ゲートが後方で閉まるのを待った。メインの建物の外壁に沿って大きなロッカーがずらりと並んでいる、車やボート用に設計されたものだ。

「きみのロッカーは中のほう？」ジャックは訊いた。

「ええ、空調がきいたところに」ウィンターが答えた。「このあたりは、冬は寒いし夏は暑いのよ。ソファーにもしものことがあったら困るでしょ。詰め物はそういう点も気を配らないと」

「そのソファー、早く見てみたいよ」

「ほんとにきれいなの。ひと目で恋に落ちたわ。クレジットカードの限度額まで使って買ったのよ、いまだに支払いがつづいてるけど」

ジャックは、彼女は男にひと目で恋に落ちたことがあるのだろうかと一瞬考えたが、つぎの瞬間、答えは知りたくないような気がした。

「クレジットカードの借金は、利子の高さから考えると最悪の借金だってわかってる？」ジャックは代わりにそう言った。「マフィアから借りるほうがましかもしれないよ」

「信じてよ。あのソファーにはそれだけの価値があったの。それに、来月で完済になるわ」

金融講義はここまでにしておこう、とジャックは思った。

「荷積みの入り口は左側よ」ウィンターが先をつづけた。「ここでも暗証番号が必要なの。荷物をバンに積むときに使う機械は中にあるわ。ロッカーが空になるまでに二、三回往復すればすむと思うけど」

「これくらいの年齢になってみると、やっぱりもっといろいろなものを持っているべきだと思ったりしない？」

「ものがたくさんあるってことは重荷になるって言われてるわ」ウィンターは言ったが、その口調が残念そうなことにジャックは気づいた。

「状況によるな」ジャックは言った。

「状況って？」

「動きまわりたいか、根を下ろしたいか」

「わたしの場合、根を下ろしたいんだけど、つぎつぎにいろんなことが起きるから動きまわってるの」

「その気持ち、わかるよ」ジャックが言った。

ジャックは建物の横を回って、荷積み用の入り口の正面にバンを停めた。入り口は幅の広い金属製のガレージ用シャッターになっており、必要に応じてロールアップできる。その左側に普通サイズのドアがある。

ジャックはバンのエンジンを切り、車を降りた。ウィンターはすでに普通サイズのドアの前に行き、つぎの暗証番号を打ちこんでいた。

そしてドアを開けて三段のコンクリートの階段を上がり、中に消えた。ジャックもあとにつづく。天井に列をなす蛍光灯が人の動きを察知して明滅しながらともり、荷積みドックを進む二人のごく近くを青く冷たい光で照らし出した。洞窟を思わせる二階式の施設のほかの部分は、壁の高い位置についた小さな薄汚れた窓から射しこむ薄暗い光がぼうっと灰色に浮かびあがらせている。

天井の蛍光灯もだが、階段を上がったところにあるドアもタイマー仕掛けになっているようで、後方から閉まる音が聞こえてきた。くぐもった金属音が空間に反響し、コンクリートの床とロッカーの金属製の扉にこだました。

ロッカーは二階式で、交差する何本もの通路に沿って整然と並んでいる。建物の奥にあるエレベーターと階段への道順を示した案内板があり、上の階へ行くにはそれを使うようだ。

小型フォークリフトに似たパレットという、見るからに頑丈な電動式の荷運び台が二台のほか、手押しの台車が何台も荷積みドック近くにずらりと並んでいる。

「ここは本物の迷路なのよ」ウィンターが言った。「新しい区画に足を踏み入れたとたんに明かりがついて、そこを抜けたとたんに消えるの。ひとりでここに来ると、なんだか薄気味悪い感じ。少なくともわたしはぞっとするわ」

ぼくも好きじゃない、とジャックは思ったが、本能的な反応を言葉にはしなかった。出口がかぎられ、がっちりと閉じられた空間は数ある苦手なもののうちのひとつだった。マックスとカボットもこういうのが苦手なところは同じだ。施錠された納屋に閉じこめられ、そこが焼け落ちようとする過去の体験は、いやでも人の記憶に刻みこまれる。

ウィンターはいちばん近くに置かれたパレットにちらっと目をやった。「ソファーを運ぶときはこれが必要だわ。あなたが運転する？　それともわたし？」

ジャックはパレットを見た。そのときはじめて、このプロジェクトに対して本当の関心がわいてきた。

「このパレットはぼくが」

フォークリフトに似た機械の後部に乗った。アクセルやハンドルバーは後部についている。試しにアクセルをそっと踏んでみる。がっしりとしたバッテリー式のモーターがブンブンとうなり、ヒューヒューと泣くような音を立てた。パレットがゆっくり前進をはじめ、アクセルを離すと停まった。

「こいつなら冷蔵庫も運べるな」ジャックが言った。

遅まきながら、彼はウィンターが笑っているのに気づいた。

「男とおもちゃについて冗談を言いたそうだけど、ぼくは傷つくって先に言っておくよ」

「クレジットカード・ローンの危険性についてお説教しないって約束してくれたら、男とおもちゃについて何も言わないでおくわ」

「やっぱりそう来たか」

ウィンターが指一本で彼を呼んだ。「ついてきて。わたしのロッカーはこの後ろ側にあるの。不便なところだと料金が安いのよ」

そう言うと、ウィンターはロッカー二列がつくる通路の一本を進んでいった。また頭上に明かりがともり、つぎの区画へとつづく道を照らす。

ジャックはモーターの回転数を少し上げた。パレットが静かに前進する。

ウィンターが通路の片側に一瞥を投げた。「どうやらみんながみんな、それの運転方法を会得するわけじゃないみたいね。ほら、ここに残った黒い跡を見て」

ジャックは左右にロッカーが並ぶ渓谷、金属製のシャッターの下部に貼られた緩衝用ゴムに目をやった。パレットの太いタイヤがつけたと思われる黒い跡が無数に残っている。この緩衝用ゴム板はタイヤの向きを変え、パレットがロッカーに激突せずにほぼまっすぐ走行できるようにと貼られたものだ。重いモーターと鋼鉄製の荷運び用アームをそなえたパレットは、計り知れない危険性を秘めた大型重機だ。ちょっとしたはずみでロッカーの金属製シャッターに大きな穴を開けないともかぎらない。

「ぼくはプロだから」ジャックはもう少し加速した。「心配するなって」

ウィンターがちらっと振り向いた。「でも、その運転って家で試してみるわけにもいかないわよね」

「たしかに」

ウィンターが声を上げて笑った。どういうわけか、あたりの空気が少し明るくなったような気がした。彼女の話し声と笑い声はジャックを魅了する力を持っていた。もしかしたらいま彼女にきらきら光る魔法をかけられたのかもしれない。

おそらく心配しなければならないのだろうが、そのエネルギーがわいてこない。あまりに多くのことが進行中だからだ。もっと危険なことがいろいろと。事には優先順位というものがある。

「ソファーをロッカーに入れたときは、きみひとりでいったいどうやって？」ジャックは訊いた。

「アパートメントの庭師が、トラックの荷台にのせてここまで運んでくれたのよ」ウィンターが言った。

つぎの区画に差しかかると、彼女は角を曲がって見えなくなった。ジャックはパレットであとにつづく。後方で渓谷を照らしていた明かりが明滅しながら消えた。

二人は巨大な建物の裏側に達した。C―一一五と番号が記された小さめなロッカーの正面で、ウィンターがついに足を止めた。

ジャックはパレットを停め、ウィンターが南京錠の数字合わせをするのを見守った。シャッターが開くと、ジャックも加わってそれをロッカーの上端まで巻きあげた。金属がキーキー、カチャンカチャンと音を立てる。

ロッカーの中身にざっと目を走らせた。箱が何個か、小ぶりな机、ランプ、そしてしっかりしたビニールで念入りにおおったかさばるものがひとつ。ビニールで何重にもおおわれてはいても中の深紅が透けて見える。ソファーだ。

さほど大きなソファーではない。

彼の考えていることを見透かしたかのように、ウィンターがおおいのビニールにそっと手を触れながらジャックを見た。

「アパートとか狭いコンドミニアム向きにデザインされたものなの。厳密にはこれ、ラブシートって呼んだほうがよさそうね」

ラ、ラ、ラブシート。なんとも興味深い光景を思い起こさせる。

「なるほど」ジャックの口調はあくまでどっちつかずだった。「エクリプス・ベイのきみのコテージにぴったりだ」

「でしょう」ウィンターはうれしそうだ。「あそこに置いたら最高よね」

箱と家具のほかには、シーリングテープ、鋏、ソファーをおおうのに使った厚手のビニールの残りがあった。あわてて荷造りし、すぐにここをあとにしたことがわかる。

「きみには脱帽するほかないよ」ジャックが言った。「自分の持ち物をみごとにこのミニマリスト的ライフスタイルのサイズにまとめたみたいだね」

ウィンターの口もとが引き締まった。「そりゃあ、練習量が違うもの」

「この一件が片付いたら、またカリフォルニアに戻ってくるつもり？」

「正直なところ、それについてはあまり考えたことがないけど」ウィンターが言った。「エクリプス・ベイが気に入ってるの。もしもあそこで生計の算段がつけば、ずっと住むかもしれないわ」少し間があった。「あなたは？」

「ぼくもエクリプス・ベイはなかなかいいと思っている。いまのところは。しかし、ぼくは気が変わりやすいから」

「わたしもよ」

短い沈黙があった。二人ともソファーをおおったビニールをじっと見ていた。

ジャックがそこに近づき、片方の端を持ちあげて重さをたしかめた。驚くほど軽い。もしかしたら造りが安っぽいからではないかと思ったが、ばかではないからそれを口に出しはしなかった。

「それじゃ、こっち側はわたしが持つわ」ウィンターがすぐさま言った。

そして動いた。二人はソファーを開け放したシャッターの位置まで移動させた。

ジャックがパレットの荷運びアームに向かってソファーの角度を調整しようとしたとき、薄暗い建物のどこかでドアが開く音がした。二人が通ってきた荷積みドックのドアではない。誰かが事務所からすぐの位置にある正面入り口から建物内に入ってきたのだ。

大きな建物の遠い隅の蛍光灯が明るくなった。

「仲間がやってきたみたいね」ウィンターが言った。

ジャックが動きを止めた。「ああ」

足音に耳をすます。声にも。台車の金属音やパレットのモーターのうなりにも。しいん。

それが気にかかる。広い空間、音は遠くまで伝わるし、こだまするはずだ。新参者がロッカーに近づこうとしているなら、何かしら音を立てなくては変だ。

ジャックの首の後ろがざわざわしてきた。ウィンターは、と見ると、ジャックをじっと見ていた。彼女も動きを止めている。

「なあに？」彼女がささやきかけた。

ジャックはソファーの端を下に下ろすように手ぶりで伝えた。

二人そろってラブシートを床に下ろした。ソファーは半分がロッカーの中、半分が外という位置に敷居に対して直角に置かれた。

建物内にガーンという大きな音が響きわたった。ウィンターのロッカーの前の通路を頭上から照らしていた蛍光灯が消え、あたりが暗くなった。

建物の遠い隅から女が大きな声で呼びかけた。

「電源に異常が発生しました。ご不便をおかけして申し訳ありません。どうぞ正面入り口に向かってお進みください」

「どうしてまた――？」ウィンターが言った。

「面倒なことになるかもしれない」ジャックが声をひそめて言った。

電話を取り出し、懐中電灯アプリにタッチした。素早い動きで荷造り用の資材を入れた箱に近づき、がっしりとしたシーリングテープと鋏をつかんだ。

29

ウィンターも反射的にまず電話を取り出し、懐中電灯代わりにしようとしたが、その前にジャックから彼の電話を手わたされた。彼が両手を自由にしたいのだと気づく。ウィンターは細い光線でジャックの手もとを照らし、彼が荷造りに使うシーリングテープを一フィートの長さに二本切るのを何がなんだかわからずに見ていた。

何をしているのか訊きかけたが、ジャックはウィンターが言おうとしたことをとっさに読みとったかのように首を振った。ウィンターはメッセージを受け取った。

姿の見えない女がまた口を開き、声が静寂の中にこだました。

「ご心配にはおよびません。もし荷積みドックまでの通路がよくわからないのでしたら、いまいる場所にいてください。あなたのロッカー番号はわかっていますから、こちらから迎えにいきます」

遠くで足音が聞こえた。女がC－一一五に向かって歩きだしたのだとウィンターは気づいた。現在この大きな建物の中にいる客が誰なのかを事務員がどうして知っているのだろうか。ふと防犯カメラがあったことを思い出した。警戒する必要はないのだろう。

だが、ジャックは明らかに警戒している。ということは彼女も警戒しなくてはならないということだ。んもう。こういうときにはゆっくりと深呼吸をしても大した効果はない。

ジャックはパレットの後部に立ち、ハンドルバーを操作していた。ウィンターが見ている前で、アクセルを踏んだところでテープ一本を貼って押さえた。パレットが前進を開始した。はじめはゆっくりと。そして通路の中央をまっすぐ、奥の行き止まりの壁に向かって進んでいく。

ジャックが二本目のテープをアクセルに今度はがっちりと貼り、自分は飛び降りた。重いパレットが轟音とともに加速した。

「何をしているんですか?」女が大きな声で言った。だいぶ近づいてきたようだ。容赦のない命令口調だ。「返事をして」

パレットはなおも加速している。モーター音も大きくなっている。加速につれてハンドルが不安定になってきた。パレットが左に曲がった。タイヤがゴム板にぶつかる。

その衝撃が小型フォークリフトを通路の中央に押しもどす。するとまたしばらく走行をつづけたところで、再びゴム板にぶつかって跳ね返った。

パレットが自動誘導式ミサイルと化した。

「どうなってるんだ、いったい？」

今度は男の声だ。

「くそっ」女が言った。「荷積みドックに向かっているんだわ。逃げようって魂胆ね」

暗がりで二人が走る足音が響いた。反対の方向、荷積みドックがある壁に向かっている。

ジャックがウィンターの手から電話をひったくり、懐中電灯を消した。

「ついてきて」ジャックが耳もとでささやいた。「音を立てないように」

ジャックは倉庫の上の階に通じる階段めざして進んだ。ウィンターも彼のすぐあとから急いだ。幸運だったのは、パレットの騒がしいモーター音と追っ手二人が走る足音がまじりあって、ジャックとウィンターが立てているかもしれない足音をかき消してくれたことだ。

数秒後、パレットは荷積みドックに衝突し、金属と金属がぶつかる甲高い音を響かせた。防犯ベルが凄まじい音で鳴り響いた。

「あいつら、逃げるつもりよ」女が相棒に向かってわめいた。

「いや、陽動作戦だ」男が言った。「ロッカーに隠れている」

「もうすぐ警察が来るわ」

「到着まではある程度時間がかかるさ」男が女をなだめる。「それまでに片付けよう」

ジャックが階段に達した。すぐ後ろについていたウィンターが彼にぶつかった。彼はしばしその場から動かず、小さなボックスのガラスを破って赤いレバーを引いた。火災報知器のけたたましい警報が防犯ベルにかぶさり、信じられないほど方向感覚を失わせた。ウィンターは指で耳栓をし、ジャックのあとについて階段をのぼった。

暗がりで銃声が響いた。轟音が広い空間に反響する。

ウィンターがジャックにつづいて二階に到達した。ジャックが後ろ手にドアを閉めると同時に、すぐ近くにあった大きなもの――頑丈な台車――を引き寄せて、ドアの両脇の柱を利用してつっかい棒にした。こうしておけばドアが開かないというわけではないが時間稼ぎにはなる。

それがすむと、ジャックはドアが開いたエレベーターに入り、ロック・ボタンを押して下りていかないようにした。

「これで向こうは上がってこられない」ジャックが警報の音に負けない声で言った。

彼も耳を指でふさいでいる。

永遠とも思える時間が過ぎたとき、遠くから緊急車両が鳴らすサイレンがかすかに聞こえてきた。

警報が切られたときの唐突な静寂はなんだか奇妙だった。ウィンターは頭を振り、耳鳴りを追い払おうとした。

「銃を撃ったやつらは逃げたんでしょうね」ウィンターが言った。

「やつらにも自衛本能があるとすれば、そうだな」ジャックが言った。「警察にはぼくが話したほうがよさそうだ。これまでもたくさんの警官と話をしたことがあるからね。警察相手の話し方を心得てる」

「ええ、そうして」

ウィンターは自分が震えていることに気づいた。パニック発作が起きるかもしれないと不安になった。状況を考えれば当然だ。

だが、この反応を分析しようとするうち、パニックではないとわかった。これは激怒だ。

30

キャシディー・スプリングズ警察の刑事はニコルズと名乗った。髪が薄くなりかけた、がっしりした体格の中年男だ。

「犯人は二人組だった」ニコルズ刑事が言った。「本物の事務員、ミラーが彼らのやりとりを聞いたそうです。どうやらあなたとミズ・メドウズは運が悪かった。あなたがたを殺そうとした二人組は、ここのロッカーのどこかにヘロインが隠してあると思って、それを探しにきた。事務員によれば、彼らはあなたとミズ・メドウズを競争相手だと思いこんだようです」

「ぼくたちはたまたま、まずいときにまずいところにいたということですか？」

ジャックが訊いた。

「おそらくそういうことでしょう。事務員が落ち着いたら、もう一度話を聞いてみますが、彼は銃を持った男をちらっと見た。しかし、その男は明らかにかつらをかぶってサングラスをかけていたということですから、見たうちには入らないようなもので」

現場に最初に到着した警官が狭い従業員用のトイレでこの事務員を発見したが、ひどく震えていたものの、これという傷は負っていなかった。

「彼の話はぼくも聞きました」ジャックが言った。

「今回起きたことはそんなところだったようなので、ご承知おきください」ニコルズ刑事はメモにちらっと目を落とした。「まず最初にかつらとサングラスの男が事務所に入ってきて、銃を抜いてミラーに床に伏せろと命じた。つぎに女が入ってきて、ミラーの左右の手首をダクトテープで拘束し、目隠しをしてトイレまで歩かせた。そしてドアをロックした」

「どうしてだろうと思うのは、殺さなかった点ですね」ジャックが考えをめぐらしながら言った。

「押し入った時点では、強盗のために殺人罪のリスクまで冒す理由がなかったんだろうな」ニコルズが言った。「その必要がないとしたら、なぜ途中で計画を変更したんだろう？　事務員に顔を見られていないことはわかっていたはずなのに。倉庫のロッカーに押し入っての単純な物取りなら広域捜査にはならないが、殺人となれば話はまったく違ってくる」

「ミズ・メドウズとぼくを殺すことになんの抵抗もなかったんでしょうね」ジャックが指摘した。

「さっき言ったように、彼らはあなたがた二人も同じヤクを狙っていると思いこんでいたんでしょう」

ジャックは事務所の窓からちらっと外を見た。少し前、ウィンターはニコルズの質問に簡潔に答え、それがすむなり、倉庫の奥へとせわしく姿を消した。

ジャックはそんな彼女のことがいささか心配になりはじめていた。たぶん彼女はショック状態にあるのだろう。暴力的な出来事をくぐり抜けた人間は、必ずしも誰もが予測どおりの行動を取るわけではない。ウィンターの場合、四十八時間のあいだに二度、命を落としたかもしれない状況に遭遇しながら生き延びたのだ。

「これは待ち伏せですよ、ニコルズ」ジャックが静かに言った。

ニコルズの顎がこわばった。「動機が必要だ」

クィントン・ゼイン陰謀論をこの状況で披露するつもりはなかった。

「一昨日の夜、ミズ・メドウズは妄想癖のあるストーカーに殺されかけたと聞いたら、何かあると思いませんか？」ジャックは言った。「それとも、驚くべき偶然の一致のファンですか？」

ニコルズが重々しく息を吸いこんだ。「聞かせてくれ」

ジャックは素早く計算をした。警察には二件の襲撃事件を両方とも追ってほしかった。というのは、警察には小さな私立探偵事務所〈カトラー・サター＆サリナス〉だけでは足りない人員や情報があるからだ。それに、警察がそれとは知らずにゼインへとつながる手がかりを掘り起こす可能性だってつねにある。警察との連絡を絶やさずにいる必要がある。

「オレゴン州でのミズ・メドウズに対する襲撃と今日ここで起きたことをつなぐのは唯一、キャシディー・スプリングズ・ウェルネス・スパです」ジャックは言った。「ウィンターとぼくは今朝、あそこへ行ってきました。スパにいたとき、ウィンターは元同僚だった二人に、午後は倉庫の荷物を取りにここに来ると言いました」

「つづけて」

「エクリプス・ベイでウィンターを襲った男は、あのスパの客だったんです」

「しかし、その男は死んだ」ニコルズが指摘した。「となると、何を追ったものやら」

「いまはそれしかわかりません」忌々しいが、ほぼ本当のことだった。「あの事務員はどれくらいの時間、トイレに閉じこめられていたんですか？」

ニコルズがメモ帳を見た。「およそ一時間」

「そのあいだ、彼は二人が麻薬の隠し場所について話すのは聞いたが、男と女の風体はよくわからなかった」

「そういうことだ」ニコルズが再びメモに目をやった。「二人組は防犯カメラを壊す相談や、どうやって麻薬を探すかを話していたらしい」

「ロッカーの番号は知らなかった？」

「そのようです。二人が顧客名簿について話すのも聞いたと事務員は言っている。なんという名前で借りたロッカーを探そうとしているのかも知らなかったようだ。しばらくしてから銃を持った男がドアごしに事務員に訊いた。建物内部の照明のマスター・スイッチはどこにあるのか、それと正面ゲートの施錠の仕方を知りたがったそうだ」ニコルズはしばし間をおいた。「事務員が聞いたかぎりでは、盗っ人たちは待ち伏せの話はしていない。あなたがたがここに到着すると、彼らは驚いた。あなたがたも麻薬を追ってやってきたと確信しているようだったと事務員は言っている」

「徹頭徹尾、麻薬を盗む話ってことか」

「そうですね」

ジャックはいっそクィントン・ゼイン陰謀論をニコルズにぶつけてみたらどうかと

考えたが、やっぱりやめておくことにした。もしそうすれば、ニコルズはまず昔のカルト施設の火災を調べるところから捜査を開始するはずだ。そこから先はすべて手に取るように見える。ニコルズ刑事は、ゼインには二十年前に死亡宣告が出されたことを知る。その時点でジャックの精神状態に疑念を抱きはじめる。そして、ジャックは妄想に駆られた陰謀論者か、あるいはまたカルト施設の火事のせいでPTSDを抱えているか、どちらかだと結論を下す。

警察にクィントン・ゼインの話をしたところでいい結果が得られるはずがない。じつのところ、そんなことをしたら部分的に警察官にたよっている職業がこの先つづけていかれなくなることは間違いない。〈カトラー・サター&サリナス〉もそうしたつながりを培っていく必要がある。

だが、考えれば考えるほど、キャシディー・スプリングズ・ウェルネス・スパに誰かに探りを入れさせるのが名案に思えてきた。そうすれば少なくとも、こちらを見ている何者かは、この時点であいつらはまだ脅威はあっちの方向から来ていると思いこんでいるんだな、と確信するかもしれない。

「もしかしたらぼくの過剰反応かもしれないですね」ジャックは最後に言った。

ニコルズが眉を片方、きゅっと吊りあげた。「それに関してはご心配なく。殺されそうになったときにはありがちなことですから。それじゃこうしましょう。私がスパの人と話して、何か思い当たることがないか訊いておきますよ」

「よろしくお願いします」ジャックが言った。「もしこれということがありましたら、ぼくにも連絡をください」

「わかりました」ニコルズがメモ帳を閉じた。明らかにドアに向かって歩きだしたが、途中で足を止めて名刺を取り出した。「ほかにも何かありましたら、私に電話を、ということでよろしいですか？」

「はい」

ジャックは名刺を受け取り、ニコルズがドアから出ていくまで待った。しかし、ニコルズはそのまま出てはいかなかった。もう一度、今度はドアの取っ手に手をかけた状態で立ち止まった。

「さっきうちのボスから電話がありましてね。あなたは未解決事件の調査に関してちょっとした有名人だと聞きました。ボスはこうも言ってました。あなたは警察官の訓練を受けたことはなく、ときに人をいらいらさせることもあったと。大学教授か何かだったとか」

「それはつまり、アマチュアが勝手に捜査などしようと思うなという警告ですか」

ジャックは言った。

「よけいなことはしないほうがいいという忠告ですよ、ランカスター。私はあいかわらずこれは麻薬絡みだと考えている。ヤクの取引にかかわっているやつらは危険だ」

「そう聞いてます」ジャックが言った。

ニコルズがドアを出て、制服警官の一団に向かって歩いていく。

ジャックも事務所をあとにすると、開いているゲートを通ってロッカーの建物を囲む庭を横切り、洞穴にような空間に入った。

ウィンターは借りていたロッカーの前の通路にいた。彼に背中を向け、胸の前できつく腕組みをしている。

後方から近付いてくる彼に気づいているはずだが、振り向きはしない。ジャックは足を止めてウィンターの視線の先に目をやった。すでにソファーをおおっていた何重かのビニールははがされ、赤いソファーに銃弾による穴がたくさんあいているのがわかる。

彼女の表情もわからず、どんな言葉をかけたらいいのかもわからなかったため、とりあえず肩に手をおいた。ウィンターが小さくつらそうな泣き声をもらし、くるりと向きなおった。ジャックの肩に顔をうずめてすすり泣く。

ジャックは腕を彼女に回し、泣いている彼女をしばらく抱いていた。柔らかくて繊細で、驚くほど無防備だ。彼女を泣かせた二人組を殺してやりたい。ジャックは思った。

ウィンターはそう長くは泣いていなかった。冷静さを取りもどすと、鼻をすりながらあとずさり、上着の袖で涙を拭いた。

「ごめんなさい」ウィンターが小さくつぶやいた。

「いや、かまわないさ」ジャックは言った。

ウィンターはしかめ面で、ロッカー内の床に置いたトートバッグのところへ行った。ジッパーを開けてティッシュを取り出す。袖で拭いきれなかった涙を吸いとらせたあと、深呼吸をひとつしてから背筋を伸ばした。

「ソファーの穴を見るまでは平気だったのよ」

「わかるよ」

「ありがとう」ウィンターは涙目ながら笑顔を見せた。

「何が？」

「これはただのソファーで穴埋めはできる、それより二人ともまだ生きていることに感謝しなきゃってことを思い出させてくれたこと。ほかにもあれやこれや。全部本当だけど、何も言わないでいてくれてありがと」

「べつにいいよ」

「あいつら、わたしたちがロッカーの中に隠れていると思ったんだわね」ウィンターが言った。

「見たところ、そうらしいな」ジャックが言った。「逃げる前にぼくたちを片付けられたらと思いながら、中に向けて闇雲にぶっ放した」

「やっぱりわたしたちを殺すためにここに来たのね」

「うーん、ぼくの仮説は間違いなくそうだが、警察の受け止め方はちょっと違うことはきみに伝えておいたほうがいいだろうな」

ウィンターが両手を広げた。「ほかの受け止め方？」

「事務員が二人組の会話を盗み聞きしたんだが、その内容が彼と警察に彼らの目的は物取りだったと思いこませた。麻薬を隠したロッカーを探す話をしていたようだ。ついでに、ぼくたちは対立するギャング団の構成員だと事務員に思わせている」

ウィンターは顔をしかめた。「あいつらがそう言ったのを事務員が聞いたの？」

「らしい」

「事務員も仲間だと思う？」

「それも考えたが、それはなさそうだ。ひどく怯えていたからね。九十三パーセントの確率で、それは二人組が事務員に故意に聞かせた作り話だと思う。ヤク絡みの物取りだと思いこませるために」

ウィンターが目をしばたたいた。「九十三パーセント?」

「あらゆる可能性が排除されるまで百パーセントとは言えないよ」

「なるほどね。だとすれば、あなたの仮説は、二人がなぜ事務員を殺さなかったのか、その理由を説明しているわ。二人は警察にこれが麻薬絡みの殺人だと思わせたかった。だから事務員に作り話を聞かせて、警察の目を違う方向に向けさせようとした」

ジャックがうっすらと笑みを浮かべた。「用心しろよ。そういう考えは、みんなにきみが陰謀論者だと信じこませるかもしれない」

「陰謀論者もときには正しいことがあるわ。そんなことだから、警察は麻薬ディーラーの亡霊を追ってさんざん時間を無駄にするのよ」

「最近は警察が抱えるたくさんの問題は麻薬絡みってことで説明がつくようだ」ジャックが言った。「しかも、たいていの場合はその説明が正しいときている」

「たしかにそうだわ」ウィンターが姿勢を正した。「でも、わたしたちはこの事件に関してべつの仮説を立てた」

「そうなんだが、いまのところは警察と事務員が信じている筋立てで納得しているふりをしよう」

「だけど、このまま手をこまぬいて、ゼインがまた殺し屋を差し向けてくるのを待つわけにはいかないわ」

「同感だ」ジャックが言った。

「そう？　それじゃ、つぎは何をする？」

「とりあえず、一夜を明かすための安全な場所を探そう」

「安全なの定義は？　発見されないためには森の中でキャンプするしかないんじゃないかしら？」

「もうちょっとましな場所もあると思うよ」

「よかった」ウィンターが言った。「わたし、キャンプが大っ嫌いなの」彼女の目は無残な姿をさらす赤いソファーに向いていた。「支払いがあと一回残っているのに」

31

「あの悪党が舞いもどってきたのね」オクタヴィア・ファーガソンが言った。

アンソン・サリナスはシャツのポケットに電話をしまい、愛する女性を見た。

「そうらしい。現時点ではジャックの判断に賛成せざるをえないんだ。今日の午後、貸倉庫で起きた襲撃事件の裏にはゼインがいるとジャックは確信している。となれば、そうでないという確証を得るまでは、ゼインが戻ってきたと考えなければならないだろうな」

オクタヴィアはうなずき、椅子から立ちあがった。リビングルームを横切って窓辺に行き、自宅のみごとな庭園を見やった。彼女が何を考えているのか、アンソンはほぼ確信があった。数カ月前、庭園は彼女の孫娘ヴァージニアとアンソンの養子カボットの結婚式の会場として使った場所だ。みんなにとって喜びあふれる一日となった。みんながしばしのあいだ過去を忘れることができた日だった。未来に向かう一日。

しかし、クィントン・ゼインの悪夢を抱えたいま、その未来は保留になった。アンソンは胸が痛んだ。オクタヴィアに真実を隠すことができないからだ。彼女は守ってなどほしくないと思っているはずだ。オクタヴィアは強い女性である。彼が危険などないふりをしたところで感謝するはずがない。

数十年前にマデリンを亡くしてからというもの、アンソンは誰かを深く愛することは二度とないと思っていた。マデリンとの喜びに満ちた年月のような体験は一生に一度だけのことだと考えていた。だが少し前にオクタヴィアが彼の人生に入ってくると、アンソンは自分の間違いを悟った。

オクタヴィアはマデリンとは何ひとつ共通点がない。もしかすると、だからこそ気兼ねなく彼女を愛することができるのかもしれない。二人のあいだには独特な絆がある。二十二年前、クィントン・ゼインが起こした悪夢の後遺症に二人ともいまだに苦しんでいる。施設が焼け落ちた翌日、苦悩に満ちた遺族が現場に駆けつけたが、その中にオクタヴィアもいた。そして今日までずっと、暴力によって打ち砕かれた人生のかけらを拾いつづける務めを果たしながら生きてきた。

あの惨劇の夜、オクタヴィアは娘を亡くし、孫娘ヴァージニアは納屋に閉じこめられた子どものひとりだった。アンソンがぎりぎりのところでその子どもたちを救出した。ヴァージニアはオクタヴィアに引き取られた。祖母と孫娘は、アンソンと彼が養子にした三人の息子と同様、生きてはきたが、誰もみなつねにクィントン・ゼインの亡霊に取り憑かれていた。

「わたしね、娘やほかの人たちを殺したあの悪党がもう死んでいることを願っていたの」オクタヴィアが言った。

アンソンも立ちあがり、窓辺にたたずむ彼女の隣に立った。片方の腕を彼女の肩に回して、ぎゅっと引き寄せた。彼女に力を与え、同時に彼女からも力を吸収したかった。

「息子たちも私もずっと、ゼインはあの海上の船火事で死んではいない可能性が高いと考えてきた」アンソンが言った。

「どうしてそんなに確信があったの？」オクタヴィアが訊いた。

「ゼインは切れ者だし、何があろうと生き延びる人間だ。同時に完全なサイコパスでもある。それを考えると、カリフォルニアの施設に放火したとき、彼はすでに逃走計画を用意していた」

「いま舞いもどってきたのはなぜかしら？」

「さあ、それはわからないが」アンソンが言った。「もし本当に戻ってきているとしたら、それはゲームの終盤をどう締めるかを思いついたからだろうな」

「なんだかあいつがわたしたちの何光年も先を行っているみたいに聞こえるわ」

「あいつは間違いなくそう思うだろうが、そうした自信そのものが危険をはらんでいるんだ。こっちには最後の切り札がある」

「ジャックのこと？」

「彼が防衛ラインの最前線にいる。ゼインの終盤戦を予測する可能性がいちばん高いのは、私たちの中ではジャックだ。ジャックがいったん主導権を手にすれば、こっちの立てた作戦で勝負をひっくり返すことができる」

「ゼインもそれをわかっているんじゃないかしら。だから、真っ先にジャックを狙った」

「ああ」アンソンが言った。「クィントン・ゼインが死ぬか、あるいは死ぬまで刑務所かになるまで、われわれにとって一件落着はけっしてない」

「できることなら死んでほしいわ」オクタヴィアが言った。

「同感だよ」

32

「お約束どおり、野外でキャンプじゃないのね」ウィンターが言った。「すごいっ。ここって配管も屋内よ」ホテルの室内をぐるりと見まわす。「でも、ここで本当に安全だと思う？」

「安全はつねに相対的な言葉だ」ジャックが言った。

「楽観的なご意見に感謝するわ」

「チェックインの際に身分証はべつのものを使ったし、支払いは現金ですませたから、安全である確率は高いよ。フロントデスクとホテルのパソコンによれば、ぼくたちはアリゾナから来た夫婦にすぎないからね」

ジャックはほかにも予防措置を講じていた。警察の聞き取りが終わったあと、ウィンターの荷物——銃弾で穴が開いたソファー、ウィンターの携帯電話を含む——はキャシディー・スプリングズ貸倉庫に置いたままにした。ジャックの電話は持ってきたが、それは危険がないようゼイヴィアが暗号化してくれているから大丈夫なのだ。レンタカーのバンは返してタクシーに乗り、料金は現金で払ったあと、べつのレンタカー会社で新たな身分証を使ってまた車を借りた。

ウィンターは力ない笑みをなんとかのぞかせた。「わたしのために口当たりよくしたりしないでね。ちゃんと現実に対応できるから」

「それはわかっているさ」ジャックが言った。「だからきみに現実を伝えた」

ジャックは大真面目だ、とウィンターは思った。

二人はその夜を前夜とはべつのチェーン・ホテルで過ごした。サンフランシスコ半島に沿って滝の流れのごとくちりばめられた郊外の町のひとつのはずれに位置する、フリーウェイのインターチェンジ近くにある。特徴は何ひとつないホテルだ。カーペットからバスルームの内装に至るまで、退屈というものをさまざまな形で具現化している。

ジャックはここでも続き部屋を取った。ウィンターはそれをどう理解したものかわからなかった。彼が紳士だからかもしれないし、もう彼女とひとつベッドで寝ることに関心がないのかもしれない。それに、もしかしたら彼女の考えすぎなのかもしれなかった。

いま二人はウィンターの部屋で、窓の前に置かれた小ぶりなテーブルをはさんですわっていた。ルームサービスにたのんだ夕食は少し前に下げられた。さんざんな午後だったにもかかわらず——あるいは、だからかもしれないが——二人は大盛りのシーザーサラダ二皿、メインのグリルド・サーモン二皿、料理についてきたバスケット入りのサワードウ・ブレッドをぺろりと平らげた。食後のワインも最後の一杯を飲み干そうとしているところだ。

チェックインのあと、二人はそれぞれの部屋のバスルームで体を洗い、服を着替えた。殺されかけたあとほど女がシャワーを浴びたくなるときはない、とウィンターは思った。だが、熱い湯はストレスと恐怖がもたらした汗を洗い流してはくれても、神経にはなんら効果がなかった。ワインもである。その結果、あいかわらず不思議な不安にとらわれたままでいた。

ジャックに関してはそんなことはなかった。シャワーのあと、洗濯済みのカーキのズボンと白いTシャツに着替えて——見たところ、彼はその両方ともを無尽蔵に持っているらしい——すっかり元気を取りもどしたようだ。ウィンターは彼が羨ましかった。彼は自分たちがクィントン・ゼインを追っている——あるいは、クィントン・ゼインに追われている——ことを確信していて、それが彼にエネルギーと目的意識を吹きこんでいた。頭の中はその使命でいっぱいなのだ。

「旅行するときはいつもそうやってたくさんの現金と偽の身分証をいろいろ持っていくの？」ウィンターは訊き、片方の掌を彼のほうに向けて上げた。「批判しているわけじゃないの。ただ友だちに代わって訊いているだけ」

ジャックの口もとにほんの一瞬、ひどくつらそうな苦笑が浮かんだ。「答えはイエスだと友だちに言ってくれ。ぼくの兄弟もそうしている。どう言ったらいいんだろうな？　家族の習慣みたいなものかな」

「クィントン・ゼインのせいね」

ジャックの笑みが消えた。目が冷たい熱っぽさを帯びた。「ぼくたちは以前からつねに偽の身分証を二組ずつ身に着けていた。というのは、もしゼインが現われたら、そのときはぼくたちの中のひとり、ないしは三人ともが予告もなく姿を消さなければならないかもしれないことがわかっていたからだ。数カ月前にシアトルで起きたナイトウォッチ事件後は、マックスもカボットもぼくもさらに数組の新たな身分証を入手した。陰謀論のウサギの巣穴に足を踏み入れたら、つねに最悪のシナリオにそなえておかないとね」

「わかったわ。ほんとよ」

「ぼくたちはみんな、ずっと前から非常持ち出し袋と現金をつねに手近に置いていた。最近、マックスとカボットは結婚して、妻たちにも同じものを用意した。ゼイヴィアが〈カトラー・サター&サリナス〉で見習いをはじめてからは、アンソンはあの子にもしばらく姿を消す必要が生じたときに必要なものをまとめておくよう指示した」

「わおっ。もうびっくりよ。あなたたちがみんな、偽の身分証を複数持っているなんて。いったいそういうものをどうやって用意するの？」

ジャックは憐れむような表情でウィンターを見た。「聞いたことないかな？　インターネットでなんでも買えるんだよ」

ウィンターが目をまん丸くした。「ほんとに？　インターネットで偽の身分証を何種類も注文できるの？」

ジャックが椅子の背にもたれ、両脚を伸ばした。「まあ、そう簡単じゃないけどね。最近まではマックスのコネにたよっていた。彼は政府の捜査機関のプロファイラーだったんだ。だからいろいろな人間を知っている」

「でも、いまは？」

「いまは」ジャックが言った。「事務所内にIT部門ができたものでね」

「ゼイヴィアね」

「あの子は昔ながらの政府の諜報関係者なんかよりはるかにうまく、インターネットの暗部に潜りこむことができる」

「そういうことなのね」ウィンターが言った。

ウィンターの不安はなおいっそう深まった。ホテルの部屋が狭く感じられた。まるで四方からじわじわと迫っている罠のように。ウィンターはグラスを置いて立ちあがり、部屋の中を歩きはじめた。

ジャックは険しい目でウィンターを見た。「大丈夫？」

「瞑想しなくちゃ」ウィンターが言った。「呼吸をしないと。でも、ものすごくぴりぴりしてて」

「ぴりぴりしてるのはぼくも同じだ。意外でもなんでもない。ぼくたちはこの数日間に、とんでもない量のアドレナリンが分泌する状況を二度も体験したんだから」

ウィンターは何かしらぴんとくるものがあった。片足が宙にある状態でくるりと向きなおってジャックを見た。目に宿る冷たい炎は、彼が静かにめらめらと燃えていることを物語っていた。同じとはいえ、それはウィンターの心を乱しているびくびくした感覚ではないとわかる。ジャックは狩りのモードに入っていた。

「何がいけないのかしら？」ウィンターは訊き、腕組みをした。「目に見えていること以外に何かある？」

「じっくり考えないと」ジャックは人差し指でテーブルをこつこつと規則正しいリズムでゆっくりと叩いた。「ぼくは何か重大なことを見落としている。それがなんなのか突き止める必要があるな。モーズリーがきみを襲った夜以来、あまりにもせわしく動きまわってきたんで、新たに手に入れたデータを分析する時間がなかった」

「新たに手に入れたデータって？」

ジャックはその質問に驚いた。「四十八時間前に比べて、いまははるかに多くのデータがあるじゃないか」

「今日、貸倉庫であんなことが起きたから？」

「ほかにもある。たとえば、事務員が殺されなかったのは、本人はそうとは知らないが、彼には役割があったからだと確信している。二人組が彼に聞かせたかったやりとりを聞いたんだよ。そして彼はあれが本当に麻薬泥棒だと信じ、話を聞いた警察もそれを信じた」

ウィンターはそれについてしばし考えた。「もしもあなたの言うとおりなら、わたしたちを銃撃した二人組はなかなかの役者だわね」

「なかなかの役者なんてものじゃない」ジャックが小声で言った。「プロだよ」

　ウィンターは背筋に冷たいものを感じた。

「つまり、プロの殺し屋ってこと?」

「たぶんプロの傭兵だ」

「もしかすると、そういう能力をそなえた人材もインターネットで探すことができるの?」

「探し場所を心得ていれば、の話だが」ジャックが言った。

　ウィンターは戦慄を覚えた。「だとすれば、ゼインが二人組の傭兵を雇って汚い仕事をやらせたのかもしれないって説が成り立つわね。これまでにあなたから聞いた話から考えれば、彼なら最高の人材を雇えるでしょうね」

「だろうね」

「ほかには? まだあるんでしょ?」

「まあね」ジャックがまたテーブルを叩いた。一度だけ。「ゼインの場合、能力のある人間をただ雇うだけってことはない。本物の忠誠心は、ただたんにいい給料や儲かる仕事を与えるだけでは得られない。しかるにゼインはつねに忠誠心を要求する。信用できる人間しか使わないんだ。恐怖心とかそれに負けないほどの強烈な感情によって彼に縛りつけられている人間。あいつがこいつなら支配できると思う人間。あいつは、必要なスキルを持った人間に彼らが何よりもいちばん望んでいるものを約束して誘惑する」

ウィンターは数秒間考えをめぐらした。

「でも、お金のためにそういうことをするのが傭兵の基本的な業務内容よね。大金のほかに、ゼインはあのプロの殺し屋二人組にいったい何を約束できたのかしら？」

「それだよ」ジャックが言った。「すごくいい質問だ。今夜、考える必要がある二番目に重大な疑問はそれかもしれない」

「いちばん重大な疑問は？」

「ゼインが誰の後ろに隠れているのかってことだ。あいつはいつだって人間を盾として利用する。あいつのサインのひとつだ。その疑問の答えがわかれば、あいつが二人組に何を約束したのか突き止めるのは簡単なはずだ」

ジャックは椅子の肘掛けをぎゅっと握り、腰を上げた。隣室に向かって歩きだす。

「どこへ行くの？」ウィンターが訊いた。

ジャックはドアのところで足を止め、振り返って彼女を見た。「最近の不審火フォルダーをもう一度よく見る必要がある。どれにもゼインがかかわっているかもしれないと思われる要素が含まれているが、今日まではその中のどれがそれらしいかを特定することができずにいた。しかしいま、データが増えたことでもう何件か排除することができるんじゃないかと思う」

「なるほどね」ウィンターは手を振って彼を隣室へと送り出す。「わたしは瞑想の必要がありそう」

ジャックは一度だけうなずくと、隣室へと消えた。ドアは少し開けたままにして。

ウィンターはベッドの端っこにすわり、精神を統一した。

33

「ウィンター？」

ジャックの声でウィンターは自己導入の浅い半睡状態から呼びもどされた。目を開けると、ジャックが二つの部屋のあいだの戸口に立っていた。その目には新たな真剣さがうかがえた。空気の中のエネルギーが彼にさらなる熱気を注ぎこんだのだろう。

ウィンターは立ちあがった。「何か見つけたの？」

「いや、まだなんだが、もうちょっとのところまで来ている。あとほんのちょっとなんだ。可能性のある不審火のリストはほんの何件かに狭められた。そのうちの一件が重要なんだ。間違いない。だが、もうひとつ焦点が絞りきれない。問題は、ぼくがこれまでそれらを一件一件さまざまな角度から調べてきたせいだ。いまやもう無数の事実の寄せ集めにすぎない。カオスさ。その中からどうしても羽ばたく蝶々を見つけなければならない。きみならそれについて力を貸してくれそうな気がするんだ」

「どうやって？」

「ファイルにおさめられたデータをいっしょに見てもらいたい」

「ええ、いいわよ。でも、わたしは鑑識の訓練を積んだ捜査官じゃないから」

「ただぼくといっしょに詳細に目を通して質問をしてほしいだけだ。質問をいくつもいくつも。なんでもいい。あらゆる点について。きみはデータをはじめて見るわけだから、情報に関して新しい視点をもたらしてくれると思うんだよ。ぼくが疑問に思わなかった点を突く質問をしてほしいんだ。そこだ、という質問を」

「どうしたらわたしにそんなことができるかしら？」

「ぼくを半睡状態に誘導してほしい。そうしてファイルにある事件の中をひとつひとつ歩かせてほしい。ぼくにいろいろ訊いてほしい」

「それ、あなたに催眠術をかけてほしいってこと？」

「鶏みたいにコケコッコーと鳴かせたりしないと約束してくれ」

34

ウィンターは小さなテーブルの前にすわり、ジャックは向かい側の椅子にすわった。驚いたことに、ジャックは無言のまま小さな黒曜石をテーブルの上に置いた。ウィンターは彼がそれを持ってきているとはまったく知らなかった。

明かりはすべて消した。室内を照らすのは唯一、ジャックのパソコンが放つ非現実的な白っぽい光だけだ。ウィンターはなんだかぞくっとした。

「降霊会でもはじめるみたいな気分だよ」ジャックが言った。

「芝居がかったところは無視してね。明かりを消したのはわたしのためであって、あなたのためじゃないわ。暗いほうが集中するから的確な質問ができると思うの」

室内に漂うぴりぴりした空気に影響されているのが自分だけでないことをウィンターはわかっていた。ジャックの全身から緊張感と集中力が伝わってくる。まるで戦闘準備中の兵士みたい、とウィンターは思った。

「ではまず、あなたはしばらくのあいだエスケープ・ワードに意識を向ける必要があります」

ジャックが笑みを浮かべた。「心配いらないよ。忘れるはずがない」

「ふざけないで。集中して。こういう術をほかの人に施すとき、半睡状態をコントロールするのはわたしなの。その人たちに何を探すかを言って、わたしが質問する。セッションが終了したら、その人たちを半睡状態から呼びもどすって手順なんだけど、あなたの場合は違うわ」

「明晰夢のせい？」

「それだけじゃないわ。あなたが見る明晰夢はふつうじゃない。あなたのは独特よ。あなたが催眠術の半睡状態の中でどんなふうに反応するか、確信がないのよ」

ジャックが愉快そうな表情をのぞかせた。「うまくいかないかもしれないとしたら、どういうふうに反応するんだろう？」

ウィンターがジャックをにらんだ。「あなたが半睡状態をコントロールしてしまう可能性がすごく高いと思うの。明晰夢に入っているときのあなたみたいに」

「それのどこが問題なの？」

「正直なところ、わたしにもわからない」ウィンターが言った。「もし脱線しそうな状況を察知したら、そのときは半睡状態から呼びもどす努力をしてみるわ」

「呼びもどす努力？」

「もしあなたが主導権を握って、半睡状態を明晰夢に変えたりしたら、そのときは呼びもどすことができないかもしれないのよね」ウィンターが説明を加えた。「あなたが明晰夢に深く入りこんで、何が起きているか気づかないかもしれないし」

「その場合の最悪のシナリオは？」

「さあ」ウィンターは認めた。「たしかなのは、最後にはあなたが目を覚ますか、あるいは何かが半睡状態を打ち破るか、どちらかってことね」

「それを聞いて安心したよ」

ウィンターは、彼が危険性を本気でとらえていないことに気づいた。

「あなたはしばらくそこに閉じこめられる可能性もあるのよ」

「閉じこめられる？」

「たぶん金縛りの形で。目は覚めているのに動くことも口をきくこともできないと気づいたときの感覚で、そういう体験をする人がときどきいるの。その状態は一分か二分しかつづかないんだけれど、すごく恐ろしいかもしれないわ」

「聞いたことはあるが、体験したことは一度もないな。夢中歩行ならあるんだが」

「もうひとつの可能性はそれ」ウィンターは言った。「また夢中歩行をはじめるかもしれないの。つまり、わたしが言いたいのは、あなたはふつうの被術者ではないってこと。不測の事態を覚悟しておく必要があるわ。だから、半睡状態にあるあなたをわたしが呼びもどせないときのためにエスケープ・ワードを忘れずにいてほしいの」

ジャックはテーブルの上で腕を組み、燃えるような目でウィンターをじっと見た。

「約束する。エスケープ・ワードは絶対に忘れないよ、ウィンター」

まるで誓いだった。

ウィンターは唾をごくんとのんだ。「了解。だったら大丈夫ね」

「それじゃ、はじめよう。答えが欲しいんだ。それもできるだけ早く」

ウィンターはゆっくりと息を吸いこんで神経を集中させた。**さあ、いくわよ。**

「その黒曜石をようく見て」ウィンターの声はいつしか人を半睡状態に誘導するときに使うそれに変わっていた。

ジャックは石に目を落とした。

「ゲートの鍵を開けてアイスタウンに入って。ここがあなたの世界よ。ここはあなたがつくった世界。隅々まで知り尽くしている。どんな通りも横丁も自由自在に動きまわれるし、何ものもあなたの行く手を阻むことはできない。この中では何ものもあなたから隠れることはできないわ。町全体が静かで寒くて、動くものは何も見えない。あなたの目的地は町の中心にある氷の庭園。そこへ行けば、周囲で起きていることが全部見わたせるの」

ジャックは微動だにしない。ただひたすら黒曜石を見つめている。半睡状態に抗う気配はまったくない。

「もう庭園に着いたわね」ウィンターが先をつづける。「それでは質問をします。答えてください。わかりますね?」

「はい」

ジャックの声から感情はいっさい伝わってこない。

ウィンターはジャックのパソコンに手を伸ばし、キーをいくつか打った。最近の不審火フォルダー中の一件目に関する彼のメモと所見を開いた。どこからはじめたらいいのかわからないが、彼は彼女の発想による質問をするように言っていた。それを踏まえてとりあえず切り出した。

「あなたがつくったタルコット事件に関するファイルを見ています」ウィンターは言った。「現場に残されたもののリストがあり、一件目は犠牲者の財布です。あなたはなぜこの事件をリストの一件目にしましたか?」

「羅列した数字が書かれた紙片があったからです」

「その数字は何を意味しましたか？」

「犠牲者の金庫のダイヤル錠の番号でした」

「金庫の中には何が？」

「金庫は空っぽでした。殺人犯が中身を奪っていった確率は九十八パーセント」

「リストの二番目には金属の腕輪とあります。なぜこれがリストに？」

「それがＢＤＳＭクラブ会員のしるしだからです」

「ふうん」ウィンターはこのやりとりがどこへ向かっていくのか確信がなかった。

「このクラブに足を運びましたか？」

「女王さまに会いました」

「女王さまはなんと言っていました？」

「犠牲者はもっぱらクラブの会員のひとりとの情事に耽っていたと」

「あなたはその線を追ってみましたか？」

「はい」

「何かこれという情報はありましたか？」

「いや」

ウィンターはリストに記されたほかの残留品にも目を通した。最後まで行きついたところでべつのファイルを開きかけたが、なぜかためらいがあった。

「あなたはこのファイルを重要ファイルに残しておいた。それはなぜでしょう？」

ジャックは黒曜石に手を触れ、パソコンのスクリーンを見た。

「そのリストの中に欠けているものがあるからです」

「欠けているのはなんですか？」

「鍵です」

ウィンターはファイルのメモの部分をよく見た。「犠牲者の遺体のそばで複数の鍵が見つかっていますね」

「死体が見つかったとき、鍵が一個なかったが、のちに犠牲者のオフィスのデスクの抽斗の中から出てきました」

「その鍵はどこの鍵でしたか？」

「貸金庫の鍵です」

「誰が持ち去ったんでしょう？」

「殺人犯です」

「では、殺人犯はなぜその鍵を犠牲者のデスクの抽斗に入れたんでしょうか？」

「死んだ男の家に鍵を戻すことはできなかったからでしょう。それでオフィスのデスクの抽斗に入れた」

「それについては確信がありますか？」

「九十七パーセント」ジャックは不気味なほどぶれずに答えた。

「殺人犯の正体を知っていますか？」

「はい」

「タルコットを殺害したのは誰ですか？」

「彼の秘書です」

「彼女は逮捕されましたか？」

「いいえ。八十五パーセントの確率でこの先も逮捕はされません」

「それはなぜでしょう？」

「証拠が何ひとつないからです」

「でも、あなたは彼女がやったと確信している？」

「はい」ジャックが答えた。

「この事件を重要ファイルに残しますか？」

「いや。残す必要はありません。ゼインとのつながりがある確率はきわめて低い」

「なぜそこまで確信が？」

「その秘書がいまも生きているからです」ジャックがきっぱりとした口調で言った。

「その事実で、あなたはなぜゼインとはつながりがないと確信するのですか？」

「ゼインがその秘書を使って鍵を手に入れたとしたら、タルコットと同じように始末したはずだから」

「なぜ？」

「ゼインは仕事をし残すようなことはしないからです。さ、つぎの事件に移って」

命令口調にぎくりとし、ウィンターはジャックに素早く探りの目を向けた。彼が半睡状態を乗っ取りはじめ、明晰夢に変えようとしているかどうかが不安だった。もしそんなことが本当に起きているとしたら、いったいどうすればいいのだろう？ 二人はともに未知の領域にいるのだ。

ウィンターはパソコンに視線を戻してキーを二個打ち、つぎの事件のファイルを開いた。「バーンズヴィルの火事。倉庫で発生。従業員が死亡。放火と判定されるも逮捕者はなし。なぜこれが重要ファイルに入っているんですか？」

「はっきりした動機が見当たらないんで未解決として残しておいた。誰も保険金を請求しようとしなかった。放火魔の仕業なんだろうが、九十パーセントの確率でゼインではないと考えている」

「それはなぜですか？」

「手口が杜撰すぎるから」

二人はそれからも手早くさらに三件の死亡者が出た不審火について質疑応答をつづけた。ジャックは一件、また一件と重要ファイルからはずすよう、ウィンターに指示した。

そして最後に一件だけが残った。

「ラスベガスのはずれ、人けのない砂漠の中の道路で起きた車の火災」ジャックが長い沈黙を破って口を開いた。「ジェシカ・ピットという女性が死亡した。警察は彼女が運転席で煙草を吸ったあと、眠ってしまったのではないかとの結論を出したが、ぼくは八十六パーセントの確率でこれだと思う」

「それはなぜ？」

「あまりにきれいすぎる。し残したことが何もない。ウィンター」

そしてそのとおり、ジャックは即座に半睡状態から抜け出た。まるでスイッチを切ったかのように。ここで彼の声がいつもの声に戻った。超然とした目も現実的ないつもの目に戻った。彼を包む緊張感が新たに高まった。

「目が覚めたのね」ウィンターが言った。

「ああ。ありがとう。おかげで考えが鮮明になった」

「車の火災がゼインの仕業だと確信したの？」

「八十六パーセントってところだな」ジャックが言った。「もう少しデータが欲しい」

「でも、その車の火災がきれいすぎるとしたら、何を手がかりに調べればいいの？」

「きれいすぎる、し残したことがないと言ったが、まだ答えのない大きな疑問が二つある」

「どんな？」

「ジェシカ・ピットは結婚と離婚を三度繰り返した女性だが、その彼女がラスベガスのはずれの人けのない道路で午前二時に何をしていたのか？」

ウィンターが眉を吊りあげた。「進行方向はどっち？　ラスベガスに向かっていた？　それともラスベガスをあとにした？」

「もちろんそっちだが、それが二番目の疑問を導き出した。なぜ彼女はひとりだったのか？」

「深夜に女がひとりで車を運転している理由はたぶんいろいろあるわ。わたしだって夜ひとりで車で動くくらいのことは数えきれないほどやってきているし」

「しかし、砂漠の中を走る道路はないだろう」ジャックが言った。

「うーん、そうねえ、でも――」

「ピットの場合、男に会いにいく途中か、あるいは男に会った帰りかって気がするんだ」

「それはどうして？」

「というのは、ジェシカ・ピットの人生にはつねに男がいたからだ」ジャックが言った。「美人で魅力的でカネに目がなかった。カネのために結婚して、結婚と結婚のあいだには積極的につぎの金持ちを漁っていた。死亡時も男とつぎの男のあいだの時期だった。最後の夫と別れて半年ほどだ。彼女の人生を調査した結果を見て、これを重要ファイルに入れたんだが、つぎの男の影が見当たらなかった。必ずや存在するはずなんだが」

ウィンターが光を放つパソコンの画面を手ぶりで示した。「この車の火災、事故と判定されたと書かれているわね。なぜファイルに入れたの？」

「人けのない場所でのかなり派手な火事ってことに加えて、ジェシカ・ピットにはゼインが好む標的の人物像に当てはまる部分があるからだ」ジャックが言った。「近い血縁者がひとりもいない独身女性。そのうえ、彼女は西海岸に住んでいる。ロサンゼルスから百マイルほど北に行ったところにあるおしゃれで高級なこぢんまりした町だ。バーニング・コーヴ」

「彼女にはゼインの犠牲者の人物像に当てはまる部分があると言ったわね。そうでない部分は何かしら？」

「絶望。欲望。恐怖。ゼインが何かを彼女に与えると申し出たら、その手にまんまと引っかかるほどの強い欲求。ジェシカ・ピットの人物像に欠けているものがわかりさえすれば、答えはすんなりと出てくるはずだ」

「彼女が本当にゼインの犠牲者だと仮定すれば、の話ね」

「ああ、そう仮定すれば、の話だ」ジャックが同調した。

「でも、あなたは二人のあいだになんらかのつながりがあると本当に思っている」

「言っただろう、八十六パーセントの確率でつながりがあると。もう少しデータがあれば、確率を上げることも、彼女を排除することもできるんだが」

ウィンターがため息をもらした。「それじゃ、いいこと？　彼女にはお金のために結婚するという行動パターンがあった。死亡時の彼女はお金持ちだったの？」

「ああ。だが、ゼインの食指が動くほどではない」ジャックが立ちあがり、部屋の中を歩きはじめた。「前にも言ったが、もしあいつが戻ってきたとしたら、カネが必要だからではない。ついでに、もしあいつがジェシカ・ピットを殺したとしたら、それはあいつが必要なものを彼女からもう手に入れたからで、もはや用済みの存在になったからだ」

「わたしにはなんとも。どうも無理があるような気がするわ。ピットがゼインにつながっていると、あなたがそこまで確信を持つ理由が何かほかにあるはずよ」

ジャックは部屋の反対側で足を止めた。「火災が起きた場所だ」

「砂漠の中の道路？　それがどうして重要なの？」

「ゼインが眺めやすい場所で火災が起きている」

ウィンターが体を震わせた。「ゼインは火事を眺めるのが好きなの？」

「間違いなくそうだ。ゼインは頭が切れるし洗練されてはいるが、核の部分ではいまだに昔ながらの放火魔だ。放火魔はつねにその成果を眺めたがる。砂漠でひとりなら、好きなだけ眺めていることができたはずだ」

ウィンターは室内の温度がまた新たに下がった気がした。

「本当に彼の頭の中に入りこんでいるのね」ウィンターが静かに言った。

「それがぼくの仕事だよ、ウィンター」

そう言ったあと、彼はウィンターが判定を下すのを待っているようだった。

「わかったわ」ウィンターは穏やかに言った。「だから、そんなふうにうまくやれるのね。天賦の才だわね」

ジャックは無言のままウィンターを長いことじっと見ていた。

「わかってくれたんだね？」

「ええ」

「それだけ？」

ウィンターがにこりとした。「ええ」

ジャックは見るからに満足したらしく、一度だけこくんとうなずくと、また部屋を歩きはじめた。

「この火災はシアトルで起きたナイトウォッチ事件を〈カトラー・サター＆サリナス〉が解決した二カ月後のことだ。タイミング的にもぴったり合う。あの事件の結末がゼインを苛立たせた、あるいは怒らせたのかもしれないという気がするんだ。怒りは妄執をもたらし、それが引き返せないところまで高じた」

「彼がその怒りと妄執に背中を押されて危険を承知で勝負に出たと思うの？」

「ああ、そうだ」ジャックの表情は、まるで異次元に目を凝らしているかのようだ。

「くそっ、ジェシカ・ピットに関する情報がもっと必要だ」

ジャックはテーブルに戻って椅子にすわり、ノートパソコンを引き寄せた。音楽を奏でるかのように指先がキーの上で動きはじめると、画面のブルーグリーンの光が彼の眼鏡のレンズの表面でスパークした。

「もうしばらくかかりそうね」ウィンターが言って立ちあがった。「コーヒーをいれてくるわ」

「そいつはうれしいね」

ウィンターはコンソールテーブルの前に行き、備え付けのコーヒーメーカーから小さなポットを手に取った。バスルームに行ってシンクの水をくんでこようと歩きだしたが、すぐに立ち止まってジャックを見た。

「ジェシカ・ピットの過去を掘り起こす前に、ひとつ質問していい？」

ジャックは画面から顔を上げはしない。「なんだい？」

「タルコット事件でプロの女王さまに話を聞いたとき、ひょっとしてあなたも会員になるよう勧められたりしなかった？」

「そりゃあ、向こうはビジネスウーマンだ」ジャックの視線はあいかわらずパソコン画面に釘付けだ。「初心者向けの六セッション・パックを五十パーセント引きでどうかと言われた」

「もちろん、辞退したわよね」

「そりゃ、辞退したさ。ぼくのスタイルじゃない」

「あなたのスタイルってどんなふうなのか聞かせて」

ジャックはノートパソコンのキーを打つ手を止め、やがてウィンターのほうを向いた。彼女を見つめる表情に、ウィンターは一瞬息ができなくなった。

「きみさえいればなんでもいい。それがぼくのスタイルだ」

ウィンターは突然、軽いめまいを覚えた。

「そうなのね。よかった。それじゃ、コーヒーを仕掛けてくるわね」ウィンターは戸口のところでためらいがちに足を止めた。「でも、もし軽い鞭打ちやふわふわした手錠なんかを試したくなったら、そのときは隠さず、わたしにそう言ってね。最近はインターネットでなんでも買えるそうだから」

「うん、憶えておくよ」

35

一時間後、パソコンに貼りついていたジャックが椅子の背にもたれて眼鏡をはずし、目の周辺をマッサージしながら伸びをした。ウィンターは彼に代わってメモを書き留めていた紙片から顔を上げると、しばし彼のようすをうっとりと眺めた。連想したのは伸びをするチーターだ。

ジャックは彼女の興味津々な視線には気づいていないようで、眼鏡をかけて椅子から立ちあがり、コーヒーメーカーのほうへと歩きだした。

「何度となく頭に浮かんだ疑問は」ジャックが言った。「ジェシカ・ピットの三度目の離婚後の生活に入りこんだ男はどこにいるのかってことだ。いっしょにいなければならないはずだが」

ウィンターはメモにちらっと目をやった。「あなたの仮説によれば、彼女にはつねに男がいた」

「それもただの男じゃない——金持ちだ」ジャックはコーヒーポットを手にバスルームに入っていく。「彼女は昔から幸運な結婚とそれ以上に幸運な離婚を瑕疵《かし》ひとつなくり返してきた。その結果、左うちわと言われる暮らしを手にした。もし彼女がそのパターンを継続していたなら、四度目の結婚に向かって突き進んでいたはずだ」

ウィンターはホテルのメモ用紙をペンでこつこつと軽く叩いた。「それなのに、三度目の離婚のあと、つぎの夫となるべき男の姿が見えていない」

ジャックがバスルームから出てきて、コーヒーメーカーに水を注ぎ、コーヒー豆を入れてスイッチをオンにした。

「人間は行動パターンを変えないものなんだよ」ジャックが言った。

ウィンターはまだメモをペンで叩いていた。「ここで忘れてならないことはひとつ。ジェシカ・ピットがたどってきたキャリアの道は、女性が歳を取るにつれてむずかしくなってくるって点ね」

ジャックはコンソールテーブルにゆったりともたれ、腕組みをしながらコーヒーの出来上がりを待っていた。

「彼女はまだじゅうぶんな外見を保っていた」ジャックが言った。「市場価値があるレベルを維持するためにひと財産注ぎこんでいたんだ」

「あなたの仮説の中には男がいるのね」

「ああ、そうだ」

「うーん、もし彼女が秘密裏に誰かと付き合っていたとしたら、よほどの理由があって二人の関係を隠し通していたにちがいないわ。もしかしたら妻帯者だったとか」

「あるいはゼインに口止めされたのかもしれない」ジャックが言った。

「彼女はなぜ二人の関係を秘密にすることに同意したのかしら？」

「それは簡単さ」ジャックが言った。「ゼインは彼女が喉から手が出るほど欲しがっているものを与えると約束した」

「だとすれば本当の疑問は、ジェシカ・ピットが望む、三人の元夫からは手に入れられなかったものは何かってことだわね？」ウィンターが言った。

「まさにそれだよ」ジャックがノートパソコンにちらっと視線を投げた。「インターネットでの調べはすでに壁にぶち当たった。三度の結婚以上のことはほとんど発見なしだ。じつはそれも、ゼインが絡んでいることを示す要因のひとつでね。ジェシカ・ピットの過去がやたらと整然としていてきれいなんだよ。ソーシャルメディアもいっさい利用していなかったと考えるほかない状況だ」

「ということは？」

「ゼインがピットのインターネット上の痕跡をすべて消したんだと思う。明日の朝一番でゼイヴィアに電話しよう。あの子ならジェシカ・ピットについてもう少し何か引き出せるかもしれない」

「ゼイヴィアがすごいことは知っているけど」ウィンターが言った。「ジェシカ・ピットが死亡時に誰かと秘密で付き合っていたかどうかを知りたいなら、もっと有効な手段があるかもしれないわ」

「どんな？」

「彼女を知っていた人に訊くの」

「友だちにか」ジャックがうなずいた。「名案だ。ソーシャルメディアをきれいにすることはできても、人の記憶を消すのははるかにむずかしいからね」

「彼女に友だちがたくさんいたとは思えないわ」ウィンターが言った。「少なくとも彼女が秘密を打ち明けるような人はね。この人、ほかの女性をライバルとして見るタイプの女性だったと思うの。でも、ひとつだけ確信を持てることがある——彼女、スパの会員だったはずよ」

「そうだよ」ジャックが言った。「彼女のクレジットカードの請求書に毎週、タイムレスというところからさまざまなサービスの料金が記載されている」

ウィンターがペンを置いた。「経験から言わせてもらうと、みんなスパのセラピストにはいろいろしゃべるものなのよ」

ジャックの目が熱を帯びた。「ほう」

「これは知っていると思うけど、スパの仕事はチップで回ってるの」

「まあ、そうだろうね。バーニング・コーヴはここから車で四時間くらいだ。朝早く出発すれば昼前には到着できるな」

「飛行機じゃなく？」

「いや。きみ用の身分証を持っていないし、最近の空港の警備体制を考えると車のほうが速いだろう」

「だったら、あなたは少し眠っておかないと」ウィンターが言った。

「ぼく？　きみはどうなの？」

「わたしたち、いま逃走中でしょう。こういうときは交替で眠るほうがいいわ」ウィンターが言った。「片方が見張りをしていないと安眠できないもの」

ジャックは思わせぶりな表情でウィンターを見た。「これまでにもこういうことをしたことがあるみたいだね」

「必要とあらば夜もずっと寝ずにいられる方法を知っているの。ずっと昔に自分で編み出したのよ。要は集中力ね」

「里親制度の下にあったときに身につけたってこと？」

「ええ、そうよ。そのとおり。心配いらないわ。つい眠ったりしないから」

「もしドアをノックする音がしたら、いったいどうするつもり？」

「キャリーバッグに懐中電灯が入っているの。それさえあれば、すぐにそいつに催眠術をかけることができるわ。うーん。そうだわ、明日は銃を買いましょうよ」

ジャックが首を振った。

「カリフォルニア州では言うは易くおこなうは難し、なんだよ」ジャックが言った。「待機期間やそのほかにも規定がいろいろある。兄弟の知り合いがいるから、手配をたのもう。そうすれば誰かがぼくに貸してくれると思う。でも、ここだけの話、あまりいい考えだとは思えないんだ。ぼくは射撃がうまくない」

「ふうん」

ジャックは用心深い目でウィンターを見た。「えっ？」

「あなたの任務や何かを考えれば、あなたは銃が使えると思ったんだけど」

「ぼくの任務？」

「あなたの仕事よ」ウィンターが言いなおした。「未解決事件を解決に導く」

「未解決事件《コールド・ケース》のいいところのひとつは、どれも冷《コ》えきってる《ールド》ってことだ。調査する事件が起きたのが二十年や三十年前だと、ぼくを撃ち殺そうとする人間がいる可能性はきわめて低い。まだまだ熱い事件は兄弟たちに任せているからね」

「なるほどね。それで納得。ま、それはともかく、今夜は交替で寝ることにしましょう。いいわね？」

「うん、そうしよう」

「まずあなたから眠って」ウィンターが言った。「今夜の作業はほとんどあなたがやったんですもの」

ジャックはしばし考えていたが、こっくりとうなずいた。言葉にはしなかったが、彼女なら大丈夫だと感じていた。

「四時間で起こしてくれ」

「了解」

ジャックは隣の部屋に移った。彼が横になったときのベッドの小さなきしみ音がウィンターの耳に届いた。そしてすぐにしいんとなった。

ウィンターは椅子にすわり、姿勢を正して精神を統一した。

36

「お客さまのことをお話しするわけにはいきません」

エステティシャンの名前はメラニー・ロング。エステ業界の歩く看板のような女性だ。四十過ぎにして陶器のように滑らかな肌は、表皮剝離剤による施術を根気強くつづけてきた成果にちがいない。生まれながらの顔の凹凸はさまざまな化学物質の注入によって人工的に強調されている。

ウィンターはメラニーが間違いなく手術も受けていると思ったが、感心するほどみごとな仕上がりである。

タイムレス・スパは金持ちが住む町バーニング・コーヴの中心に位置する、これまた金持ち向けの施設だ。スパを含む町全体が、非常に厳しい建築規則にしたがって建てられていることは一目瞭然である。文字どおり、すべての建物——ガソリンスタンド、店舗、住宅、そしてホテル——がスパニッシュ・コロニアル様式のハリウッド版とでもいうように設計されていた。

屋根では赤い瓦がきらめき、白い漆喰の外壁がカリフォルニアの太陽を眩しいまでに反射していた。至るところにプール、庭園、木蔭になった中庭が見える。町全体がきらきら光る太平洋を見おろすなだらかな丘に乗っかっている。

エクリプス・ベイで見おろす海と同じ海なのに、南カリフォルニアは別世界で、ここにはかけ離れたライフスタイルがあった。

振り返れば、ジェシカ・ピットの担当エステティシャンの名前を突き止めるのはむずかしくはなかった。ウィンターはジェシカ・ピットの知り合いのふりをして受付デスクに近づき、ピットを担当していたエステティシャンの予約をお願いしてある者だと告げた。**申し訳ございませんが、そのお名前に記憶がございません**。ピットの悲惨な事故について受付嬢とともにしばし厳粛な面持ちで同情の言葉をかわしたのち、メラニー・ロングは大人気のエステティシャンで、すでにこの先二カ月は予約がぎっしりだということがわかった。受付嬢はべつのエステティシャンの名前を挙げた。

「いえ、それはないの。メラニー・ロングの予約を待たせていただくわ」ウィンターは言った。「ジェシカが選んだのなら、最高のエステティシャンに決まっているもの」

結局受け付けてはもらえないとわかると、ウィンターはスパをあとにしてレンタカーの中で待つジャックのところに戻った。彼はスパのウェブサイトを開いて、マッサージ師、エステティシャン、鍼灸師、眉デザイナー、ネイリストなど全員の顔写真をチェックしていた。一時ごろ、メラニー・ロングが昼食のためにスパのロビーから出てきたとき、彼はすぐにあれが彼女だとわかった。

そのメラニーがレストランの中庭のパラソルの下に腰を落ち着けて注文した、なんとも小さなサラダとスパークリング・ウォーターが運ばれてくるのを待ってから二人は近づいた。メラニーは最初、驚いて警戒した。だが、ジャックがジェシカ・ピットの死亡事件について調べていると説明すると、明らかに興味を示した。CSIやその他の刑事ドラマのおかげだわ、とウィンターは思った。

「お客さまのゴシップを聞かせてほしいというわけではないの」ウィンターがすらすらと言った。「わたしたちは保険会社の依頼で疑問点を明確にしようとしているだけ」

メラニーがこわばった笑みを浮かべた。「つまり、あなたがたは保険会社が保険金を支払わずにすむ理由を探しているのね」

「いや、ぎくりとしましたね。あなたの皮肉にはぎくりとするほかないな」ジャックが言った。「たしかにわれわれは保険会社に代わって調査しているが、あなたにとっていいニュースもないわけではない——有用な情報をいただいた場合は、その見返りをお渡しするだけの裁量があるんです」

「それはつまり、賄賂ってことかしら？」

「謝礼と考えていただきたいわ」ウィンターが言った。

「あなたがたの言う謝礼ってどれくらいなの？」メラニーが訊いた。

ジャックは財布を出し、テーブルに手の切れるような百ドル紙幣を二枚置いた。

メラニーはお札に目をやった。「百ドルの新札を持ち歩いているなんて麻薬ディーラーだけかと思ったわ」

「麻薬ディーラーと保険会社の調査員かな」ジャックが言った。

「おもしろいわ」メラニーがジャックをじっと見た。「もう一枚足してくだされば、お話しするわ」

「それはそちらの情報の内容しだいですね」ジャックが言った。

メラニーはしばらく考えてから、二百ドルをさっと取った。「ま、いいわ。五分の仕事にしては悪くないもの。で、何が知りたいの？」

ウィンターはわずかに身を乗り出した。「わたしたち、死亡当時のジェシカ・ピットに交際相手がいたかどうかを知りたいんだけれど」

「もしいたとしても、わたしはひとことも聞いていません」メラニーが言った。「それだけかしら？　知りたいことはそれだけ？」

「彼女のこれまでの人生にはつねに男がいたようですが」ジャックが言った。「あなたはいなかったと断言できますか？」

「交際相手がいなかったとは言えないわ。わたしはただ、彼女に将来の夫となるかもしれない人がいたとしても、美肌セラピーのセッション中には話さなかったと言っただけ」

「それでは、どんなことを話していたのかしら？」ウィンターが訊いた。

メラニーが肩をすくめた。「ほとんどは別れただんなをどう手玉に取るかってことだったわ」

ウィンターはジャックをちらっと見ることすら怖くてできなかったが、ジャックが微動だにしていないことは伝わってきた。

「念のためにうかがいますが」ジャックが慎重に言った。「ジェシカ・ピットは別れたばかりの夫と寝るつもりだったということですか？」

「わたし、彼女が寝たがっていたなんて言わなかったわよ」メラニーが言った。「彼女はその人をぎゃふんと言わせたがっていたの。復讐のためにね」

「復讐したかったのは、ご主人が彼女と離婚したから？」ウィンターが訊いた。

「別れただんなって人は、彼女をうまく言いくるめて複雑な婚前契約に署名させていたんですって。おかげで彼女、離婚の際に手にした財産は想定していたよりもはるかに少なかったとか。だから復讐したかったのね」

「彼女は何を手に入れられると思っていたんだろう？」ジャックが尋ねた。

「元だんなの事業の所有権の半分」メラニーが首を振った。「わたしは金融の天才でもなんでもないけど、そんなうまい話あるはずないでしょうと言いたいくらいだったわ。だけど彼女は間違いなく、自分が一流になるための切符はその人だと信じていたのね。ところが、その夫が彼女を捨てて、婚前契約には彼女に不利な条件がいっぱい隠されていたことがわかった。それで怒り心頭ってわけ」

「彼女はなぜ別れた夫の会社の一部を手に入れられると思っていたんでしょう？」ジャックが訊いた。

メラニーがうんざりしたような表情を見せた。「ジェシカはこと金融にかけてはそりゃあ大したものだったのよ。ＭＢＡですものね。三人目のだんなと出会ったのは、ウォール街の大きな会社の西海岸の支店で働いていたときのことなの」

「そいつは興味深い」ジャックが言った。「インターネットで調べたかぎりでは、ピットがＭＢＡだとか金融業界で働いていたとかいうことを示す情報はいっさいありませんでしたからね」

ウィンターはジャックと目を合わせた瞬間、いまや急速にふくらんできた陰謀論にさらなる一層が加わったことを直感した。インターネット上にあるジェシカ・ピットに関する情報のうちの鍵となる記述を、ゼインが片っ端から削除したことをジャックが確信したことはたやすく見てとれた。熱心な捜査官がそれらを根拠にジェシカ・ピットの人生をどんどん掘り起こしていくかもしれない情報である。

メラニーはまだしゃべっていた。まるで堰を切ったように、つぎからつぎへと情報を流出しつづけている。

「ジェシカはしつこいほど何度も言っていたわ。だんなの会社を金融業界で一段レベルアップさせたのはこのわたしだって」メラニーが言った。「だんなって人は投資会社かなんかを持っていたんだと思うわ」

「そうですよ」ジャックが言った。「テイズウェル・グローバル社。ヘッジファンドの会社です」

メラニーがうなずいた。「そう、彼女はテイズウェルに貸しがあると言っていたわ。事故死する前の何週間かにしゃべっていたことといったら、その人に仕返ししてやるってことばっかり」

「その復讐計画に関して、誰かがちょっと手を貸しているようなことは言っていなかったかしら？」ウィンターが訊いた。「たとえば友だちとか？」

メラニーはじっくりと考えているように顔をしかめた。目をやや細めたが、額の皮膚はまったく動かない。

「最後のセッションのとき、たしかラスベガスで友だちと会うようなことを言っていたわね。きれいに見せたがっていた。飛行機で行くのかと訊いたら、車で行くって言っていたの。びっくりよ。だって、ここからじゃ、道の混み方しだいでたっぷり四時間半から五時間かかるでしょう。でも彼女、ドライヴが楽しみみたいなことを言っていたわね」

「もうひとつだけ質問します」ジャックが言った。「ジェシカ・ピットは煙草は吸ってましたか？」

メラニーが怯えたような表情をのぞかせた。「まさか。肌のことを気にしすぎるほど気にしている人が煙草なんて吸うわけないわ。どうしてそんなことを訊くの？」

「事故直後の記事によれば、警察はジェシカ・ピットが運転席で煙草を吸いながら眠ってしまったと判断したと」ジャックが言った。

「眠ってしまうことはあったかもしれないけど、煙草はないわ」

37

「復讐への執着。クィントン・ゼインがうまく利用したのはまさにこれかもしれない」ジャックが言った。

「忠実な助手としてのわたしの役目は、あなたがここから大きく飛躍するのを促すことだって気がするの」ウィンターが言った。「別れた夫に恨みを抱いた女を、なぜゼインが操りたかったのか？　それについてはまだまだ答えの出ていない疑問がたくさんあるわ。そもそもなぜジェシカ・ピットを利用したのか？」

二人は木蔭になった歩道のカフェでカプチーノを飲んでいた。というか、ウィンターは泡たっぷりのカプチーノを飲み、ジャックはアメリカーノをミルクも砂糖も加えずに飲んでいた。

二十分前に二人が出した結論は、二軒のブティックに精密照準攻撃をかける作戦だった。結果、何点かの目の玉が飛び出るような買い物でふくらんだ紙袋をそれぞれが数個ずつ手にしていた。どれも現金、主としてジャックの現金で買った。というのも、ウィンターはエクリプス・ベイを出てくるとき、財布には四十七ドルと小銭しか入っておらず、ジャックはクレジットカードの使用を断固として禁じていたからだ。

逃亡生活は、たとえば洗濯のような単純なことまでも複雑にするものなのだ。

「いい疑問だ」ジャックがアメリカーノをぐっと飲んだのち、カップを持つ手を下げた。「もしゼインがジェシカ・ピットを標的にしたとしたら、そこには理由があった。そしてその理由は元夫と元夫のヘッジファンドが絡んでいる可能性が高い」

「ジェシカ・ピットの身に起きたことの裏にゼインがいたかどうかはまだわかっていないのよ」

「いや、ゼインがいた。ぼくはもう確信している」

「ジェシカ・ピットが死んだから？」

「ジェシカ・ピットが人けのない砂漠の道路で起きた火事で死んだから。そして彼女のキャリアの痕跡がソーシャルメディアやインターネットからすべて消されていたからだ」ジャックはそこで間をおき、コーヒーを飲み干すと、ノートパソコンを開いた。

「それで、ぼくがいまいちばん興味をそそられているのはそのあとのほうだ」

「もしジェシカ・ピットの経歴を改竄したかったなら、なぜ問題の三度目の結婚の部分を消さなかったのか？」

「結婚という公的な記録をすべて消すことは不可能に近いからさ。時間の浪費ってことは言うに及ばず。ひとつには、事実を知っている人間が多すぎることもある。インターネットでは身分を変えることはできても、経歴を消すとなるとはるかにむずかしい。ゼインは急いでいた。そこでおそらく、ジェシカ・ピットと金融業界の明白なつながりを消せば、それでじゅうぶんだと考えたんだろう」

「じゅうぶんというのは？」

「ぼくみたいな人間がピットの過去を掘り起こそうとするのを阻む」

ジャックはノートパソコンに向かって何かはじめた。ウィンターは残ったコーヒーを飲みながら、強固な執着について考えた。たぶん復讐への渇望より強いものはなさそうだ。

まもなく、ジャックが最後にキーをひとつ打って顔を上げた。彼の目が冷たい強烈な輝きをたたえているのを見て、ウィンターはそれが何かを理解した。エクリプス・ベイで未解決事件の調査に熱中しているときの彼の目にしばしば見た輝きだ。

「三人目の夫はグレーソン・フィッツジェラルド・テイズウェル」ジャックは言った。「テイズウェル・グローバル社の創業者でＣＥＯ。本社はサンフランシスコにある。

テイズウェルは四度結婚している。ジェシカが四人目だ。最初の妻とのあいだに息子がひとりいる。最初の妻は数カ月前に死亡。息子は現在結婚していてシアトルに住んでいて、そこでベンチャー・キャピタル会社を自分で起こしている」

「写真はある？」

「あるよ。息子のイーストン・テイズウェルが一枚と、父親のグレーソンが一枚」

ウィンターはよく見えるように顔を近づけた。イーストンとグレーソンはみごとなまでに似ている。ともにハンサムで肩幅が広い。イーストンの髪はまだブロンドだが、父親のほうはすでにほとんどが白髪に変わっていた。イーストンの写真は黒蝶ネクタイ着用の慈善パーティーか何かで撮られたもののようだ。妻のレベッカもいっしょに写っている。グレーソンの写真はゴルフコースでのものだ。

ウィンターが椅子の背にもたれた。「ゼインがここに絡んでいると思うのね？　だとすれば、狙いはヘッジファンド？」

「おそらくは。だが、カネが欲しいわけじゃない。ヘッジファンドは表向きの顔として理想的だ。個人が運営するヘッジファンドは不透明なことで悪名高い。トップの座のすぐ近くまでのぼりつめないかぎり、そこで何が起きているものやら見当もつかない。実際、大型ファンドのいくつかは、長年にわたって何十億ドルものマルチ商法を運営してきたようなものだが、記録や処理の不透明さゆえにまんまと逃げおおせている」

「あなたが何を考えているかがだんだん見えてきたわ。金融の世界を知っている元妻以上に秘密めいたヘッジファンドの内実を知る者はいない、でしょう？」

「そして、その会社にあって対等なパートナーになれると信じていた元妻以上にオーナーへの復讐の念を募らせている者もいない」ジャックが言った。「ジェシカ・ピットはテイズウェル・グローバル社を乗っ取るために必要な内部情報をゼインに与えた。準備がととのったところでゼインは彼女を始末した」

「何をする準備がいつととのったのかしら？」ウィンターが言った。「それに、なぜそのヘッジファンドに目をつけたの？」

「そのファンドについてもっと知る必要があるな」ジャックは電話を取り出した。「〈カトラー・サター&サリナス〉の依頼人の中に金融業界に通じている弁護士がいる。もし彼がテイズウェル・グローバルを直接知らなくても、問いあわせる人はいるはずだ。アンソンにたのんで彼に電話してもらう」

「それがすんだら、あなたもわたしも何か食べて眠らないと。ついでにわたし、シャワーを浴びて着替えたいわ」

「賛成だ。どこかホテルを探そう」

「町に入ってから素敵なホテルを見たの。バーニング・コーヴ・ホテル」

「あそこはやめておこう」ジャックが言った。「ああいうところはたくさんのカメラに狙われている」

38

「おまえは私をとんでもないばかだと思っているんだな。ただのいいカモだと」グレーソン・テイズウェルは両の掌をデスクにぺたりとつき、そこに体重をかけて椅子から立ちあがった。声は低く荒々しくかすれており、顔は怒りで真っ赤だ。「おまえについては、イーストンは最初からずっと正しいことを言っていた。なんでまた私の会社に乗りこんで、支配権を掌握できると思ったりした？　テイズウェル・グローバルは私のものだ。私が無から築きあげた会社だ。おまえみたいな舌先三寸の詐欺師の手に渡るよりはつぶれるのを見るほうがどれだけましか」

ルーカンは書斎のドアを音を立てないように閉めて室内に入り、しばしの間をおいて返答を考えた。こういう場面を何カ月も前から待っていたのだ。テイズウェルが自分の生物学上の父親であることを発見して以来ずっと。しかし、まだ早すぎる。力学的にもこんなはずではなかった。

熱に浮かされたような妄想の中では、この場の主導権を握っていたのは彼だ。頭の中で百万回も繰り返してきた。彼のほうからグレーソン・テイズウェルをワイン・カントリーに建つ邸宅の豪華な書斎に呼びつけるはずだった。彼が渇望していたのは、テイズウェル・ファンドは外見が似ている息子ではなく、無慈悲な性格を受け継いだ息子——真の後継者である息子——のものだと父親に告げる瞬間だった。

この場面はタイミングがまずかった、とルーカンは思ったが、最初のショックが過ぎると全身の血が熱くなってきた。よおし、勝利の高揚感をじっくり味わうことにしよう。

「見たところ、おれの弟があんたをいらいらさせているようだな」ルーカンは言った。

「あんたはイーストンがおれに嫉妬していることに気づいている。そうだな？　あいつはテイズウェルを救える人間はおれしかいないとわかっているんだ。それはあんたもだろう」

「私の会社を破産寸前まで追いこんだのはおまえだ。このばか野郎め。おまえがあの、インターネット上にしか存在しないいくつもの新設企業への資金提供を仕組みやがった」グレーソンは書類の束をつかみ、デスクごしに投げつけた。「湯気を立ててるクソの山じゃないか、どれもこれも」

フォルダーから飛び出してカーペットに四散するプリントアウトを眺め、ルーカンはほくそ笑んだ。

「あんたはまんまと引っかかった。人をさんざん眩惑してきたグレーソン・フィッツジェラルド・テイズウェル、西海岸の金融業界におけるヘッジファンドの魔術師が、自分も何十回と繰り返してきたペテンにころりとだまされた」

「それは違う」

「いや、お互いそれはわかっているはずだ」ルーカンが言った。「この親にしてこの子あり。この子とはおれのことさ」

グレーソンは片手を大きく回して、書斎からワイン・カントリーの眺望を示した。彼の全世界である。「私はこれをまやかしの投資で築いたわけじゃない。この大嘘つきめが」

「いや、嘘なんかじゃない。あんたが大したもんだってことはほんとだ。そこまでは認めてやろう。あんたはネックになりそうなだめなやつを切り捨てるのがじつにうまい。だが、あんたのしてきたことはスタート時点からずっと、どれも大がかりなマルチ商法さ。あんたはさまざまな手で偽りのシャボン玉をつくりあげた。昔ながらの風説の流布による操作のハイリスク版だ。しかも、何十年にもわたってだましおおせてきた。だがそれもおれが現われるまでのことだった」

「私は誰よりも市場を読むことができたんだ、このクソ野郎」

「いや、あんたの本当の才能は、誰よりもうまく相場を操作する能力だ。少なくとも短期には。しかし、あんたがあまりにも器用で、何もかもがあまりにも簡単だったんで、あんたは怠け者になった。あんたが親だってことを発見してからというもの、おれは何カ月もかけてあんたを観察してきた。あんたを研究した。あんたの過去の奸策を掘り起こしてみた。で、準備がととのったところで餌を垂らした。そうしたらあんたはただ手を伸ばすどころか、両手を伸ばして突進してきた」

「おまえはいま私の会社をつぶそうとしている」

「最初に言っただろう。おれはテイズウェル・グローバルを救うためにここに来たと。それは本当だ」

「ばか言え」グレーソンはデスクを拳で力いっぱい叩いた。「これは復讐だろうが」

「おれにはあんたのカネなんか必要ない。自分のカネがうなるほどある。おれのたったひとつの目標はテイズウェルを救うことだ」

「なぜだ？　おまえがそれほど私を憎んでいるなら、なぜまず私の会社をつぶしておいて、それから救おうとする？」

ルーカンことクィントンがゆっくりと笑みをたたえた。「なぜかといえば、この計画が完了したとき、それがおれの会社になるからだ」

「おまえは頭がどうかしてる。正気じゃない」

「それはテイズウェル・グローバルを救ったおれへの報酬だよ。もう少し待ってから、あんたに資産の譲渡書類に署名させる予定だったが、こういう状況になったからにはいますぐ署名してもらうほかないな。もう準備はすべてととのっている。ヴィクトリアに契約書類をプリントアウトさせて、今日じゅうにあんたとおれが署名する。今日の午後、あんたは金融メディアにこのことを正式に発表して、明日は引退生活の初日を迎えるって段取りだ」

「まさか私がそんな忌々しい書類に署名するとは思っちゃいないだろうな」

「もうひとつの選択肢は、テイズウェル・グローバルは本日突然破産しましたってニュースだ。そこにはＦＢＩもやっぱりとうなずく情報もたっぷり含まれているから、明日の早朝には捜査官チームが玄関をノックする。テイズウェルが炎上するだけじゃなく、あんたは監獄行きだ。あんたが築いてきたものは全部が全部、境界線ぎりぎりのヤバいものだからな。息子は二人いるが、あんたの会社と大事な名声とやらを救うことができるのはこのおれひとりだってことは、あんたもわかっているだろう」

「うるさい」グレーソンが吠えた。「おまえにそんなことをさせてたまるか。私が自分のものを守れないとでも思っているのか」

グレーソンがデスクの中央の抽斗を開けて手を入れた。

拳銃か、とルーカンは思った。あぜんとした。グレーソンは抽斗の中の銃に手を伸ばし、彼の帝国を救える唯一の人間を撃ち殺そうとしている。テイズウェルは正統な後継者に会社を譲るよりも、会社と心中するほうを選ぶのか。

その瞬間、ぴんとくるものがあった。**くそっ、そうきたか。おれたちは本当にそっくりだな。**

かっときたルーカンはガラス製の不死鳥を台座からつかみ取り、グレーソンに投げつけた。グレーソンは反射的に体をかわした。重い彫像は彼の肩に当たったあと、床に落ちて砕けた。

グレーソンは苦痛にうめきをもらしながらも、拳銃はなんとか握ったままでいた。だが、ルーカンはすでにデスクの角から回りこみ、グレーソンが銃を持つ手をつかんでいた。グレーソンは失うものが何もなくなった男の怒りに任せて反撃に出たが、まもなくバランスを崩し、片方の膝が大きな音を立てて床に落ちた。それでもなお、残る力を振りしぼって銃口を息子に向けようとしたが、息子は腕にしがみついていた。

二人は組みあったまま床に転がり、がむしゃらに戦った。二人の動きを阻むのはデスクと壁。ついにルーカンがグレーソンを上から押さえこみ、両手で銃をつかんだ。なんとか銃を取りあげようと必死だった。

銃が轟音を発した。轟音は室内を揺さぶり、壁に反響した。

グレーソンが激しく痙攣しながら全身をこわばらせた。

そしてぐったりとなった。

ルーカンが音がよく聞こえないことに気づくまでに数秒を要した。耳からすぐのところで銃が暴発したのだ。ドアが乱暴に開けられた音がくぐもって聞こえたような気がした。顔を上げたちょうどそのとき、ヴィクトリアが銃を手に腰をかがめて入ってくるのが見えた。デヴリンがその上方で身構え、銃を持つ手を室内にぐるりとめぐらした。

二人は一瞬にして状況を理解した。

「怪我はありませんか？」ヴィクトリアが訊いた。

「ない」ルーカンはようやく呼吸することを思い出した。ごろんと転がって死体から下り、その場でゆっくりと上体を起こした。震えていた。死体に目を向けることができない。「ない、と思う。向こうが……向こうが銃を取り出して、おれを殺そうとしたんだ」

「でしょうね」デヴリンが言った。「死体から離れてください」

さすがのルーカンも自分のぶざまな姿を意識し、彼らしくなく情けない思いで立ちあがった。二、三歩あとずさり、心を鬼にしてグレーソンを見た。銃弾は顎から入り、側頭部から出ていた。書斎の窓や床に血液やその他の物質が飛散している。

ヴィクトリアが前に進み出て脈を調べた。

「死んでます」はっきりそう言うと、素早く立ちあがった。「大丈夫ですか？」

「あ、ああ。私なら大丈夫だ」ルーカンは言った。

声のわずかな震えにわれながら驚いた。まっすぐ立っているのも危うい。デヴリンがすっと手を伸ばして彼を支えた。

「大丈夫だと言っただろう」ルーカンが吐き捨てるように言った。

「失礼しました」デヴリンの険しい目がさらに少し険しくなった。そのままあとずさる。

「向こうが私を殺そうとしたんだ」ルーカンが小声で言った。

「はい、わかっています」デヴリンが言った。「ここをどうしましょうか？　警察を呼んで正当防衛だと——」

「**だめだ**」警察を相手にしなければならない可能性にぎくりとし、ルーカンは神経を集中して気を取りなおした。「きみは正気か？　警察を介入させるなどもってのほかだ。何もかもが台なしになる」

「わかってますよ」デヴリンが言った。「ただ選択肢を挙げただけです。厄介なことになりそうですからね」

「ううん、そんなことないわ」ヴィクトリアが言った。「この家にも敷地内にも誰もいない。家政婦も二時間前に帰ったし。誰かが銃声を耳にした可能性はほとんどない。ここはわたしたちでなんとかできますよ」

「どうやって？」ルーカンが訊いた。いまやグレーソンから目が離せなくなっていた。

「ここをきれいにします」ヴィクトリアが冷静に言った。「死体は丘陵地帯に運んで埋めます。最終的には発見されるかもしれませんが、もし発見されたとしても、テイズウェルがハイキングをしているときに麻薬取引の現場に出くわして殺されたように見えるはずです」

「大手ヘッジファンド会社の社長がハイキング中にただ姿を消すわけないだろう、このばかが」ルーカンが言った。「父親が姿を消したことをイーストン・テイズウェルが知ったら、捜索がはじまる」

デヴリンが死体をまじまじと見た。「これは自殺で通りますよ」

ルーカンが今度は必死でその選択肢にしがみついた。「自殺か。ああ、それなら筋が通るかもしれない。テイズウェルは破産の危機に直面していることに気づいた。そんな屈辱には耐えられなかった」

「腹違いの弟さんがそんな話を信じるとは思えません」ヴィクトリアが警告を発した。「大規模な捜査を要求するはずです。もしそんなことになったら、そのときはあなたとデヴリンとわたしが発砲があった日にこの家にいた事実が出てきます。家政婦がさっきまでここにいて、わたしたちを見ていますからね。それをなんとかうまくごまかしたとしても、あれこれ調べられるうちにあなたの正体が露見する危険もありますよ」

「ちょっと考えさせてくれ。ちくしょう」ルーカンは言った。「とにかくうまくやらないことには。時間はあるんだ」

「いえ、時間はありません」デヴリンが言った。「ランカスターとメドウズの所在が不明です。はっきりしているのは、二人がいま移動中だということだけで。〈カトラー・サター&サリナス〉の連中はまだシアトルにいるようですが、それが何を意味するのかもよくわかりません」

「それもこれも、きみたちがやつらの暗号化を解読できないからだろう」ルーカンが凄んだ。

ま、おれもそうだが。ルーカンは認めざるをえなかった。

「彼らのITセキュリティーはきわめて高度ですから」ヴィクトリアが言った。

「この数カ月のあいだにアップグレードしたようだ」ルーカンがぶっくさ言った。

「よし、アンソン・サリナスとマックス・カトラーとカボット・サターはいままだシアトルにいることがわかっている。それは吉兆だ。まだなんの手がかりもつかんじゃいないってことだからな。時間をかけてインターネットでこっちのことを調べているのかもしれないが、こっちのセキュリティーだって鉄壁だ。だが大事を取って、この先はプリペイド携帯を使う。いいな?」

「了解です」デヴリンが言った。

ルーカンは懸命に考えようとした。「いいニュースは、ランカスターはテイズウェルとの関係をつかみようがない。となれば、このゲームの結末は見当もついていないはずだ。しかし、事態は不安定になってきている。われわれはこの計画を予定よりずっと早く終わらせなければならなくなりそうだ」

「心配しなければならないのはランカスターとその兄弟だけじゃありません」デヴリ

ンが言った。「あなたの弟さんも問題になりそうです」「イーストン夫婦はシアトルにいる」ルーカンが言った。「心配は無用だ。少なくともいまのところは」

「弟さんはここの状況を知りたくてお父さんに連絡してくるかもしれませんが、われわれにはそれを察知する手段がない。問題はそこです」デヴリンが言った。

「念のためですが、こうした不測の事態が生じたときの代替計画があることをお忘れではないですよね」ヴィクトリアがやんわりと言った。「家の戸締まりをする。家政婦と庭師に連絡が行くまで来なくていいと命じる。サンフランシスコまで車で行き、今晩じゅうに飛行機に乗る。死体が発見されるころには、われわれの行方は杳として知れず」

ルーカンは怒りのあまりわめきたかった。この計画をそんなふうに終わらせてはならない。

その怒りを精いっぱいの自制心で抑えこみ、もう一度父親の死体を見た。動揺はすでにおさまっていたが、不思議な興奮が血液とともに全身をめぐっていた。その感覚がなんなのか、すぐにはわからなかったが、つぎの瞬間、はたと気づいた——彼は興奮状態にあった。この高揚感。勝利感。

これで父親の帝国の支配権をすべて掌握した。あとははじめたことを終わらせるだけだ。そこから新たな人生のスタートを切ることができる。

「ランカスターの居どころはわからないが、イーストンとレベッカがどこにいるかはわかっている。まずあの夫婦から始末しよう」ルーカンは腕時計にちらっと目をやった。「シアトル行きの便を予約してくれ。数時間で到着できるはずだ。そうすれば、向こうの二人は今夜のうちになんとかできるから、明日はつぎの段階に進める」

「つぎの段階とは？」デヴリンが訊いた。

その質問からは疑念が感じられた。

ルーカンは思いついたばかりの計画を説明した。

「わかりました」ヴィクトリアが言った。

「危険だな」デヴリンが言った。「動く要素が多すぎる。もっと単純で直接的な方法で進めるわけにはいきませんか？」

「この仕事がきみたちの手に余ると思うなら、降りるのは自由だ」ルーカンが言った。

デヴリンはヴィクトリアをちらっと見た。「できます。ただ複雑だと言っただけです」

「ボスの言うとおりよ」ヴィクトリアが言った。「複雑じゃないほうが危険ってこともあるわ。最近は通りで人を拉致するだけだって簡単じゃないってこと、あなただって知っているでしょう。携帯電話や防犯カメラがそこいらじゅうにあるんですもの。頭にくるわ」

デヴリンの顎のあたりがこわばった。「それじゃ、シアトル行きの便を予約します」

「テイズウェル・グローバルのジェット機を使えないなんて残念だわ」ヴィクトリアが言った。

「危険きわまる」ルーカンが苛立ちをのぞかせた。「プライベート・ジェットが痕跡を残さず主要空港で離着陸できるはずがないだろう」

ヴィクトリアの顔が赤くなった。「でも、ランカスターがテイズウェルとの関係に気づくはずはないんですよね」

「危険はいっさい冒さない」ルーカンは言った。「まずは、いずれ死体が発見されたときのために、ここの状況をととのえる必要がある。発見時、私につながる可能性のあるものは何ひとつ残しておきたくないからな」

デヴリンは何も言わなかったが、その目を訝しげにやや細めた。

「いや、私やきみやヴィクトリアにつながるものを残しておきたくないということだよ」ルーカンは滑らかな口調で訂正した。「われわれ三人を守らないとな。さあ、はじめてくれ。一時間以内にここを出て、シアトルに向かう」

デヴリンはくるりと踵を返し、大股で歩いて部屋を出た。ヴィクトリアも素早くついていく。

ルーカンは二人が出ていってしまうのを待ってから、最後にもう一度死体を見た。

「全部いただきだよ、このろくでなし」小さく悪態をついた。

勝利の高揚感に促されて部屋を横切り、とびきり値の張る六〇度のブランデーをおさめたガラス製のケースの前に立った。ボトルを二本つかみ、ドアに向かう。

変更したのはタイミングだけだ。終わるべき形——火——で終わることに変わりはない。

39

シャワーと清潔な下着ほど女を生き返らせてくれるものはほかにない、とウィンターは思った。この二つの組み合わせなら瞑想のセッションに負けないくらい全身がすっきりする。移動中は生活がいつもより単純になるものだ。日常不可欠なことやものが新しいレベルの重要性を帯びてくる。

ウィンターは新しい黒いパンティーと新しい黒のジーンズをはいた。つづいて新しい黒のブラを着けて、新しい黒のTシャツを頭からするりとかぶった。

湯気がもうもうのバスルームから出ると、ジャックが隣室とのあいだの戸口に立っているのが見えた。彼も新しいカーキのズボンと白の長袖Tシャツ——びっくり！——に着替えていた。

彼を包む空気のエネルギーはなんとも強烈で、パソコンの充電に使えるかもしれないと思えるほどだ。眼鏡のレンズの奥のまなざしは、ウィンターには判別できるようになったあの冷たい熱っぽさを帯びていた。狩りのモードだ。

「あなたがまた何か洞察したような気がするのはなぜかしら？」ウィンターは言った。

「さっき話した弁護士からの情報を見なおしたところだ」

「〈カトラー・サター&サリナス〉の依頼人だという弁護士ね？」

「そう、その弁護士だ。彼がサンフランシスコの知り合いに何本か電話をしてくれたそうだ。その結果、テイズウェル・グローバルは財政問題を抱えているという噂が数カ月前に流れたことが判明した。たしかに財務状況は相当ひどかったらしく、大口の顧客が何人も口座を閉じたそうだ。グレーソン・テイズウェルは事態をなんとか丸くおさめようとしたが、以来公の場に姿を見せなくなった」

「あなたはその情報が、あなたの陰謀論の最新版にぴったり当てはまると思っているのね」ウィンターが言った。

「そのとおり。ヘッジファンド絡みの詐欺はゼインが最も得意とするところだからね。明日はサンフランシスコに戻ろう。テイズウェル・グローバルの本社を調べてみたいんだ」

ウィンターはちょっとした興奮に神経がざわついている自分にぎくりとした。笑顔でジャックを見る。

ジャックの目尻が険しくなった。「えっ?」

「悪党狩りの仕事ってなんだかクールだわ」

ジャックが両手を使って丁寧に眼鏡をはずした。ハンカチを取り出し、思案顔でレンズを拭く。

「それはつまり、きみは情熱の対象を見つけたぼくを幸運な男だと思っているってこと?」

「ええ。それってごく稀な、貴重な才能だと思うわ」

「用途はあるかもしれないが、ぼくは才能とは呼ばないね」ジャックはハンカチをポケットにしまい、眼鏡をかけた。「ときには呪いじゃないかと思えるくらいだ」

「どんな才能にもマイナス面があるのよ。プラスとマイナスの両面をうまく調整する術を身につけることが大事」

ジャックがしばし黙りこんだ。ウィンターを見つめたままだ。

「今度はなあに?」ウィンターが訊いた。

ジャックがゆったりと歩を進め、二人を隔てた小さな空間をじわじわと縮めたのち、ウィンターの正面に立った。

「きみのぼくに関する洞察は正しいのかもしれない」ジャックは言った。「ぼくは情熱の対象を見つけたんだと思う」

「ええ、そうよ。未解決事件を調べて、誰かのために答えを見つけること」

「いや、そうじゃない」ジャックが言った。「それはぼくの仕事だ」両手でウィンターの顔を両側からそっとはさむ。「いまのぼくの情熱の対象は、ぼくの目の前に立っている」

熱を帯びた稲妻が室内ではじけ、官能の戦慄がウィンターの全身をぞくぞくさせた。ウィンターはジャックの左右の肩に手をおく。

「ジャック」ウィンターがささやいた。

それしか言葉にならなかった。それだけでじゅうぶんだった。

かすれたうめきとともに渇望をむきだしにしたジャックが唇を重ねた。キスは二人を大音響とともに内側から揺さぶり、ジャックの全身を駆けめぐるアドレナリンがそれをさらに燃えあがらせた。ウィンターはジャックの肩に指先を食いこませてしがみつくことで、なんとかくずおれずにいた。

ジャックがしばし唇を離し、ウィンターの新しいTシャツを脱がせてベッドの足もとに放り投げた。新しいブラも直後にそれを追った。

つづいて新しいジーンズも。

最後はついに、新しいパンティーが脱がせたものの山の上に着地した。

キスはどんどん深まっていく。貪るように。ウィンターはなんだかいやに奔放な気分になり、唇を離すと手を上に伸ばしてジャックの眼鏡をはずした。ささやかな振る舞いにもかかわらず、そこには過激なまでの親密さがひそんでいた。二人だけに通じる感覚。

レンズごしではないジャックの目はなおいっそう燃えるようだった。炎と氷。

ウィンターはジャックのズボンのベルトをはずし、ジッパーを下げた。彼のどこもかしこも——勃起したペニスも含めて——が燃えていた。そしてウィンターを高ぶらせた。抑えようがないほどの高ぶり。ウィンターは手でそれを包んだ。

ジャックが低く響くうめきをもらしながら両手をウィンターのウエストに当て、そのまま引きあげて宙に浮かせた。大股で素早く彼女を運んで部屋を横切る。ウィンターは目を閉じて、まもなくベッドに横たわるものと思いこんでいた。

ショックを受けたのは、硬い壁に背中を押しつけられたときだ。ぱっと目を開けた。

「どうして?」何がなんだかわからずに訊いた。

「脚をぼくに回して」ジャックがかすれたささやき声で命じた。

ウィンターはどぎまぎしながらも圧倒されて何も訊けず、言うとおりにした。

ジャックは彼女を壁にぎゅっと押しつけて支えた。

「ぼくにつかまって」ジャックが言った。

ジャックは片手でウィンターをしっかり固定させると、もう片方の手で彼女がとろけるまで愛撫した。彼女の爪が彼の肩に食いこむまで待って、彼は少しだけ彼女の中に侵入した。

ウィンターは目を閉じて張りつめた至福の感覚を味わい、喘いだ。ジャックが緩やかな出し入れを繰り返しながら少しずつ深く入ってくる。正気を保つだけで精いっぱいだった。ウィンターは死にものぐるいでリズムをつくり、主導権を取ろうとした。だが、その場の司令塔はあくまでもジャックだった。彼女の中の何もかもがすでにぎりぎりの限界点に達していた。

ウィンターが解放の瞬間を迎え、感覚という感覚が砕け散った。驚きが混じった柔らかな叫びが放たれる。ジャックが最後にもう一度突きあげて、彼女の内側を完全に満たした。

そして、ウィンターの肩の窪みに口を押しつけ、満足げな咆哮を抑えこんだ。

40

「わたしが最初のシフトね」ウィンターが言った。

ジャックは二個重ねた枕に背をもたせかけ、片腕を頭の後ろに回していた。

「きみは昨日の夜、最初のシフトだったじゃないか」ジャックが言った。

「あなたが先に寝て。いまのあなた、すごくリラックスしているからすぐに眠れるわ」

「なぜそんなふうに思う？」

「男性はセックスでリラックスできるって誰でも知っていることよ。いまのあなたがそれを証明しているわ」

「そうかな？」

「自分を見ればわかるでしょう」ウィンターは寝乱れたベッドの中央にすわり、シーツの一枚で胸を隠している。「少し前のあなたはものすごくぴりぴり張りつめていて、すぐにでも仕事に戻れそうだった。でも、そのあとすごくワイルドなセックスをしたら、いまのあなたはすとんと眠りに落ちてもおかしくないような表情よ」

ジャックがとろんとした目でウィンターを見た。「でも、きみは眠くないってこと?」

「そうね、いまのわたしはエネルギーが充満してるわ」

「たしかにそんな感じだね」

ジャックはきっと拒否するとウィンターは思っていたのだが、彼は意外にもこっくりとうなずいた。

「わかった。それじゃ、三時間したら起こしてくれ」

「三時間じゃ足りないでしょう」

「きみだってそうさ。とにかく三時間以内に起こしてくれ。いまの状況についてもっといろいろ話しあわないと」

ウィンターは気づいた。なんだか無理強いしすぎたらしい。ジャックは頑固になることもある。

「わかった」ウィンターはベッドを下り、その横に立った。「それじゃ、しっかり眠って。三時間以内に起こすわ」

ジャックはそれ以上何も言わず、くるりと横向きになって目を閉じた。ウィンターは着るものを集めると、ベッドサイドのランプを消して隣室に向かった。いったん立ち止まる。

「あれって、まさかわたしに感謝しているからじゃないわよね?」小声で訊いた。

「なんの話?」ジャックが枕に向かって言った。

「わたしがあなたの情熱の対象だって言ったでしょ。あれがわたしに感謝しているからじゃないってことをちょっと確認したかったの。だってわたし、あなたが明晰夢や夢中歩行をコントロールできるように手助けしたでしょ?」

「念のために言っておくと、ぼくはたまたま感謝の念を抱いただけで誰かと寝たりしないよ」ジャックはあいかわらず枕に向かって話している。

「それじゃ、誰かに感謝の気持ちを抱いたとき、いつもはどうするの?」

「お礼の言葉を書いたメールを送信する。もう寝てもいい?」

「はい、どうぞ」

ウィンターは隣室に戻った。彼からのお礼メールはまだ受け取っていない。これはきっといいサインだ。前向きに考えよう。

翌日、レンタカーの助手席にすわるジャックの電話が鳴った。画面にちらと目をやると、知らない番号からだった。

「キャシディー・スプリングズの番号だな」ジャックが言った。

「スパの誰かかしら?」ウィンターが言った。

今日はウィンターが運転を引き受けたため、ジャックはテイズウェル・グローバル社到着までメモを再考する余裕があった。車はいま州間高速五号線をサンフランシスコに向かってひた走っている。

「かもしれない」

ジャックが電話を取った。

「もしもしゲール・ブルームです」ゲールの声は震えていた。「ウィンターにどうしても話さなければならないことがあって。すごく重要な話なんです。彼女の番号にいくらかけても、すぐに留守電に切り換わってしまうんですよ。それで、あなたにいただいた名刺にあった番号にかけました」

ジャックはウィンターの携帯電話のことを思い出した。盗聴されるかもしれないからと貸倉庫に捨て置くように言ったのだ。それをゲールに説明する必要はない。

「ウィンターはいま運転中なんだよ、ゲール。スピーカーに切り換えよう」

「だめ。それはやめて」ゲールが金切り声を立てた。「彼女にだけ伝えたいの」

「だとすると、高速の出口が来るまで待たないと無理だな」

「急いで」ゲールが言った。

ジャックはウィンターに合図を送った。前方から出口ランプが一気に近づいてきた。ウィンターは車線を変更して高速を下り、路肩に車を寄せた。ジャックが彼女と席を入れ替わり、ハンドルを握るや、すぐにまた高速の入り口をめざした。ウィンターは助手席のシートベルトを留め、電話を手に取った。

「どうしたの、ゲール？」ウィンターは訊き、そのあとしばらくゲールの話に真剣に耳をかたむけた。「わかったわ。とにかく落ち着いて。何があったのか、きちんと話してちょうだい。ええ、聞いたわ。ええ、今夜、キャシディー・スプリングズに行けないことはないけど、もっとよく話して。だめよ。待って。切らないで――」

「彼女はなぜスパで会いたいんだろう？」

「周囲にたくさん人がいるとわかっている場所で会いたいって言ってたわ。いやに怯えているみたいなのよ、ジャック」

「なぜ夜の九時のスパにそんなにたくさんの人がいる？」

「スパは八時に閉まるけど、あの通りには流行りのバーやレストランが何軒もあるの」ウィンターが答えた。「だから、あの付近の歩道には毎晩たくさんの人が群がっているわ」

「どうもしっくりこないな」

「ゲール・ブルームはすごくいい人よ」ウィンターが言った。「それだけじゃなく、すごく怯えているの。もしローリー・フォレスターがこの件に絡んでいるとしたら、それがなぜなのか、どういうふうになのかを知る必要があるでしょ」

「ほう」

「チャンスだわ」ウィンターがきっぱりと言った。「見逃すわけにはいかない。そもそも何か話したいことがあったら連絡してってゲールに言ったのはあなたじゃない。それでいま彼女が連絡してきた。対応しなきゃならないことはあなただってわかっているはずよね」

ジャックは考えた。

「まだしっくりこない」ジャックが言った。

ウィンターが咳払いをした。「じつは彼女、わたしひとりで来るようにって言ったの」

「それはだめだよ」

「彼女のことなら知っているわ、ジャック。誠実な人なの。わたしのことを本当に心配してくれているのよ」

「ぼくだってきみのことを心配している。だから、ひとりでスパには行かせない。わかっているだろうが、もし向こうの状況が気に入らなかったら、今夜はきみもぼくもスパには近づかないことにする」

「わかった、わかった」ウィンターが言った。「だけど、言ってるでしょう。ゲールは心底怯えているの。わが身に危険が迫っていると思っているのは間違いないわ」

ジャックはそれについてしばし考えた。「彼女、スパから電話してきたの?」

「ううん、外からよ。どこかの通りから。ジャック、わたし、ローリー・フォレスターについてもっと調べる必要があると思っているの」

「それについては賛成だ。テイズウェル・グローバル社を訪ねたあと、彼をもっとよく見てみよう」


その日の午後、二人はテイズウェル・グローバルの本社が入っている四十階建てオフィスタワーのロビーに立った。同じビルには数多くの企業が入っているため、ロビーは人でごった返していた。

「申し訳ございませんが」受付係が言った。「テイズウェル・グローバルは一カ月間休業しております。お約束がございましたか?」

「休業?」ジャックが言った。「一カ月間、すべての業務が止まっているということかな?」

「テイズウェル・グローバルは大企業ではございません」受付係が言った。「オフィスもワンフロアの半分のみです。CEOが従業員に一カ月の休暇を提供したと聞いております――少なくとも残っている従業員からは」

「残っている従業員?」ジャックは訊いた。

受付係が声をひそめた。「数週間前にたくさんの人間が解雇されたそうです」

外の通りに出ると、ウィンターがジャックを見た。「テイズウェル・グローバルのオフィスに入るつもりでしょう?」

「ああ」ジャックが答えた。

「逮捕されるかもしれなくてよ」

「九十六パーセントの確率でつかまりはしないよ。ぼくは銃の扱いはあまりうまくないが、施錠したドアから侵入する方法は心得ている」

「そういう技術はどこで習ったの?」

「インターネット」

ウィンターがため息をついた。「いつ実行するつもり？」

「朝一だな」ジャックが言った。「出勤してきたオフィスワーカーの群れに紛れこめば簡単になる」

「もしかしたら今夜、ゲールから役に立つ情報が入るかもしれないわ」

「そうだね」ジャックが言った。

その口調から期待は感じられなかった。

「あなたはローリー・フォレスターがこの件に絡んでいるとは思っていないのね」

「うん」ジャックが言った。「だが、ゼインが彼を利用している可能性はある」

41

キャシディー・スプリングズ・ウェルネス・スパの前の並木道の歩道には、軒を並べるレストランやバーに出入りする、最新流行の服に身を包んださまざまな人びとがあふれていた。店の開け放したドアや窓から音楽が流れてくる。

その通りで唯一ドアが閉まっているのがキャシディー・スプリングズ・ウェルネス・スパだった。看板の照明はついていたが、窓の中は真っ暗だ。

ウィンターは懸命に冷静さを保とうとした。ゲールとの待ち合わせに神経を集中していたが、ぞくぞくする不安感はもはや抑えこむことができず、首の後ろが凍りそうだった。日が暮れてからというもの、いやな予感がどんどん強くなってきている。ジャックが言い張ったため、二人は数時間前からスパのようすをうかがっていた。それぞれべつのカフェの、入り口がよく見える席から見張っていたのだ。

ゲールは八時にスパが閉まったとき、ほかのスタッフといっしょに出てはこなかった。二人は彼女がまだ中にいるものと判断したが、もしそうだとしたら、真っ暗闇の中で待っていることになる。

正面の小さな駐車場には何台かの車が停まっていた。この駐車場、厳密にはスパの会員限定なのだが、スパの営業終了後はそう記された表示がまったく無視されている。

ウィンターとジャックは九時少し前にロビーのガラス扉の前に行った。シェードが下ろされていたため、暗い内部を見ることはできない。ジャックが扉に手をかけて押してみると、意外にも勢いよく開き、暗いロビーが部分的に見えた。

ウィンターが呼びかけた。「ゲール?」

鈍い爆発音が建物内に響いた。内部のどこかでガラスが砕ける音がした。一瞬遅れて悲鳴が上がった。

42

パニックに引きつった叫びはくぐもっていたが、ウィンターにはその声がすぐにわかった。

「ドアに鍵がかかっているの。開けられないの。助けて。誰か。お願い、助けて」

「ゲールだわ」ウィンターが声を張りあげた。「わたしよ、ゲール。ウィンター。ジャックもいっしょ。あなた、どの部屋にいるの？」

「女子休憩室」ゲールのくぐもった声はなんとか聞きとれた。「ドアが開かないの。何か細工してあるみたい。助けて。お願い」

ジャックは九一一番に通報し、火災と誰かが建物の中に閉じこめられている旨を知らせた。電話を切った彼がウィンターを見た。

「女子休憩室はどの部屋だ？」

ウィンターが暗い廊下の先を指さした。「廊下の突き当たりを左に曲がって、右側の最初のドアが女子休憩室よ」

「外に出て、前の通りで待ってろ」ジャックが言った。「もうすぐ消防車が到着する。野次馬が集まっているだろうから、つねに周囲に人がいる場所にいるんだ」

ジャックはウィンターの返事を待ちはしなかった。すぐさま廊下の先に向かって進んでいく。

「手助けが必要になるかもしれないわ」ウィンターが言った。

「いや。外に出て待っててくれ」

ジャックは闇の中に姿を消した。

窓のひとつから炎が見えた。

ウィンターはあとを追いたかったが、ばかなことをやめるよう常識が諌めた。ジャックはゲールの救出に集中する必要がある。

ウィンターはすでに野次馬がたくさん集まっている駐車場に退避した。さらなる野次馬が近所のレストランやバーからあふれ出してくる。

サイレンが近づいてきた。最初の消防車が通りをスパに向かって走ってくる。

ウィンターはどこに向かっているかを考えることなく、じりじりとあとずさった。目はスパの入り口からそらせることができなかった。パニックが冷たい波となって全身に広がっていく。ジャックやゲールの気配はいっさいうかがえない。

「火事の原因はなんだったのかしらね」近くにいた女が言った。

「このスパ、財政難だと聞いてるから」男が応じた。「オーナーが保険金目当てに火をつけたんじゃないかな」

ウィンターはジャックが早く戻ってくることを願いながら、スパの入り口に目を凝らしていた。やっとのことで入り口の奥の暗がりで何かが動くのが見え、つづいて入り口から出てくるジャックが見えた。ウィンターの全身を安堵感が駆け抜けた。彼がぐったりしたゲールを抱えている。

消防車がけたたましいサイレンの音とともに駐車場に入った。消防士がつぎつぎと車から降りて作業に取りかかった。救急救命士がジャックとゲールに駆け寄った。

ウィンターはこのときようやく息を深く吸いこむ余裕ができた。そのときだ、背後から誰かが近づいてくる気配をなんとなく感じた。

「本物のヒーローが出てきたみたいね」女が言った。「記事になるわ。ビデオを回して、サム」

「了解」男が言った。

ウィンターは自分が記者とカメラマンの前に立っていることに気づいた。邪魔になってはいけないと思って脇へよけようとしたとき、誰かが素早く掌で彼女の口をふさいだ。同時に肩口にちくりと何かが刺さったような痛みを感じた。あらゆる感覚に奇妙な重みがのしかかり、鈍くなっていく。

抵抗しようとした。助けを求めて声を上げようとした。だが、もう遅すぎた。世界はすでにぼんやりとしはじめていた。

記者が周囲の人に何か言うのが聞こえたような気がした。

「心配ないわ。失神したのよ。たぶんショックを受けたのね。救命士のバンまでわたしたちが連れていくわ」

ウィンターは抗おうとした。失神などしていないと説明しようとした。何かの薬を注射されたことを誰かに言おうとした。だが、口をきく力などもはや残ってはいなかった。

43

「彼女が連れ去られた」ジャックが言った。「これはそういう罠だったんだ。やつらにまんまとしてやられた」

ジャックは携帯電話をこれでもかというほどきつく握りしめていた。手の中でつぶれないのが不思議なくらいだ。全身をなめてくる業火と闘うには持てる自制心すべてを要した。もしも怒りのせいで消耗してしまえば、ウィンターを助けることなどできなくなる。

レンタカーの運転席にすわり、スパの消火に当たる消防士を見ていた。スパを破綻に追いやるのが目的ではないはずだ、とジャックは思った。火事は人目をそらすため。ウィンターの拉致が最初からの目的だった。もしかしたら彼もいっしょにとらえたかったのかもしれない。まさか彼がゲールを探しに建物内に入るとは思ってもいなかったのだろう。

「きみは決断を下した」アンソンが言った。「きみが突入しなければ死んだかもしれない女性を救う道を選んだんだ。そういう場面では選択肢がたくさんあるわけじゃない。そのときに最善だと考えて下した決断なんだから、自分の決断を受け入れるしかない」

ジャックにはわかっていた。昔、ゼインがカルトの施設に火を放ったあの夜、アンソンも苦しい決断を下すことを余儀なくされたのだ。全員を救出する術などなかった。アンソンが一瞬で下した決断は、燃えさかる納屋に閉じこめられた子どもたちを救うことだった。女性の居住棟に閉じこめられていたその母親たちはほとんど全員が命を落とした。

アンソンがあの地獄の夜を語ることはめったにないが、それがときどき彼の夢の中に戻ってくることをみんな知っていた。

「そうだね」ジャックは深く息を吸いこみ、神経を集中させた。たしかに決断は下した。いまとなっては、ここからものを考えるしかない。「わかった」

「きみはクィントン・ゼインのこの数日に関する新たな情報をたくさん集めてきたが、その間走りつづけてきた」アンソンが言った。「このへんでひと息ついて、頭の中を整理するといい」

それでこそアンソンだ、とジャックは思った。問題のへりを楽観的な偽りの言葉でうろちょろしたりせず、まっすぐ核心を突く。そう、アンソンの言うとおりだ。そろそろアイスタウンに行ったほうがよさそうだ。殺人者の足跡を見つけ、そいつを闇の中まで追っていこう。ウィンターを拉致した怪物のように考えてみよう。

ジャックは空いているほうの手でコンソールを開けた。暗い中で小さな黒曜石が光っている。火山の噴火でできたそのガラス板を取り出して掌にのせた。凍った炎。ウィンターを探す際の鍵となる。

「わかった。そうするよ」ジャックは言った。「だが、その前にしなければならないことがある。ゼイヴィア、マックス、カボットに、引きつづきテイズウェル・グローバルについて調べるように言ってくれ。グレーソン・フィッツジェラルド・テイズウェル、会社、家族の背景などあらゆることが必要だ。どんな小さなことでもいい。どんな噂でもいい。なんでも欲しい。データの入手と同時にぼくに送ってくれ。検証するまで待ってはいられない」

「全員を動員して取りかかるよ」アンソンが言った。「オクタヴィアに、ヴァージニアに、シャーロットも」

ジャックは何も言わなかった。アンソンの恋人、カボットとマックスの妻までが調査に加わってくれるなら、それ以上打つ手はない。

「ところで、入手した最新情報を分析する前にしなければならないこととは？」アンソンが訊いた。

「スパの受付嬢、ゲール・ブルームから話を聞く」

「きみたちが今夜会う約束をした女性か？　きみが救出した人だな？」

「うん。少し前に救急救命士が彼女を帰したんで、もう自宅に着いているはずだ」

「彼女はその火事で死ぬはずだったと思っているんだな？」

「ああ、そうだ。利用されたあと捨てられるはずだった。コラテラル・ダメージということで」

「言い換えれば、きみは彼女の命の恩人か」

「ゼインって男を知っていれば、あいつが彼女を長く生かしておくわけはない。あいつが彼女を始末しにくる前に話を聞かなければ」

44

「ここへいったい何しにきたの？」ゲールが訊いた。

アパートメント・ビルの警備システムの電話から聞こえてきた声はパニックでかすれていた。

「二三、訊きたいことがあって」ジャックは言った。

「今夜はだめ。お願い。疲れてるの。救命士に安静にするように言われたし」

「今夜ぼくがきみの命を助けたことを考えれば、いくつか質問に答えるくらいの借りはあるだろう」

しばしの間があった。

「あの、いまはほんとに無理なのよ。明日、こっちから連絡するわ」

「ウィンターが拉致された」ジャックは言った。「きみはやつらが彼女をとらえる手助けをしたんだ。いったいいくらもらった？」

「わたし、誰からもお金なんかもらってないわ」ゲールの声がきんきんと響いた。「ただただウィンターを助けたかっただけ。いったいどうなってるの？」

「ゲームをしている時間の余裕などないんだ、ゲール。ウィンターは誘拐され、もしもぼくが想像する最悪のシナリオが実行されれば、きみは二十四時間以内に死ぬ」

「いったい何を言ってるの？」

「つまり、ぼくがきみと意義のある会話をするとしたら、もう今夜しかない。やつらがきみを仕留めにくるからだ」

「まさか。わたしが二十四時間以内に死ぬっていうこと？」ゲールの声がヒステリックに甲高くなった。「あなた、わたしを脅してるの？」

「どうしてぼくがそんなことを？」

「いま言ったわよね。今夜、ウィンターの身に起きたこと……それはわたしのせいだって」

「きみを責めないわけではないが、それ以上にぼく自身を責めている。だが、その話はまた今度できる。きみがそれまで生きていればだが」

「やっぱりわたしを脅してるのね。警察を呼ぶわよ」

「とにかく、やつらがウィンターを殺す前に彼女を見つけたいだけだ。もう言ったが、時間があまりない。なぜならきみは九十九パーセントの確率でもうすぐ死ぬからだ」

「やめて」ゲールが金切り声でわめいた。

「百パーセントと言わなかったのは、ぼくは事前には百パーセントという予測はしない主義だからだ。不確定要素は必ずやある。少なくとも被害者死亡と宣告されるまでは。だから、きみの死体が発見されたら、そのときは百パーセントの予測を出そう」

「あなた、頭がおかしいわ」

「その可能性を口にした人間はきみがはじめてじゃない」

長い間ののち、ゲールがやっとまたしゃべった。

「あの人たち、おとり捜査官だって言ったの。あなたのことを捜査しているって」

「あの人たち？　いったい何人いたんだ？」

「二人。男と女」ゲールがため息をついた。「いいわ、上がってきて。二一二」

扉がジージーと音を立てた。ゲールが心変わりする前からジャックはすでに開けていたのだ。エレベーターは無視し、階段を一段おきに駆けあがった。二一二号室に着くと、鋭くノックした。

ゲールがしぶしぶといった表情でドアを開け、あとずさった。ジャックはすぐさま中に入ってドアを閉めた。ゲールは防衛本能からなのか、胸のあたりにぎゅっと腕を回した。

「いまの状況をどう考えているのか、聞かせてちょうだい」

ゲールはもはやパニック状態ではなかったが、ひとことひとことに不安がにじんでいた。いいか、相手は怯えきっている女だからな、とジャックは思った。少しは手心を加えなければならないとはいえ、なんとしてでも答えてもらわなければならない。辛抱強くいこう、と心に留める。

「まずはじめに、ひとつ確実な事実からいこう」ジャックは言った。「おとり捜査官だと名乗った二人が嘘をついていたことは、もうきみもわかったと思うんだが」

「ええ。ただ何がなんだかぜんぜん理解できないだけ」

「九十八パーセントの確率で、その二人はぼくが追っている男の指示で動いている」

ゲールが全身をこわばらせた。「あなた、警官?」

「ぼくは民間の調査機関と連携している」けっして嘘ではない。〈カトラー・サター&サリナス〉とともに動いているのだから。「ぼくが追っている男について知っていることを教えよう。彼には自分のことを知りすぎた人間、もう用済みになった人間は消す習性がある。そして、きみはもう捨ててもいい人間のひとりになったんだよ、ゲール。彼はきみを生かしてはおけないと思っている」

「わたし、なんにも知らないわ」ゲールは震えている。

「これが、きみが思っている以上に知っているんだ。まず第一に、きみは偽おとり捜査官の風体を伝えることができる」

「やだ、ほんとだわ」長い間があった。「あの二人、本当にウィンターをさらっていったの？　なぜ？」

「ぼくが追っている男が彼女を人質として欲しかった。そして、用済みになったところで彼女を殺すつもりだ」

「ウィンターはあなたを信じているわ」ゲールが熟考ののちに言った。質問ではなく声明だ。

「ああ、そうだ」

「あなたは今夜、わたしを助けてくれた。ということは、わたしもあなたを信じていいのね。いまのところ、わたしを罠に掛けたあの二人よりあなたのほうを信じたほうがよさそう。ねえ、教えて。いったい何がどうなってるの？　わたし、怖くて怖くて」

「きみが怖がるのは当然だ。ぼくが追っている男は二十二年あまり前に何人もの人が殺された事件の犯人だ。それだけじゃなく、最近起きた少なくとも二件の殺人の主犯格でもある可能性がきわめて高い。二十年ほど国外に逃亡していたが、舞いもどってきた」

「やだわ、どうしよう。なんてこと」ゲールは自分をなおいっそうきつく抱きしめて、体をわずかに前後に揺らしはじめた。「ウィンターはどうして巻きこまれたの？」

「彼女を拉致した主犯格の男は人を操ることがじつにうまい。今夜はぼくを拉致する計画だったのかもしれないが、それはうまくいかなかった。だからウィンターを連れ去った。彼女を利用してぼくを支配しようというわけだ。そしてそれはうまくいく。なぜなら、ぼくは何をしろと命じられようと、彼女のために時間が稼げるのなら、言うとおりにするからだ」

ゲールはジャックを長いこと見つめてから、さらにぎゅっと自分を抱きしめた。

「ぜんぜん理解できない」

「それじゃまず、偽おとり捜査官二人はきみになんと言って、あの電話をウィンターにかけさせたのかを聞かせてくれ」

「あなたとウィンターがスパにやってきた日の前の日、二人がわたしを訪ねてきたの。あなたをとらえるためのおとり捜査をしているって言ったわ。あなたは詐欺師だって。彼らによれば、ウィンターには最近かなりな額の遺産が入ったんで、あなたがそのお金を狙っているって。わたしが協力すればあなたを逮捕できるけど、もしそれがいやなら、ウィンターはすべてを失うことになるって言われたわ。あの人たち、身分証明書も見せてくれたけど」ゲールは顔をしかめた。「本物みたいだったわ。あなたたちが帰ったあと、わたし、あの人たちに電話したの。午後は貸倉庫に行くって伝えたのよ。てっきりあそこであなたを逮捕するものだと思って」

「二人はなんという名前を使っていた?」

「男はナイトって名乗ったわ。ナイト刑事。女の名前ははっきり憶えてないけど、たしかスローン。それしか知らないけど、いいかしら?」

「ナイトと彼といっしょにいた女の風体を教えてくれ」

ゲールは肩をすくめた。「二人とも三十代。ナイトはおしゃれっぽいハンサムだったわ。髪は黒。女もすごく魅力的だった。こっちは髪はブロンドね。二人とも活動的でいい動きをしていてね。間違いなくワークアウトしているわ」

「アクセントは?」

ゲールは一瞬考えて、すぐに首を振った。「不自然なところはなかったわ」

「今夜、二人はどうやってスパに入ってきたのかな?」

「閉店前に客として入ってきたけど、ほかの客が出ていったあとも残っていた。姿を見られないようにってプール室にいたのよ。いつもどおりわたしが戸締まりをしたから、わたしが最後のひとりで、そのあとも帰らずにいたわ」

「きみはどの時点で、じつはだまされていて、今夜死ぬかもしれないと気づいたの？」

「あの女がわたしを女子休憩室に押しこんで、ドアになんか重いものを押しつけたんで、出られなくなったとき」ゲールはここで間をおいた。「それにしても、あれはなんだったの？　あなたはドアを開ける前にあれをどかさなければならなかったはずだわ」

「キャビネットだった」

「ああ、そうだったのね。廊下にある大きなあれね。とにかくもう、自分の力ではどうにもならないと気づいたの。怖かったわ。女がよけいな音を立てるんじゃないって警告したのよ。もし音を立てたら銃で撃たれるって思った。麻薬をめぐるギャング団同士の抗争に巻きこまれたのかもしれないと。そのあと少しして小さな爆発が起きたわ。エアコンの通風孔から煙のにおいが入ってきた。そのときよ、わたしが悲鳴を上げたのは」

「なんでもいい、二人が話していたことを教えてくれ」

「あんまり話さなかったわ」ゲールが言った。「ただ、何をするときもすごく手際がよかった。手慣れてる感じで」

「よく考えてくれ、ゲール。どんな車に乗ってきた？」

「車？　ああ、それなら白いバンだったわ」

「サイドのロゴは？」

「ううん、なかったと思うけど」

「やっぱり」ジャックが言った。

「えっ？」

「誘拐犯にとって白いバンはすごく便利なんだよ」

ゲールが肩をすくめた。「そういえば、テレビの連続殺人犯も必ず白いバンを使ってる」

「ただし、これはテレビじゃないんだよ。二人はきみが火災で死ぬ、あるいはその後に死ぬと考えていたから、油断していた可能性がある。これからどこへ向かうとか、どこから来たとか、何か言ってなかったかな？」

「聞いてないなあ」ゲールが顔をしかめた。「待って。男が渋滞がどうとか言っていたような気がする。そしたら女が心配いらないと言ったの。夜のこの時間、州間五号線は問題なしとかって言ってたような」

「北？　南？」

「えっ？」

「州間高速五号線は西海岸を南北に走っている。偽捜査官は南へ行くつもりだったと思う？　ロサンゼルスとかサンディエゴとか？」

　ゲールはその質問にぎょっとしたような顔をみせたが、すぐに首を振った。「ううん、そうじゃない。女がこう言ってたの。もし問題があるとしたら、ポートランドかシアトルのあたりだろうって。あのあたりに着くころに通勤ラッシュに巻きこまれるかもしれないって。そのあと、女がナイトにこうるさいこと言わないでって言ってたわ。亭主面しないでって」

「ほかには？」

「そうねえ、ひとつ奇妙なことがあったけど、それが重要なことだとは思えないわ」

「どんなこと？」

「あの二人、なんだか喧嘩をしてるんじゃないかって気がしたの。なんていうか、仕事だからいっしょに動いているけど、口論しながらって感じ。男はこいつはヤバい仕事なんじゃないかって何度も女に言ってたけど、女のほうはすごい仕事だとしか言わなくて。こんな言い方って変かもしれないけど、あの二人、離婚寸前の夫婦みたいだったわ」

「何かほかには？　ゲール、ようく考えてくれ。ウィンターの命がかかっているんだから」

「もうだめ」ゲールが泣きだした。「ごめんなさい」

まだまだ情報不足は否めないが、十五分前に比べればましだ、とジャックは考えた。

「スパの火事は捜査の結果、雇われた実行犯による放火ということにたぶんなる」ジャックは言った。「まず厳しい目を向けられるのはオーナーのローリー・フォレスターだと思うが、警察はいずれきみにも話を聞きにくる。いろいろ質問される」

「すごく怖いわ。どうしたらいいのかわからない」

「もしぼくがきみなら、町を出る。いますぐに。そして、この一件に片がつくまでどこかに身をひそめる。荷造りをするんだ。きみがきみの車に乗りこむまで待ってやるが、ぼくがきみに提供できる時間はそれだけだ。ほかにしなければならないことがある」

「んもう、ほんとに」ゲールはすっと立ちあがり、ベッドルームに駆けこんだ。「あいつらが偽捜査官だってことに気づくべきだったわ」

「これという手がかりはあったのかな?」

「服よ。アルマーニを着てる刑事なんている?」

45

つぎつぎに幻覚の波が押し寄せる果てしない通路をたゆたいながら進んでいく。夢の底流に押され、脇の壁にときおりぶつかっていることをぼんやり意識する。流されまいとし、手を伸ばしてどこかにつかまろうとするが、手が動かないと気づいた。何度か水面に顔を出して助けを呼ぼうと試みたが、かすれた小さな声らしきものが喉の奥を震わせただけだった。もしかしたら恐怖の睡眠麻痺状態に陥れられたのかもしれない。

ううん、これはただの夢よ、と思った。

だが、それは自分が自分についている嘘だ。

背後で低い振動音が一定のリズムで聞こえる。車が高速で舗道を走る音のようだ。ときどき話し声も聞こえる。

「目が覚めかけてるわ」女が言った。「どこかで停まって。もう一本注射を打つから」

「あの注射には用心しろよ」今度は男の声。「この女、ほかの二人より小さい。下手すれば昏睡状態に陥りかねない」

「目が覚めたのはあたしのせいじゃないわ」

ウィンターはまだ身じろぎひとつしない。眠っているふりをして、あえて夢の中にとどまろうとしているのだ。できることなら、注射はもうかんべんしてほしかった。

女がまた口を開いた。「あの受付もなんとか始末しなきゃね。建物から出られるはずはなかったのに」

「あの女はおれたちに危険がおよぶほどのことは知っちゃいないさ」

「でも、ほっておくわけにはいかないわ」

「ばか言え。おれのせいにするなよな。だからおまえにもテイズウェルにも言っただろう、そもそもあの女を使うのはまずいって」

「うるさいわね。黙って運転してよ」

「おまえ、あいつとやってるな」しばらくして男が言った。

「いったいなんのことよ？」

「おまえは依頼人とやってる。テイズウェルだ」

「まさか。依頼人とはやらないわ」

「やりたいんだろう」男が言った。

「それはないわ」

「くそっ」男が言った。「おれはこの仕事、はなからいやな感じがしてたんだ」

「この仕事ね」女が冷静に言った。「この仕事こそ、あたしたちが歳取って、敏捷な動きができなくなって死ぬ前にこの稼業から抜け出せるチャンスだわ。くそっ、この女にもう一本注射を打たなきゃ」

またちくりと針を刺される痛みを感じた。再び幻覚の波が押し寄せてきた。どこか遠くの岸でジャックが彼女を探していることはわかっていた。彼に向かって叫びたかったが、どうしても声が出ない。

46

ジャックは閉店後のモールの車が一台も停まっていない駐車場に入り、エンジンを切った。コンソールを開けて黒曜石を取り出し、それを握りしめて精神統一を図った。しなければならないことが山ほどある。まずはじゅうぶんにあとずさってしかるべき距離をおき、この流れを分析しなければ。

深く息を吸いこんでゆっくりと吐き、アイスタウンへ行く準備をととのえる。

……氷のゲートを開いて凍りついた町に足を踏み入れる。手にした黒曜石はあたたかく、どういうわけか心が安らぐ。これはウィンターを探すのに使う護符だ。

迷路のような通りや横丁を進み、気がつけば町の中心に位置する氷の庭園に立っていた。そこからは周囲で起きていることをすべて見わたすことができる。

ゼインの足跡がほど近い横丁の氷の中で燃えている。横丁は深い陰になってはいるが、もはや未知の領域ではない。名前がついている。テイズウェルという名が。

西海岸に数あるヘッジファンドの中からテイズウェル・グローバルを選んで追ったのはなぜか？　おまえがジェシカ・ピットを標的にした理由は知っている。ファンドの内部情報を持っていたからだ。だが、どうやってそのことを知った？　彼女が別れた夫に復讐したがっていることをどうやって知った？

テイズウェル横丁に入ろうとしたとたん、もうひとつの足跡に目が留まった。ジェシカ・ピットの足跡。

進路を変更して、死んだジェシカの足音を追って狭い路地へと入っていく。路地の突き当たりに凍った炎にのまれた車があった。ジェシカ・ピットは運転席にいる。とろんとした目で彼を見ている。

「彼がわたしを見つけたと思うのはなぜ？」ジェシカが訊いた。

「いい質問だ」

彼がいい質問だと言ったとおり、それこそ彼が最初から問いかけるべき質問だった。

あたりを見まわした。すると、あった。凍った炎の文字が書いた名前が。その名前を大きな声で呼んだ。


「ウィンター」

ジャックは明晰夢から覚め、電話をつかんだ。

アンソンはすぐに出た。「何かわかったか？」

「ジェシカ・ピットが今回の事件の鍵だ」ジャックが言った。「これまではゼインが彼女をグレーソン・テイズウェルのヘッジファンドに潜入させたんじゃないかと推測してきた。かなり確信があったが、方向が間違っていたんだ」

「どういう意味だ、それは？」アンソンが訊いた。

「ぼくは最初からゼインがジェシカ・ピットを標的にしたものと思いこんでいた。彼がテイズウェルの帝国に入る道を探していて、彼女が運悪く利用されたと。だがそれでも、なぜそもそもあいつがテイズウェルを選んだのかって疑問が残る。もしあいつがヘッジファンドを隠れ場所にしたかっただけだとしたら、オンラインで一から立ちあげればいいだろう？　あいつにはその手のスキルはじゅうぶんにそなわっている。なのになぜ既存のファンドに侵入したのか？　そのほうがはるかに複雑なはずだ。リスキーであることは言うにおよばず。だって、いろいろと変化する要因をあいつがすべてコントロールできるとは思えないからね」

「だとするとどういうことになる？　早く先を聞かせてくれ」アンソンが言った。

「もしゼインがジェシカ・ピットを見つけたんじゃないとしたら？」ジャックは言った。「もしジェシカ・ピットがクィントン・ゼインを見つけたんだとしたら？」

電話の向こうで短い緊張の間があった。

「ちょっと待ってくれよ」アンソンが言った。「きみとマックスとカボットは長いことゼインを探してきた。最近はゼイヴィアも狩りに加わった。きみたち四人はみんな、人間を探し出すことにかけてはなかなかな腕を持ってる。そのきみたちができなかったというのに、なぜピットがゼインを探し出したと思うんだ？」

「たぶんジェシカ・ピットにはぼくたちにはない情報があったんだよ」ジャックが言った。「グレーソン・テイズウェルと結婚しているあいだに得た、きわめて私的な情報だろうな」

「なるほど。くそっ」アンソンが声をひそめて言った。「きみはどんなたぐいの情報だと考えている？」

「ゼイヴィアのおかげで、ぼくたちはゼインが生まれてすぐ養子に出されたことを知った。そこで考えたんだが、ゼインはテイズウェルの生物学上の息子だという可能性がある。そのうえ、ゼイン自身もこの一年以内のどこかの時点までそのことを知らずにいたと思うんだ。あいつがそのことを知ったのは、ジェシカ・ピットが元夫には認知しなかった息子がいることを知ったからなんじゃないかな。ジェシカ・ピットは離婚後、その息子をインターネットで探しにかかった」

「そいつを利用すれば、別れただんなへの復讐が果たせると踏んでのことか？」

「おそらく。その情報でテイズウェルを脅迫するつもりだったのかもしれない。そこはなんとも。そもそもの計画がどうであれ、ゼインが形勢を逆転させた」

「それだよ、ジャック。ジェシカ・ピットが、もしクィントン・ゼインがテイズウェルの息子なんじゃないかと考えて、もしインターネットで探したとしたら――二つとも〝もし〟だぞ――われわれと同じ壁に突き当たっていたはずだ。なんといおうが、ゼインは二十二年あまり前に死んでいるんだからな。われわれはどうしてもやつを発見できなかったというのに、彼女はどうやって見つけることができたのかがいまだにわからないんだが」

「探す必要などなかったのさ」ジャックが言った。「彼女が探しはじめたとたん、あいつは警戒したはずだ。インターネットに地雷を仕掛けていたかもしれない。あいつがマックスとカボットとぼくがこの二十年間ずっと自分を探していることに気づいていたことは間違いない。だから国外にとどまったままだった」

「つまり、ゼインはジェシカ・ピットという人間が自分を探している事実に警戒はしながら、好奇心をそそられもしたというわけか」アンソンが声に出して仮説を確認した。

「うん」ジャックが言った。「好奇心をそそられるなんてものではなかったと思う。ものすごく悩んだと言ってもいいだろうな。まったく予期せぬ方向から脅威が迫ってきたわけだ。そこであいつはジェシカ・ピットの私生活を掘り起こし、彼女がなぜ自分を探しているのか知ろうとした。ひとつの疑問がつぎの疑問へとつながった。どうしても答えが欲しかったあいつは、ジェシカ・ピットに連絡する決心をした」

「やつが出生の秘密を知ったのはそのときだった？」

「そのとおり。おそらくあいつはその情報を手に、これからの方針をしばらく時間をかけて考えた」

「そうするうちにシアトルでナイトウォッチ事件が不発に終わり、やつはついにみずから動こうと決意した」

「そういうことだ」ジャックが言った。「あいつは計画を練った。ジェシカ・ピットは蝶々で、その羽ばたきが引き金となってハリケーンが起き、テイズウェル・グローバルを襲う」

「なるほどな。きみの仮説が成り立つことは認めよう。だが、あくまで仮説だ。ところで、ちょうどきみに電話しようとしていたんだ。こっちからもニュースがある。イーストンとレベッカ・テイズウェルが姿を消した」

「つづけて」

「マックスとカボットがいま探している」アンソンが言った。「テイズウェル夫妻が最後に目撃されたのは昨夜だ。この街で開かれた大規模な慈善活動の会場をあとにしたときで、二人は大型リムジンに乗りこんだそうだが、ワシントン湖に面した自宅には帰らなかった」

「警察は捜索中？」

「いや」アンソンが言った。「マックスとカボットが夫妻の家の家政婦から話を聞いたところじゃ、ミスター・テイズウェルから携帯にメールが来て、妻といっしょにしばらく静かなところで過ごすことにした、と書かれていたそうだ」

「ゼインが拉致したのか」

「このタイミングだと、そう考えるほかなさそうだな。もうひとつある。ゼイヴィアから聞いてくれ」

ゼイヴィアの話し声は興奮でうわずっていた。「前にも話したけど、グレーソン・テイズウェルは数週間前からほとんど人前に姿を見せていない。彼は家を五つ所有している——ひとつはニューヨークのアパートメントで、あとはハンプトンズ、ベバリーヒルズ、ハワイ、そしてソノマ。ソノマはいちばん近いんで、ぼくは彼はここに行ったんだと思う」

「なぜそう思った？」ジャックが訊いた。

「消去法だね」ゼイヴィアが言った。「テイズウェル・グローバル社のジェット機はいまもサンフランシスコ空港にあるし、ヨットもハーバーにある。ということは、テイズウェルがどこに行ったにしろ、交通手段はたぶん車だよ」

「要するに、プライバシーが確保されるいちばん近いところがソノマの家っていうことだ」アンソンが説明を締めくくった。

ジャックの黒曜石を握る手に力がこもった。「朝一番でテイズウェル・グローバル社を訪ねるつもりでいたが、ソノマの家に行ったほうがいろいろ判明しそうな気がする。二者択一するほかないんだ。とにかく一刻を争う」

「彼らはウィンターを連れてシアトルに向かったと思うんだな？」アンソンが言った。

「移動手段は車か？」

「この時点ではそれがいちばんの手がかりだ。車以外の手段はなかったはずだ。人質を連れて民間航空機に乗るわけにはいかないし、テイズウェル・グローバルのジェット機を使うにしても、パイロットに人質のことを説明しなければならなくなる」

「たとえ納得してもらえる説明を思いついたとしても、パイロットは飛行計画書を作成しなければならないしな」アンソンが言った。

「ゼインはなぜ人質をシアトルに連れていくんだろう？」ゼイヴィアが疑問を口にした。

「もう二人いる人質、イーストンとレベッカ・テイズウェルがここにいるからだよ」アンソンが言った。「たぶん、人質ひとりをここに連れてくるほうが、二人を二州縦断させるより簡単だと考えたんだろう。それだけじゃない、ゼインはこのあたりに土地勘がある。そうだろう、やつは北西部太平洋岸で育ったんだ」

「うん、たぶん」ジャックが言った。その仮説にはどこかしっくりこないものがあったが、とりあえずこだわらないことにした。「確実にわかっているのは、拉致犯はキャシディー・スプリングズを今夜九時ごろ出発したってことだ。ガソリン補給以外は突っ走るとすれば、道の混み具合によるが、シアトルには最短十四時間くらいで到着できる。だが、渋滞は必ず起きるから、最長で十六時間というところかな」

「持ち時間はそれくらいか」アンソンが言った。

「持ち時間って?」ゼイヴィアが訊いた。

「その間に人質の居場所を突き止めて、救出の方法を考えなければならない」ジャックが言った。「いまから十四時間から十六時間のどこかの時点で、ウィンターとあとの二人を助けたければどこそこに来いというメッセージがぼくに届くはずだ。ぼくをとらえさえすれば、ゼインにとって人質は用済みになる」

「ほんとかよ」ゼイヴィアが言った。言葉を失ったようだ。

「確率百パーセントだ」ジャックが言った。

47

ジャックはソノマにあるテイズウェル邸を囲む夜の闇に包まれた葡萄畑に立ち、門の向こうの屋敷のようすをうかがった。

目に見える防犯設備はないが、だからといって電子機器がそこここに設置されていないとはかぎらない。満月からの月明かりだけで門の内側の中庭に並ぶ六つの車庫の閉じた扉が見てとれた。車庫の中に車が入っているのかどうかはまったくわからない。

錬鉄製の門扉に歩み寄り、じっくりと見た。電気仕掛けのセキュリティー・ボックスがついているが、警報のスイッチは切ってある。試しに片方の門扉を押してみると、なんの抵抗もなく大きく開いた。

ジャックは電話を取り出し、アンソンの番号を押した。「屋敷には誰もいなそうだ。見たところ、誰かがあわてて出ていったあとらしく、防犯システムがリセットされていない」

「ありうる状況だ」アンソンが言った。「銃はどこかで手に入れただろうな」

「わかってると思うが、ぼくは射撃があんまり得意じゃないんだよ」

「前にも言ったが、現実の銃撃戦になったら、射撃が得意なんて人間はそうはいないものさ。肝心なのは敵をびびらせることなんだ」

「状況を鑑みれば、銃なしでそんなことができるとは思えないよ。うんざりだ」

ジャックは中庭に足を踏み入れた。「いま門の中に入った。警報は鳴っていない」

「それだけで判断するな」アンソンが言った。「それだけの金持ちが屋敷を無防備なままあとにするはずがない」

「ようすを見てみる」ジャックが言った。

月明かりに照らされた中庭を横切り、玄関扉を押した。すんなり開いて、彼を薄暗い大邸宅の中へと招き入れた。

「玄関ホールに入った」電話に向かって言う。「明かりは全部消えている。ペンライトで照らさないとまずい。電話はベルトに留めるから、この先はスピーカーに切り換える」

一階の部屋は優雅なホテルのロビーがいくつも並んでいるような感じだ。どの部屋も、広々した空間にどっしりした大きな椅子、ソファー、コンソール・テーブルが置かれている。まるで高級雑誌の見開き用の写真を撮影するために装飾された部屋のようだ。何もかも規模が大きく、何もかもが高価に見える。しかし、何ひとつとして人間味を感じさせるものがない。ここへ来ておかけなさい、とか、ここで本を読んだらどう、とか招く空気がいっさいない部屋だ。こういう部屋では友だちと一杯やる気になれない。

今夜調べて回っているうちに、こうした部屋のなんたるかがわかった気がした。この数年間彼が暮らしてきた部屋の華美な高級版。仮の住まい。家庭とは程遠い。

一階をざっと調べ終え、手の込んだしつらえの階段をのぼって二階へ行った。

二階の部屋は規模的にはふつうに近かった。クロゼットや抽斗をつぎつぎに調べ、さまざまなもの――バスルームにあった片方だけの靴下、歯磨きのチューブ、使ったあとのコップ――を見つけて、ここの空間は現実の人間に使われていたことを知った。

主寝室のドアを開けたとき、見つけたかったものが見つかった。クロゼットの服、バスルームに並んだ男性用の洗面用具がおのずから状況を語っていた。最近まで誰かがこの豪邸に滞在していた。

「ここに誰がいたにせよ、せわしく出ていったようだ」ジャックがアンソンに言った。「持ち物をここに置いたまま。べつの翼には三階がある。いまからそっちを調べる」

「いやな予感がする」

「ここにはもう誰もいない。まあ間違いない」

「きみが〝まあ間違いない〟なんて言うのははじめて聞いた」アンソンが言った。

「いつだって正確なパーセンテージを使うのに。それはつまり、百パーセントきみひとりだってことか？」

「いや、そうじゃない」

「じゃあ、いったい何が言いたい？」

ジャックは階段をのぼりきった。その階には部屋はひとつしかない。ドアは閉まっている。ジャックは壁に背を当て、取っ手に手をかけると、静かに開けた。

死のにおいが漂ってきた。

「ここにはぼくひとりかと訊いたが」ジャックが言った。「それは〝ひとり〟の定義しだいだ」

「死体か？」アンソンが言った。

「ああ」

ジャックは部屋の中へと歩を進め、大理石の床に大の字に横たわった男の顔にペンライトを向けた。全身に浴びた血しぶきが乾いている。

「ゼインじゃない」ジャックは言った。「イーストン・テイズウェルでもないし、ウィンターとぼくを襲ったプロたちでもない。年配の男。九十七パーセントの確率でグレーソン・テイズウェルだ」

「彼だとすれば、自然死じゃないな」

「ああ。至近距離からの射殺だ。抵抗のあとがある。ガラスの破片が飛散。椅子がひっくり返っている。床に書類がちらばっている」

死体をそっと押して横向きにさせ、尻のポケットから高級な革製財布を引き抜いた。ぱっと開き、運転免許証をじっくりと見る。

「グレーソン・フィッツジェラルド・テイズウェルであることを身分証で確認」

死体から手を離し、立ちあがった。懐中電灯がテイズウェルの手のゴールドをぎらりと光らせた。結婚指輪ではなく紋章付き指輪だ。彫られているのは灰から舞いあがる不死鳥。

ジャックはライトをぐるりと回して書斎内を照らした。

「この部屋だが、すごく変だ」

「そりゃまあ、死体を発見したわけだからな」アンソンが言った。

「いや、それが死体だけじゃない」ジャックは間をおき、室内の気になるところひとつひとつに目を留めた。「何者かがただここにやってきて引き金を引いただけじゃない。プロのやり口じゃないんだ。格闘になった。グレーソン・テイズウェルが負けた。そのあと彼らはこの現場をととのえた」

「彼ら？」アンソンが訊いた。

「ゼインと、おそらくはあいつが雇ったあの二人組のボディーガードだ。家宅侵入に見せかけようとしたようだ」

「ゼインの手下がテイズウェルを撃ったと思うんだな？　おそらくボスを守るために？」

「いや。彼らはプロだ。見たところ、これは冷酷な処刑スタイルの殺しじゃない。銃を取りあっての取っ組み合いらしい」ジャックは懐中電灯で床を照らした。「銃はいまもここにある。ということは、たぶんテイズウェルのものだ。これで警報装置が切ってあったことに説明がつく」

「どういうことだ？」アンソンが訊いた。

「ここで何が起きたにしろ、計画の一部ではなかった」ジャックが言った。「だから、その場の判断で動くほかなかった。警報装置を切ったのは、最終的に死体が発見されたとき、警察が何者かが屋敷に侵入したと結論付けるようにだ」

「いますぐそこを出ろ、ジャック。いま逮捕されている余裕はないぞ。持ち時間を忘れるな」

「ああ、すぐに出るよ」ジャックは言った。

だが、彼はすぐにドアに向かいはしなかった。クィントン・ゼインがこの部屋にいた可能性はきわめて高い。ゼインが格闘に巻きこまれ、その結果、テイズウェルが死んだ。この書斎に情報があるはずだ。痕跡が。できるかぎり数多くのデータが必要だ。ウィンターの命がかかっている。イーストンとレベッカ・テイズウェルの命も。ゼインがまだ手をかけていないとすればだが。

心を鬼にして丹念にデスクの抽斗を調べたあと、床にちらばった書類を何枚か拾いあげた。主としてスプレッドシートで、それ以外は財務文書だ。

ひとつのファイルはラベルが貼られていない。ジャックはそれを開いてぱらぱらと繰った。四十六年前の日付が記された私立探偵からの報告書だ。年月の経過のせいで黄ばんでいる。ジャックは中身に素早く目を通し、要約をアンソンに伝えた。

「四十六年前。シアトルに住む女がテイズウェルを脅迫しようとした。彼の息子を産んだから口止め料をよこせというものだ」

「穏やかじゃないな」アンソンが言った。

「報告書には、女は最近、麻薬の過剰摂取で死んだからもう心配いらないと書かれている」

「赤ん坊はどうした？」

「探偵の調査によれば、女は死亡する少し前に赤ん坊をどこかの夫婦に売ったことが判明したそうだ。売買についての確認はできなかったが、赤ん坊が闇市に姿を消したものと仮定すれば、問題になることはありえない。報告書はそこまでだが、ファイルには手書きのメモがはさまれていて、これが見たところ新しい。メモといっても、ルーカン・テイズウェルという名前だけだ」

「くそっ」アンソンが小声で悪態をついた。「きみの言うとおりだった。ゼインはテイズウェルの息子かもしれない。ほかには？」

「あるよ。女の写真だ」

ジャックは女の写真をまじまじと見た。黒のロングヘア、絶世の美人だ。

「クィントン・ゼインの母親の写真を発見したってことなんだと思う」

「間違いなさそうだ」

「ゼインは母親似だ。父親ではなく。写真の裏にメモがある。死亡の日付と死因。死亡当時四十六歳、過剰摂取が原因だ」ジャックは同じファイルからべつのページを引き抜いた。「ＤＮＡ鑑定の結果が出てきた。甲は乙の直近の血縁者、すなわち息子である可能性がきわめて高いと書かれている」

「なるほど。ゼインが本当にテイズウェルの息子か、あるいはゼインがテイズウェルにそう思いこませようとしたか。どっちでも同じことだが」

「ああ」

ジャックはファイルを閉じて室内を歩きまわり、さらなる情報を探した。

部屋の一隅に舶来の、見るからに高価なブランデーの瓶が四本おさめられた、ガラス製の飾り棚が据えられていた。埃のあとからごく最近二本が取り出されたことがわかるが、書斎にそれを開けた気配はいっさいない。

壁に飾られた写真は主として、著名人や上院議員二名を含む各界のＶＩＰと並ぶグレーソン・テイズウェルのものだが、つやつやした最新式のヨットの写真もあった。舷側に記された船名はフェニックスⅣ。

つぎの写真に移動しようとしたとき、中央に掛けられた写真に気づいた。写真に写る屋敷は古色蒼然としており、前世紀の豪邸の面影を残している。東海岸の名門一族がその昔、ハンプトンかニューポートに建てた派手な別荘といった雰囲気だ。

だが、周囲の岩だらけの風景はどう見ても東海岸ではない。木々や崖に北西部太平洋岸の空気が漂っている。屋敷の正面に船着場があり、昔風の旧式のヨットが船架のひとつにもやいである。懐中電灯の細い光線でもなんとか船名が読みとれた。フェニックス。

ジャックは壁から写真をはずし、デスクのへりでガラスを割った。

「どうした？　大丈夫か？」アンソンが訊いた。

「大丈夫」ジャックは答えた。「べつの写真を見ているんだ」

写真を額から取り出し、裏返した。誰かが走り書きした文字がある。**アザリア・アイランド・ハウス**。そして四十年ほど前の日付。

「そこを出ろ、ジャック」アンソンがせかした。

「いま階下に向かっている。ゼイヴィアに不動産の記録を調べてもらう必要ができた」

「何を見つけた？」アンソンの口調がきつくなる。

「車に戻るまで待ってくれ」

ジャックは家庭だったことのない、がらんとしただだっ広い邸宅をあとにし、みごとに設計された葡萄畑を抜けた。

木蔭になった道端に停めてきたレンタカーに乗りこむ。

「聞こえてるか？」アンソンが言った。

「ああ。車に戻った。九十パーセントの確率でゼインがいそうな場所がわかった」

「つづけて」

ジャックは助手席に置いた写真に目をやった。

「あいつは家に帰ろうとしているんだ」

45

「あなたが言ったとおり」ゼイヴィアが言った。「六軒目の家があったんだ。北西部太平洋岸、厳密にはサンファン諸島の中の個人所有の島に。アザリア島。これ、テイズウェルの最初の妻の名前をつけたらしい。だが、彼はここを三十年以上前に売却して、以来所有者は三回代わっている」

「最後に売られたのはいつで、現在の所有者は？」

ジャックはサンフランシスコ空港に近いカフェでコーヒーを前にすわり、電話を耳に当てていた。九十九パーセントの確率で数時間以内にゼインから連絡が来ると踏んでいた。ゲームの終盤戦にそなえて準備をしておかなければ。

電話の向こうにはいま、カボットとゼイヴィアがいた。マックスとアンソンも。ヴァージニアとシャーロットも部屋にいるという。〈カトラー・サター＆サリナス〉のオフィスに家族が集まり、この災難に向きあっていた。

「個人所有の島を売るのは簡単じゃないことがわかった」カボットが言った。「この手の不動産、とりわけ問題の島がひんやりじめじめした北西部太平洋岸の場合は買い手がそうたくさんいるわけじゃない。カリブ海の太陽が燦々の島とは違うからな。しかし現在の所有者は、どうにも突き止めようのない正体不明のダミー会社だ。売買は五カ月前のことだ」

「ゼインだな」ジャックが言った。「タイミングを考えれば、九十八パーセントの確率であいつだ」

「マックスとぼくもタイミング的にはぴったりだと意見が一致した」カボットが言った。「ジェシカ・ピットがグレーソン・テイズウェルと離婚したあとのことだ。もし彼女が離婚後すぐにゼインを探しはじめたとしたら、もしゼインが自分は本当にテイズウェルの息子だと判断して、家族の歴史の一部を手に入れたいと考えたとしたら

——そう、このタイミングは絶対間違いない」

ジャックは目を閉じ、静かに考えた。「たしかにそうだな。ゼインの視点から見れば、アザリア島の家は先祖伝来の屋敷になるべきものだった」

「きみは、ゼインがウィンターと、おそらくイーストンとレベッカ・テイズウェルをこのアザリア島の家に連れていったと思うんだな?」カボットが訊いた。

「あいつについて知っていることの何もかもがぴったり当てはまる」ジャックが言った。「人質を取った人間の作戦としては巧妙だ。主導権は自分にあると信じられる拠点であり、万が一主導権を奪われたときは船でサンファン諸島の中に姿を消すことができる」

「人質のひとりを連れて」マックスがいやに暗い声で言った。「あいつのことだ、その人質は役に立つかぎり生かしておく。あとの二人は始末する」

誰も何も言わなかった。その必要がなかった。もしも前向きのままでいなければいけない時があるとしたら、いまがそれだ、とジャックは思った。

神経を集中し、論理的に作戦を考える。

「アザリア島の家は長いこと売りに出ていた」ジャックは言った「ということは、たぶんたくさんの不動産業者が扱っていた。となれば、不動産会社のウエブサイトに内部の写真があるはずだ。空から撮影した家と島の写真もあるんじゃないかな。家の見取り図があれば作戦が立てやすい」

「きみから家の場所を聞いてすぐ、アンソンがぼくたちにそういう方向で調べに取りかかるように言ったから」カボットが言った。「ヴァージニアとシャーロットがいま不動産会社のウェブサイトを調べているところだ。内部のようすと建築に関する詳細が見つかるかもしれない。航空写真ならぼくが見つけた。この時点で言えることがひとつある」

「それは？」ジャックが訊いた。

「この家は昔、大金持ちの注文で建てられたにちがいない」

「大きな船着場があるから？」

「いや。屋上にヘリコプターの離着陸場があるんだ。現在もそのマークが部分的に見てとれる」

ジャックはそれについて一瞬考えた。「そいつは興味深いが、ゼインが人質の移送にヘリコプターを使う可能性はきわめて低いと思う」

つぎに答えたのはマックスだった。「ヘリはサンファン諸島では目立ちすぎるだろう。あのあたりはものすごく静かなんだ。近くの島の人たちがみんな気づくよ」

「ヘリはないと考える理由がもうひとつある」ジャックが言った。「あいつは船に詳しい。ほら、昔、死亡事故を偽装したときも盗んだヨットを使っただろう。それに、船のほうが音がずっと静かで目立ちにくい。サンファン諸島の住人の多くはなんらかの種類の船を持っているから、船なら誰も気に留めない」

「ゼインからの連絡があるまでは、そのままベイエリアにとどまるんだろう？」マックスが訊いた。

「われわれがあいつの隠れ場所をまだ突き止められずにいると信じこませたいなら」ジャックが言った。「ほかに選択肢がないだろう。あいつから飛行機に乗れと指示が来る前にぼくがシアトルに向かえば、こっちがテイズウェルとアザリア島を関連づけたんじゃないかと疑いはじめるかもしれない」

「きみがそこにとどまるべき理由はもうひとつある」カボットが言った。「われわれが間違っているかもしれない可能性もまだある。ひょっとすると、ゼインはカリフォルニアのどこかに人質を拘束しているかもしれない」

「ここは前向きに考えないとな」ジャックは言った。

49

水面に浮きあがろうと、また潮の流れに逆らってがむしゃらに泳いでいた。早くしないと抗えない重さが血管の中を通って全身に広がり、水中へと引きこまれかねない。やっとのことで目を開けると、少なからず驚いたことに、目が覚めていることに気づいた。完全にとはいえないが。薬の余波がまだ感覚を引っ張っている感じだが、今度は離岸流さながらの眠気を克服できた。ぼんやりとわかったのは、部屋がぎらつくキャンプ用ランタンの明かりで照らされていること。

「もう大丈夫よ」女が言った。まるで誰かが聞き耳を立てているのを恐れるかのように小さな声だ。「ほら、水を飲んで。サンドイッチもひとつ、あなたの分を取ってあるわ」

女が両手を使って水のボトルを差し出すのを見てウィンターは気づいた。左右の手首を結束バンドで縛られている。

「ありがとう」ウィンターは言った。酔っ払っているときみたいな声だ。ボトルに手を伸ばそうとして、自分も同じように手首を縛られていることに気づいた。まずは水をごくりと飲んだ。ふた口飲んだあと、また口をきこうとした。「わたし、幻覚を見ているのかしら？　あなたがディズニーのお姫さまみたいに見えるんだけど」

女は洗練されたイヴニングドレスを着ており、動きにつれてかすかに衣擦れの音がした。肩からはカシミアのストールが垂れ、首周りにはダイヤモンドの精巧なネックレスが。そしてダイヤモンドは耳にも。

「もしわたしがおとぎ話のお姫さまなら、魔法使いのおばあさんを呼んで、魔法の杖を振ってここから助け出してもらうのにね。わたし、レベッカ・テイズウェルよ。あちらが夫のイーストン」

ウィンターは視界に入ってきた男に目を凝らした。タキシードに身を包み、なかなか立派だ。タキシードは着慣れているらしい。

ウィンターは挨拶代わりに水のボトルを少し持ちあげた。「あなたが王子さまね」

「残念ながら」イーストンが言った「ぼくたちは慈善パーティーから帰宅途中で拉致されたんだ。ルーカンの手下二人がいつもの運転手と入れ替わっていた。ぼくたちは薬で眠らされ、目が覚めたらここにいた。きみをこんなことに引きこんでしまって申し訳ない。ぼくの知るかぎり、きみは頭がおかしいぼくの腹違いの兄とはまったく関係がない人だ。たまたま悪いときに悪い場所にいたというだけで」

「もしそれがクィントン・ゼインのことなら」ウィンターが言った。「おそらくそうだと思うけれど、わたしも関係がないわけではないの」声が徐々に力強くなってきたようだ。また水を飲んでボトルを下げた。「すでに少なくとも二度、彼に殺されそうになっているわ。不思議なご縁ね」

「何か食べたほうがいいわ」レベッカが言い、チーズとボローニャソーセージのサンドイッチを差し出した。見たところ、自動販売機で買ったような、ぱさついたものだ。

「食べれば鎮静剤の効果が薄まるわ」

ウィンターはサンドイッチをまじまじと見た。けっして食欲をそそるものではないが、アリスとともにヘレンとスーザン・ライディングに連れられて、フィールドワークのためにはるかなる奥地へ旅したときには、もっと食欲をそそらないものを食べたこともあった。いまはとにかく力をつけなければ。ウィンターはがぶりと噛みついた。

「ここはどういう場所？」サンドイッチを頬張りながら質問した。

「サンフアン諸島の中の個人所有の島に建つ家で、島にはこの家しかない」イーストンが言った。「父親がひと財産築いたあと、両親はここを買いもどしたが、あまり使わなかった。父が印象付けたい人たちのほとんどは、海を見る以外にすることもない島で週末をゆったり過ごすことには関心がないことがわかってね。それで、母が死んだあとに売ってしまった。それが三十年くらい前のことだ。いまは新しい所有者がいる」

「頭がおかしい腹違いのお兄さま？」

「ご名答」レベッカが言った。

「ゼインの一味は何人かしら？」

イーストンが眉を吊りあげた。「彼をゼインと呼ぶのはなぜ？」

「昔、クィントン・ゼインと名乗っていたから。いまは？」

「自称ルーカン・テイズウェル」イーストンが言った。「で、質問の答えだが、彼にはいわゆる用心棒が二人いる。プロの殺し屋というほうがぴったりくる連中だ。二人ともしっかり武装している。ルーカンも銃は持っているが、扱い方を見るかぎり、慣れているとは思えない」

「ここは二階」レベッカが言った。「ドアには鍵がかかっていて、窓には板が打ちつけられている。イーストンが何カ所か緩めようとしてみたけれど、いままでのところどこもだめだったわ」

「たとえ何枚かはずせたとしても、ここから地面までは相当な高さがある」イーストンが言った。「少なくとも骨折は覚悟しなくちゃならないだろう。窓から地面に下りるのにカーテンを使えるかもしれないと思うが、布がかなり擦り切れているんで、体重を支えきれるかどうかわからない」

「腹違いのお兄さんは人質のようすを見に、ここへ上がってくるの?」ウィンターが訊いた。

「ううん」レベッカが答えた。「ルーカンだかゼインだか、なんと名乗ろうとかまわないけど、あの人、わたしたちには大して関心がないみたい。用心棒の男、ナイトもあんまり見ないわね。たまにようすを見にくるのが女の用心棒。名前はスローン。ヴィクトリア・スローン。思うに彼女、ルーカンのことで頭がいっぱいみたい」

薬の効き目の潮に抗っているあいだにどこからか聞こえてきた会話のおぼろげな記憶が、ウィンターの頭の中に漂っていた。

男の声。「おまえ、依頼人とやってるだろう」

すると女の声。「まさか。依頼人となんかやるわけないわ」

再び男の声。「あいつとやりたがってる」

「それ、使えるかもしれないわ」ウィンターは言った。「でもその前に、おしっこがしたいんだけど」

「あなた、ついてるわよ」レベッカが言った。「この部屋はバスルームがついているの」

「快適な設備ってほんとに大事」ウィンターは言った。

50

携帯電話と銃を器用に持ち替え、ヴィクトリアは古ぼけた鍵を同様に古ぼけた錠前に差しこんだ。多少の奮闘を要した。古い屋敷のセキュリティーときたら悪い冗談のようだ。ルーカンは、ここに長居をするつもりはないから最新式の警報システムを設置する必要などないと断言していた。この島のことも家のことも誰も知らないのだから、と説明し、心配するな、と言った。

彼がそう言ったのはまさに、彼女がもう一艘の船について彼に意見をぶつけたときだった。屋外に無防備な箇所はないかと見回りに出て発見した船だ。それまでルーカンは、島で船をつけておける場所は一カ所しかないと言っていた。家の正面だ。この小さな島のほかの部分は岩の壁で守られている。島全体が自然の要塞なんだ。彼はそう言っていた。

しかし彼女は、偵察中に家の裏手にある林の中にほとんどそれとわからない踏み分け道を見つけたのだ。その道を進み、木々のあいだを抜けると、眼下に周囲からは見えない小さな浜辺があり、船着場の名残らしきものがあった。そのかたわらの海面で上下する手入れの行き届いた小型クルーザー。ヴィクトリアはプロだ。自分が目のあたりにしている光景の意味を理解した。ルーカンにはプランBがある。そのとき浮かんだ疑問はむろん、彼はなぜそれをわたしたちに話してくれなかったのか、である。

そこで、ヴィクトリアはそれについてルーカンに意見をぶつけたが、用心深く二人だけのときを選んだ。というのも、デヴリンはすでにこの仕事に関して腰が引けていたからだ。大したことでなくてもデヴリンはこの依頼人を捨てかねない。「心配するな」ルーカンは言った。「きみに話さなかったのは、きみから相棒に漏れる危険を冒したくなかったからだ。もしもまずい状況で島を離れなければならなくなったら、きみとぼくだけであの船に乗る。ナイトにはここにとどまってわれわれを掩護してもらわないと」

デヴリンが島から脱出できないことを思うと少々困惑した。二人はパートナーになって久しい。一度ならずお互いの命を救ってきた。とはいえ何ごとにもいずれ終わりがくることを、彼女はつねにある程度意識していた。人間、まったく新しい人生に踏み出す大胆な決心をしたときは犠牲を払わなければならないのだ。彼女の未来はデヴリンではなくルーカンとともにあった。

そんな考えを脇へ追い払い、ドアを開けた。人質に関するあれこれは彼女の仕事で、これからきわめて重要な写真を撮らなければならない。

敷居の位置でぴたりと足を止めたのは、室内に予期せぬ暗さが垂れこめていたからだ。唯一の明かりは窓に打ちつけた板の細い隙間から射しこんでいる光。少ししてやっと、人質たちが電池式のキャンプ用ランタンを消したことに気づいた。

「どうなってるのよ？」思わず言った。

「心配いらないわ、ヴィクトリア」ウィンターの口調は穏やかで、なだめるようで、不思議なまでに説得力があった。「電池を長持ちさせたかっただけなのよ。すぐに夜になるでしょう、ヴィクトリア？　わたしたち、真っ暗な中にいたくないの。暗闇に閉ざされる気持ち、わかってくれるわよね、ヴィクトリア？」

明かりのない夜のことなんか心配する必要ないわ。だって、あんたたちはあと数時間の命なんだから、とヴィクトリアは思ったが、声に出しては言わなかった。人質を取った場合のルールその一は、面倒を起こさないかぎり命はあると人質に思いこませることだ。

「予備の電池はあるから」ヴィクトリアが言った。「ランタンのスイッチを入れて。

あんたの写真を撮らないとね。ジャック・ランカスターがそれを待ってるの。あんたがまだ生きている証拠を欲しがっているの。残念ながらよけいな時間がかかるんだわ、これが。この忌々しい島ときたら携帯電話が通じないもんだから、あたしの相棒が写真を送信するために船で本土まで行かなきゃならないのよ」

「わかった」ウィンターが言った。「ランタンをつけるわ」

ランタンに明かりがともった。そのときヴィクトリアは、ランタンがテーブルの上から部屋の中央に移されていたことに気づいた。それがいま、奥の隅にある。ヴィクトリアが反射的にその方向に目をやると、ウィンターが縛られた手でランタンを持っているのが見えた。ランタンのぎらつく光を受けて、ウィンターの目がどこまでも深く謎めいた色彩を帯びた。ヴィクトリアは恐怖の戦慄を覚えた。

「ここはこの部屋でいちばん暗い場所だけど」ウィンターが言った。「この明かりのおかげで影の奥まで見通せるわ。この明かりから目をそらすことはできない。そうね、ヴィクトリア？　あなたはここ以外を見たくない。ほかのところを見ることができない。この明かりを見ていなければならない。この明かりにしたがって闇の中へ……」

51

その日の午後、ジャックの電話の画面にウィンターの写真がぱっと現われた。拉致されてから十六時間が経っていた。彼女が姿を消したことに気づいて以来、ジャックはずっとこの瞬間を予測していた。にもかかわらず、全身を衝撃波が駆け抜けた。

ウィンターは大きな椅子に腰かけていた。凝った装飾が施された、かつては高級品だったと思われる椅子だが、いまや色褪せ、古ぼけている。ウィンターの両手の手首は結束バンドで縛られている。足首は拘束されてはいない。拉致された夜と同じ服を着て、感情をいっさいうかがわせない冷ややかな無表情を見せている。

写真に添えられたメッセージはしごく簡潔だった。九十分後に出発予定の飛行機に彼の席が予約してある。シアトル到着後は、レンタカーのカウンターに行けば、追跡装置のついた車が予約してある。ただちに車を出発させてシアトルの北に向かえ。もしルートをはずれたり、尾行がついていたりしたら、そのときはウィンターに代償を払ってもらう。

唯一意外だったのは、生きている証拠として動画ではなく写真が送られてきたことだ。おそらくゼインは、口をきくことを許せば、ウィンターが居場所についてなんらかのメッセージを送るのではないかと考えたからだろう。

ジャックは写真を細部まで丹念に見た。どんな微々たるデータも見逃すわけにはいかない。ぱっと見はウィンターがきつく指を組みあわせているのは不安の表われのように見えたが、よくよく見ると、二本の指だけが全部見えるように両手を組み、その二本の指をわずかに伸ばしている。

「何を言おうとしてるんだ、ウィンター？」

彼女をとらえている犯人の人数を知らせようとしているのかもしれない。しかし、ジャックはすでに一味がゼインを入れて三人だと知っている。しかも、彼が知っていることをウィンターは知っているはずだ。

だが、ウィンターの二本の指に目を凝らせば凝らすほど、彼女が送っているのはべつのメッセージだと思えてきた。

「了解」ジャックは言った。「すぐに行くからな」

ジャックは少ししてシアトル行きの便に搭乗した。ダッフルバッグを頭上の棚に入れ、ウィンターのものが入ったバックパックを座席の下に押しこんだ。

バックパックを靴の爪先でそっと押し、そのままそこにとどめた。到着までそうしてずっとウィンターとのささやかなつながりを保つつもりだ。

シートベルトを締め、作戦のシナリオに神経を集中した。

いつもながら、こういうことはタイミングがすべてなのだ。

52

かつてクィントン・ゼインだった男は、広いリビングルームの奥に位置する堂々たる石造りの暖炉の前で待っていた。暖炉では炎が勢いよくはじけていたが、それでも老朽化と湿気ゆえの室内の冷えは、どんなにあたためようと和らぐことはない。いくつかの窓にはガラスがまだ残っていたが、大部分ははるか昔に板を打ちつけたままだ。

カーテンは歳月による劣化で裂け、傷だらけの硬材の床に山をなしている。何枚もの部分敷きのラグが室内のあちこちにちらばっているが、どれも糸が見えるまでに擦り切れて薄っぺらだ。椅子も長椅子もこのだだっ広い部屋に合わせてやたらと大きいが、布地は引き裂け、黄ばんだ詰め物がむきだしになっている。

電気は使っていない。暖炉の炎以外の照明源は、何台もの電池式のキャンプ用ランタンである。わざわざ発電機を稼働させていないのは、ゼインがここに長居をする気がないことの明らかなしるしだ。

デヴリン・ナイトがジャックを連れて部屋に入り、赤々と燃える暖炉の手前数フィートのところで足を止めた。クィントンは片方の手を炉棚に伸ばして体重を支えている。大理石の炉棚の上、手からすぐのところに拳銃が置いてある。

ゼインが手にしたブランデーのグラスを高く上げた。冷酷な笑みを浮かべてはいるが、その目は熱っぽい高ぶりを帯びていた。

「ジャック・ランカスター」ゼインが言った。「久しぶりだな」

「あんたがカリフォルニアの教団施設に火をつけてから二十二年八カ月と五日だが、そんなことはどうでもいい」ジャックは言った。「ウィンターはどこにいる?」

「上の階だ、いまは。きみのかわいい瞑想ガイドは無事だ、安心しろ。おれの腹違いの弟夫婦といっしょにいる。彼らもまだ生きているよ。計画完遂までは人質を捨てる意味がない。いつ必要にならないともかぎらないからな」

「あんたの兵隊にルーカン・テイズウェルと呼べと言われた」

「はじめて会ったとき、おれはクィントン・ゼインだった。今夜はそれでいい。だが、この計画完遂後、おれは本物のルーカン・テイズウェルになる」

ジャックは燃えさかる暖炉のほうに首をかしげた。「ここでは地獄に君臨するかっこいつがルシファーとして采配を振っているわけか。あんたは昔から芝居じみたことが得意だったからな」

「みごとな火だろう。心が休まるよ。さ、いっしょに祝杯を挙げよう。話は尽きないはずだ」ゼインがデヴリンに一瞥を投げた。「手首を解いてやれ。教養ある紳士らしく一杯やることができるようにな」

「彼を自由にするのはまずいでしょう」デヴリンが言った。「武器と通信機器を身につけていないことは確認しましたが、それでも――」

「わかった」ゼインが言った。「きみの言うとおりだ。たしかにわざわざ危険を冒すこともない。しかし、せめて前で手首を縛ってもいいだろう。そうすればグラスが持てる」

「はい」

デヴリンが二歩あとずさってジャックに銃を向けると、ヴィクトリアが軍用タイプのナイフを取り出して結束バンドを切った。

「それに見覚えがある」ジャックは言った。「ケンドール・モーズリーに与えた戦闘用ナイフも同じメーカーだった。それにしても、あのばかげた計画は失敗だったな。考えたのは誰だ？」

ゼインは歯嚙みしながらも無言で通した。

ジャックがにやりとした。「だろうな」

「腕をまっすぐ前に出して手首をくっつけて」ヴィクトリアがすぐさま命じた。自分が割って入らないことには格闘がはじまると心配でもしたかのように。

ジャックは両手を前に差し出した。ヴィクトリアが新しいビニール製の結束バンドをしっかりと締め、後ろにさがった。

「ランカスターはこれでもう心配ありません」声高に宣言した。

「ご苦労」ゼインが言った。「きみとデヴリンは引きつづきこいつから目を離さずにいてくれ。だが、しばらく離れててくれ。ジャックとおれは二人だけで話さなきゃならないことがある。久しぶりだから情報交換が必要なんだ。とにかく最後に会って以来二十二年だからな」

ヴィクトリアはジャックを見た。「ほら、前に出て。でも、おかしなことをしたら承知しないわよ。この距離からだって何ひとつ見逃さないからね」

ジャックが眉をきゅっと吊りあげた。「ゼインはだました女たちをつぎからつぎと殺してきた過去がある。きみも先刻承知だろう？」

ヴィクトリアが驚くばかりの素早さと力でジャックの横っ面を拳銃で張り飛ばし、

ジャックはなすすべもなく最後の最後にやっと顔をそむけることしかできなかった。眼鏡がはじけ飛んだ。硬材の床のどこかに落ちた音が聞こえたような気がした。歯と、おそらく鼻も、折れはしなかったと思ったが、血が出てきた。顔の横を伝い落ちているのがわかる。

「うるさい」ヴィクトリアが凄んだ。

「そう怒るな、ヴィクトリア」ゼインが穏やかに言った。「ジャックの眼鏡を拾ってかけてやってくれ。今夜は彼に一部始終を見てもらわないと」

ヴィクトリアは動かなかった。眼鏡を拾いあげ、ジャックの手に持たせたのはデヴリンだった。意外にもレンズはまだフレームにおさまっていた。

「ジャックのおれに関する意見には多少矛盾がある」ゼインがつづけた。「かつて彼の母親とおれはきわめて親しい仲だったが、あの女は……信用ならないってことがわかってね」

ジャックは眼鏡をかけた。「あんたはしばらくのあいだ母をだまして、守ってやると思わせていたが、最終的には母はあんたの正体を見抜いて、ほかの女性のようにはならなかった」ここでゼインの手に光る指輪にちらっと視線を向けた。「家紋かな?」

ゼインはその問いに一瞬ぎょっとした表情を見せた。指輪に目をやり、笑みを浮かべる。「ああ、そうだ。おれのために特別に注文した」

「これだけ離れているとよくは見えないが、九十六パーセントの確率で、灰の中からよみがえる不死鳥だと思うね」

このときはじめて、ゼインの勝ち誇ったようすがいくらか崩れた。すでに熱を帯びていた目がなおいっそう熱くなった。

「みごとな推測だ」

「推測ってわけじゃない。確率で考えた」

「確率？」

「あんたは根っからの放火魔だ。昔から火が絡むものが大好きだ。となれば、偽の家紋として不死鳥を選ぶという考えが論理的だろう」

クィントンはその餌に食いついてはこなかった。

「過去を消すとなれば、火に優るものはない」しごく冷静に言った。

そして炉棚をつかんでいた手を離し、少し離れたところに置かれたブランデーのボトルをのせたトレイに近づいた。大きなグラスにそれを注ぎ、トレイに置いた。

「さあ、ここへ取りにきて、一杯やってくれ」ゼインは言った。「うちの警護要員はとびきり優秀だが、それでもきみとのあいだにはしかるべき距離を取っておくほうがよさそうだ。グラスが空になる前にきみを殺すようなことになったら残念だからな」

「ゲームはもう終わりにしよう」ジャックが言った。「あんたはもうぼくをとらえたんだ、ゼイン。ウィンターとテイズウェル夫妻は必要ないだろう」

「わかっているだろうが。彼らを解放するわけにはいかないんだよ。あまりにいろいろ見すぎたし知りすぎた。だが、せめてもの慰めに伝えておくと、おれがこの家に火を放つ前に、きみのかわいい瞑想ガイドはヴィクトリアが始末してくれる。長くは苦しまない。苦痛がないと保証はできないが。おれは頭に銃弾をぶちこまれたことはないが、速やかに死ねることは間違いない。ヴィクトリアは射撃の名人だ」

ジャックはこみあげる怒りを抑えこみ、ゼインに殴りかかりたい圧倒的な衝動に抗った。確率の計算にかけては誰よりも長けたジャックである。デヴリンとヴィクトリアに撃ち殺される前にゼインに手が届く可能性はゼロだとわかっていた。

そこで部屋を横切ってカートの前に行き、ブランデーのグラスを縛られた手で取ってひと口飲んだ。ブランデーが全身を燃やした。火の酒。ジャックはラベルにちらっと目をやった。

「超高級ブランデーか」

「もちろんさ。おれのおやじのだ。いまは亡きおやじは最上級品しか眼中になかった」

「知ってる」ジャックがまた作り笑いを浮かべた。「ところで、死体を発見したんだが」

ゼインに緊張が走った。デヴリンとヴィクトリアにも。勝ち点一だな、とジャックは思った。誰ひとり予想だにしていなかった。このへんでそろそろゼインを揺さぶらないと。そろそろ状況を乱さないと。

「あんたの父親はあんたが自分を破綻させようとしている事実に気づいて、あんたを殺そうとしたと想像している」ジャックは言った。「おやじさんを撃ったのはアルマーニの二人組か、それともあんたがみずから父親を撃ったのか？　ソノマの家のあの部屋を見るかぎり、壮絶な格闘があったようだな」

ゼインの顎が歪んだ。彼の目で激しい怒りが一瞬ぎらりと光を放った。「犯罪現場の読み取りがじつにみごとだ、ランカスター教授。テイズウェルとのつながりはどうしてわかった？」

「捜査がすぐさま打ち切られそうな放火事件を調査して突き止めた」ジャックが答えた。「ジェシカ・ピット殺害事件」

「ピットだと。いったいどうやってきさま——？　ま、いいだろう。すんだことはすんだことだ。昔からずっといちばん危険なのはきみだとわかっていた」

「生物学上の父親を銃で殺してしまったときは、ひどくがっかりしただろうな。できれば火を使って焼き殺したかったはずだ。里親夫婦を始末したときのように」

「ほう」ゼインの言葉から毒が滴った。「おれの出自を突き止めたのか。おめでとう。過去はきれいさっぱり消去できたものと思っていた」

「殺人は必ず染みを残す」

ゼインはなんとか冷静さを取りもどしたが、その必死さは目に見えるほどだった。

「グレーソン・フィッツジェラルド・テイズウェルもここで最後の一杯に加われなかったことはじつに残念だと認めざるをえない。だがあいつは、おれがあいつの帝国を乗っ取ろうとしていることや、それに関連したもろもろを知ってから死んだ」

「あんた、ぼくたち全員を殺して逃げおおせると本気で思っているのか？　ウィンター、腹違いの弟、その妻、そしてぼくを？」

「信じてくれよ、ジャック。おれが火事をうまく演出できることはきみも知っているだろうが。ここは何十年も放置されたとんでもなく古い家だ。完全に焼け落ちたところで当局は驚きもしないよ」

「ああ、廊下に積まれたガソリンの一ガロン容器を見たとき、そういう計画だろうと予想はついた。だが、死体はどうする、ゼイン？　死体についてはどう説明するつもりだ？」

「誰の死体のことだ？　テイズウェル夫婦とウィンター・メドウズときみがこの島に来ていることなど誰も知らない。となれば、焼け跡で死体を探す者などいるはずがない。しかし、もし死体が発見されたとしても、説明は簡単だ。テイズウェル夫婦は、テイズウェル家の古い邸宅の購入を考えているもうひと組の夫婦とともにここを訪れていた。悲しいことに、古い暖炉に火を入れようとして失敗し、手に負えないことになった」

「ぼくの兄弟はどう思うだろうな？」

「きみを消したあとは、ゆっくり時間をかけてカボット・サター、マックス・カトラーも始末する。面倒なことはいっさいない。ひとりひとり引き抜けばいいだけのことだ。全部片付いたあと、おれは生まれながらにしておれのものになるべきだったもの──テイズウェル・グローバル社、何軒もの大邸宅、ヨット、社用ジェット機──をすべて手中におさめる。それもすべてを本当の名前、ルーカン・テイズウェルの名義でだ」

「ほう」ジャックは拘束された両手で支えたグラスを炎の明かりにかざし、ブランデーをじっくりと見た。強い酒が炎のせいで深い琥珀色に見えた。「あんたの家族が全員死亡したとき、裏にあんたがいることを誰も疑わないとでも思っているとしたら、あんたは底抜けのばかと言うほかない。家族以外にあんたが邪魔だと思った人間もいっしょだったことは言うにおよばず」

「それはミズ・メドウズときみのことか」

「ぼくたちだけじゃない」ジャックはそう言いながらヴィクトリアとデヴリンを見た。「アルマーニの二人組もだ」

「うるさいっ」ヴィクトリアが低い声で言った。ホルスターから銃をすっと抜いた。「自分の言ってることがわかってないようね」

「おいおい、かんべんしてくれよ」ジャックは言った。「きみたちは明らかにプロだ。ゼインが灰の中からよみがえる不死鳥計画を完遂したら、そのときは今夜ここで起きていることを知っている人間を生かしておくわけがない。そんなことはぼく同様わかっているはずだろう。生かしておけば、きみたちは彼にとって脅威になる。脅迫材料をいやというほど持っているからだ」

「あんたは自分の言っていることがわかってない」デヴリンが言った。「彼に計画の全貌を教えてやってください、ミスター・ゼイン」

ゼインがくっくと笑った。「ランカスターはただきみたちをうまく利用しようとしているだけだ、デヴリン。無視すればいい。きみとヴィクトリアはおれが信頼できる唯一の人間だ。これが一件落着したら、きみたち二人には会社経営のパートナーになってもらう」

ジャックが薄笑いを浮かべ、ブランデーのボトルに手を伸ばしてグラスのへりまでなみなみと注いだ。

「あんたひとりを残してテイズウェル一族が死に絶えたとなれば、どう見ても少し奇妙じゃないかな、ゼイン？」ジャックは問いかけた。

「おれの心配などするな、ジャック。おれが自分の身を守ることができることは、きみだってよく知っているだろう。要するに、おれには鉄壁のアリバイがあるんだ――悲劇が起きたとき、おれはテイズウェルのヨットに乗っていたという。ところで、きみに質問があるんだが」

「はあ？」ジャックはブランデーをひと口飲むふりをした。手にしたグラスを下げる。

「なんだろう？」

ゼインの目が引きつった。「おれとジェシカ・ピットをどうやって結びつけた？」

「あんたにしては杜撰な仕事だったからだ。ネバダの砂漠で起きたあの火災にはあんたの指紋だらけだった。ひとつの事実がもうひとつにつながっていき、正直、かなり簡単にわかった。放火魔は想像力に欠けているからな」

「嘘をつくな」

「なぜぼくが嘘をつく？　ジェシカ・ピットは金融にかけてはきわめて優秀だったようだ。明らかにグレーソン・テイズウェルと結婚していた期間のどこかの時点で、彼女は夫がその昔ある女を妊娠させ、赤ん坊が闇の養子縁組市場に姿を消した事実をつかんだ。ジェシカはその子を探しはじめた。そしてダークネットで動いた。あんたはそれに気づき、連絡した。地獄で出会った二人とでも言うべきかな」

「ジェシカのおかげで、おれを産んだヤク中の売春婦が当初テイズウェルを脅迫したことを知った」ゼインが言った。「それが失敗に終わると、女はヤクを買うカネ欲しさにおれを売り飛ばした。おそらくそのカネで買ったヤクが女を殺したんだろうな。いずれにしても、おれはそう考えたい。センチメンタルな男だろ？」

「あんたとジェシカ・ピットはしばらくのあいだはいいチームだったにちがいない」ジャックが言った。「彼女もあんたに負けないくらい復讐を切望していた。しかも、テイズウェル・グローバルを倒産寸前まで追いこむのに必要な情報をすべてつかんでいた。そしてそのタイミングであんたは家業を救うために登場した」

「もちろん、こっそりとだが。きみとカトラーとサターを排除するまでは陽の当たる場所に出られないことはよくわかっていた」

「アンソン・サリナスを忘れないでもらいたいね」

「サリナスはじいさんだ。昔もたかだか小さな町の警官にすぎなかった。大した脅威じゃない。だが、きみと養子として兄弟になった二人は問題だ。昔からずっとだ。その三人のうちでも、最初に消さなければならないのがきみだってこともわかっていた。なぜなら、おれの出現に気づく可能性がいちばん高かった」

「たしかに気づいた。というのは、ぼくを動かすためにあんたがウィンター・メドウズを利用したからだ」ジャックが言った。「この計画の中であんたは数々の間違いを犯したが、中でも最大の間違いはそれだ」

「当初は二、三のつまずきがあったが、いまはすべてが意図したとおりに進んでいる」

「ウィンターに会わせてもらいたい」

「ああ、もちろん。実際、きみたち二人が最後のお別れをするところを眺めて楽しませてもらいたいと思っていたところだ。ヴィクトリア、階上《うえ》に行って、ミズ・メドウズをここに連れてきてくれ」

ヴィクトリアは躊躇した。「本当にいいんですか、ボス？」

「連れてこい」ゼインが吐き捨てるように言った。

「はい」

ゼインはこの状況に芝居がかった味付けをして楽しみたいんだな、とジャックは思った。わかりやすい男だ。

ヴィクトリアは拳銃をホルスターにおさめて、足早に部屋をあとにした。ジャックは廊下、そして階段にこだまする彼女の足音に耳をすました。デヴリンは言葉にこそ出さなかったが、肩のあたりを見るに、この状況に不安を感じており、その不安が一分ごとに膨らんでいるのが手に取るようにわかった。

たぶん彼はこの期におよんでようやく、雇い主にはいささか正気を失っている部分があることに気づいたのだろう。復讐への妄執のせいで論理と常識に混乱をきたしているのだと。デヴリンには気づいてもらわないと困る。職業を考えれば、これまでにも何人かは妄執を抱えた依頼人の仕事を請け負ったことがあるはずだ。

ジャックはゼインを見た。「ぼくは質問に答えた。今度はあんたの番だ。あの夜、教団施設に火をつける前になぜ母を殺した？」

ゼインははっと驚いたが、つぎの瞬間、その顔には怒りがありありと浮かんだ。

「おまえの母親は確率計算にかけては忌々しいほどの魔法使いだった。インターネット・ギャンブルの世界でおれのために一攫千金を実現してくれるはずだったが、なんとおれを裏切りやがった」

「それはつまり、母はあんたがただの詐欺師にすぎないと気づいたって意味だな。あんたが自分に嘘をついてると気づいた」

「おれを殺そうとしやがった」

一語一語に激しい怒りがにじんでいた。

「わおっ」ジャックは言った。「そんな話が聞けるとは思わなかったが、不運にも失敗に終わったってことか」

「あのビッチは包丁を手におれに襲いかかってきた」ゼインは平常心を取りもどした。

「生き延びたのはじつに運がよかった」

「つまり、あの夜、あんたが母を殺したんだな。そのあと、施設に火を放った」

「やむをえなかった」ゼインが言った。「何人かの女がおれを裏切る計画を立てていることはその前から薄々気づいていた。おまえの母親がおれを刺し殺そうとしたあと、このままじゃ何もかもが崩壊すると悟った。しかたない、これまでに築いたものをすべてぶち壊して一から出直すほかない、と。教団内の誰ひとりとして信用できなくなった。どいつもこいつも証人でしかない」

「あんたは子どもまで納屋に閉じこめた」

「とくにおまえだ」ゼインは言った。「だが、そのおまえももうすぐ死ぬ。今度こそ証人は全員死んで、この先おれを悩ます者はいなくなる」

「残るはアルマーニの二人組か」ジャックが言った。

デヴリンの表情が引きつった。「黙れ」

階段のほうでまた足音が響いた。数秒後、それが廊下にこだました。今度は二人の足音だ。ジャックはアーチ形の戸口を見やった。ゼインもだ。

ウィンターが広々した部屋に入って足を止めた。結わえていた髪はいつの間にかほどけ、くしゃくしゃにもつれた巻き毛が汚れのついた顔の周りに垂れている。半狂乱で死に物狂いといった姿——あたかも生け贄のような——をさらして当然だ。なんといおうが人質である。しかし、燃えるような光を放つ目を除けば、ウィンターは全身から、殺されようとも征服はさせないと覚悟を決めた女の、冷静沈着な冷たい空気を発散させている。

なんて堂々としているんだ、とジャックは思った。

「大丈夫か、ウィンター？」小声で訊いた。

「設備やサービスは最低ランク以下だけど、ええ、大丈夫よ。イーストンとレベッカも」

「ヴィクトリアにはあれこれ聞かせてやったんだろう？」

「ええ。いろいろとね」ウィンターが言った。「ヴィクトリアは何度も階上に来てくれたのよ。ゼインが人質を見張る仕事を彼女に割り振ったから。たぶん女の仕事だと思ったんでしょうね。だから、ええ、彼女はわたしの話を暗記しているわ。試験を受けてもまったく問題なし。でも、ほかの二人には聞かせるチャンスがなかったの」

「ひとりダウンで、あと二人か。きみのメッセージを受け取ったとき、そういうことだろうと思った。よくやったな」

ウィンターが彼を見て輝くばかりの笑顔を見せた。「言ったでしょ、わたしはちょっとしたものなのよ」

ゼインが片手で空を切った。「そこの二人、よけいなおしゃべりはやめろ」

遠くでバシッバシッという音がした。

デヴリンが何カ所かある、板が打ちつけられていない窓のひとつに一瞥を投げた。木々が投げかける深い影と九月の夕刻に迫る宵闇以外には何も見えないが、バシッバシッという音がだんだん大きくなりながら近づいてくる。

「ヘリだ」デヴリンが険しい口調で言った。「いったいどうして――？」

ゼインは苛立ちがにじむ目でデヴリンを射るように見た。「ホイッドビー島の海軍基地から飛び立った軍用ヘリか沿岸警備隊のヘリだろう。さあ、ランカスター、きみのかわいい瞑想インストラクターにお別れを告げろ」

ジャックはブランデーのボトルを手に取った。

「ショータイムだ、ウィンター」ジャックが言った。

「ヴィクトリア」ウィンターが言った。「クマのプーさん」

ヴィクトリアにかけた術のスイッチが入った。

体をこわばらせたヴィクトリアが部屋の中央の何もないところに目を凝らした。

「デヴリン、あたしたち、早くここを出なくちゃ」その声はどこまでも無表情だ。

「彼、あたしたちに嘘をついたのよ。これは罠。あたしたちがここにいるのは、彼には濡れ衣を着せる人間が必要だからだわ」

ヴィクトリアはくるりと踵を返し、廊下に向かってせかせかと歩きだした。

「おい、どうした？」ゼインが言った。「スローン、戻ってこい。ばかな女だ」

ヴィクトリアは彼を無視したまま、廊下に姿を消した。

「ヴィクトリア、いったい何を言ってる」デヴリンが廊下に向かって呼びかけた。

「これが罠ってどういう意味だ？」

「ヘリのことを言ってるのさ」ジャックが言った。「デヴリンが怪しむのももっともだ。あれは軍用なんかじゃない。〈カトラー・サター＆サリナス〉が料金を支払っている」

窓の外の薄らいでいく日の光を背景にライトが明滅した。

「くそっ」デヴリンが言った。「着陸灯だ。これだから個人の仕事はいやなんだ」

彼はいきなり駆けだし、ヴィクトリアのあとを追った。

「戻ってこい」ゼインが叫んだ。「ランカスターのはったりだ」

デヴリンは聞く耳持たなかった。

ゼインが炉棚の拳銃に向かって突進した。

ジャックはブランデーのボトルを暖炉めがけて投げつけた。ボトルが奥の壁にぶつかって砕け散る。たっぷり幅のある暖炉の正面付近に火花と火のついた薪の破片が降り注ぐ。

ジャックは重い木のトレイをつかみ、同時にゼインのつぎの動きを素早く予測した。

ゼインが悲鳴を上げた。パニックと怒りがないまぜになった甲高い悲鳴だ。無我夢中であとずさり、髪や服についた燃える破片を払い落とす。

驚くほど予測どおりの動きだった。ある人間についてある程度のこと——たとえば、火に執着があり、それを支配できると自信を持っている——を知っていれば、予測の際にじゅうぶんなデータとなりうる。そのうえ、ゼインは手下である二人組が突然立ち去ったことに激しく動揺しているという事実もあった。人を操る自分自身の能力への過信が彼の最大の弱点なのだ。

最後になるが、忘れてならないのはゼインは右利きであること。

そうした条件をすべてまとめれば、パニック状態に陥ったときにどう動くかはかなり精確な予測が可能だ。

「ちくしょう、ランカスター」ゼインがわめいた。

なんとか銃をつかみはしたものの、バランスを崩したうえ、パニックで状況が把握できていない。

ジャックはゼインの左側に移動した。利き手とは反対の側だ。そして硬い木のトレイでゼインの頭部をしたたかに叩いた。

ゼインはよろけ、その拍子に、暖炉でぱちぱちと燃えさかる炎の中へつんのめりそうになった。それに気づくや、再び甲高い悲鳴を上げながら、銃を捨てて炉棚をぎゅっとつかみ、火中に突っこむのだけは免れた。

擦り切れたカーペットの暖炉からすぐの部分にはもう火がついていた。

ジャックはゼインの拳銃を拾いあげ、あたりを見まわした。射撃はあまりうまくないが、これほどの至近距離ならば……

ゼインは早くも暗い戸口から姿を消したが、彼を追っている余裕はない。ジャックは玄関ホールに向かって駆けだした。

「テイズウェル夫妻を連れて屋上へ出よう」ジャックは言った。「廊下のガソリンに火がつけば、この家は爆弾のように吹っ飛ぶ。時間の猶予はない。この家はすぐさま炎上する」

「ついてきて」ウィンターが言った。

廊下から階段へと走りだす。

ヘリコプターの轟音がなおいっそう大きくなった。助けを求める女のくぐもった叫びが聞こえる。

「ヘリは屋上に近づいている」ジャックが言った。「テイズウェル夫妻はどこにいる？」

「この上の階の二番目の部屋」ウィンターが階段の中段あたりから言った。「ヴィクトリアが持っていた鍵を持ってるの」

「それも催眠術で？」

「もちろん」

ジャックは広いリビングルームを最後にもう一度見た。いまやソファーにも火がついていた。ゼインの気配はないが、部屋のいちばん奥では煙が濃くなりはじめた。ひとつだけたしかなこと、それはゼインがみんなと同じように玄関ホールに向かわなかったことだ。

ジャックは階段下に積まれた燃料容器六個にちらっと目をやったあと、階段を一段おきにのぼった。

「あのヘリコプター、わたしたちを助けにきたのよね？」ウィンターが振り返って訊いた。

「この家は屋上にヘリパッドがあるんだ。金持ちのすることは違うな」

ウィンターが階段をのぼりきったところで角を曲がって姿を消した。ジャックは廊下で追いついた。

その廊下の先の暗がりに人影が見えた。片手に銃を持ち、軽やかな足取りで部屋をひとつひとつ素早く、だが入念にチェックしながら廊下を進んでくる。

「カボット」ジャックが呼びかけた。「彼らはこの部屋だ。ウィンターが鍵を持っている」

ウィンターがドアを開けたちょうどそのとき、カボットが二人と合流した。

レベッカ・テイズウェルが彼らに駆け寄った。

イーストンはジャックとカボットを見た。

「屋上へ？」彼が訊いた。

「ええ。急いで」ジャックが言った。「玄関ホールの階段下にゼインが準備したガソリン容器が置かれている」

「わかった」イーストンが言い、レベッカの手首をつかんだ。

「屋上へ通じる階段は廊下の突き当たりだ」カボットが言い、ジャックをちらっと見た。「階下《した》の状況は」

「手下は逃げた。ウィンターのおかげだ。船着場に向かうはずだ。彼らが島から脱出する手段はそれしかない。ゼインについてはわからない。家が爆発して焼死ってこともあるかもしれないが、期待はできない」

「あいつの心配はあとでしよう」カボットが言った。

五人は暗い廊下をどかどかと進み、階段をのぼった。屋上へのドアは細く開いていた。ひんやりと湿った空気が隙間から吹きこんできた。イーストンはドアを大きく押し開け、レベッカを屋上に引っ張り出した。ウィンター、カボット、ジャックもあとにつづいた。

頑丈そうなヘリが旧式なヘリパッドの上で軽やかに踊るように彼らを待っていた。回転翼が轟音とともに重い空気の波を送り出している。

イーストンとカボットがレベッカとウィンターをヘリに乗せたあと、二人の後ろの席に乗りこんだ。

「彼はサム」カボットが回転翼の騒がしい音に負けじと声を張りあげて、パイロットを紹介した。「ぼくの友人です。脱出飛行の経験はほとんどないが、優秀です」

「出発してくれ」ジャックがサムの隣にすわった。「この家はいまにも爆発する」

「では出発します」サムが言った。「ゆったりとすわって空の旅をお楽しみください」

ヘリコプターは機体を上昇させ、前進をはじめた。

まもなく、屋敷は火の玉と化して爆発した。炎が轟音とともに飛び散り、混沌と地獄の業火とから生まれた狂暴なクリーチャーが、脱出しようとする生け贄につかみかかった。

「火事はどうやってはじまったんですか?」イーストンが尋ねた。ヘリの騒音の中では叫ばなければならなかった。

「アルコール度の高い高級ブランデーのボトルで」ジャックが答えた。「ぼくがここに到着したとき、ゼインが飲んでいたんだ。勝利を祝うための酒だったのかもしれない」

「彼が今夜、ここにそれを持ってきていることを知っていたんですか？」

「ソノマの家のお父さんの棚から二本が持ち去られていることに気づいたんで」ジャックが言った。「八十二から八十五パーセントの確率で、ゼインがあのブランデーをお父さんの最初の家で――ついでにぼくの目の前で――飲みたいのだろうと推測した。あいつは芝居がかったことが好きだから」

イーストンがジャックを見た。「父は死んだんですね」

「お気の毒ですが、そうです」ジャックが言った。

イーストンは振り返って、炎に包まれた屋敷を見た。「レベッカとぼくは、この一件がいい終わり方をするとは最初から思っていなかった。父には何度となくゼインは信用できないと言ったんですが、父は会社を救うことへの執着が強すぎて、ずっと行方知れずだった息子ならそれができると信じこんでいて」

「ソノマのお宅に格闘の痕跡があった」ジャックは言った。「お父さんは最後にはゼインが詐欺師だと気づいて、阻止しようとなさった」

イーストンがうなずいた。何も言わなかったが、レベッカが隣の席から彼の手を握った。

「これからどうなるのかしら?」レベッカが訊いた。「ゼインは生き延びたかもしれないわ」

「プランBがある」カボットが言い、ジャックを見て一瞬笑みを浮かべた。「ジャックはつねにプランBを用意しているやつだから」

「九十九パーセントの確率で、ゼインもプランBを用意しているはずだ」ジャックが言った。

53

ゼインはつまずきながら林を駆け抜けた。怒りと苛立ちを世界に向かって叫びたかったが、世界が負け犬のことなどなんとも思わないことは誰よりもよく知っていた。今夜、彼はすべてを失った。

命以外のすべてを。

取りもどせる。おれはサバイバーだ。誰よりも頭が切れる男だ。もう一度、灰の中からよみがえることができる不死鳥だ。

屋敷の裏手にある古い通用口からやっとのことで外に出られた。パニックに陥り、懐中電灯を持ってくるのを忘れたが、そんな必要はなかった。一年のこの時季、北西部太平洋岸はまだ日が長い。九月の空の薄明かりはじゅうぶんな道案内をしてくれる。

うまくいかなかったさまざまなことをすぐには分析できない――失敗を分析する時間は今後たっぷりある――が、ひとつだけはっきりしていた。ジャック・ランカスターがなぜか彼より一歩先んじていたことだ。タイミングがすべてなのだ。

当初から最大の障害はランカスターだとわかっていた。しかし、あの野郎はおれを殺しそこねた。その昔、おれを殺しそこねたランカスターの母親、あの嘘つき女の二の舞だ。

それでもなお、先祖の家——彼に生得権があってしかるべき家——の暖炉にみずからの手で起こした火が手に負えなくなったときは、いまだかつて感じたことのない恐怖を感じた。

ランカスターのせいだ。

ゼインは前もってしるしをつけておいた道に神経を集中した。たびたび立ち止まり、呼吸をととのえ、振り返って木々のあいだから後ろを見た。もう家は見えなかったが、煙と猛烈な炎が家はもう完全にのみこまれていることを語っていた。周囲の林にも火が広がるのでは、と考えもした。ありえない。このひと月は雨が多かったし、またすぐに降りそうな気配だ。

ヘリコプターのそれとわかる轟音ははるか彼方へと遠のいていく。あいつらはおそらくもう安全圏にたどり着いた。たくさんの目撃者がいるとなれば殺すわけにはいかない。彼にはもう選択の余地はなかった。国外脱出。またしても。

こんな事態にそなえて準備をしてはいたものの、じつのところ、またしても隠れ家を使うことになるとは想像もしていなかった。

何もかもアンソン・サリナスの息子たちのせいだ。

いま進んでいる林の中を抜ける道は知っていた。古い船着場からの脱出はずっと前から計画に組み入れていたからだ。計画当初からこの島を脱出するのは自分ひとりだけのつもりだった。デヴリンとヴィクトリアがアザリア島の屋敷を生きてあとにするメンバーの中に入っていないと言ったランカスターは、みごとに言い当てていたわけだ。彼らはあまりに多くの秘密を知りすぎていた。

その彼らだが、キャビン・クルーザーに乗りこんで逃げたかどうか？　もしそうであれば、さらに二人の証人が存在することを意味する。彼らはサンファン諸島周辺の地理を知らないから、当局に捕らえられる可能性があり、そうなれば一瞬にして彼を売るはずだ。

信用できる人間などいない。本当に。

数分後、ゼインは最後の木々のあいだを抜け、周囲からは見えない小さな浜辺にたどり着いた。古い木の桟橋は海に五、六フィートほど突き出している。そこにまだ無事につながれている手入れの行き届いた高速小型クルーザーが見えた瞬間、ゼインは安堵のあまりがっくりと膝をつきそうになった。

船着場に向かって歩を進めた。六十秒後にはもう島とはお別れだ。姿を消す術は身につけている。捜査当局は転覆した船を発見し、彼が海に放り出されたという結論に行き着く。今回は自殺に見せかけよう。多少は目先を変えないと。

桟橋に足をかけ……

……後方の木々の陰から聞こえてきた声に全身が凍った。

「もうそのへんであきらめろ、ゼイン」アンソン・サリナスが言った。「二十二年あまり、きみを見張りながら待っていたよ」

ゼインはぱっと振り向き、あぜんとした。

アンソンはひとりではなかった。あぜんとするゼインの目の前にマックス・カトラーが木々のあいだから現われた。

「あんたが生きて家を出たら、そのときはここに来るはずだとジャックが言っていた」マックスが言った。「九十八パーセントの確率で、あんたは自分が唯一の生き残りになる計画だとも。彼は百パーセントとは言わなかったが、それはおやじさんの家に火を放ったときにあんたが死ぬ可能性も少しはあったからだ」

「航空写真でこの島を見たところ、この古い船着場は正面以外に唯一船をもやいでおける場所だ」アンソンが言った。

「ジャックの言うとおりだった」マックスが言った。「あんたみたいなやつの動きは予測しやすい」

ゼインはまさかの面持ちで二人をねめつけていた。アンソンもマックスも銃を構えている。ジャックとは違い、二人は銃の扱いを心得ている。この距離で的をはずすことはない。二人に必要なのは、引き金を引く口実だけだ。

ゼインは、冷静に、と自分に言い聞かせた。おれは頭がいい。脱出口は必ず見つける。最悪の場合でも心神喪失の申し立てができる。おれの人を操る才能をもってすれば、治療を受ける精神科病院を抜け出すことなど簡単だ。

ゼインは両手を上げ、アンソン・サリナスとマックス・カトラーが丸腰の男を撃つことのない状況を確保した。その点にかけて二人はあくまで昔堅気だ。

そのとき、下生えを乱暴にざわざわと揺さぶる音、木の葉と小枝をバキバキと踏みしだく音が聞こえ、三人はそろって林のほうを振り向いた。

「この嘘つき。よくもだましたわね」ヴィクトリアが銃を手に林の中から現われた。「こんなことをしておきながら、本当に逃げられると思ってるの？　たしかあたしにまったく新しい人生を約束したわよね」

ゼインはヴィクトリアをじっと見た。希望に胸が高鳴った。ヴィクトリアの扱いなら心得ていた。

「無事だったのか」ゼインは言った。「やつらにとらえられたんじゃないかと心配していたんだ。この二人の始末をたのむ。それがすんだら出発だ」

「銃を捨てろ」マックスがヴィクトリアに言った。

ヴィクトリアはマックスを無視したまま、冷静に引き金を引いた。二度。ゼインはプロの放った銃弾が胸部にきれいに叩きこまれるのをうっすらと意識した。衝撃で桟橋の上に仰向けに倒れる。

何が起きたのかに気づくまで二秒ほどを要した。そのときにはもう、入り江の水よりも強烈な冷たさが彼の全身を凍らせていた。

じわじわと迫りくる不思議な霧を透かして見えたのは、マックスに無抵抗でとらえられるヴィクトリアの姿だった。

まもなくアンソンがゼインの傍らにしゃがみこんだ。

「出血がひどいな」アンソンが静かに言った。「何か言いたいことはあるか？　誰かに伝えてほしいことは？」

「誰もいないよ」

「よし、わかった」

アンソンはゼインの肩に手をやった。

「こんなふうに終わるはずじゃなかったんだ」ゼインがうつろな声で言った。

「こういう終わりを選んだのはきみだよ、ゼイン。ずっと昔にそういう決断を下したんだ」

ゼインは反論したかった。何がうまくいかなかったのか、自分はなぜ世界一頭がいいのか、なぜ自分が最強の男なのかを説明したかった。しかし、もはや霧を振り払うことができなかった。あまりに濃く、あまりに重くなっていた。そして彼を下へ下へと引きずりこんでいく。

最後の意識に残ったのは、肩におかれたアンソンの手の感触。いろいろあったあとだというのに、この老いぼれ警官はなぜ最期に単純だが人間らしい慰めを与えようとしているのだろう。

そして無の瞬間が訪れた。

54

「ヘリの到着のタイミングがいちばんむずかしいポイントだった」ジャックが言った。「ぼくに追跡装置をつける危険はもちろん冒せなかったし、ぼくが待ち合わせ地点に着いたとき、ナイトとスローンがまず最初にしたことはぼくの電話を叩き壊したことだった」

「そんなことしたところでなんの効果もないはずだよ」ゼイヴィアが言った。「あの島には携帯電話の電波は届かないんだから」

「だが、われわれはすでにゼインの居どころについては見当がついていた」ジャックが言った。

一同は〈カトラー・サター&サリナス〉の受付エリアに集まっていた。この数時間のあいだにウィンターはジャックの家族──マックス・カトラーとその妻シャーロット、カボット・サターとその妻ヴァージニア、カボットの甥に当たるゼイヴィア、そして一家の長老アンソン・サリナス——と顔を合わせた。ヴァージニアの祖母オクタヴィア・ファーガソンも同席している。彼女とアンソンがきわめて親密な関係であることは一目瞭然だ。

彼らはクィントン・ゼインを打ち負かすために家族として力を結集し、いまここに集ってこの数日間に旋風さながらに起きた一連の出来事を分析していた。

私立探偵事務所はシアトルのウォーターフロントに近い、昔ながらの建物が並ぶ地区にあった。現実の私立探偵事務所の内装がほかのサービス業のオフィスのそれとなんら変わりがない現実を目のあたりにし、ウィンターは興味を引かれると同時にちょっとした失望も覚えた。ここが小さな法律事務所あるいは会計事務所であったとしてもまったく違和感がない。

置かれているのは、アンソン・サリナスのための立派なデスクと、依頼人用のかなりスタイリッシュな革とスチールの椅子が何脚か。床に敷きつめたカーペットはソフトグレー。廊下に並ぶ磨りガラスをはめたドアが、各自のオフィスに通じている。廊下のいちばん奥になんの表示もないドアがあるのが気にかかった。

壁に飾られた絵は、北西部太平洋岸の風景を活写したあたたかみのあるものだ。美術観賞の専門家というわけではないが、素晴らしい作品だと思えた。興味を引きつけ、何かを喚起する作品である。この部屋に飾るためにカボット・サターの妻ヴァージニアが厳選したのだろう。ヴァージニアはシアトルで画廊を経営しているとジャックが言っていた。

いずれにしても、なんとも快適で洗練された空間だと思うものの、一九四〇年代のハリウッド映画的な私立探偵事務所の雰囲気はまったく感じられなかった。窓に木製のブラインドがないし、コート掛けにくたびれたソフト帽とトレンチコートが掛かっていない。横丁に赤いネオンを掲げた見るからに安っぽいバーも見当たらない。窓下を見ても横丁すらない。ウィンターは到着したあと、下見をしたのだ。プライドある私立探偵なら謎めいた情報提供者と会う横丁がなければ、なんて気がするのだが。

ただ、これぞ正真正銘本物だと思わせてくれたのは〈カトラー・サター＆サリナス〉の男たちだ。マックス・カトラー、カボット・サター、そしてアンソン・サリナスは見るからにタフで切れ者で、情け容赦がない。もし自分が悪党ならば、彼らには追われたくないといった面々だ。その反面、もし彼らの助けが必要ならば、全面的にたよれる男たちだ。

ジャックはこの事務所に公式に所属してはいないが、彼も間違いなくこの家族の一員だ――タフで切れ者で、情け容赦がない。そのうえ、この先彼は誰にもまして本物のハードボイルド探偵に見えるようになるはずだ。というのは、顔の左側に負った傷が抜糸後にいかにもそれらしい傷痕になることは間違いないからだ。ヴィクトリアに拳銃で叩かれたときに負った傷である。

アンソン・サリナスの息子たちは生物学上の兄弟ではないが、もっと肝心な点で固くつながった兄弟だ。

「ゼインが人質をどこへ連れ去ったかをどう推測したかはわかったけれど」ヴァージニア・サターが言った。「ヘリコプター到着のタイミングはどういうふうに？」

「サンファン諸島には小さな無人島が数えきれないほどある」ジャックが言った。「ぼくがサンフランシスコで飛行機に乗ったとき、われわれはみんな、いよいよゲームの終盤戦がはじまったことを知った。アンソンとマックスは船を使ってアザリア島が見える小島に行った。二人はナイトとスローンがぼくを乗せたクルーザーを桟橋に着けたときはもう、あの家を監視していた。唯一の疑問は、ぼくに意識があるのかどうかだった。ぼくは九十六パーセントの確率で、意識不明にさせられることはないと思っていた」

「どうしてそんなに確信があったの？」シャーロットが訊いた。

「理由は二つ」ジャックが答えた。「ゼインは、ウィンターをとらえているかぎり、ぼくを操れると考えていた。まあ、たしかにあいつの考えは間違ってはいなかった。そしてぼくを支配下に置いたとたん、あいつは自分が大勝利をおさめたことをぼくに見せつけたくて、うずうずするはずだってこともぼくにはわかっていた。薬で眠らされたぼくが目を覚ますのを待ってはいられないだろうと」

オクタヴィアが、眉を吊りあげた。「どうしてそんなに確信が持てたのかしら？」

ジャックは躊躇した。ウィンターが一歩前に出て、ジャックに代わって答えた。

「ジャックは悪者の行動を予測する才能の持ち主なんです」

ジャックが顔をしかめた。

「なるほど」オクタヴィアが思慮深い表情でジャックを見た。「だとしたら、ときには困った才能だと思うこともあるでしょうね」

「たしかに人にはわかってもらえないと思います」ジャックが言った。「いま言ったように、桟橋を歩いて家に入っていくぼくをアンソンとマックスが確認して、二人はカボットとサムにヘリを離陸させるよう連絡した」

ゼイヴィアはゆったりと壁にもたれ、反対側の壁にもたれているカボットとそっくりな恰好で腕組みをしていたが、そのとき口を開いた。

「ジャックを確保したら、ゼインは素早く動くだろうとぼくたちは考えたんです。カボットとサムが人質を連れ出せるように、陽動作戦もどきでゼインの気をそらせるのがジャックの役目だったんですよ」

「ジャックは何かしら即興で時間稼ぎをするつもりで中に入っていったわけだが」アンソンが言った。「どれくらいの時間を稼がなくてはならないかもおおよそのところはわかっていた」

「ナイトとスローンに船に乗せられて島に向かったとき、煙突から出ている煙が見えたんで」ジャックが言った。「あれが使えそうだと踏んだ」

「航空写真によれば、島には船着場が二カ所あることがわかった」アンソンが言った。「古い屋敷の正面に位置する大きな船着場ともうひとつ、人目につかない浜辺に位置する小さな船着場だ。ゼインが逃走用に準備した船はそっちにあると考えるほうが理にかなっている。ヴィクトリア・スローンが半睡状態から覚めてゼインのあとを追う一方で、ナイトは正面の船着場のクルーザーに飛び乗り、すぐさま本土に向かった。しかし、われわれが事前に沿岸警備隊に通報しておいたものだから、彼はすぐに逮捕された。スローンも沿岸警備隊に引き渡した。聞いたところじゃ、スローンもナイトも司法取引にもちこみたがっているらしい」

「屋敷から出てきたヴィクトリア・スローンが半睡状態から覚めたのは何がきっかけ

だったの?」シャーロットが訊いた。

ウィンターがシャーロットを見た。「たぶんだけど、屋敷が火に包まれたときに起きた爆発じゃないかしら」

「スローンは事前にあの小さな浜辺の存在を知っていたことがわかった」マックスが言った。「そのことでゼインと口論になったが、ゼインはこの島を脱出するときは、ナイトは置き去りにして二人で逃げようと説得したそうだ。それで彼女は、半睡状態から覚めたとき、ゼインがどこに現われるかを知っていた」

「まあ」オクタヴィアが体を震わせた。「何もかもがうまくいかなかったときのことは考えるだけで恐ろしいわ」

ウィンターがかなり年上のオクタヴィアに微笑みかけた。「ひとつ助言させていただくと、すべてうまくいくほうだけを想像してください。わたしはこれから努めてそうしようと思っています」

オクタヴィアが笑みを浮かべた。「ほんとね。いい助言をいただいたわ。これからはもうクィントン・ゼインが地球上にいないと思うだけでうれしいくらいだもの」

ジャックがウィンターに冷たい熱っぽさを帯びたまなざしを向けた。「ゼインが人質をどこに連れ去ったかが推測できたことに加えて、われわれには決定的な利点があった」

「どういう？」ヴァージニアが訊いた。

「ゼインにも言ったが、この計画に関してあいつは最初から大失敗をしていたんだよ。それは、ぼくをとらえるためにウィンターを利用しようとしたことだ」ジャックが言った。「あいつはまさか彼女にあのプロの殺し屋チームをやっつける能力があるとは思いもしなかった」

「それはつまり、向こうが二人だけでしたからね」ウィンターは顔が赤くなっているのが自分でわかった。「それに、わたしがやっつけたのはそのうちのひとり、ヴィクトリア・スローンだけなんです。わたしがあの屋敷にいるあいだ、ゼインとナイトは一度も二階に上がってこなかったもので」

ゼイヴィアが畏怖と好奇心で目をまん丸くした。「本物の催眠術師なんですか？」

ウィンターはジャックを見た。

「話してもいいと思うよ」ジャックが言った。「ここにいるのは全員友だちだから」

彼の言うとおりだ、とウィンターは思った。いま、わたしは友だちに囲まれている。なんて素敵なことか。

ウィンターはもう一度ゼイヴィアのほうを向いた。「ええ」

「すげえ」ゼイヴィアが言い、興味津々といった顔を見せた。「いったいどんなふうに術をかけて、ヴィクトリア・スローンにいきなりここを出ていくって決心をさせたんですか？」

「後催眠暗示をかけたの。どういうことかというと、わたしが引き金となる特定の言葉を口にすると、彼女はこれが罠だってことを思い出す仕掛けね。クィントン・ゼインは彼女を裏切って、彼女とナイトにテイズウェル夫妻とジャックとわたしを殺した罪を着せるつもりだって。ヴィクトリアの職業を考えれば、裏切りはごくありふれたことでしょ。おかげで暗示にかけるのは簡単だったわ」

ウィンターはそこで言葉を切り、反応を待った。ここからの展開がほとんど見えていたからだ。

「誰にでもほんとに催眠術をかけることができるんですね？」ゼイヴィアは興奮を隠そうとすらしなかった。

「たいていの人はかかるものなの。少なくともある程度は」ウィンターは答えた。

「やばい」ゼイヴィアが言った。「ねえ、ぼくに催眠術をかけてみて」

「だめよ」ウィンターは言った。

「たのむよ」ゼイヴィアは食いさがる。

「彼女は遊びでそういうことはしないんだよ」ジャックがウィンターから目をそらさずに言った。「みんなを楽しませるためにもしない。じゅうぶんな理由があるときだけだ」

「ぼくに催眠術のかけ方を教えてもらえないかな?」ゼイヴィアが訊いた。

「そうねえ。もしあなたに生まれつきの才能があって、もしあなたが掟を守ると約束してくれるなら、教えないわけでもないけど」

「掟って?」

「催眠術をじゅうぶんな理由があるときだけしか使わないと約束することね」ウィンターが言った。

「じゅうぶんな理由って?」ゼイヴィアはなおも懸命に食いさがる。

「それはつまり、武器を持った誘拐犯に術をかけて鍵を差し出させ、雇い主に突然反抗させて、人質救出の手助けをすることのほかにってことか?」ジャックが訊いた。

「うん」ゼイヴィアが臆せずに答えた。「そのこととはべつに、催眠術を使うときのじゅうぶんな理由って?」

「そのうちあなたもわかると思うけど」ウィンターが言った。「自分なりの掟を見つけ出すことは、家族でいることの意味のひとつなのよ」

55

ジャックはウィスキーをごくりと飲み、グラスを持つ手を下げると、暖炉の炎をじっと見た。「そろそろ三日が経つというのに、すべて終わった事実をなんだかまだうまく受け入れられずにいる。二十年以上もクィントン・ゼインを監視しながら待って、そのあいだずっとあいつはたぶん生きていると思い、たぶんあいつもこっちを監視しながら待っていると思っていた。だから、これですべて終わったなんて信じがたいんだ。なんとも超現実的で」

「あなたが確実って概念に慣れていないだけよ」ウィンターは自分で注いだワインを飲んだ。これが二杯目だ。ほろ酔いでものがわかったような気分になっていた。「時間の経過に任せましょう」

二人はエクリプス・ベイの彼女のコテージに戻ってきた。アザリア島での出来事からの日々はなんとなく過ぎた。ジャックの家族が客用のベッドルームを使うよう申し出てくれたが、二人は夜をホテルで過ごした。ウィンターもジャックもプライバシーに飢えていたのだ。

最初の夜、二人は文字どおりお互いの腕の中で、あふれ出るアドレナリンに任せてわれを忘れるセックスに耽った。むろん、そのあとには疲労困憊がいざなう深い眠りが待っていた。

ジャックと彼の兄弟、そしてアンソンは長い時間、警察とFBIから事情聴取を受けた。さらにジャックは、一連の出来事から一夜明けた日、カリフォルニアに飛んでグレーソン・フィッツジェラルド・テイズウェル死亡事件を捜査中の警官とも話をしなければならなかった。警察だけでなく証券取引委員会の人間からも話を聞かれた。倒産寸前の会社を遺したヘッジファンド創設者の死は法の執行機関のみならず、明らかに金融業界にも多大な波紋を引き起こしていた。

〈カトラー・サター&サリナス〉は一気にメディアの注目を浴び、おかげでアンソンは事務所の広報担当として輝くばかりの存在感を示した。これから事務所には新たな依頼の波が押し寄せるのではないかとウィンターは思った。

ジャックはいまの彼女の言葉をじっくり考えながら、またウィスキーを飲んだ。そしてグラスをやけに丁寧に置いてから彼女を見た。

「それは違うよ」レンズの奥の彼の目は氷と炎からなる熱っぽさを帯びていた。重大な計算を終え、それにもまして重大な結論に達したことが見てとれる。「確実がどういう感じかはわかっている」

「ほんと？」ウィンターはジーンズをはいた脚を椅子にのせ、グラスの中のワインをぐるりと回した。「それ、どういう感じなの？　事態が過去形になるまで百パーセントとはけっして言わない人なのに」

「この感じはぼくのきみに対する気持ちに近い」ジャックが言った。「きみを愛してるんだ、ウィンター」

一分の隙もない確信をもって告げられたしごく単純なその言葉にウィンターは息が止まった。

口がきけないままジャックをじっと見つめた。歓喜がどっとこみあげてきて言葉にならなかったのだ。

ワイングラスを新しいコーヒー・テーブルに置き、二人を隔てていたほんのちょっとの距離を身を躍らせて縮め、ジャックの腕の中に飛びこんだ。ジャックは彼女の体重が彼を大きな椅子の角に軽やかに押しやるがままにさせたあと、力いっぱい抱き寄せた。

「これはつまり、きみもぼくと同じ気持ちだったってこと？」

彼の目で希望、熱望、期待が輝いていた。

「ええ」ウィンターは両手を使って彼の眼鏡をそっとはずし、コーヒー・テーブルに置いた。「ええ。あなたを愛しているわ、ジャック・ランカスター。わたし、あなたがはじめての瞑想セッションを予約してくれた日に恋に落ちたの。はじめてのセッションで恋に落ちたの。百パーセント」

「ほんとに？」ジャックは彼女の髪に指を通した。「はじめてのセッションで恋に落ちたなんて、どうして？」

「いろいろと。まず、あなたの仕事に対する情熱に惹かれた。名誉を重んじる心にも惹かれたわ。清廉潔白なところにも。わたしの瞑想セラピーを進んで試してくれたこと、わたしのアドバイスで夢の風景を変えてくれたことにも惹かれた。あなたが血のつながっていない家族を愛しているところにもね。もしあなたがわたしを愛してくれるとしたら、それは本当の愛で永遠の愛だっていうことがわかるところにも惹かれたわ」

ジャックがかすかに目を細めた。「はじめてのセッションのあいだに、本当にぼくのそういうところ全部に気づいたんだろうか？」

「ええ。直感が鋭い人間はあなただけじゃないのよ。それに、あなたの好きなところはまだあるわ」

「なんだろうな?」

ウィンターがいたずらっぽい笑みを浮かべた。「最高にセクシー。とびきりの恋人になる人だってことはわかってはいたけど。さ、今度はあなたの番よ。わたしのどういうところを見て恋をしたの?」

「何もかもだ」

ウィンターが彼のシャツの襟をつかんだ。「ひとつひとつ聞かせて。リストにしたいの」

ジャックが声を上げて笑った。

ウィンターは気づいた。ジャックの笑い声を聞くのはこれがはじめてだと。人をうっとりと酔わせるような笑い声。ついに過去から解き放たれた男の笑い声。歓びを見つけた男の笑い声。

やがてジャックが両手でウィンターの顔をやさしくはさんだ。「百パーセントの確率で、ぼくはきみの何もかもを愛している」

顔を近づけて唇を重ね、長い長いキスをした。唇を離したあとは彼女を立たせ、廊下から薄暗いベッドルームへと連れていった。

ウィンターはもう、どこを愛しているのかのリストを要求したことをすっかり忘れていた。もはやその必要はなかった。ジャックが百パーセントと言ったのなら、本当に百パーセント確実なのだ。


ウィンターの将来の仕事への道は夢の断片となって示された。彼女はぱっと目を開け、その可能性と意味を理解し、自分のものにした。思わず顔がほころんだ。

「ジャック？ 起きてる？」

「いや、寝てると思う」枕に顔をうずめたままジャックが答えた。

「わたし、これから先、何をしたいのかがわかったわ」

「それはよかった。朝まで待てる？」

「ううん。だってあなたにも関係があるから」

ウィンターは新しい仕事がどういうことかを彼に説明した。

「いいね」ジャックが言った。

「それだけ？」

「ほかに答えがあると思う？」

「そりゃあ、ないかもしれないけど」

「だろう」ジャックは腕を伸ばしてウィンターを胸に引き寄せた。「もう一度、最高にセクシーって言ってくれないか？」

「いいわよ」

「ちょっと待って。その前にきみに質問がある」

「なあに？」

「ぼくと結婚してくれる？」

ウィンターがにっこり微笑んだ。「ええ、もちろん」

「よかった。それじゃ、予定どおりの進行に戻ろう」

ジャックはウィンターを仰向かせて上にのり、ほかのことなどどうでもよくなるまで熱いキスをした。

56

結婚式は翌月にエクリプス・ベイで執りおこなわれた。会場は町の図書館。そこはほかにも市民にとって大事な行事、たとえばアリゾナ・スノーの誕生パーティーなどの会場としても使われている。

花嫁の着付は司書のオフィスでおこなわれた。ウィンターはひとりぼっちではない。妹のアリス、両親であるヘレンとスーザンがいっしょだ。彼女たちもこのときばかりはさすがに探検服姿ではなかった。そろってドレスとハイヒールである。ウィンターはこみあげてくるプライドを感じた。家族が着飾って居並ぶ光景。わたしには美しい家族がいる。

「どういうことなの、あなたが私立探偵の仕事をはじめるって？」ヘレンが言った。

驚いているというよりは興味をそそられているといった口調だ。

アリスの目がうれしそうに輝いた。「わくわくするわ」

スーザンが思案顔をのぞかせた。「私立探偵として催眠術の才能をどういうふうに使っていくの？」

「ジャックはいま、古い未解決事件の調査を専門にしているの」ウィンターが繊細なハイヒールに片足を入れながら説明した。「そういう事件の場合、関係者の記憶が曖昧なの。依頼人ですら細部はずいぶん忘れているわ。それとはべつに、重要だとは思わなかったから口にしなかった些細な出来事があったりもするわけ。ジャックのところに依頼に来るとき、依頼人はみんな、なんとしてでも答えを得たいと必死なのよ。そういう人たちにわたしが力を貸して、過去の出来事やそこから連想することなんかを思い出させてあげるの」

「ちょっと動かないで。ベールを直すから」アリスが言った。「あなたの才能が役立つ事件もいくつかはあるでしょうけど、未解決事件の調査依頼ってあなたが忙しくなるほど来るものなの？」

「しかるべき宣伝活動をすれば依頼はたくさん来ると思うってアンソンは言うの。いままでジャックは宣伝にはいっさい興味がなかったのよ。それだけじゃなく、彼は放火や火事絡みの死亡事件を専門に調査したかったこともあるの。でも、彼のパートナーとして、わたしはこれから調査の対象を広げていくつもり。アンソンも賛成してくれているわ。全面的に後押ししてもらってるの」

「仕事はエクリプス・ベイで？」スーザンが訊いた。

「エクリプス・ベイは仕事と仕事の合間に過ごす家になるんじゃないかしら」ウィンターはもう片方の靴に足を入れた。「ジャックは本の執筆はここでできるし、わたしもここに瞑想の生徒がいるから。でも、シアトルにアパートメントが必要になるわね。〈カトラー・サター&サリナス〉のオフィスに空き部屋がひとつあるの。アンソンが今週、その部屋にジャックとわたしの名前を掛けてくれるそうよ」

ヘレンがくすくす笑った。「何もかもあなたとアンソン・サリナスが決めてるみたいね。ジャックはどんな気分かしら？」

「ジャックはなんの問題も感じていないみたい」ウィンターが言った。「本当のことを言うと、わたしもちょっと驚いているの。彼、このごろ本当になんでも前向きに考えるようになっているのよ」

アリスが苦笑した。「それはあなたに恋をしているからだわ」

「わたしだって彼に恋をしているわ」ウィンターが言った。「ジャックのすることならなんでも正しいと思えるもの」

スーザンの目が涙で光った。両腕でウィンターをそっと抱き寄せる。「幸せなあなたを見ることができてうれしいわ」

アリスがウィンターにすべてわかっているといった笑みを向けた。「幸せなだけじゃないわ。歓びにあふれてる。すごくきれいよ、ウィンター」

ウィンターは目が潤んでくるのを感じた。「ありがとう、アリス」

「泣いたらだめよ。メイクが台なしになるわ」アリスは言った。

ヘレンが心の底からのため息をついた。「今日まで長い年月を経て、あなたが情熱の対象を見つけたことは本当に素晴らしいことね、ウィンター。わたしたちはみんなあなたを愛しているわ、ダーリン。それを忘れないで」

「忘れるはずないわ」ウィンターが言った。目の前が曇ってきた。「わたしも三人を心から愛してるわ。わたしの家族ですもの」

「これからもずっと」アリスが言った。

そのとき、ドアをコンコンと叩く音がして、まもなくドアが勢いよく開いた。ぱりっと糊のきかせた前世紀の迷彩服に身を固め、ぴかぴかに磨いたブーツをはいたアリゾナ・スノーが顔をのぞかせた。

「お邪魔してもいいかしら?」

「ええ、どうぞどうぞ」アリスが言った。

そしてせわしく部屋を出た。スーザンもあとについた。ヘレンはドアのところで立ち止まり、ウィンターに投げキスをした。

「それじゃ、祭壇で」ヘレンが言った。

そして廊下の先へと歩き去った。

アリゾナはウィンターを頭のてっぺんから爪先までしげしげと見て、満足げにうなずいた。

「あなたとジャックは出会うべくして出会ったのよ」アリゾナが言った。「わたしには最初からわかっていた。だから二人を隣りあったコテージに住まわせたの」

ウィンターが声を上げて笑った。「つまり、偶然ではなかったってこと」

「偶然なんてものはないの」アリゾナが片方の腕を差し出した。「準備はいい？」

「ええ」ウィンターが答えた。「準備はオーケー」

アリゾナに付き添われて廊下を進み、図書館のメインルームへと入っていく。そこにはエクリプス・ベイの住民のほとんどが集まっていた。職員が折りたたみ椅子をあちこちから集めて会場をつくってくれたが、それでも人びとは書架のほうまであふれていた。

椅子を並べてつくった通路をアリゾナに導かれてウィンターは進んだ。その先にしつらえた祭壇ではジャックが彼女を待っていた。ジャックの後ろにはアンソン、マックス、カボットがいた。反対側にはアリス、スーザン、そしてヘレンが立っていた。アリゾナが片手を上げた。たまたまピアノの名手でもある主任司書のミセス・ヘンダーソンが結婚式の曲を弾きはじめる。

「エクリプス・ベイへようこそ」アリゾナが言った。

スカートを引きあげ、通路を走って逃げるわけにはいかない。彼女の家族、そして彼女の未来でもあり最愛の人でもあるジャックが彼女を待っているのだから。

花婿から花嫁への贈り物をのせたバンがレセプションのあいだに到着した。配達されたものを受け取るのはアリゾナ・スノーの役目だった。そのあいだ、幸せいっぱいのカップルとその家族は図書館で、ダンスをしたり、ウェディングケーキを食べたり、シャンパンを飲んだりしていたからだ。

ウィンターがその贈り物をはじめて目にしたのは、帰宅してジャックがドアを開け、彼女を両腕で抱きあげてコテージの中に入ったときだ。

ウィンターはひと目見たとたんに歓声を上げ、ジャックの腕からあわただしく下りた。ジャックはハイヒールをはいた彼女を心配したが止めることはできず、部屋を横切って駆けだす彼女をただ笑いながら見守るほかなかった。

彼女は小ぶりな緋色のソファーのなだらかな背もたれを愛おしそうに撫でた。

「ありがとう」ウィンターが言った。「完璧だわ。ほんとに素敵」

「前のとは違うが、銃弾の穴がなくてもいいんじゃないかと思って」

「そうね」ウィンターが言った。「銃弾の穴はなくても大丈夫」

ジャックが両手を大きく広げ、ウィンターはまた部屋を横切ってその中に飛びこんだ。ジャックは彼女を抱きしめながら、自分がどれほど彼女を愛しているかを考えた。

「百パーセント確実だ」彼は言った。

訳者あとがき

みずからが立ちあげたカルト教団施設に火を放って行方をくらました極悪非道な悪党、クィントン・ゼインを追う男たちの冒険と恋を描く壮大な三部作、〝アンソン・サリナスの息子たち〟シリーズがいよいよ大詰めを迎え、ジェイン・アン・クレンツの筆が軽やかに走ります。

教団とは名ばかり、マルチ商法による金儲けが実態だったその組織は、ゼインの恐怖支配の下、幼い子どもを含む多くの信者がカリフォルニアの元農場だった施設に暮らしていました。火事では何人もの信者の命のみならず、親を失った子どもたちの未来までが犠牲になりました。子どもたちは火事の夜も親とは隔離されて納屋に閉じこめられていましたが、炎上した納屋が焼け落ちる寸前、町の警察署長だったアンソン・サリナスが車で突入して救出しました。そのうえ、引き取る親族が現われなかった三人の少年、マックス・カトラー、カボット・サター、そしてジャック・ランカスターを養子にして育てたのです。

それから二十二年あまりの月日が流れ……

・マックス・カトラーはＦＢＩなど政府系捜査機関でのプロファイラーの職を経て私立探偵に転身、シアトルに探偵事務所〈カトラー・サター＆サリナス〉を養父アンソンの協力を得て開設。調査の依頼人として窮地をともに切り抜けたシャーロットと結婚。

・カボット・サターも警察官の職を捨て、アンソンとマックスが設立した探偵事務所に所属する私立探偵に。ゼインの影をともに追った画廊経営者ヴァージニアと結婚。

・ジャック・ランカスターは犯罪心理学者として学問の道を進んだのち、最近になって大学を辞職、未解決事件の調査を請け負いながら本の執筆を継続。

アンソンも三人の息子たちもいまだゼインの亡霊に取り憑かれたまま、国外逃亡しているものと思われる彼を常時インターネットで探しつづけています。

シリーズ前二作『ときめきは永遠の謎』と『あの日のときめきは今も』はマックスとカボットの生きざまを活写する作品でしたが、今回は残るひとり、自他ともにいささか変人的なところがあると認めるジャックに迫ります。大学の職を辞した彼は数カ月前にオレゴン州エクリプス・ベイという海沿いの小さな町に移り住んだばかりでした。

海を見おろす崖の上にジャックが借りたコテージの隣のコテージに引っ越してきたウィンター・メドウズが本書のヒロインです。ジャックよりもあと、ほんのひと月前にこの町にやってきた彼女は魅力的で、どこか秘密めいています。職業は瞑想インストラクター。ジャックは仕事によるストレスで不安定になりがちな精神状態を落ち着かせるべく、彼女の瞑想指導を半信半疑で受けはじめます。

アメリカ西海岸をカリフォルニア州、オレゴン州、ワシントン州と機敏に移動しながら、ストーリーは進めば進むほどに複雑な様相を呈してきます。しかしながらこの二人、じつは特殊能力の持ち主で、その能力、ウィンターは催眠術を、ジャックは明晰夢を操る力を駆使して敵と対峙します。

催眠術は一般にも知られていますが、明晰夢という言葉ないし現象は耳になじみのない方が多いのではないでしょうか。読んで字のごとく、眠っている人が明らかにこれは夢だとわかりながら見る夢のことです。睡眠中に見る夢はたいてい、目が覚めたときにはじめて、あっ、夢だったのか、と気づくものですが、明晰夢の場合、これは夢だと自覚しながら見るのです。しかも、その内容を思いどおりにコントロールできる可能性もあるというから驚きです。訓練しだいではそうした状態への自己導入も可能だとか。その訓練のうちには瞑想も含まれるらしく、ここでジャックの明晰夢とウィンターの瞑想インストラクターという職業がリンクしてきます。

こうした能力、ときに本人たちにも手に負えない状況に陥ることがあるとジャックもウィンターも吐露しており、そんな打ち明け話もまた二人が特別に惹かれあうきっかけとなります。そして熱烈な恋が……

いつもながら読む者の物語欲をそそって、ぐいぐいとストーリーに引きこんでいくクレンツのロマンチック・サスペンス。読者の皆さまにも訳者同様にお楽しみいただけたなら幸いです。

二〇一九年五月

安藤由紀子

ザ・ミステリ・コレクション

ときめきは心《こころ》の奥《おく》に

著者　ジェイン・アン・クレンツ
訳者　安藤由紀子《あんどうゆきこ》

発行所　株式会社 二見書房
東京都千代田区神田三崎町2-18-11
電話　03(3515)2311［営業］
03(3515)2313［編集］
振替　00170-4-2639

印刷　株式会社 堀内印刷所
製本　株式会社 村上製本所

落丁・乱丁本はお取り替えいたします。
定価は、カバーに表示してあります。

ISBN978-4-576-19090-7
https://www.futami.co.jp/

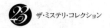

あの日のときめきは今も
ジェイン・アン・クレンツ
安藤由紀子［訳］

一枚の絵を送りつけて、死んでしまった女性アーティスト。彼女の死を巡って、画廊のオーナーのヴァージニアは私立探偵とともに事件に巻き込まれていく……

ときめきは永遠の謎
ジェイン・アン・クレンツ
安藤由紀子［訳］

五人の女性によって作られた投資クラブ。一人が殺害され他のメンバーも姿を消す。このクラブにはもう一つの顔があり、答えを探す男と女に「過去」が立ちはだかる――

この恋が運命なら
ジェイン・アン・クレンツ
寺尾まち子［訳］

大好きだったおばが亡くなり、家を遺されたルーシーは少女時代の夏を過ごした町を十三年ぶりに訪れ、初恋の人メイソンと再会する。だが、それは、ある事件の始まりで…

眠れない夜の秘密
ジェイン・アン・クレンツ
喜須海理子［訳］

グレースは上司が殺害されているのを発見し、失職したうえとある殺人事件にかかわってしまった過去の悪夢にうなされ始める。その後身の周りで不思議なことが起こりはじめ…

夜の記憶は密やかに
ジェイン・アン・クレンツ
安藤由紀子［訳］

二つの死が、十八年前の出来事を蘇らせる。そこに隠された秘密とは何だったのか？ ふたりを殺したのは誰なのか？ 解明に突き進む男と女を待っていたのは――

灼熱の瞬間《とき》
J・R・ウォード
久賀美緒［訳］

仕事中の事故で片腕を失った女性消防士アン。その判断をした同僚ダニーとは事故の前に一度だけ関係を持っていて…。数奇な運命に翻弄されるこの恋の行方は？

危険な愛に煽られて
テッサ・ベイリー
高里ひろ［訳］

兄の仇をとるためマフィアの首領のクラブに潜入したNY市警のセラ。彼女を守る役目を押しつけられたのは最凶のアルファ・メール＝マフィアの二代目だった！